我家少年郎

赏饭罚饿 著

[上]

江苏凤凰文艺出版社
JIANGSU PHOENIX LITERATURE AND
ART PUBLISHING

图书在版编目（CIP）数据

我家少年郎：全2册/赏饭罚饿著.--南京：江苏凤凰文艺出版社，2023.8
ISBN 978-7-5594-7740-8

Ⅰ.①我… Ⅱ.①赏… Ⅲ.①长篇小说–中国–当代 Ⅳ.① I247.5

中国国家版本馆 CIP 数据核字 (2023) 第 085259 号

我家少年郎：全2册

赏饭罚饿 著

责任编辑	王昕宁
特约编辑	翟羽茜
装帧设计	玖时柒
责任印制	刘 巍
特约监制	杨 琴
出版发行	江苏凤凰文艺出版社
	南京市中央路 165 号，邮编：210009
网　　址	http://www.jswenyi.com
印　　刷	三河市兴博印务有限公司
开　　本	880 毫米 × 1230 毫米　1/32
印　　张	20
字　　数	614 千字
版　　次	2023 年 8 月第 1 版
印　　次	2023 年 8 月第 1 次印刷
书　　号	ISBN 978-7-5594-7740-8
定　　价	69.80 元

江苏凤凰文艺版图书凡印刷、装订错误，可向出版社调换，联系电话 025-83280257

目录

第一卷　班师回朝

第一章　回朝　002

第二章　外邦　037

第三章　疫病　090

第四章　善恶　132

第五章　药方　169

第二卷　八千里路云和月

第六章　剿匪　198

第七章　战绩　225

第八章　拒婚　259

第九章　追随　287

第十章　出战　311

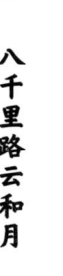

第三卷　一将功成万骨枯

第十一章　大捷　366
第十二章　定情　404
第十三章　攻城　440
第十四章　兵变　483
第十五章　毒斑　515

第四卷　草木黄落兮雁南归

尾声　大应　546
番外一　长安　585
番外二　吃醋　590
番外三　竹马　617
番外四　雪牙　623

第一卷
班师回朝

第一章 回朝

咸安元年的春天，自惊蛰以后，雨就没有停过，缠绵淅沥地下了十几日。晨风中还有一些微凉，满世界都是湿意。

宛遥在斜风细雨里撑开一柄青花油布伞，带着婢女走在街上。尚未行至坊门，遥远的钟鼓声便涟漪般荡漾开来，万籁空灵，沉睡了一夜的长安城在熹微中逐渐苏醒。

来往的大多是急着出坊赶路或办事的人，在烧饼铺匆匆地买了两个胡饼揣在怀，边吃边走，间或响起几阵轻咳。大概是天气转暖的缘故，宛遥姑母家的药堂近来上门的病人络绎不绝。

这时节患上湿热风寒的不少，再一传十十传百，极容易引发一场疠疾。

听说南边就起了罕见的瘟疫，从昆明往北纵贯了整个剑南道，来势汹汹。幸而疫病还未蔓延到京城，此处尚能维持一方太平盛世的景象。

宛遥学医有些年了，打算去药堂帮帮忙，但这事儿得避着她爹宛延。

好在她爹上朝雷打不动只走正街，要同他错开并不难。老父亲前脚刚走，她后脚就悄悄绕了道。坊内的十字路穿插交织，她知道在成衣店后有条小巷，连着怀远和崇化两个坊，平时人迹罕至，过了一个冬，地上铺满了厚厚的落叶。

逼仄的巷子里安置着一张石桌和一条石凳，一边是坊墙，另一边则是一座巍峨的府邸。

青砖绿瓦，门扉紧闭，探出来的树枝一直跨过了头顶，形成天然的屋檐。她还知道这座宅院的主人姓项。

宛遥仰首看着，不自觉地停了下来，身后的婢女正提着篮子出神，险些撞上她，连忙刹住脚，有点莫名其妙地跟着她一块儿转头去打量旁边的房舍。

宛遥对这个地方太熟悉了。她平日并不喜欢在长安坊间晃悠，之所以对这个小径那么了解，是因为年幼的时候，曾不止一次在这座宅院的后门处捡到那个人。

宛、项两家是世交，彼时她才七八岁，或许和项家长辈有过几面之缘，但记得不算真切。

大概是在八年前，项家长子殁了以后，宛遥便时常听到项家府邸中鸡飞狗跳的打骂声。

但凡她那会儿半夜偷偷溜出去，准能在这巷子里瞧见一个跪得倔强又笔直的身影，偶尔是顶着一尺来宽的铜盆，偶尔是抱着半尺高的竹简书册，可能是屡教不改，到后来慢慢地变成了顶水缸、跪于算盘之上，惩罚方式五花八门，层出不穷。

少年长她四岁，十几岁的年纪已经生得颇高，握着长枪在巷子里上蹿下跳的时候像头精力旺盛的小豹子，没有片刻消停，每每也就只在上药之际方能安静半晌。

宛遥的医术便是从那时打下的底子，她在姑母家拿了药草，同少年坐在石凳上，借着月光为他清理伤口。他的身上多是棍伤和鞭伤，纵横交错，尤其以后背最为密集。

项侍郎是武官出身，下手狠辣，简直不像亲爹，他却时常不以为意地摸摸鼻尖，连眉头也不皱一下。有时见他伤得厉害了，宛遥也会问："你爹为什么老打你呀？"

少年咬着布条给伤口系好结，随口回答："他不想我上战场。"

她觉得奇怪："你不是还没上吗？"

对方信誓旦旦："总会上的。"

她那会儿不明白，后来也依旧不太明白："可你爹要打你啊，打仗有什么好的，不去不行吗？"

宛遥随口一说，少年的反应却颇为激烈："那怎么行！我今后是要当大将军的，当将军怎么能不打仗？"他语气里有万丈豪情，"我不仅要建功立业，还要平定西南，当名垂青史的大英雄，受千人膜拜，万人敬仰……说了你也不懂。"

讲到最后他可能感受到些许不被人理解的悲哀，于是闷闷地转过身，以肘为枕躺在地上，一言不发。

宛遥突然觉得很过意不去,挪到他的背后,小心翼翼地去拽他的袖子,少年不耐烦地甩开,继续盯着墙面生闷气。她只好不招惹他了,两个人一躺一坐,在寒风萧瑟的夜里各自发呆。

约莫是沉默太久,少年磨磨蹭蹭地偏头,开始往这边看,月下的女孩子不作声地抓着一把草药垂首打包,发出窸窸窣窣的声音。

他忽然没来由地失了底气,说:"你要不要放风筝?"

宛遥手中顿了顿,诧异地看向他:"已经入夜了。"

"入夜怎么了,入夜就不能放风筝吗?"

她想了一会儿还是摇头:"被武侯发现怎么办?"

少年从地上坐了起来,双腿盘着思索道:"那去摘果子吧?我前天看到龚掌柜家的桃树结果了,旁边还有一棵柑橘树,柑橘落得满地都是,再晚几日估计没有了。"

尽管干的是缺德事,在他嘴里却好似一个千载难逢的良机,宛遥近墨者黑,当下被他说动了:"可院墙很高,我爬不上去。"

"那不要紧,我背你。"

两个小孩子一拍即合,猫着腰偷溜上街,在坊中的十字巷间乱窜,为了不让龚掌柜家独自寂寞,还一连祸害了好几家的果树。屋内的灯火渐次亮起,主人家挽起衣袖拎着棍子推开门。

"项桓快跑!快跑!"宛遥骑在他的肩头,双手搂住一大捧瓜果紧张地低声提醒。

少年的反应极其敏捷,饶是带着一个人,脚下也生风,掉头奔得飞快。

背后响起一连串的犬吠,大人们怨声载道,而在甚为严厉的家风管教之下,宛遥居然觉得挺有趣。那些岁月想起来总是阳光明媚,花开满地。

长安城太平日久,左邻右舍的百姓向来和睦,偶尔让几个小孩子捣了蛋,也只是叉腰站在门口嚷上两句,不会真拿他们怎么样。但总在河边走,哪有不湿鞋。

龚掌柜生意折本那年脾气就特别大,又常喝酒,抓到他们摘桃子,拎着柴刀追了一路,杀气腾腾得像是随时要吃人。

项桓拉着她在街巷中穿梭逃窜,饶是如此也没张嘴喊救命,宛遥毕竟气力不足,实在跑不动了,项桓便三两下将她背起来。

据说龚掌柜年轻的时候是个打铁的好手，刀上功夫了得，两个孩子被逼在墙角里，他酒没醒，满口胡话，扬刀作势要砍。柴刀生了锈，刃上的红斑像极了鲜血。

那日的画面凌乱又模糊，时隔多年，宛遥也只记得项桓把她往后拉了一下，抬手抄起墙边的木杆狠狠地刺过去。柴刀"哐当"一声落地，长杆应声断成了两截。后来龚掌柜在床上结结实实躺了一月有余，两家的大人为此不知登门赔了多少回不是。

宛遥是个姑娘家，顶多也就受些责备，关几日的禁闭。项桓则挨了好几顿打，若不是皮糙肉厚，估摸着也要在床上同龚掌柜遥相呼应一个月。

及笄前的那段时光，宛遥差不多就是这样度过的，她好像把自己这一辈子最坏的事都做完了，还有几分意犹未尽的感觉。

项桓仍旧是被"三日一小罚五日一大惩"，在练武从军这件事上他倔得像头驴，连累她也被殃及池鱼地挨了不少骂。

年少时大多有很多不切实际的梦想，宛遥原以为上阵打仗是项桓嘴上说说，怎么想都很遥远。

直到元熙十八年。

西北大旱数月，草原贫瘠许久，当地人民生活难以为继，突羯在寒冬来临前举兵南下，皇城到处都张贴出征兵的榜文。

当天夜里，项桓便收拾好了行李，带着他那一柄家传的战枪偷偷溜了，甚至连封书信也没留。

等项侍郎第二日发现时，他早已不知去向，兴许知道家里人不会应允，索性把告别都省了，无牵无挂地出走了。

从此以后就是万里阳关路，归期无定数。

宛遥在生机勃勃的树木下感受着又一个乏善可陈的春和景明，垂头自言自语道："四年了……"

宛遥从巷子口出来，两边的点心铺渐次开门营业，热气腾腾地往外冒白烟。

余音未绝的晨钟刚敲过最后一波，按理城楼该是时候消停了，不料在钟声落下的瞬间，另一串沉闷的巨响随即而至。那是一种无法形容的震颤，起初含明隐迹，不露锋芒，到后来愈来愈近，愈来愈响，铺天盖地，震撼万千。

巍峨的皇城外好似有何物踏地而来，其势头锐不可当，连地面的石子也随之隐隐震动。

宛遥看了一眼脚边莫名震动的碎石，背后的人群却先一步骚乱，你推我攘地往前跑。

"出什么事了，那么大动静？"

"快快快，过去看看……"

不明真相的百姓们走出去瞧热闹。

只有一人边跑边扭头喊："季将军的大军回来了！在城门口呢！"

回过味来的众人发呆片刻，紧接着爆发出如潮水一样的呐喊和喝彩。

"咱们北伐的虎豹骑班师回朝啦！"

欢呼鼓舞的人群擦肩而过，宛遥被推着往前走了几步，愣怔好一会儿才后知后觉重复道："北伐的大军回来了……"

等意识到了什么之后，她眸中的神色骤然明亮，当下提起裙摆跟随人流的方向疾行。

婢女很快与她被冲散在两端，隔着人山人海呼唤："姑娘，姑娘！"

长安城近百个坊瞬间成了万人空巷，朱雀大街早被围得水泄不通。

整齐的马蹄声从嘈杂中传来，宛遥在数重百姓之外，压根连条马尾巴也瞧不见。

"季将军，是季将军！"

"还有宇文中郎将！"

前面的人一踮脚，宛遥就只能望着一堆后脑勺兴叹。

季长川乃国之大司马，又是战功赫赫的名将，故而颇得百姓爱戴，大魏臣民素来热情，此刻难免群情高涨。

眼见势头不对，京中的金吾卫连忙上前清道，站得最高的那几个人被呵斥着拽了下来，几乎是一抬眼，宛遥便在虎豹骑的大军中清楚地看到了那道埋在记忆深处的身影。

雄骏的战马上，年轻的将军昂然端坐，战袍肃穆，玄甲明光，手中的银枪发出清寒的光，枪尾缀着纹饰，在晨曦下，斜指向天。

"项桓！"

尽管知道他听不见，宛遥还是不自觉地唤了一声，她甚至没能听清楚自己的声音。

这混世魔王四年间未曾寄回一封家书,连她也疑心或许是看错眼。

沿着面前高矮胖瘦的百姓一路往前,凯旋的大军畅通无阻,越行越远,再后面就都是随行的士卒,浩浩荡荡,乌泱泱的,望不见头。

主将进了朱雀门,热闹没得看了,人满为患的御街一时半会儿却难以疏通。金吾卫人手不够,只好又把附近的武侯调过来,吆五喝六,忙得不可开交。

等四周归于平静,宛遥孤零零地站在道路边,才意识到和自己的婢女走散了。

此刻天已放晴,她收了伞,忽然也没那个兴致再去医馆帮忙,只垂首按原路返回。

从宣宗末年起,沈家的江山就一直四面漏风,北有突羯南有南燕,前后受敌。如今眼看着是打胜仗了,不知回朝的将士能得到怎样的封赏。

"今天正好轮到爹爹参朝,"宛遥这样思忖,"等他回来我可以问一问……"随即她又想起老父素来不喜欢项桓,忍不住担忧:"爹爹该不会直接对我说他战死沙场了吧……"宛遥一边想,一边心事重重地拐进坊间的巷口。

临街的酒楼前人来人往,清晨不是食店开门营业的时间,只有个店伙在踮着脚擦挂着的招牌,门边蹲着歇脚的挑夫和乞丐。

宛遥经过时,角落里的两道身影便极有默契地对视一眼,悄无声息地跟了上去。

狭小的夹道一览无余。在走出百步之后,她就已察觉到数丈外有不同寻常的声音。宛遥没有回头,只侧目看了看,果不其然,对方也跟着缓了片刻。

太阳照出一长一短略微模糊的影子来。

她不禁蹙眉,收回视线,比之前加快了步伐,而身后之人也同样加快速度,和她保持一定的距离。

巷中深不可测,过了开坊门的那阵高峰,这会儿人迹寥寥。宛遥在前面走,那两人在后面跟着,一时半会儿不见得能甩掉,她只能寄望于能快些回家。

青石板路的一侧,某间民房开了门,睡眼惺忪的老汉正往外倒残水。宛遥定睛看时,才发现是龚掌柜,他大老远就瞧见宛遥了,拎着铜盆"啧啧"出声:"哟,这不是宛家的闺女吗?"他哼道,"什么风把你给吹来了?"

自从生意一落千丈后,龚掌柜便只能窝在家中靠卖鞋过活,每回见着宛

遥总忍不住嘴贱两句过过瘾,虽然她已经好多年没翻过人家院墙了。

"以往跟着那臭小子不是挺会折腾的吗。"他边浇花边数落,"隔三岔五招猫惹狗的。昨儿在人家门口放鞭炮,今儿就能把房子的屋顶掀下来……现在怎么样,那小子不在了,没人罩着你了,知道学乖啦?没用!你叔我可都记着呢,就你小时候干的那些好事,说出去看谁家公子敢娶你。"

宛遥没工夫理会他,她越走越快,索性提着裙子小跑起来。巷子深处的两人也随即撒腿。

"嘿,这丫头也不知道打声招呼。"

前面便是巷口,明朗的日光直直落下,只要出了这儿离家门就不远了。

宛遥刚跑过去,头顶忽有劲风划过,一阵巨响,她愣了一下,本能地转过身。

视线里,那把银色的长枪正深深地钉入地面,尾端轻颤,如往昔般凶煞非常。

宛遥从这柄枪上瞧出熟悉的味道来,当下欣喜地回头。

雨后初晴,马背上的少年威风凛凛,手持缰绳,居高临下地看着她。

"项桓!"宛遥满脸意外,抬眼时被日头一晃,半晌不知道该怎么继续开口。

巷子内的人见此情形,立刻识相地退了回去。

亲眼见证了何谓"说曹操,曹操就到"的龚掌柜很是瞠目结舌,瞬间闭了嘴,端起花盆进了屋。

项桓利索地翻下马,拿回银枪,漫不经心地往她的身后瞥了一眼:"你跑什么?"

"没什么……"宛遥敷衍地搪塞过去,却拉着他上下打量,神情中满是喜色,"还真是你,你回来啦?"

他任凭她握着衣袖晃了两回,笑容有些懒散:"干吗,以为我死在西北了?"

这张嘴,还真是一如既往地没忌讳……

"就知道你命大。"宛遥仍没松手,语气里是难以掩饰的欣喜,"刚在朱雀大街,我看见你夹在虎豹骑中间往宫门方向去了。怎么,你没进宫吗?"

"今日三军休整,由大将军面圣,我明天才得奉召入宫。"项桓还穿着戎装,立在马前举目四顾,整个人凌厉得宛如嗜血的刀锋。

在坊中的十字街,除了武侯,军官并不多见,于是他这身扮相就显得格外惹眼,引得路人频频回头。

"这附近好像没多大变化,几年了还是这样。"

她也随着他的视线望了望:"许是京城的人念旧吧。早些年生意不好做,所以搬走了两家,上年初先帝说要重修望山塔,结果不到年底他就驾崩了,吊了个架子停在那儿。"宛遥给他指,"为此还砍了那株老树,有些可惜。"她不厌其烦地给他絮叨那些琐碎。

项桓听着听着,总算把目光收回来,歪头瞧她:"我怎么感觉……"宛遥不自觉屏息,就听他后半句说,"你也没什么变化?"

"是吗?"她闻言,开始垂首从头到脚地审视自己,显得紧张。

去医馆不适合穿太鲜艳的衣衫,她今日穿的是象牙白的褙子和水蓝交领,不记得自己小时候有没有穿过类似的……难道是发型不对?

正想到这里,从脑袋顶上飘下来一个声音:"我是指身高。"

项桓很快挑了挑眉,掌心沿着她的头顶一比画,刚好在自己肩胛处:"记得你以前没这么矮啊。我走的时候你好像就这么高。"他往上抬,比画出一段距离,"回来你还这么高,你不长个的?"

"……我有长。"她咬牙解释,就是长得少了点而已。

大概是主仆情深,那匹马居然赞同地打了两个响鼻,慢悠悠地刨蹄子。

项桓便伸手去拍拍马脖子,以示亲昵。

"对了,回京的事,你爹知道吗?"见他在卸行李,宛遥问道,"项伯伯今天好像不参朝,这么大的事,其实可以提早……"

尚未讲完,旁侧一个声音便轻轻打断:"公子。"上了年纪的管事掖手在台阶下唤他。

被一连串的意外砸昏了头,宛遥这会儿才发觉身边的宅子正是项府,门后隐约能见到项侍郎的身影,站在檐下,神色阴晴不定。

项桓冷漠地勾起嘴角,隔着熙熙攘攘的行人与他对望,父子俩沉默地相视着,没有半点久别重逢的欣喜,就这么僵持了片刻,他侧身从宛遥跟前过去:"我先走了。"

不知是不是错觉,她好似听到他临行时轻哼了一声。

本想再说些什么,已有项府的仆人上来牵马,宛遥两手在胸前纠结,眼见项桓大步流星进了门,自己也只好作罢。

他和项侍郎的关系一直都不太好,亲父子每每闹得针锋相对,不欢而散,

009

不知一别四年,这情况会否有所好转……

结束了兵荒马乱的早晨,宛遥辗转回到家。

大约是以为把人给弄丢了,婢女正跪在院中哭得声泪俱下,她娘站在门前绕着圈子打转。

"你还好意思哭?多大的人了,看主子都看不好。明知道御街人多眼杂,你还把她往那儿引!"

宛夫人姓谢,出嫁前是京城士族家的小姐,品行优良、才貌双全,然而美中不足的是个头偏矮,而且还一脉相承下来,连带宛遥也是小巧玲珑的身量。

"娘。"

宛夫人闻声一怔,看见是她,急忙迈着小短腿跑过来。

"遥遥。"她拉住宛遥里里外外地检查了一遍,"听说早上虎豹骑回京,你没事吧?没伤着哪儿吧?"

宛遥如实摇头:"我不要紧,很快就回来了。"

见她全须全尾,宛夫人松了口气,旋即拉下脸,食指一伸往她的脑门儿上轻戳:"不长记性,是不是又背着我偷偷去医馆了?"

"我没有……"

"还说没有!"

宛遥不动声色地抿唇,准备随时放空自己。果不其然,她娘喋喋不休的声音立时响起:"你是个姑娘家,跟娘学学女红不好吗?成日里和那些草药打交道干什么,咱们又不是请不起大夫。你没事儿闻闻,你的衣裳哪件没有草药味儿?瞅瞅,连我的都沾上了,我跟你说啊……"

项、宛两家从上一辈起便交好,宛遥的父亲宛延和项桓的父亲项南天是从小一块儿长大的挚友,所以她年幼时也时常跑去项家玩耍。

先帝好武。

项南天是武将,她的父亲是文官,几场仗打下来,项南天步步高升,而宛延一直在熬资历,还熬得非常不顺,混到中年也不过是都察院的一名小小经历。宛经历对此颇为抑郁,再加上朝堂中数次闹得不快,两位老兄弟逐渐貌合神离,私下能不来往就不来往。

傍晚,宛经历下朝归家,趁用饭之际,宛遥捧着碗佯作不经意地开口:

"爹,大司马的大军回朝了?"

后者含着饭含糊不清地"嗯"了一声。

她问:"那,你瞧见项桓了吗?"

宛延只静了片刻,面不改色道:"没有,听说早死了。"

宛遥闻言,默默地吃了口饭。

此时,隔得不远的项府内。

"不幸早亡"的项桓刚换好一身便服从房中出来,一边活动手腕,一边散漫地往正厅走。

拐角处冒出一颗小脑袋,探头探脑地望了望,见四下无人方上前几步与其同行:"哥,你上哪儿去?"

他说:"前厅。"

后者吓了一跳:"着什么急,你这么快就要去见他?"四年不见,他哥居然会上赶着去找骂了!

项桓不以为意:"别给他贴金,谁特地去见他?用饭而已。"

自己的亲哥自己最了解,项圆圆没点破,煞有介事地提醒:"我刚刚才去替你望了风,咱爹面色不好,待会儿说话可千万注意着点。"

项桓驻足,转头来看她,觉得可笑:"他面色好不好,关我什么事?"

项桓的脸比起数年前生得愈发张扬,倨傲起来无法无天。

项圆圆瞧着前面走得肆无忌惮的背影,愣了好久才追上去:"二哥你等等我啊!"

这会儿的项家厅堂中却没有摆饭,项侍郎背脊笔直地负手而立,目光落在墙面所挂的墨宝上,长久不发一语。两侧的项氏族亲见他如此举动,皆有几分忐忑地面面相觑。

门外脚步声纷至,项桓一进去,就和四周异样的气氛撞了个正着。他看了一眼几位堂叔伯的表情,知道今夜多半无饭可吃,于是侧身准备离开。

也便是在这个时候,项南天回了头:"上哪儿去?"

项桓不避不回地迎上他的视线,慢声说:"吃饭去。"

"吃饭?"项南天冷冷道,"你闹出这么大的事,竟还有心思吃饭!"

项桓的舌尖紧紧抵了抵后牙槽,却毫无表情,只无所谓地款步上前:"我

闹出什么事了？我跟着大司马征战沙场，得胜而归，如今吃顿庆功宴有什么不对？"

"庆功宴？"项南天像是被他气笑了，目光朝旁边看了看，片刻又看了回来，"你不告而别，离家出走，四年来无一封家书告知平安与否，你将高堂长辈置于何处，将项家置于何处，将我置于何处！"

他字字铿锵，落地有声，指着堂下的年轻人，语气中竟带了些许恨铁不成钢："黄口小儿不知天高地厚，沾着季将军的光打了几场胜仗便目中无人成这样！我早说过，你如此心胸，根本难成大器，还妄谈什么将才！"

项桓一路听到此处，终于面无表情地打断："说够了没有？从小到大你就看不上我！你自己不去领军作战还不让我出人头地？"

"项桓！"项南天暴喝道，"你眼中还有没有我这个爹！"

一见这情景，项圆圆吓得哆嗦，缩在墙角不敢吱声。

项桓似乎也被激怒了，抿着唇作势还要往前走。

旁边的堂叔赶紧拉住他的胳膊打圆场："好好的，怎么吵起来了？一家人难得团聚，多不容易啊，赶紧跟你爹道个歉，就什么事……"

项桓赌气地一把抽出胳膊，朝父亲看去："不是我眼里没有爹，是你眼里没我这个儿子！自从大哥去世后，你就烧我的弓，断我的剑，从来没问过我真正想干什么，就只知道打骂我，阻止我。你不让我参军，不就是怕我再马革裹尸，便没人给项家一脉传宗接代了吗？"

"放肆！"项南天多年未曾动过家法，他在旁人面前一向自持稳重，却不知为何，每次都能被这个儿子激出一身的火气，"忤逆犯上，目无尊长，这就是你在外面学到的东西吗！拿我鞭子来！"

下人又畏惧家主，又担心局势不好收场，唯唯诺诺犹豫半天。

原来站干岸儿的族亲总算发挥作用开始劝架，既要安抚项桓还得拦住项南天，简直左右为难。

"大哥，孩子好不容易回来，你何必跟他小孩子一般见识呢，饶过他这回吧。"

"是啊，你也不是不知道他的脾气……"

项桓固执地哼道："我不用他饶。"

"你看看！"项南天气得发抖，扬手给自家兄弟指，"你看看他领你们的情吗！这小子野性难驯，我若不教训他，今后有他吃亏的地方！不必多说，去拿家法，谁敢多言我一块儿打！"

月色澄澈，老旧的小门许久未被人打开，早已蒙了尘，项桓从斑驳的墙头一跃而下，脚尖溅起的劲风推开地面散乱的枯叶。他站在冷冽萧索的夜风里，低头抹了一把嘴角的血。

其实项桓已经有很长时间都不知道项南天心中究竟在想什么了。

犹记得十岁时，他尚能同大哥一起练武，他的枪术和大哥的剑术皆是在父亲的指点下练成的，兄弟二人虽相差八岁，却时常切磋，无话不谈，就连说起今后的抱负也不谋而合。

好像正是从大哥在上阳谷战死之后，项南天便不再教他练功，也不再让他习武，甚至某一日翻出家中的武器尽数烧毁，并责令所有人从此不能动兵戈，决心要弃武从文。

年幼时他想不明白，在北征的途中，岗哨里漫漫长夜，项桓有过许多的猜测，但仍对父亲的这份谨小慎微无法苟同，他身在将门，所向往的是黄沙百战穿金甲，何须马革裹尸还，是大江东去，万马奔腾，流不尽的英雄血。

而项南天的棱角已经被世俗磨平了，根本不懂他的志向。

我没有错——项桓在心中倔强地想。

哪怕自己披荆斩棘地回来，也未曾得到家中人的喝彩，他仍旧执拗地想：我没做错。

耳畔微风徐徐，交织的树叶声中隐约有清浅的脚步，长年征战的本能令项桓猛地转过头。

月光下的少女瘦小而单薄，流水般的星辰在她的身上照出零碎的疏影，那双眼睛干净明朗，好像能够映出星河。她似乎退缩了一下，随即站在那里与他对望。

不知怎么，眼前的场景让项桓感到一丝熟悉，仿佛在记忆里重复过许多次一样，月夜、清风，连同人都不曾变过。

他微微愣住，很快收回视线，只信手摸了摸皮肤上被抽出的血痕，随意地问："带药了吗？"然后又莫名改口，"算了，一点小伤。"

说不出为什么，宛遥在这一刻打心底里松了口气，唇边露了个笑，食指抬起，给他看上面挂着的纸包："我带了。"

"就猜到今天会出事。"她拣了张石凳坐下，边拆绳子边说，"过来，我给

你上药。"

项桓仍在旧时的那个位置落座,垂目见她翻出一堆瓶瓶罐罐,和从前稀里糊涂一把抓的样子不同了,她化开药粉的动作很娴熟。

"我拿了些疮膏来,擦两日就能好,会比从前痊愈得更快。"宛遥拿绢帕沾去他唇角的血渍,继而熟练地替他挽起袖子,露出手臂的伤。

药膏中加了利于消肿的薄荷,涂在伤处清清凉凉的,他眉宇间的神情明显缓和不少,只是仍不言语。

宛遥擦药的时候,偷眼瞥了项桓几下,半是玩笑地问:"又和你爹吵架了?"

他没作声,鼻中发出不屑的轻响,将头别向他处。

"你啊,和项伯伯两个人都是倔脾气。"宛遥无奈道,"但凡有一个肯服软,也不至于闹成这样。"

"凭什么要我跟他服软?"

"他到底是你爹,有爹向儿子服软的吗?"她摇摇头,"怎么样面子上也过不去。"

项桓好似见怪不怪般冷哼,一副虱子多了不怕咬的表情:"反正你们都帮着他说话。"

"我没有啊。"

"没有?"他轻笑出声,分明不相信,"我还不清楚你……"

话未说完,项桓见她忽然将他的衣袖往上撸,眼神立时微变,急忙飞快抽开。

宛遥不及他反应迅速,却也隐隐地瞧到了什么,一把拽住他的衣摆。

"我药还没擦完呢,你躲什么?"

他突然不耐烦地要起身:"不用了,它自己能好。"

项桓的性格就跟他那柄自小不离手的枪一样直,撒谎的样子瞧着极其别扭,好似整张脸都写满了"口是心非"四个字。

宛遥揪着他的袖子让他站住:"没事你心虚什么?伸手给我看。"

"看什么看。"项桓避了她两回,奈何宛遥不放手,自己又不能动武,一时间不胜其烦,"男女授受不亲你知不知道?"

"那不一样,我是大夫。"

"你说是就是?那我还是医圣呢。"讲完这句话之后,项桓分明感觉到宛宛遥拉着他胳膊的五指从握变成了掐，力道不小，主要是指甲陷进去挺深的，大概修得很纤细。

项桓在她这番坚持中到底败下阵来，没脾气地由她摁回石凳上。

宛遥重新将他的袖摆一寸寸挽上去，虬结的肌肉间交错着两道鞭痕，鞭痕中夹着一条剑伤，伤口的皮肉还未长好，血红的肉往外翻卷。

似乎瞧见她皱眉，项桓抬手在额头不甚在意地抹了抹。

宛遥看了他一眼，说："什么时候的旧伤？"再朝上翻，胳膊、肩胛都有。

"平日能行动吗？难怪会挨你爹那么多下……"

她另取了干净的巾布摊开，将带来的药丸碾碎后混于药膏里，熟练地涂抹均匀。

项桓在她示意下脱掉上衣，信手搁在一旁，终于忍不住叹了一声："宛遥，你有时候比我家那些七姑八婆还麻烦。"

知道是嫌自己啰唆，宛遥白了他一眼，就当多个便宜侄儿，也不算太亏。

就着带来的清水给他胸口的伤换药，旧布条刚解下，她的眸色便微不可见地一闪。

箭伤贯穿了胸膛，混着乱七八糟的草药看不清本来面目，她把布条缠上去时粗略地算了算，这支箭倘若再偏个小半寸，他必死无疑。

"怎么伤的？看愈合的程度应该快有一个月了。"

"蒲城大捷。"依旧是薄荷的清爽之气，项桓难得舒展四肢，微微朝她倾了倾，"围城十日，我随季将军强攻，日落之际引出突羯世子携轻骑突围。那会儿再有半个时辰天便要黑了，蛮人擅夜行军，倘若放世子回国，今后必后患无穷。"

宛遥注意到他谈起这些时，眼睛里蓬勃的光芒，于是也不打断，边收拾药瓶边侧耳认真听。

项桓伸出五指来："我带了十五虎豹骑去追，最后只剩下我一个，对方却有六人，几乎封了我所有的死角。世子体型瘦弱，武功不济，因此躲在中间，给人护着。我若想杀他，必须在这圈子里打出一个口子来。蛮子从会说话起便会骑马，骑射之术远超魏军，那里面有两个弓手，趁骑兵进攻时不断骚扰阻拦，很是烦人，这一箭就是其中一人射的……"

她在那双眸里体会到那一瞬的刀光剑影，极有耐心地听他讲完，继而笑

问:"最后打赢了?"

面前的少年带着桀骜的神色侧目看她:"你说呢?可惜我虽险胜,却还是让突羯世子逃了,"项桓折了一节青草,投壶似的随意往地上扔,"好在对方识时务,没多久便向我朝投降称臣……"

四周一片安宁祥和,只听见他的声音悠悠回荡着,就在此时,明月清辉下的树影突然冒出一道身影,项桓警觉地绷紧肌肉,几乎是习惯性要去握自己的枪,结果捞了个空,才想起枪放在家中:"什么人?"

蓦地回首,高墙上立时探出一张笑嘻嘻的脸:"我就知道你在这儿。"

那是个陌生的年轻人,看岁数应该和项桓不相上下,就是头大了点,身子却细长一条,乍一看很像一根行走的糖葫芦。

宛遥还在打量,项桓一见是他,唇边泛起些许意味不明的笑,抄起外袍穿好:"怎么找到这里来了?"

"找你呀。"余飞索性在墙上坐了,招呼他,"让你回个家,一去那么久,大伙儿都等着呢。"

项桓说了声"就来",抬脚便要走。

宛遥这才回过味儿,忙放下一堆药草往前追:"你去哪儿?"

他只好停住,边系衣带边回答:"喝酒。"

"你有伤在身还喝酒?"

"又不是弱不禁风,喝点酒怎么了。"项桓嫌她啰唆,走了几步又想到什么,转过身打算拉她下水,"你要不要一块儿去?"

宛遥愣了下。

大魏有宵禁,晚上出门喝酒的不是达官显贵就是江湖宵小,总之皆非善类。自打项桓去关外吃沙子以后,她"从良"多年,已许久不干这般出格的事,当下犹豫道:"我就不去了。"

坊墙高处的大头颇懂眼色地替项桓接话:"不打紧,一会儿我们送你回来。"瞧她为难,项桓摇头道:"算了算了,你自己早点回家,我走了。"

"哦……"

他闻言也不再逗留,用剩下的巾子将手一擦,翻身跃过墙,干脆利落地上了街。

余大头跟在他的后面,又好奇地回头看了几眼。

幽静的巷子中，那道纤细的影子正在收拾余下的残局，他的八卦之魂熊熊燃烧，忙蹦跶上前，饶有兴趣地问："这姑娘谁啊，你媳妇儿？怎么没听你提过？艳福不浅啊……"

刚说完，项桓伸手在他的脑袋后一摁，笑骂道："滚。"

坊里最热闹的刘家酒楼尚还灯火通明，食客们你来我往地推杯换盏，赏一旁舞女衣袂翩然的风华，丝竹声欢快动人。

角落的八仙桌坐着五六个健硕的男子，年纪各有不同，项桓在其中算后辈了，和余大头一起被几位老哥哥轮番灌酒。在座的都是季将军麾下的同袍，早在进京前便约好要痛饮一顿，明日大家进宫领赏，今日就喝个不醉不归。

众人一直闹到三更天，待项桓走出来时，才觉得微微有些目眩。

由于坊门已关，大多数人选择在酒楼住一晚，回去的路上便剩他一人形单影只。

项桓慢悠悠地走，吹着夜风醒酒，偶尔自口中蹦出两个轻灵的哨音。

月光照着他脚下渐次拉长的人影，待路过一间大宅时，他忽然顿了顿，目光凝重地盯向某个暗处。蹲在那里的两道身影好似有所察觉地一怔，看着他的同时缓缓站起，又颇忌惮似的悄然后退。项桓侧过身，面无表情地歪头，继而笔直地伸出食指，朝他二人的方向点了点。

整个过程虽然未言一语，但自神情举止中散发出威胁和压迫。

那两人对视片刻，明白好汉不吃眼前亏，赶紧识相地跑了。

项桓这才收回手，微不可闻地冷哼一声，随即又朝那栋宅子望了望，带了些疑惑地往家里走。如果他没记错，这应该是宛经历的府邸。

宛遥姑母的医馆在西市最热闹的一片区域内。

春天带来的寒疾还未过去，铺子里咳嗽声不断，全都是人。

堂下排着两行长队，宛遥和陈大夫各自忙碌，因为有她在，也免去了陈大夫看女病人的麻烦。

一位老妇坐在交椅上，抬手捂住耳朵，直说里面"嗡嗡"地响个不停。

宛遥让她把胳膊放下来："婆婆，您这病是多久开始的？"

"啊……快有五日了吧。"

"平日里睡觉怎么样?"她问完,余光却不经意扫向远处坐着喝茶的两个人,仍是一高一矮,相貌平平无奇,身体壮得像头牛,和四周咳得快上天的病患们形成了极其鲜明的反差。

二人冷不防碰到宛遥的视线,便赶紧心虚地避开,她忍不住皱眉。

"平日啊?倒也没什么,就是夜里三更左右得醒来一回。"

"老人家耳鸣是肾气不足所致。"宛遥挽起衣袖,"两手盖耳,以掌根揉耳背即可……来,您把眼睛闭上。"

对方依言闭目,她将其双耳覆住,轻轻按揉耳窍,节奏舒缓适宜,如此约莫过了半盏茶,老妇隐约感觉耳朵和眼中有些发痒,就在此刻宛遥提醒道:"可以了,您睁开吧。"

她撤回手的同时,耳目骤然通明,连视力都清亮许多。

"这会儿耳中还嗡嗡叫吗?"

"好多了,好多了。"她转过来连连颔首。

宛遥笑笑:"回家后,若再有耳鸣就照我方才的样子做,坚持一个月便能好转。"

"谢谢啊,谢谢。"

"我现在给您通一下经脉,把手伸出来。"她从抽屉中取出金针,正要扎下去,就听到旁边两个等候的年轻男子在闲谈。

"今日城郊怎么那么多的官兵?擂鼓震天的,又在演武吗?"

另一个奇怪道:"你还不知道吗?陛下犒赏三军,辍朝三日以示庆祝,这会儿开了西郊猎场在打猎呢。"

"三军全都在?那淮山不得被他们掀掉一层皮啊!"

"你傻呢。"后者鄙夷道,"能陪陛下打猎的自然是军中的精英。"他竖起食指,"怎么也得是中郎将往上数……"

"西郊猎场……"宛遥若有所思喃喃自语。

自打前天见过项桓之后,已经好几日没有他的消息,也不知他被封了什么。

"姑娘,姑娘。"对面的老妇唤了半天,她才回过神,后知后觉地"啊"了一声。

"你这针还扎不扎了?"

宛遥不经意一垂眸,发现金针被她牢牢地旋进了木桌里,遂飞快地拔起来，心虚地朝人家道歉："对不起啊。"

老妇狐疑地瞥了她一眼，大概也是不太明白这个小姑娘的手艺为何时好时坏的……

早春时节万物复苏，林子里大梦初醒的野物撒丫子满地跑，空气中交织着箭雨疾驰的声音。

一只才从洞内冒头的灰兔在四下的重重危机里瑟瑟发抖，刚探头探脑地迈了一步，就被迎面而来的一支箭矢斜穿了心口，当场丧命。

那马匹却并不停歇，途经此处时，马背上的人只轻轻弯腰一提，便将猎物捞在手，身后是盈箱溢箧的飞禽走兽。

余飞开弓慢了半拍，见状不由有些酸溜溜的，眼见项桓拎起野兔打量，忍不住说："哇，你也太狠了，兔子这么可爱，干什么要杀兔子？"

背着长枪的少年微转过身："你的马也很可爱，为什么要骑它？让它骑你啊。"他收起猎物，驱马前行时还不忘撂下话，"别装了，这辈子造的孽还少吗？"

余飞"嘿嘿"笑了两声拍马跟上去，摇晃着他那颗大头："你少打我马的主意，大司马赏的，贵着呢。"

项桓没搭理他，走出不远，前面的松树下正有一人挽弓仰首，似乎是在搜寻头顶的飞鸟。

"子衡。"项桓唤了一句。

那青年闻声便收了弓，调马侧身，朝他和煦一笑："小桓。"

宇文钧和余飞一样都是他在军中结识的同袍，和余大头不同，宇文钧年长他几岁，是季将军的外甥，素来老成持重，弱冠之年已官拜中郎将，如今大捷归来又直接官升四品，是朝内朝外皆看好的武官苗子。

"你怎么样，有什么收获？"

宇文钧笑着摇头："不及你，只是几只雪雁罢了。"

余飞紧随而上，闻言艳羡道："雪雁好啊，雪雁肉紧实着呢，烤起来贼香！"

项桓的箭矢消耗得很快，不多时箭囊已经空了，三个人转悠了一圈，开始慢慢折返回去。

演武场上，打猎的皇亲国戚和士族子弟们纷纷满载而归，正中的台子上有人在比武，兵刃的交击声尖锐刺耳。

项桓在营帐门边下马,有侍从近前来收拾猎物,他和余飞、宇文钧三人从外围走,不时瞧着场上激烈的比武。

那位居高而坐的是咸安皇帝,他的年纪约莫三十出头,眉眼阴冷,好似永远看不出情绪。

"子衡,飞儿,小桓——"台子左边的案几前,一位身着白色战袍的武将抬手招呼他们。

项桓等人急忙跑过去,季长川便命人看座。

宇文钧喊道:"舅舅。"

项桓和余飞恭敬道:"大司马。"

三个人年纪相仿,皆是季长川手底的亲兵,也算半个徒弟,平日在私下推杯换盏是常有的事。

"来得正好,来来来。"季长川挪了些许位置,语气里透着亲切,"刘指挥使家的公子与越骑将军对阵,你们也都学学。"

场上一刀一剑互相较量,显然持刀的年轻人占上风,他手脚灵活,攻势霸烈,刀锋劈在地上时还有分明的裂痕,想来力道不弱。

余飞本就是用刀的,全程看得津津有味,专心致志,而旁边的宇文钧的目光却不自觉落在了演武场对面的人身上。

那也是名武将,虬髯微白,玄甲披身,双眼凌厉如电,两手摁膝大马金刀地坐着。尽管他尚在与咸安帝谈笑风生,可通身的气魄仍旧让人退避三舍。

长风卷起他玄色的大氅滚滚鼓动,他就像一头雄狮,不怒自威。

宇文钧:"舅舅,他……"

季长川还未开口,眼前忽然多了一个大头,余飞凑了过来:"他?那人谁啊?"

他抬手把这颗脑袋拨到一边,解释说:"是武安侯,袁傅。"

项桓闻言似有所动地抬眸:"原来他就是袁傅?"

在大魏,袁傅几乎是家喻户晓的人物。

这得从二十多年前说起,那会儿还是当今陛下的父皇——宣宗皇帝当政。

据说宣宗老年时昏聩无能,又沉迷美色,导致封地的藩王接连起兵谋反,叛军一路从淮南道杀至长安,兵临城下。

仓皇中宣宗只能带着百官逃往蜀地,以益州为陪都,这便是后来史书上有名的"凤口里兵变"。

此后的长安沦陷了七年,而最终平定叛乱的是那时尚不及弱冠的袁傅。

"据说袁傅攻入长安城前,其母与其兄俱在城内,叛军首领在城墙上拎着他的母兄遥遥呐喊,声称'若要救其性命,立即退兵十里'。他的话刚说完,几支长箭就迎面袭来,一支射死了袁母,一支射死了他亲哥哥,紧接着的一支正中这首领的眉心。"

季长川说完,自饮了一杯酒。

当年,尚且是少年郎的袁傅踏着至亲骨肉的尸体带兵杀进皇城,从始至终,他连眉头都没皱过一下。自此袁傅平步青云,威震南北,对于大魏百姓而言是个不败的神话。

"真狠。"余飞叹道。

宇文钧笑笑:"不狠也当不了大魏第一人。"

这大约也是二十六年来无人能撼动得了他在朝中地位的原因之一了。

坐在季长川身侧的项桓静静地不说话,他像是望着场上瞬息万变的刀剑,又像是透过那些刀光剑影看着别的什么。

"年少功成名就啊,还有那暴脾气……"季长川轻声道,转目扫到那个顽石一样的少年时,似乎想到什么,正要发笑,演武场里比试的两个人却突生变故,持刀的刘家公子被越骑将军一剑打得武器脱了手,而好巧不巧,那柄刀的刀尖去势难收,竟直逼武安侯。

在场的人脸色骤变,咸安帝几乎是"噌"地一下站了起来,唯有季长川还一副懒散模样。

袁傅彼时正在垂眸喝茶,耳畔听得风声靠近,锐利地一抬眼,他伸出长臂,迎向刀光徒手接住了那柄长刀。

动作何其利落!

袁傅放下茶杯,忽然将刀柄掉了个头,凌空一掷,原封不动地推了回去。

百官们还未及松一口气,转瞬便明白过来,武安侯发了火,他显然是准备杀了丢刀之人。

场上的刘家公子明显被吓蒙了,愣在原地不知所措,自己平日所熟悉的刀刃已然成为要命的利器,六亲不认地朝主人奔来,霸道非常。

没人敢硬接这一刀,有自知之明的人都知道上去就会死。

季长川一句感慨未及出口，余光蓦地见得一道身影闪过，他想阻拦时早已迟了，当即骂道："才想说像你，你这臭小子就真的去了！"

项桓是提着他的银枪跃上演武台的，当他置身在刀锋下时，才深刻地感受到那股凛冽迫人的气势，是见惯了杀戮的人才会有的力量。

这会儿他想起刚才大司马讲过的，武安侯三箭定长安的故事。

但已迟了，不过迟了就迟了，他动手从不后悔。

四周传来惊呼声与季长川的骂声，金铁相撞，一阵巨响，隐约从足下荡开了一小股的风，沙尘骤起。长刀在半空打了个旋，"咣当"一声落于地面，周围鸦雀无声。

他手里的银枪却似嘶鸣般震颤未止。

长刀断了。

长刀断了……

在许多人的印象中，大魏无人能抗住武安侯下了杀心的这一招。所以当看见那个持枪的少年安然无恙地站在台上时，几乎每一个人都不自觉地离席而起。

只有项桓自己知道那一刀的力道有多大。好似某种本能，他猛然抬头，对面负手而立的是袁傅高壮的身躯，浓黑的氅衣带着难以抗拒的雄威。

季长川不知几时已悄然站定，笔直地与之对望。

大魏朝的两座险山就如此左右对峙着。

但袁傅却没有闲心和这位凯旋的将军视线交汇，反倒是睐眼打量了项桓半响："叫什么名字？"

少年神色平静，不卑不亢地仰起头："大司马麾下左中郎将，项桓。"银枪上划过一缕耀眼的光芒，映着那双毫无畏惧的眼眸，散漫中带着狂妄。

"小孩子不懂事，冲撞侯爷了。"季长川脸上挂着笑，抱拳行了一礼。

"小孩子？"袁傅回过神时，才认真咂摸这个词，看着项桓笑说，"是啊，真是个小孩子。"

可能是对这个称呼感到不悦，项桓皱了皱眉，眼神冷下来。

袁傅问："你多大了？"

"虚岁十九。"他低声回答。

不知是想到了什么，袁傅轻笑一声，因得他这笑，旁边提心吊胆的文武官员才算是三魂七魄顺利归位。

"是个可造之材。"从他口中道出的夸赞总有几分耐人寻味的意思。

"侯爷是大人大量不与你计较,你可别得意忘形了,还不道歉?"季长川这话是给项桓找台阶。

项桓低着头拱手作揖。当着那么多人的面,想必武安侯也不好同一位少年计较,于是跟着季长川缓缓走下台阶。他的脚刚踏上地面又莫名地一顿,随后转过头。

数步外的袁傅在接触到那目光时,长眉竟不自觉拧了拧,生平难得有所触动,而此后每回想起,他总是忘不了当日所见的那双眼睛——冷冽、狠戾,但又像燃着一簇不灭的火,无比明亮。

项桓在席上落座,他听了一路窃窃私语的交谈声,连随意举目四顾,都能接收无数羡慕钦佩的眼神。

他默默地将被震得险些失去知觉的右手藏在了身后,高深莫测地挺直背脊,但这么坐久了也还是难熬,他无心再看剩下的比武,找了个借口同两个朋友先走了。

"你还真是不怕死,袁侯爷的刀都敢正面挡。"余大头抚着胳膊"啧啧"称奇,"这赶着送命的劲头一点也没变啊。"

项桓活动了一下自己发麻的手腕,不在意道:"那么惜命,还打什么仗?"

余飞继续摸着胳膊,但这次觉得他有理了:"也是。"

"不过你到底冲动了些……"宇文钧捏着腰摇摇头,"毕竟是武安侯,不同于寻常人的。"

"知道。"他应完,静了好一会儿突然停下脚步看向余飞,"我从刚才就想问了,你干什么老摸胳膊?"

余大头边揉边道:"我狩猎的时候伤了胳膊啊……那你呢,你不一样摸手?"

项桓翻了个白眼:"我这是震伤的。"

说完两个人又齐齐盯着宇文钧,后者倒是很大方:"看小桓挡刀太意外,起身的时候闪到腰了。"

余飞无言以对地龇牙,满不在乎地挠挠头:"小伤,小伤,找个大夫抓点药擦一擦就行了。"

项桓探入怀中摸索,问他:"你带钱了吗?"

后者连找都没找:"我没带啊,谁跟陛下打猎还带钱呢……"

这回两个人倒不用去盯宇文钧了,后者如实摇头:"我也没带。"

三只铁公鸡大眼瞪小眼,大魏最穷的后起之秀居然扎堆了!

也许是被各自的两袖清风无奈住,一时间无人说话。

宇文钧思忖片刻,却是第一个打破僵局的:"这样吧,我家离得近,我回去拿。"

项桓起了个念头,伸手拉住他:"不用。"他双眸里忽然泛出光彩,笑道,"我带你们去找一个人。"

医馆里的高峰期已过,一上午下来,病人数量明显有所减少。

陈大夫治病之余也会抽空看看宛遥这边的情况,知道这姑娘是个学医的好材料,又见其这般有耐性,不由轻捋胡须很是欣慰,自觉后继有人。

椅子上的女孩子应该是染了风寒,面色蜡黄,没精打采的。

宛遥拉开抽屉将干净的压舌板取出,尽量温和道:"小妹妹,我给你瞧瞧咽喉,啊,先张嘴。"

木条才压住舌头,门外忽蹦进来一个人,也不细看,张口便唤道:"宛遥!"

被来人叫得一愣,宛遥的手不自觉松开,随即眼睛像是添油的灯盏,瞬间明亮,转头循声望去。

少年踩着阳光往里走,笔直如松的身形在光影间流转,似乎还带着几分演武场上的狂傲。

"项桓。"她自语似的轻唤,想都没想,起身就朝外跑。

旁边的陈大夫后知后觉回神,看着还叼着木条的病人,急得直扯嗓子:"宛遥,人还没治完呢,你走什么!"

他那个学医的好苗子总算回头了,脚下却没停,好似很高兴:"陈先生你帮我接下手,我一会儿回来!"

陈大夫咬咬牙,为他夭折的"后继有人"感慨万分:"这些年轻人,都什么性子!"

几个学徒围上去帮忙了,宛遥走过去时,项桓正在打量四周,把陈大夫的一系列反应尽收眼底。

她有些意外地问:"你怎么来了?"

少年抱怀却看着前方,口没遮拦道:"这老家伙这么大岁数了,居然还在啊。"

宛遥颦眉伸手拍了他胳膊一下:"陈先生毕竟是长辈,不要这么说话。"

项桓不置可否地抿了抿唇。

宛遥发现他今日穿的是骑装,满身风尘,便猜想他必是才去哪儿野了,随即又看见后面跟着的余飞和宇文钧,目光移过去,轻轻行了个礼。

宇文钧颔首抱拳。

余大头倒是没留意,指着周围转圈:"你家医馆还真大啊!"

宛遥笑说:"医馆是我姑母的。你们呢?忙完了路过来喝茶的吗?"最后一句是望着项桓说的。

"刚刚在西郊狩猎受了点轻伤,"他不自然地摸摸鼻尖,"想找你拿点药,有治跌打损伤的吗?"

她愣了愣:"又伤了?"

"什么叫'又'?"项桓眉峰微蹙,不知是不是因为宛遥的语气,话到嘴边他莫名不愿承认,拉过余飞来挡刀,"伤的又不是我,是他。"

"喂……"虽然是事实,但对于这种死要面子拿兄弟顶包的行为,他还是很不齿的,"明明你们俩之前也喊疼的。"

项桓歪头不屑地轻笑:"我那点小伤早就好了。"

宇文钧自知不便让姑娘家给他医治,当即施礼道:"在下也无大碍。"

"你们!"余大头瞬间觉得原以为坚不可摧的兄弟情其实薄如纸片。

"不要紧,你别担心,我治外伤很有一手的。"宛遥笑了笑,示意他上前坐。

战场中下来的人,身形异常剽悍,但无一例外地带着大大小小的新旧伤。

余大头是刀手,肩膀上的肌肉虬结,宛遥摸到他皮肤下明显的条状硬块,便知道是拉伤。

"不曾损到筋骨,想必是你动手时太用力,又未活动开。"她拿出干净巾布浸透热水轻轻敷抹,"最近几日切记别提重物,要多休息,多搓揉。我再拿点活血消肿的药膏来,你们稍等。"

她给余飞做了简单的处理之后,冲众人略一颔首,去了里屋。

很快有跑堂的端上一壶清凉解渴的茶水。

025

　　余飞隔着热巾子揉胳膊，自觉舒服许多，望向宛遥的背影拿手肘捅了捅项桓："你妹子这手艺挺熟练啊，少见有姑娘家学医的。"

　　项桓在喝茶，先漫不经心地解释："她不是我妹妹。"随即捡了颗枸杞扔进嘴里嚼，笑道，"要说，这医术还不是在我身上练手练的！多亏了我。"

　　对面的宇文钧闻言，端着茶碗略有所思地一顿，抬眸看了看他，忽然含笑着低头饮茶。

　　余飞对此无所察觉，笑得像朵花："那我这回的诊费和药钱，是不是就不用付啦？"

　　话音刚落，对面一颗干枸杞就砸了过来。

　　"做梦呢！"项桓道，"回头补上。"

　　余飞悻悻地摸了摸额头，捡起落在手边的枸杞也送进嘴里嚼。

　　药堂中自带一股苦味，学徒和药童足下生风，忙前忙后地跑。

　　项桓正拿起茶碗要喝，冷不防从交错的身影间看见了坐在另一侧的两个人。

　　对方同他们一样相坐饮茶，闲适得根本不像是来看病的。

　　尽管潦草地一瞥，他还是瞬间认出来了，是不久前跟踪宛遥的宵小，连衣服都一模一样。

　　当日矮墙下，他已经清清楚楚地警告过了，看来是没有把他那一指当回事。

　　余大头说了半天话无人搭理，发现项桓的眼神不对，伸手过去晃。

　　"喂，喂，你看什么呢？"他顺着视线望，见得两个生面孔，不明所以，"那俩什么人啊？"

　　"死人。"

　　项桓冷言说完，一口饮尽了水，将碗放回桌上，几乎是同时，他起身两步上前，一掌掀了桌子朝对方砸去。"轰"的一声，在周遭病患的惊叫之下，不甚结实的长桌在那两人身上分崩离析，茶碗与茶壶一块儿携手夭折，碎得满地皆是。

　　事发得太突然，这二人明显被砸蒙了，好半天才回过神想起来要还手，拳头才往上举，迎面就结结实实挨了一记暴打。

　　项桓就地取材，把碎木板拎在手，乱棍般朝前招呼，打得对方直抱头鼠窜，最后实在没办法了，自我认怂地喊冤："你怎么能随便打人呢！还有没有王法啦！"

项桓目光狠厉，冷笑道："就你们也配跟我谈王法？"

毫无征兆的打斗引起了极大的恐慌，医馆内顷刻间乱成一团，病人们立马变得灵活，纷纷如临大敌地往安全之处躲避，不多时便贴着墙站了一圈。

宇文钧看了一下四周，在项桓抢棍子前拦住他，示意道："别让宛姑娘为难。"

项桓动作下意识地顿住，旋即把两人提起扔到门外，挥拳猛揍。

医馆内的看客们见战火转移，立马跃跃欲试，不怕死地凑到门边看热闹，陈大夫拍着大腿高喊："大家先别乱，别乱！老太太您不要跑了……当心点！地上还有水呢！哎！"

宛遥抱着草药打起帘子出来时，怎么也想不到自己只是离开了那么一小会儿，外面竟能天翻地覆！

她急忙拨开人群挤进去，看见地上被揍得满地滚的两个人，不由地深吸了口气，脑中立时空白，很快她就明白过来。

"项桓，别打了！"

宛遥刚要上去阻止，余飞却眼疾手快将她拉住："这种粗暴的场合啊，姑娘家还是不参与的好。"他一副很懂的口气，"男人为你打架的时候，你只要看着就行了。"

宛遥挣不开他，朝惨不忍睹的战况看了一眼，急得要跳脚："这样下去会打死人的！"

"你放心，他有经验。"余飞正色道。

那二人一直处在被打的境地，终于火冒三丈，其中一人摸出一柄锏："你竟敢对我们动手！你知道我们是谁的人吗？"

项桓停了片刻，后者正准备自报家门，又一拳砸下："我没兴趣知道。"

路面上鸡飞狗跳，项桓揍够了才起身活动手腕，抬脚狠狠地踹在对方臀部，把人踢了出去："滚，再敢来我这附近转悠，挖了你们的狗眼！"

眼见对方是个油盐不进的主儿，高矮兄弟立马识相地搀扶而起，跌跌撞撞地跑走，等拉开到一个安全的距离，才开始放狠话："你等着，有种别跑！"

看他们尚能活蹦乱跳，宛遥心知没事，正松了口气，头顶上一道黑影猝然落下。

027

　　项桓逆着光,凉凉地瞥了她一眼:"你,跟我进来。"

　　医馆门口站了几圈瞧热闹的人,陈大夫只见这帮臭小子大步流星往里走,还不等他兴师问罪,对方就反客为主地进了里屋,"砰"的一声关上了门。

　　婢女重新奉上一壶煮好的新茶,规规矩矩地站在宛遥的身后。

　　项桓喝了一碗润喉,余飞还在揉他那条不幸受伤的胳膊,宇文钧倒是好教养,目光只盯着面前的茶杯。

　　颇有三堂会审的架势。

　　宛遥坐在对面心虚地揪紧衣摆。

　　"那两个人跟踪你不是一天两天了。"项桓抬手搭在帽椅上,开门见山,"你不去报官,也没告诉你爹?说吧,到底怎么回事。"

　　"这个事……"她瞅着另外两人,讪讪地咬住唇,想打太极,"可能,说来话长……"

　　项桓不耐烦:"那你就长话短说!"

　　看出他神色低沉,宛遥只好闭目深吸了口气,一气呵成地道:"他们其实是当朝司空梁大人的公子梁华派来的,说是保护我安危。"她迟疑片刻,抬眸为难道,"梁公子前不久到我家提亲了……"

　　项桓闻言愣了一下,不自觉将胳膊从椅子上缓缓放了下来,半晌没说话。

　　宇文钧年纪较长,倒是通晓朝中之事:"梁司空是两朝老臣,亦为辅政大臣之一,乃是士族领袖,其公子我也有幸见过几面,是个仪表堂堂的儒雅文人。"

　　宛遥点点头:"嗯,我爹娘对他也很满意。"宛家说到底也就是个末流小官的家世,能与司空府结亲算是极大的高攀。

　　"大概在一个月前,我回家途中被几个闹事的地痞纠缠,他出面替我摆平,又说是担心我的安全,便特地安排两个人保护我……"她无奈道,"所以从那之后,但凡我出门,他们就会一直跟着。"

　　余飞怀疑地眯起了眼:"这手段听着微妙得很啊,那小子不会是自导自演,故意来一出英雄救美的吧?"

　　"我也把这个想法告诉过我爹。"宛遥意味不明地歪头苦笑,"不过他貌似挺喜欢梁公子的,总说是我多心。"

　　项桓忽然攒眉问:"别管你爹娘喜不喜欢,你只说你自己究竟想不想嫁给他?"

028

她小心翼翼地瞧了他两眼，垂首轻声说："我不太想……"

项桓对她这答复似乎不满意，加重语气："想就是想，不想就是不想。"

宛遥只好道："不想。"

他听完，若有所思般点头，牙齿轻轻磨了磨："行，我帮你摆平。"

正在此时，医馆外好不容易平息的骚动再度沸腾，隔着门，帮工的伙计颤巍巍地唤她："宛姑娘，好像是梁、梁公子来了。"

宛遥在项桓说完那句话时便预感不妙，这会儿他直接眉峰一扬，似笑非笑："来得正好。"

知道他素来是能动手就不会动口，宛遥急忙拽住他胳膊："这可不是一般的小人物，朝廷命官的儿子不能随便打的！"

"我知道。"项桓忽然变得很明白事理，拨开她的手，一副了然于胸的样子，"放心，本将是个讲道理的人，不会一上来便占他的便宜。外面人多，鱼龙混杂，你在这儿等我的消息。"说完，他推门出去，余飞和宇文钧自然二话不说紧随其后，打算给他撑场子。

虽然得了一番保证，宛遥仍是无法放任项桓不管，匆匆丢下婢女跟了上去。

医馆内的看客们还没散，见这情形像是有了好戏忘了疼，连医病都不着急了，站在门口探头踮脚。街上是去而复返的两个喽啰都鼻青脸肿的，想必是找着他家公子就急吼吼地赶来了，此刻正狐假虎威地指着迎面而来的项桓："少爷，就是他们！"

五六个家仆簇拥着一位锦衣华服的公子哥，看其年纪大概也才二十出头，倜傥潇洒，手里还握着柄宝扇，整个人仿佛就是照着书里的贵公子形象长的。

项桓在距他十步之处站定，抱怀冷眼打量："你便是梁华？"

"唰"的一声，对方收拢扇子："兄台既知晓，又何必伤了在下的人？"

此时宛遥已挤到了他的跟前，梁华见状，远远地向她作揖抱拳，姿势做作，她只能扯扯嘴角，回了个假笑。

"我留他们一条命已经仁至义尽。"项桓伸出指头朝他点了点，"你是士族之后，我给你这个面子。你我打一场，若打赢我，宛遥的事我就原谅你。"

在他的逻辑里，没有什么是一顿单挑解决不了的，如果有，那就换成群架。

宛遥忍住想扶额的冲动，终于明白那句"不占便宜"的深层含义，忙拉着他的手腕压低声音："梁公子是文人啊，怎么和你打？"

项桓淡淡地瞥了她一眼,大概并不理解其中有什么不妥之处。

他没说话,对面的梁华倒是先笑着开了口:"御前左中郎将,我认得你。昨日殿前受封瞧不真切,今天有幸一见,果然是少年英雄,在下佩服。"他礼貌性地捧完场,随后将两手拢在身前,笑得一脸无辜,"不过呢,这自古婚姻之事乃是系于父母之命媒妁之言,宛大人都收了我家的细帖子了,中郎将不至于来多管他人的闲事吧?"

梁家上门提亲时,宛经历刚好在,拿到帖子的时候险些没把脑袋点成蒜臼。此事说来的确是他们理亏,宛遥只好轻轻松开手。

项桓冷笑:"什么父母之命。我不管是谁,只要硬逼她嫁人,就算是宛延来也没用。"

宛遥闻得前半句还深以为然地颔首,听到后面不由为老父亲在心里"咯噔"了一下。

如此离经叛道的话,满场的看客均是鲜少有闻,人群中立时小声议论起来。

梁华紧接着面不改色地一点一点展开扇子:"早听说项家二郎桀骜不驯,素有'小太岁'之称,在下此前还不信,现在看来,中郎将当真是不虚此名。人呢,不能光会拳脚功夫,那叫莽夫,知礼懂德才是为官之道的根本。"

宛遥明显感觉到项桓侧了侧身子,脸色骤然黑了几分。

原本按项桓平时的性格,他早就出拳了,项桓这会儿破天荒多容忍了几句废话,分明是在给他知难而退的机会。可谁知道这位梁公子不仅没退,还开始积极地挑战他的忍耐度。

"在下是过来人,奉劝项兄弟你几句,不该管的事不要管。长安城可不是你项家府邸,能够容许你堂而皇之地忤逆不道,任性妄为。"他居然一边讲,一边有恃无恐地抚弄扇面,"项侍郎素来是要脸的,倘使传出去,可别又让人像几年前那样,说你有娘生没娘养,多难听啊……"

宛遥拽着那条胳膊猛然一用劲,挣脱开来,这次她实在是拉不住,左右站着的两位又无动于衷,她只能眼睁睁地看着项桓走过去。

梁华优雅地抚着折扇,一抬头,坚硬如铁的一记拳便硬生生砸在他的鼻梁上,瞬间就是个天昏地暗,不省人事。

梁司空家的大公子当街挨了打。

这个消息几乎是半天就传遍了好几个坊,在朝臣中更是闹得沸沸扬扬。

不为别的，打人的是项桓——刚从战场上回来的虎豹骑中郎将，五天不到便开始重操旧业，而且比起从前有变本加厉之势。

梁家自诩威望甚高，何时受过这种委屈，一屋子哭哭啼啼的妇人，无疑是火上浇油，梁司空只觉全家都遭到了羞辱，当即勃然大怒，抄起笔连夜写奏折，准备和项家拼个你死我活。

项南天得知了事情始末后，立即备车上梁府请罪，打算息事宁人，表示要钱给钱，要药给药，要儿子也能拎过来让您随便打，当然前提是拎得动。但梁司空偏偏也是个倔脾气，说不接受就不接受，非得上朝让陛下评评理，摆明了不给台阶。

一时间两家人都是心神难定，不得安宁。唯有宛家对此津津乐道。

宛经历提起项桓，眉目间便是一副"我就知道"的神情："小时候不安分，长大了也不安分。还以为他能在军营里磨砺出像宇文将军那样的性子来，果然啊，人到底是本性难移的……"

宛遥吃不下饭，随便扒了两口，一个人偷偷溜进厨房，拣出个大食盒往里装饭菜，足足叠了有两层高，她才把盖子合拢，一转头就对上宛夫人那双能飞刀子的眼。

毕竟知子莫如母，她当下就瞧出来了，在宛遥的脑门子上一戳，语气里满是恨铁不成钢："你又要去找那个臭小子？他都多大个人了，还非得你照顾吗？"

"娘……"宛遥被她戳得直往旁边躲，手中倒还没忘护那篮子菜，"这事怎么说也是我害的，我若是袖手旁观，那就太不仗义了。"

"你一个姑娘家仗什么义？"宛夫人咬牙蹦字儿，"回头让你爹知道，不打断你的腿！"

宛遥把食盒抱在怀里，趁机往外跑："那您同他说我睡下了。"

此时的项家后宅刚经历了一场天崩地裂。

项南天从梁府吃够了闭门羹回来，怒气冲冲地立在堂前狠狠地训斥儿子，可没想到项桓毫无悔过之心，反而还自觉有理，犟得不行，两个人又再次针锋相对。

一番争执无果后，他再次怒火中烧地命人请了家法。

府上长辈劝阻，亲戚拦架，他把鞭子拿在手里，然而项桓只是冷漠地看了一眼，然后一言不发地背过去，利索地脱下上衣，态度挑衅地任凭他打。

　　项南天被气得七窍生烟，结结实实地抽了几鞭，可从头到尾这小子连吭也没吭一声，隔着劲风都能感受到对面执拗的倔强。

　　天色黑下来时，宛遥才让认识的项家丫鬟悄悄给她开门。

　　三两个家仆收拾着正堂落下的狼藉，这会儿四周的威势将将平息。

　　宛遥避开府中耳目，走得小心翼翼又轻车熟路。其实项家上下对她都不陌生，哪怕半道上被谁瞧见了，大多也睁一只眼闭一只眼，知道她是来"探监"的。

　　许是战火刚消停，沿途一直静悄悄的，她正走着，冷不防从背后伸出一只手，轻轻拍在肩膀。

　　宛遥倒抽了口凉气，险些当场叫出声，连忙回过头。

　　对方一张脸笑得像在拜年，颇为喜庆："宛遥姐姐，是我！"

　　她慌里慌张地安抚自己那颗悬着的心，多有无奈地叫了一句："圆圆。"

　　说话间，这小姑娘已经绕到了她正面去，揭开食盒的盖子深深地呼吸，用手扇着香气往鼻子里送，心情甚美："来找我哥啊？"

　　宛遥点点头，继而打量周围这暴风雨后的宁静，小声问："又吵架了？"

　　项圆圆扬起眉，捡了最上面的那块煎饺放进嘴里："那可不，他们爷俩有不吵的时候吗？"

　　宛遥觉得也是："那挨打了？"

　　"我爹没揍动，只抽了几下，这会儿人在祠堂关禁闭呢。"肉馅还烫着，项圆圆吃得满口哈气。

　　宛遥拉住她的手臂："他身上有伤的，你怎么不拦着项伯伯点儿啊？"

　　面前的人非常胳膊肘往外拐，边吃边舔手指，很是不以为意："没关系，我哥年轻嘛，皮实着呢，揍两顿不要紧……哇，这烧鹅贼香，你做的啊？"

　　宛遥应了声"是"，下一瞬对方便徒手抓了片最大的。

　　亲妹妹！

　　项家的祠堂供着列祖列宗，高香日夜不断，所以屋内常年弥漫着一股烛火味道。

　　宛遥拨开门进去时，项桓正百无聊赖地坐在地上把系帘子的绸带打成结，身后的光骤然照到脚边,他反应极快,抄起一旁的矮凳准备扔过去,目光却在望见宛遥的那一刻堪堪顿住,眸中的狠厉逐渐往下消退。

他收了一身的戾气,随手将凳子丢到一边,竟有些许颓唐地把胳膊搭在膝上,微微别过脸,开口沉沉地说:"我饿了。"

宛遥看着那张预料之中满含不屑和倔强的脸,忽然觉得记忆倒退回到了好多年前。

那时的她还很小,吃饭时特地磨蹭到最后一个离开,然后把桌上的煎饺和肉饼揣进怀里,溜出家门,从项府后墙的矮洞中往里钻。

项桓会在祠堂的窗前把她拉进来,两个人偷了贡果躲在角落。

宛遥就在一旁看着他盘腿坐下,大口大口地吃,满嘴流油。

如今,后墙的矮洞早已填补,就算还在,她现在长大了,也无法再猫着腰钻进去。

有很多时候,宛遥并非没有感觉到时光和分别带来的陌生与差距,但此情此景依然让她有种岁月倒流的错觉。也许,总有些东西是不会变的。

"给你带吃的来了。"

夜里尽管有烛火照明,祠堂内仍显得幽暗森然,他们把蒲团并拢,席地而坐,在项家祖祖辈辈的注视中大快朵颐。

项桓耗了一日的体力,又滴水未进,眼下饿得厉害,捞了最能填肚子的蒸饼先行果腹。宛遥跪在蒲团上,支起身子替他擦面颊边的血痕,擦了一会儿,小心地用余光瞥他两眼:"对不起啊,事情闹那么大。"

项桓蹲在那儿,不在意地啃饼:"不关你事,是我自己要打的。"他是真没把这个放在心上,平时架打得多了,比起揍人的原因,他更在乎揍人后的结果。

宛遥也知道他会这么讲,用手拨开少年散在鬓边的几缕头发,细细清理下面的鞭伤,忍不住皱眉责备:"你爹打你脸的时候,怎么不躲呢?"

项桓嚼完一口饼,鼻间发出轻哼:"我才懒得躲。"

对这明摆着较劲的神情,宛遥悄悄翻了个白眼,暗中加大了力道。

项桓果然咧嘴抽凉气:"嘶……你轻点!"

食盒第一层的煎饺被项桓吃完,他揭开盖子盯着缺胳膊少腿的烧鹅:"这鹅还有一只腿呢?"

宛遥收起药膏，丢去一个只能意会的眼神："路上遇到小圆。"

"她又吃我的东西？"项桓轻轻咬牙，撕下另一条烧鹅腿塞到她的手里，"明明晚上没少吃，到这会儿抢什么食，你就在边上看着？"

"也不是。"宛遥拿着那只鹅腿心虚地替自己辩解，"我还替你挡了一下。"就是没挡住。

他大概是没信，别过脸笑了声，端起渐冷的肉汤润嗓子，三两口就吃完了那只残废的鹅。

烧鹅骨肉鲜嫩，酥脆的味道顺着手里的腿冒上来，宛遥却把玩似的拿在手里打转，低眉迟疑了很久才问他："那最后怎么处理，项伯伯有同你说吗？"

他举重若轻地答复："他想让我上门去给姓梁的道歉。"话音刚落就哼道，"简直做梦。"

宛遥得指尖稍顿，良久都没说话，隐约觉出周围忽然的寂静。

项桓蓦地抬头，刚舒展的眉宇再度拧了回去，唇边的肌肉微微动了下："你那是什么表情，你是不是也认为我做错了？"

"我不是觉得你做错了……"宛遥小心翼翼地斟酌道，"只是有很多事，也并非要用打架来解决……"

她已经尽量委婉，项桓仍旧不出意料地黑了脸："好，那你说，我要是不动手，该怎么解决？"

"……这个，我还没想出来。"真想出来她何必被梁华的人追得满大街跑，"以往你同人起争执，要打要骂都不要紧。可现在不一样，你在大司马麾下当值，已经有官衔在身，凡事总得多几分顾虑。"

可惜他听不进去，话未讲完便转头冷硬地打断："连你也替他们说话？"

宛遥终于感到不可理喻，蹙眉看他："我怎么就替他们说话了？"

"还说没有？"项桓蓦地凑近与她对峙，"自己回头想想，你这番话和姓梁的白天说的有什么分别？"

她愣住片刻，项桓见她这样的反应心里愈发窝火，愈发觉得自己那条鹅腿给亏了，伸手夺过来扔到食盒里："你别吃了。"

手背莫名挨了一记打，宛遥先是瞧了瞧盒子里的鹅腿，又抬眼瞧了瞧他，总有些平白无故受牵连的憋屈。她干脆把整个食盒往怀里揽："菜是我烧的，那你也别吃了。"

"好啊！不吃就不吃。"

项桓颇有骨气地把嘴胡乱一抹，侧过身，给她一个后背和满地骨头的狼藉。

虽然不是第一次好心被当驴肝肺，宛遥抱着自己的食盒依旧意难平。

两个人尽管谁也没再言语，但居然很默契地，谁也没先起身离开。

半旧不新的蒲团好像带了糨糊，可以把人牢牢粘在原处。

背后数十个牌位之下，烛火熠熠跳动，活似几双灵动的眼睛在屋里来回打量。

隔了那么久，热食早已冷却，在她两臂间发出有气无力的香味。宛遥盯着地面出神，不经意朝旁瞄了一眼。

项桓抱着胳膊枕在膝上，凌乱的黑发下露出脖颈的几道青痕来。他的侧脸还是倔得像块顽石，唇紧紧地抿成一条线，半边清俊的轮廓在烛火下异常干净分明。

宛遥低头，唇角轻动，然后不作声地把食盒又推了回去，脑袋却半点没往旁边偏。

项桓也还望着对面在风里飘荡的帘子看，但后脑勺仿佛生了双眼睛，伸手又稳又准地拿了块冷掉的煎牛肉，慢吞吞地放到嘴里咀嚼。

翌朝后的早会上发生了一场酝酿了许久的风波。

咸安帝沈煜屁股刚坐稳，梁司空就持笏上奏，痛斥项家教子无方，纵容暴徒当街打人，天子脚下目无王法，简直藐视天威云云。

梁家执意认为如项桓这样的人根本不配入朝为官，理应削职流放，以儆效尤。

梁华在鸿胪寺有个挂名的职位，怎么说也是朝廷命官，这事项南天不占理，哪怕心中把项桓活剐了好几遍，嘴上还是得给他争辩两句："吾儿虽生性鲁莽，但并非善恶不分、是非不明之人。梁公子若不是挑衅在先，也不至于遭来横祸。"

梁司空侧身反驳："项侍郎，你这么说，难道觉得是我儿的不是了？"

项南天暗中翻起个白眼，恭敬地道了句不敢，随后说："司空与我当局者迷，还是由大理寺定夺为好。"

底下吵吵嚷嚷，沈煜却支着下巴冷眼观望。

你来我往的斗嘴声中，忽然插进来一句浑厚清朗的"陛下"。

沈煜觉得耳熟，方才吾吾地掀起眼帘。正对面的人身形高大挺拔，宽松的官袍不同于往日冷硬的玄甲，让这位战功赫赫的武将带了些君子如玉的风采。

沈煜记得自己手下这名家喻户晓的将军平日是不太喜欢插手政事的，孰知他对今天鸡毛蒜皮的纷争竟起了几分兴致。

"大司马请讲。"

季长川暗暗叹气，自从项桓入了他的麾下，要收拾的烂摊子便与日俱增。

"左中郎将少年脾性，天生直爽，此番因梁小公子恶语相向才冲动失控，算是事出有因，还望陛下能够从轻发落。"

"大司马。"一旁的梁司空不乐意了，扬声指责，"谁不知项桓是你的人，你这样讲，只怕有失公允吧？"

沈煜听了半天，终于模模糊糊记起他们嘴里的这个人来："左中郎将……"他思索说，"是那日西郊猎场上挡了武安侯一剑的那个吧？"末了，便意味不明地笑笑，"少年英雄啊。"

他话音刚落，群臣里紧接着传出一阵同样的笑声，众人转目看去，武安侯袁傅已然信步而出。谁都没想到这等鸡零狗碎的事竟能让朝中的两位重臣连番上奏。

一时间连梁司空也蒙了。

袁傅好似对日前那持枪的少年很感兴趣，并不介意替他说上两句："不过是小孩子间打打闹闹，几位大人何必这样紧张。既然季将军认为中郎将年轻气盛，脾性有待磨砺，我这儿倒有个不错的提议。"他笼手在袖，语气随意，"不妨就让他上梁府照顾梁小公子直至痊愈，既全了礼数，也养了心性，大家都有交代，两全其美的法子，何乐而不为？"

什么法子能荒唐成这样，满朝文武闻所未闻。两个年轻文武官当街闹事，还能用这种手段息事宁人的吗？但武安侯一旦开了口，众人即便心中有千万怀疑也只能以神色交流，不敢发一语一言。

沈煜面无表情地沉默良久，旋即展露出笑容："武安侯说得是。"

此刻，梁项两家的当家内心如出一辙地都是晴空霹雳。

唯有远在宫外的项桓还躺在祠堂里酣睡，全然不知对自己的惩处已这般被高高举起又轻轻放下。

第二章 外邦

项南天前脚刚下朝归家,圣旨后脚就到了。内监吊着嗓子一字不漏地宣读完毕。

梁家满府不甘,项家匪夷所思,坊间不明所以的百姓倒是跟着皆大欢喜,大概很乐意看一出不要钱的好戏。

第二日,天没亮,宛遥已经简单收拾好了行装,她趁夜色溜出门,轻手轻脚地摸到后院,脑袋还在留意着身后是否有人,手却动作娴熟地拔了闩。

门一拉开,外面是她娘赫然出现的身影。

"娘!"宛遥被吓了一跳。

"早知道你不会安分。"宛夫人面沉如水,明显是生气了,"又上哪儿去?"

"……茅房。"

"茅房的门是朝这儿开的?"她边说边摇头,"项桓一回京你就跟着瞎折腾!"

无怪乎自家老爷不喜欢那个小子。

这好不容易才教育回来的闺女,短短两天又被他带坏了,项府简直是京城最大的黑染缸。

宛遥垂首反省了片刻,很快又难得正色地扬起脸:"放他一个人去照顾梁公子,肯定会出事的。"

"那与你何干啊?"宛夫人不以为意,"他要出事那也是他自己不对,人家爹娘都不管,你何必上赶着去惹一身腥。"

"项桓已经没有娘了。"宛遥突然出声打断道,"他身边连一个能好好劝他的人都没有了。我若不管他,我若不管他……就不会有人管他了!"

宛夫人听得一怔。

她站在母亲面前质问:"爹和项世伯相看两生厌,同项桓又没关系,你们上一辈关系不好,何必非得拉上他呢?他明明什么也没做。"

趁母亲愣神之际,宛遥已低头从身边绕了过去。

瞒着宛经历擅作主张算是先斩后奏了,但比起她爹发火,说动项桓反而是件更为麻烦的事。

他挨过刀子,受过军棍,是整个虎豹骑小惩大诫的典范,几时接到过这种莫名其妙的惩罚。然而圣旨难违,军令如山,宛遥磨破了嘴皮子才把这位爷准备带出门的雪牙战枪放了回去。

可他实在是不想去,甚至觉得负重绕皇城跑几圈都行,一路怨气冲天地行到梁府外,抬眸看了顶上的匾额一眼,仍旧满心的抵触。

"有什么好照顾的,他又不是缺下人。"如此一说,项桓愈发地排斥了,他不耐烦地侧身,作势要临阵脱逃。

宛遥拽住他的手腕把人拉回来:"这可是圣旨,抗旨不遵要杀头的。"

"圣旨这么荒唐,陛下他知道吗?"

宛遥忙捂住他口出狂言的嘴,然后使眼色。

项桓偏头挣脱出来:"捂我作甚,不让人说实话了?"

"季将军好不容易替你求来的面子,你别辜负他一番好意。"知道项桓最敬重大司马,她只得把人搬出来循循善诱,"些许皮外伤,仔细养两天能康复的,不至于耽搁太久的时间。大丈夫能屈能伸,你就当是在家禁足了,好不好?"

"走吧。"项桓教她说得没了脾气,不甘不愿地由着宛遥推上了梁府门前的台阶。

两个门房见状,立时弓腰行礼。

她颔首:"项家二郎奉旨拜访,劳烦通传一下梁大公子。"

等宛遥真见到梁华本人的时候,才知道自己此前那句"些许皮外伤"有多么不属实了。

昔日风度翩翩,自认潇洒的贵公子此刻正直挺挺地躺在床上,从头到脚缠满了白布,好似五花大绑待宰的牛羊。

她的眼神带着询问和质疑,转过去盯旁边的项桓,后者一副漠不关心的样子望向别处。

而梁大公子还在含糊不清地低语哀号，待听到侍女弯下腰提起宛遥的名字，号丧之声才略有收敛，勉强撑起脑袋，半是殷切半是感动地开口："宛姑娘……"

没等他诉出苦，后面的项桓慢条斯理地上前几步，他的目光一盯过来，梁华瞬间偃旗息鼓，没能出半点声音。实在是前天受的刺激太厉害，他眼下总算认识到面前这个人说话的可信度，当真是不含半句假话，什么事都做得出来。

如今是杯弓蛇影，战战兢兢。梁华只好规矩地躺了回去，一言不发地老实躺着。

要让项桓安分地照顾一个人，从理论上讲不太现实。

但圣旨上写得明明白白，梁大公子的起居他必须亲力亲为，仆役与丫鬟皆不能插手，否则就是有违旨意，要军法处置。

宛遥不指望他能帮忙，挽起袖子向伺候的婢女要来药方和外伤膏，先简单检查过梁华的伤势，再照着时间熬好药汁，准备热水和干净帕子。

项桓百无聊赖地坐在桌边看她忙碌，毫无负罪感，手里有一搭没一搭地把玩茶杯。

"梁公子，喝药了。"她拿汤匙搅散热度，因梁华周身不便，便舀了一勺喂在嘴边。

后者抿过一口就开始矫情："烫了些。"

宛遥颦眉收回手，她不是个喜欢生是非的人，闻言只好再意思意思多吹两下。

项桓正将三个茶盏摆得整整齐齐，见此情此景忽然莫名感到硌硬，他微抿起嘴唇，把茶杯往掌心一捏，说道："又不是没长手，喂他干吗？"

她转过头解释："他断了两根肋骨，起不来的。"

"两根肋骨算什么？"项桓不在意地侧目冷笑，小声嘀咕，"我那会儿琵琶骨都断过，也没见谁这么事无巨细地照顾我。喝药换衣服洗澡，还不是亲力亲为，要你惯他。"

对他这种严于律己，一视同仁的行为，宛遥一时半会儿还真不知该如何接话，端碗无奈地瞧了他一阵："那你来喂？"说到底这本来就是他的事。

项桓难得没推诿，大咧咧起身，语气轻松："行啊。"

他一站起来,梁华立马感觉到了危机,他是怕了项桓了,出于求生的本能,当即挣扎道:"不……不用,不用。中郎将您坐着就好,坐着就好。"

"不用什么,别客气啊。"他开始撸袖子,刻意把前几个词咬得极重,"咱们不是还要握手言和,重修旧好吗?"

"这、这……"生死关头也不敢再故作柔弱,梁华迅速抄起宛遥手中的药,甚是豪气地一口干了。

宛遥:就怕成这样!

她捧着个空碗无所适从地朝项桓看过去,后者一脸无辜地耸肩,表示不关自己的事。

宛遥只得暗叹口气,收拾起碗盘,不一会儿又想到什么,说:"也好。"

她示意柜子上盛放的外伤膏:"梁公子身上该换药了,男女有别,我不方便动手,你帮帮他吧。我正好去瞧瞧厨房里的粥熬得怎么样了。"

一瞬间,躺着的人和站着的人,表情都有微妙的变化。

项桓的嫌弃之色分毫不加掩饰,双手抱住胳膊,眼里明白地写着"抵触"二字,宛遥端着托盘从他的身边经过,踮脚提醒道:"圣旨啊。"

他不耐烦地应声:"知道了。"

走出房间时,宛遥大大地舒出一口气,那里头四面八方都是雷雨降临的前兆,待久了好似浑身带电,哪儿哪儿都不自在。尽管此刻离开不太仗义,但难说梁府中是否藏有宫内的眼线,还是留项桓一个人多和梁华亲近亲近,算是完成任务吧。

她站在门前,有几分担忧地侧目看了一看,终究是摇头走了。

虽然名为"奉旨看护",梁家却也不真敢把他俩当下人对待,才出院子没多久就有丫鬟前来接她手上的药碗:"姑娘辛苦,剩下的由我打点便好。"

宛遥道谢:"带我去拿些吃食,要清淡的。"

两人一前一后穿廊过桥,梁府的家眷大概不很待见他们,早早地关窗掩门避事去了,路上偶有遇到的也只是点头示意,连招呼都省了。这么一路而行反倒十分清静。

宛遥刚送走一位貌似侍妾的女子,后面便见得三两个手托草药的婢女疾步而来。她略停住脚,出于行医的习惯,自然而然地问:"这些都是梁大公子的伤药吗？"

她随口问，本以为对方也会随口答，却不想领路的丫鬟只是笑笑，不动声色地拿话岔开："姑娘，庖厨在左手的方向。"

宛遥听了此言，才认真打量起面前的侍婢。

虽貌不惊人，但举止端庄，那笑容活似刻在了唇边，看久了让人莫名有种阴冷难受之感。

她将目光落在那些装于碗中，成把成把的药草上，极快地一扫，继而淡淡笑道："好。"

而另一边，梁华的卧房内。

项桓正烦躁地坐在桌前，手指几乎不停歇地在上面轻叩。

不远处的梁公子则两手交叠在胸前，躺得很是安详。他伤了肋骨，短时间内无法正常行动。

床头摆放的药瓶还一件没碰过，项桓觉得宛遥已经离开有些时候，说不定就该回来了。为了耳根子的片刻宁静，尽管内心抵触，他仍旧不情愿地走到床边，一把抓过药膏。

梁华的双目直勾勾地将他盯着，眼中有对即将到来的未知之事的恐慌。

项桓也不跟他扭捏，利索地解开绷带，梁公子的体型较为瘦削，近日又少食多睡，摸上去更为硌手。

他一边给这块"排骨"擦拭，一边悲哀地想：自己居然也沦落到给一个大男人上药的地步。要是让虎豹营里那群被他揍过的士卒看见，还不得笑上一整年！

正面的伤很快处理完毕，眼见着要翻面了，项桓本就没耐性，又嫌麻烦，索性伸手打算把人拽起来，迅速敷衍了事。

刚将梁华拎起，那瞬间，两人都听到了一声不大不小的脆响，"咔嗒"一声，疑似何物碎裂。

四目相望片刻。

对视没有持续太久，一声惨叫即将爆发，幸而项桓动作极快，用包扎的巾布飞速堵住梁华的嘴。

"呜，呜呜……"

他下手有那么重吗？

他有些狐疑地打量，总觉得自己也就轻轻地碰了一下而已，但这骨头错位得实在有点厉害，就算穿好衣服原封不动地放回去，梁公子怎么瞧也和之前的不太一样了。

项桓琢磨一会儿，尝试着给他恢复原状。手摸到他的胸膛，简单粗暴地往原来的方向一推，很快，发出一声新的脆响。

梁华咬着巾布，睁大眼睛，这回连"呜"字都没吐完，头一歪晕在了床上。

"肉粥好了。"半炷香过后，宛遥提着食盒推门进来，兴冲冲地将几碟清粥小菜摆上，"我让他们切了几片咸鱼给你下酒，照顾病人咱们要同饮同食，所以要吃大鱼大肉只能忍上两天。"

项桓还在玩茶杯，听说有酒，才少见地露出点神采。

宛遥给他倒上，往前瞧了瞧："梁公子怎么样？"

"谁知道。"后者面不改色地往嘴里丢了一粒咸花生，"大概睡着了吧。"

"梁公子身体虚弱，多睡些对伤势恢复也有好处。"她低头张罗饭食，满屋子都是碗筷碰撞发出的清脆响声。

"哦。"他表示没意见。

床上的人也终于松了口气。

隔了不久，宛遥又平常地补充道："那待会儿你记得把粥给他喂完。"

梁华正徐徐地睁开眼，当即双目翻白七窍生烟，干脆利落地昏了过去，一了百了。

在梁家消耗的时日远远超出了宛遥最初的估计，着实是项桓手劲不留余地，害她足足给人当了一个月的使唤丫头，再加上后者偶尔添乱，到五月初，梁华的伤势才初见好转。

除了梁、项两家互相嫌弃之外，宛经历和项侍郎也没少吵架。一个觉得对方管教不当，没拴好儿子，放出来祸害无穷；另一个又觉得对方闺女半斤八两，是个红颜祸水。

夹缝中艰难度日，幸而即将见得曙光。

为了慰劳兄弟多日的辛苦，宇文钧和余飞特地在京城酒楼里包了雅间，请项桓与宛遥来小酌片刻。三个男人喝酒，谈的都是国家大事，一副心怀天下的样子。

"这回圣上派都察院左金都御史胡大人去安北接受和谈,胡大人是个文官吧?"余飞问。

宇文钧心知其意,摇头解释:"陛下原本是打算让舅舅去的,不过他怕自己锋芒过露惹来朝中非议,所以给推了。"

余飞颇感遗憾:"结盟一事,听说折颜部大汗和他弟弟巴鲁厄起了争执,后者一直上蹿下跳,没安好心,我怕他沿途若干点什么事出来,那个胡大人半路出家,想必应付不了。"

"到时候若又闹出点什么事,大魏就不好收场了。"

项桓饮完酒,把碗重重一搁:"怕什么,大不了便是再打一场,咱们能灭他一次就能灭他第二次,提枪到安北去不就行了!"

"有道理……"余飞被他这话刺激得热血上头,"还是和你说话痛快!"

"来。"宇文钧递碗,"再倒上。"

一帮年轻军官推杯换盏,待吃完一坛,项桓才留意到宛遥从始至终未曾言语。

他想了想,在桌上的菜肴里拣了几块清淡的丢到她碗中去:"怎么不吃,不合你胃口?"

"不是。"宛遥回过神,心不在焉地动筷尝了两口。

宇文钧见状,同余飞对视一眼,温和道:"宛姑娘哪里不舒服吗?有心事?"

说起"心事",项桓后知后觉地看着她,大概也是不解和意外。

她摇摇头,给他们一个安心的眼神:"谈不上心事,只是近来在梁府总有些很在意的细节……"

项桓微微眯起眼:"梁家谁给你脸色看了?"

"这倒没有。"宛遥稍顿,斟酌语句,"我是发现梁府之内,除了梁公子,好像还有其他重病之人。"

宇文钧奇道:"怎么说?"

"此前曾有一次,我见侍女拿着和梁公子并不对症的草药煎熬,但对下人旁敲侧击,却都讳莫如深。"

余飞:"是些什么药啊?治什么病的?"

宛遥一边思索一边徐徐应答:"有槟榔、黄芩、芍药、甘草、厚朴……单

看这些，是主治寒热、疟疾或避瘟祛暑之类的病症。"

项桓漫不经心地笑："大户人家有一两个染上风寒的也不奇怪。"

"话是这么讲……"可她隐隐从梁府上下的氛围里捕捉到一丝难以言状的违和，然而用直觉来解释未免牵强。

"还有，梁华来我家提亲的事也挺突然的。"宛遥蹙眉，"按理我与他半分交际也未曾有，门不当户不对，他为何会无缘无故瞧上我呢？"

她还不至于天真到认为是自己外貌出众，令一向喜欢玩弄权术的梁家就此纡尊降贵。

余飞素来对这种大宅门中的事弄不明白，插不进话。

倒是宇文钧沉吟许久后，说："长子娶妻并非小事……你家人呢，怎么看？"

"我娘是怀疑过，也派人多方打听。说是梁府的老太太前不久病逝，夫人又身体虚弱，梁家想找个媳妇冲喜，这才张罗着寻到我。"宛遥言罢，仍是摇头，"不过若仅仅是冲喜，全京城合适的姑娘有一大把，怎么也不该轮到我。"

仔细想想，这的确是个匪夷所思的问题，天上掉下来的馅饼，谁知道有没有掺毒。

一时间满座陷入了沉思。

余飞打了个响指，灵光一现："很简单啊，既然梁家那只软脚蟹选中你，必然是你有与其他女孩子不同的地方，你想想看，自己哪里不一样？"

"我？"宛遥指着自己狐疑，"我不同寻常的地方……顶多就是懂一点医术的皮毛？"

宛遥和项桓给梁家当下人使了一个多月，两人还没崩溃，那边的梁华倒是先忍不住了，嚷嚷着要出门透气。

不过细想也情有可原，他成日里躺在床上，大门不出二门不迈，后背都快生茧子了，可想而知日子的有多难熬。因此，梁大公子在能下床的当天，便命管事备好车马要出城郊游，说什么也不愿在家多待。

除了宛遥和项桓两人，他又另外带了四五个强壮健硕，孔武有力的随从，大概也是怕独自面对项桓会吃亏。

马车在郊外的高山集附近停下，时至初夏，万物蓬勃。

只是今日天公不太作美，阴沉沉的，密布乌云。

梁华周身的外伤虽大致痊愈，但仍需借助轮椅方可出行，宛遥推着他在郊外散步，身后是一队随从。

许是知道有她在，项桓多少会顾忌着点，自己不至于惨遭无妄之灾，梁公子便开始肆无忌惮起来。

"这头顶的鸟儿也太聒噪了，中郎将，劳烦你给赶一下。

"如此美景良辰，自当以诗为记方可不虚此行啊……来，笔墨伺候。

"嗯，水光潋滟，碧绿映红，不若今日正午就在此歇息吧？中郎将，咱们捉鱼来吃如何？"

…………

项桓额边的青筋凸起，想要冲上去，梁华一个后撤，到底忌惮他，双手遮住脸连声提醒："我有圣旨！我有圣旨！"

项桓显然一顿，宛遥趁机赶紧抱住他的胳膊，压低声音劝道："冷静，冷静……君子不与小人一般见识，忍一时风平浪静！"

这句话果然有效，毕竟再同此人朝夕相对足以令他生不如死。

项桓紧紧地抿住唇，狼眼般的双目狠盯了他半天，到底撤了力道，自认倒霉地转身去摸鱼，一路上每步都是地动山摇的气势，看得出气得不轻……

捡回一条小命的梁华缓过气，自命风流的天性不改，很快就掏出扇子开始摇了，但目光却还落在不远处，正脱鞋下水的少年人身上。他唇边浮起几分难以名状的笑："你这位竹马，倒是很听你的话。"

宛遥对此人始终没有好感，但因身份悬殊之故，又不能堂而皇之地无视，于是随着梁华的视线望过去。

河水碧波粼粼，涟漪上泛着微光，倒映出零碎的身形。那人的青丝高高束起，有种别样的精气神，卷起衣袖的小臂现出微微紧绷的筋。

宛遥看着看着，轻轻说道："其实跟我没关系，项桓本性不坏的，只是你们中的大多数人都不太了解他。"

作为大多数人之一的梁大公子不以为然地摊手耸肩："这种人啊，脾气大，往后谁嫁给他，指不定天天受气。"

她听完后，沉默了良久，似乎真的陷入了疑惑和苦思中。

青天绿水间，少年弯腰在河里摸索，眉峰微不可见地一皱，再起身时，

匕首上已扎了条鲜活乱蹦的鲈鱼,溅起的水花晶莹剔透。

宛遥见他笑意漫上眉心,自己也不禁悄悄松了口气……

就是在此刻,手背上粗粝的触感沿骨节渐渐延伸,她起了一身的鸡皮疙瘩,猛然甩开梁华握上来的手,飞快往后退了数步。

"梁公子。"宛遥脸色沉得厉害,她少有这般生气的时候,冷眼开口,"还请自重。"

梁华摊开掌心细细瞧着五指:"我梁家有什么不好,你嫁过来吃香喝辣,不比在宛府过得差,至于让你如此反感排斥?"

按理说他形貌又不丑,是京城有名的公子哥,难道会连一个莽夫都不如?

"婚姻大事不能强求。"她神情依旧肃然,秀眉轻皱着,"你的心意我领了,还请公子另择佳偶。"

梁华不死心地笑道:"何必急着拒绝呢,你可以好好想想……"

见他作势想凑过来,宛遥愈发觉得此人之前刻意支开项桓是别有所图,戒备地往后回避:"不必想了,我心意已决,长辈那边我自会劝说。"

她转身将走,又想起什么驻足补充:"另外有件事,我想必须讲清楚。咱们两家只是换了帖子,我还不是你梁府的人,烦请梁公子别再派人跟着我了,免得自找麻烦。"

留下主仆几人在原地,她头也没回。

话讲出来总算痛快了一些,但宛遥仍感到心里堵得慌,自打被梁家缠上,那种憋屈感就如影随形。尽管负气走了,她也不敢走太远,只沿着河边打转,吹吹暖风。

等她转悠回去,项桓已在鹅卵石堆中架起火,串好鱼悠闲地在上面烤,见她过来便往边上让了让。宛遥挨在一旁坐下,拿烧火棍扒拉柴堆。

"你吃大的吃小的?"项桓翻出带来的作料洒到鱼身上,炙烤后的焦香很快扑鼻而来。行军途中一贯是临水安营扎寨,粮食不够吃的时候,打鸟捉鱼打牙祭也是常有的,因此他烤鱼也算得心应手。

"小的。"她随口应答。

项桓"嗯"了声,瞥一眼她的神情,不在乎道:"别管他,我们自己吃,不用给他留。"

宛遥沉默地捅了捅火,又皱眉朝身后看,伸手不住地来回搓揉手背,到底意难平。

她的脸色一暗,捞起架子上的鱼,森然说:"不,要好好帮他烤。"

"哈?"项桓满腹疑惑和不悦。

宛遥拣了一条最大的鱼,掏出怀中的小瓷瓶,往鱼上刷酱汁。

作料在明火上一烧,那股辛辣刺鼻的味道瞬间毒雾似的往周围扩散。

"哇!"项桓急忙捂住口鼻,"你放这么多辣椒,会吃死人吧?"

"哪有那么容易。"宛遥沉着一张脸,咬牙切齿地掀了个眼皮,低声恼道,"吃坏了也活该,谁让他方才不老实的。"

他怔了一会儿很快听明白,因为对于作弄人有着与生俱来的热情,当下接过她手里的调料加倍折腾:"这点怎么够?再多刷点……我来。"

扁平的鲈鱼在火光下隐隐发出了诡异的红光,周身发亮。

"你整条鱼都放辣椒了?"宛遥吃惊。

"没呢,还剩了半截儿,看你心疼的,又不是什么好东西。"

她拉了拉他衣袖,难得想利用一回他欺负人的本事:"那一会儿你喂他吃,盯着他吃完。"

"行。"项桓颇乐意地点点头,"我再灌他吃一条都没问题。"

梁华没能撑过半条鱼就忍不住要喷火了,两旁的随从打水、找果子,给他消火驱辣。

狂暴的大风是在此刻刮起的,方才还只是灰蒙蒙的天,一瞬间暗得吓人,树叶在风里化成了利箭,到处飞卷,沙尘迷得人几乎睁不开眼。

宛遥一行赶紧收拾车马回城,然而梁大公子也不知起的什么兴头,今日走得格外远,离城门还有一个多时辰脚程时,瓢泼的大雨已倾泻而下,周遭尽是"哗啦啦"的水声。

不到傍晚,天却黑了,道路泥泞难行,众人在雷雨中摸索良久,总算找到一间灯火通明的小店。

"这雨真是说下就下!"

"也不知要下到几时才停。"

客店没有招牌,更像个扩建过的茶寮,里面坐着不少狼狈的食客,大约都同他们一样是前来躲雨的。

马匹停在门前,不住地甩鬃毛抖抖一身的水花,店伙冒雨牵住缰绳,把

它往后院的马厩挪。

几人险些淋成落汤鸡,一进门便叫热茶热汤。

项桓拿过小二递来的干净帕子,丢在宛遥的头上揉了两下,旋即自己又捡了一条帕子擦拭脖颈的雨水,张口唤道:"老板,有热饭菜没有?"

楼上传来一句脆生生的答复:"有的,有的。"

老板不曾露面,主持生意的是个中年的妇人,瞧着快奔四十了,精神头却很足,皮肤偏黑,笑容优雅,正招呼小二端茶送水,看起来像此处的老板娘。

"几位,要用些什么?"她款步而来,视线不着痕迹地把众人扫了一遍,"店里小本生意,倒是有两道拿得出手的好菜。"随后又看了看宛遥,约莫是把她当孩子,笑着补充,"现成的糕点和蜜饯也有。"

梁华作为此次出行付账的钱袋,当即第一个表态:"备两桌饭菜,要清淡些的,糕点蜜饯各上一碟。"

"好嘞。"

项桓紧接着说:"再来几壶热酒。"

老板娘笑盈盈地回眸:"没问题,几位客官慢坐稍等,酒菜马上便来。"

店内的客人大多粗布麻衣,一看便知是附近市集的老百姓,他们这一行阵仗不小,再加上一只坐轮椅的软脚蟹,很快惹来无数目光好奇地打量。

项桓就近找了张桌子落座,抬掌将随身携带的短刀拍在桌面,"砰"的一声,气场全开,英气潇洒。

江湖原则,不该问的不问,不该看的不看,一干人等立马识相地收回眼色,规规矩矩地聊闲话家常。

小二先端来茶水,梁华殷勤地亲自动手给宛遥满上。

她还在擦发梢的雨珠,就听得对面貌似很高兴地说道:"初夏的雨总那么猝不及防,看样子一时半刻不会小了,咱们不妨在这儿用些粗茶淡饭,小憩半日。茶寮品茗听雨也不失为一件风雅之事。"

梁华还在说:"我适才见店中还做海棠酥和山药糕,不知口味如何,宛姑娘可有想吃的?"

宛遥瞪了他一眼:"鱼。"

他被自己的唾沫噎了下,瞬间不作声了。

风雨里夹杂着雷电,窗外灰暗的天偶尔骤亮,光从棂子打进来,有种说不出的瘆人。

"掌柜,我等要的烧酒怎么还不上来!"

一侧角落坐着三五个粗壮汉子,清一色的褐色短打,棉布腰带,背后别一把柴刀,想必不是樵夫便是屠户。

庖厨中有人应道:"就来!快快,给客人送去。"

旋即一道干瘪矮小的身形疾步而出,看那模样应该是个十岁年纪的男孩儿,因为瘦削的缘故,实际的岁数可能还要再大一点,只是不知为何他用黑布蒙了面,单单露出一双湿漉漉的眼睛。

热酒上桌的同时,宛遥这边的菜肴也陆续摆好,她正低头盛饭,对面的壮汉忽然斥道:"干什么呢!毛手毛脚的!"

传来杯碗撞在一起的零碎声,许是那孩子打翻了汤水,壮汉们只得手忙脚乱地擦抹。

"还杵这儿挡什么道,闪一边儿去!"

那群五大三粗的汉子竟纷纷抽了口凉气,站起来大声呵斥:"掌柜,你这都让什么人送菜啊!存心恶心人是吗?还能不能好好吃个饭了!"

混乱中,小男孩莫名被谁推了一把,踉踉跄跄地跌倒在地,他面颊上的黑巾顷刻掉了一截,消瘦蜡黄的皮肤间露出大半血红的颜色,那是一张难以形容的脸。

他的左唇角比一般人要长,长到诡异的程度,一直延伸到耳朵前两寸的位置,赤裸裸地露着分明的牙肉和牙齿,乍一看去像张着血盆大口的野兽。

在场的所有人从没见过如此骇人的相貌,唏嘘声此起彼伏。

项桓瞧了也不由诧异,同桌的梁华更是惊呼出声来,扶着轮椅直往后退:"哇,这……这孩子是怎么长的啊!"

宛遥望过去,紧蹙的秀眉下,双眸含着说不出的怜悯。她摇摇头,声音轻到只有身旁的项桓才勉强能听清:"是胎病。"

男孩好像对这样的场面并不陌生,但在四周或惊异或厌恶的眼神里多少感觉到一些不知所措,他挣扎着坐起来,慌里慌张地去捡蒙面的黑巾。

有人却先他一步,纤细莹白的手指把沾满油污的旧布递过去,甚至还细心地拂开沾上的碎叶。

对面是一双温婉清和的眼睛。

宛遥提着裙子俯下身，给他拍了拍衣衫的灰尘。这个孩子比她想象中还要瘦弱，掌心轻轻覆上，触感里全是嶙峋的骨骼，像在柴堆里抓了一把。

"你的齿龈外露，别总是用布遮着，这样很容易得炎症。"她说道，"蒙脸的巾子要记得常换洗，最好是一日一次。"

她拉过他的手，晃了几下指间的小瓷瓶："这是大青叶制成的药丸，脸疼的时候兑水化开了服用，能够止痛消肿。若吃完了，也可以上附近的山里采，是很常见的草药。"

男孩干瘪的嘴唇轻动了一下，由于身体虚弱，显得他的目光很呆滞，他就那么捏着药瓶然后目不转睛地把她望着。

宛遥无奈且心疼地摇摇头，想伸手去摸他的脑袋，到底还是犹豫了，只拿出条干净的帕子："暂时用着这个吧。"

她在他瘦小的肩膀上轻按了下，方才暗叹着站起身。

等回到桌边，项桓已经喝完了一壶酒，盛满酒水的海碗停在唇角，他抬眸看她坐下："我瞧他也不像是那女掌柜的孩子，必然是他们从哪儿捡的或者买的，图个便宜，养也养不长久。"

说话时，老板娘碎步从内厨跑出，陪着笑脸摁住那男孩的头，给诸位食客赔礼致歉，又换了新的好酒才总算把一场争议平息了下去，只是四面仍有窃窃的低语声。

梁华是个热衷于听奇闻轶事的人，闻言身子往前倾："宛姑娘知道这种病吗？"

宛遥并不记仇，听他有此一问，也就如实回答："《素问》中有记载，胎病是在娘胎里染上的病。因为母体在孕育期间曾受过严重的惊吓或是吃了忌讳的食水，导致气上而不下，精随气逆，最后影响胎儿。这般的孩子生下来后外貌大多异于常人，又先天不足，被许多人家视为不祥，要么早早夭折，要么一落地便让稳婆溺死在尿盆中……所以很难有长这么大的。"

客店内，一个年纪稍长的伙计上来把男孩儿领走了，后者低着头，却没用宛遥给的帕子，只把自己那条黑布摊开，严严实实地缠住半张脸。

"我们别看他了。"宛遥收回视线，"吃饭吧。"

雷雨临近傍晚时停息，木质的房梁在雨后散发出清新的湿气，门外的世界好似经历过天劫,草木在厚重的水珠下耷拉着,每一株都是沉甸甸的。

店内的客人逐渐离开,很快只剩下宛遥一行人,但此时此刻,梁华却说什么也不肯走,无论如何都要在这里歇上一宿。

"眼下就算启程,等赶回长安城门也早关了,与其在外头等一夜吹冷风,倒不如休息一日明早再动身。"梁大公子人坐轮椅虽然矮了一大截,气势上却不落下风,拍着扶手坚持道,"我可是病人,今日累了一天,马车又颠簸,横竖我是不会赶路的!"

项桓过得糙,倒是给个窝就能睡,宛遥却从未有过整晚在外的经历,想自己一个姑娘家夜不归宿,于情于理都说不过去。

她站在门口颦眉迟疑,项桓转眼见了,低声询问:"你想回吗?如果不愿留,我快马送你。"

还没等开口,梁华转着轮椅很不识相地往前凑:"宛姑娘,中郎将,你们也都留下吧?不妨事的,临行前我派人向二位的长辈解释过,宛经历和项侍郎乃是通情达理之人,想必不会责备二位。"

那还真是高看他俩的爹了。

项南天和宛延没一个是善茬,人前温顺如羊,人后凶残如虎,发起火来六亲不认。

"再说你瞧这天……"他紧接着遥遥一指,"现在哪怕马不停蹄地赶路,多半也来不及了。"

梁华一再坚持,宛遥无计可施,虽总感觉有些奇怪,但一时半会儿又道不出所以然,不过转念一想,至少项桓跟在身边,应该不会出什么意外。

好说歹说,难得说服了同行的两个人,梁大公子回头告知掌柜,却和这里的老板娘争执了起来:"住你家的店又不是白住,担心本少爷不付钱不成?"

"奴家不是这个意思。"风韵犹存的妇人方才还见人三分笑地招呼生意,现下不知怎的举止忽然犹犹豫豫,"贵客别生气,小店粗陋寒酸,怕届时招呼不周……"

"又不是瞎,知道你店寒碜!"他大少爷脾气上来,倒是惹得分外不给面子,"我都不在乎,你瞎操心什么?"

"这……"老板娘不甚自在地笑笑,"公子您随从众多,店中就快客满,恐是住不了那么多人的,不如……"

"什么客满，你楼上哪间不是空的？"梁华终于不耐烦，"行了，我还不知道你们这点小心思。今日本公子心情不错，出五倍的价钱，那些侍卫晚上守夜，就不必管他们了。来，银子收好，安排去吧。"

有钱人财大气粗，而且喜欢一意孤行，加上有年轻女孩子在场，总是不想丢了面子。老板娘被硬塞了块银锭，神色复杂地收入怀中，只好命伙计张罗房间。

二楼收拾出了三间并排的上房，夜幕降临，虫鸣渐起，静悄悄地溢满了天地，整个小店安静得只剩下风声，似乎除了他们真就没有别的客人留宿。

梁家精壮高大的武夫站满了一楼所有的过道，营造出此地生人勿近的气场。

项桓原本在后院练枪，半途让宛遥给拽了回来，推着往楼上走。

"干吗啊？我还没练完呢。"

"你先不急着练，我有要紧的事……"行至二楼客房的走廊，再不远就是她的住处。

项桓拎着枪，亦步亦趋："什么要紧的事？"

话到嘴边有些难以启齿，宛遥揪着他的衣袖，吞吞吐吐道："我……想洗个澡。"

淋了一阵雨，头发贴着皮肤，黏腻腻的难受，她没忍住，只得找老板娘借了套换洗的衣裙。

项桓并不明白这与自己何干，脱口而出："那你洗啊。"

她微微低下头，没骨气地说："我不太放心梁大公子……"说出来未免以小人之心度君子之腹了，但梁华原则上也不算什么君子，只是他今天一系列的反应让宛遥觉得实在反常。

"多个心眼毕竟是好的。"

他听明白缘由，顺势把掌心的雪银长枪一抬："怕什么，他没那个胆子。"

"你别管他有没有那个胆子了。"宛遥继续推他，"总之，就帮我在门外守一会儿吧。"

项桓愣了下，步子虚浮地往前走："我？"

"就一会儿。"她把他摁在原处，转身去开门，又探头回来，"我很快就好了，你别走开啊！"

门"嘎吱"合上，吹来一缕细微的热气。

项桓望着木格后透出的微光，好半晌回过神，先是不自在地摸了摸鼻尖，继而去抓着后脑勺，侧过身来回转了几步，又在栏杆前蹲下，显得无所适从。

头顶悬着灯，照在脚边的光是橙黄色的，柔和温暖。

老旧的客店连木梁都带着斑驳的划痕，翻起的木屑后染着清幽的苔藓，像是年久失修。

他把雪牙枪平放在地上，一手撑着腮，思绪恍然地看楼下巡夜的梁家侍从。

耳畔是"叮咚叮咚"的水声，灯火摇曳。

他在发呆。

不知过了多久，忽然听到里面宛遥试探性地问："项桓？"

他马上侧头道："怎么？"

"没……我以为你不在了，你怎么不说话？"

项桓烦躁地挠挠头："说什么？"

宛遥坐在浴桶中，其实她也不知该讲些什么好，只是这么僵着总有莫名的诡异。

沉默片刻，倒是他先开了口："姓梁的那伤还有多久能好？"

宛遥："若是调养得当，再过七日应该就可以下地了，我们也就能够功成身退。"

"等七月，我不当值的时候，咱们上无量山看庙会去。"宛遥拨开热水冒出的雾气，听他在门外说。

无量山的庙会一年有四次，和其他地方的庙会不一样，因为在道观脚下，每年都有盛大的祭祀活动。由于临近虎豹骑的营地，当地政府为了讨好军官，只准许本地居民还有军士参加。

所以上无量山看庙会一直是宛遥童年时的梦想。

她当即扒在浴桶边："真的？不过我听说山下的路不太容易走，只怕要提前雇好马车，我得偷偷溜出来，家里的马就不能用了……"

正说着，屋内隐约传出轻微的动响，声音不大，好似有何物撞在了桌脚上。

项桓正心不在焉地跟着她那段安排颔首，却蓦地发现宛遥话音骤止，紧接着便是一声防不胜防的惊叫："啊！"

他打个激灵,猛然握住雪牙枪,想也不想箭步往里冲。

"咣当"一声,这一脚踹得实在厉害,门闩几乎当场阵亡,只剩门板在半空摇摇欲坠。

房中水汽弥漫,满室都是清香与湿意,宛遥缩在桶里目瞪口呆地和他对视,张着嘴半天没说出一个字来。她身上还在滴水,热气是白的,肌肤是白的,一张脸却飞速变红。

项桓压根没意识到会有这样的后果,手足无措地抓着枪当场蒙了,好似比她还紧张,一不留神甚至爆了粗口,然后说:"你怎么不把衣服穿好!"

"我又没让你进来!"

"那你鬼叫什么!"

宛遥一头扎进水里,留半个脑袋在外面,底气不足地低声说:"有……有老鼠……"

上了年纪的客栈四面漏风,尽是一些不速之客到访。

项桓一垂头,这才发现那只满屋撒欢的老鼠,它约莫也是被这突如其来的踹门动静吓到了,无头苍蝇般到处乱窜。他暗自磨牙,将腰间的小刀飞掷出去,"砰"的一声死死地将其钉在地上,一眼看去是个"大"字的形状。

项桓顺手将挂着的布帘简单粗暴地扯下,胡乱往宛遥那边一罩,快步过去把这老鼠尸体连根拔起,旋即目不斜视地往外走,末了,补充道:"你赶紧洗,我还要修门的。"

浴桶中的水仿佛一瞬间转凉,她在里面捂住脸,感觉无比丢人,再不敢泡下去,急忙抓衣服起身。

等宛遥擦着头发慢吞吞地磨蹭到外面,项桓已把门轴恢复原状。她靠近的那一刻,明显察觉到两人之间尴尬的气氛。

项桓握刀的手一顿,在宛遥说话前,欲盖弥彰地先开口:"我什么也没看见。"

"我又没问你。"这不是更可疑了吗!

他从未遇到过这种情况,心里也急得莫名其妙:"我娘说我们俩小时候还一块儿洗过澡,那会儿你才一岁多,我帮你洗的,你在我家住了三个月……"

宛遥越听越崩溃,头抵在桌沿去捂脸:"能不提这事了吗……"

许是后知后觉地发现不妥,项桓终于缄默下来,一个劲儿擦他那把匕首,刀刃简直能亮得晃瞎人眼。

所幸就在空气微妙得将要凝结之时，有人敲门给房内添茶水。

对方怔了下，大概也奇怪这屋里多出来一个人，不过倒是颇有眼力见儿地倒满了两杯，恭敬地走了，走前不忘带上门。

难得有件东西可以让他换手，伸手便要喝，对面的宛遥同样端了一杯，刚放到唇边眉头便轻轻一皱："等等。"

她忽然拦住他："水里加了东西。"凭着多年学习药理的直觉，宛遥隐约嗅出了茶水里那一丝微妙的不同寻常。

"什么东西？"项桓瞬间警惕起来，本能地戒备道，"他们下毒了？"

她没说话，执起那杯茶小心用尾指沾了一点面上的茶汤浅尝。

项桓立时一怔，正要开口却被宛遥打断。

"不是毒。"她细细思索之后，抬头给出了答复，"应该是迷药。"

他当下戒备地环顾左右："这是间黑店？"

京城郊外的官道附近，就连名声赫赫的绿林也不敢造次，若真是黑店应该早就被官府端了才对。

宛遥只是摇头，凝眸认真地提醒："刚刚送茶来的是梁大公子手下的人。"

话音刚落，她就意识到今日这一路反常与蹊跷的问题。

为什么梁华偏偏选了个阴天踏青？

为什么赶车走出城郊，甚至走出高山集那么远？又为什么执意要住店？

雷雨交加，山高路远，不得已被迫留宿，事实真有那么巧吗？

如果不是这杯茶，宛遥大概也不会觉得哪里不妥。

"你的意思是……"项桓两肘搭在桌上，微微倾身过去，眼里也多了几分凝重，"这场郊游从头到尾都是他安排的？"

这几个月来，梁华数次登门求娶，但她给的态度十分明确，尽管二老满意，可宛遥如果一再坚持，宛家的长辈也许会动摇。正是明白这一点，为了达到目的，他或许可以选择其他的手段。比如，再卑劣一些，索性生米煮成熟饭，最好闹得满城皆知，让宛家骑虎难下，最后不得不妥协，自愿嫁女儿。

计划至此几乎天衣无缝，倘若不是对方漏了一茬，不曾算到宛遥对医药的熟悉足以辨别出异常，她和项桓今晚多半会一块儿被迷晕，等明日醒来，那就真的是木已成舟，束手无策了。

想到此处,宛遥背后直冒冷汗,她紧紧皱着眉:"难怪他这一路这么不在乎有你跟着。"然而另一个念头仍止不住地在脑中闪现。

梁家为何一定要娶她进门不可?她身上究竟有什么利益可图,以至于让对方这般无所不用其极。平白献来的殷勤不仅没给宛遥带来惊喜,反而令她愈加不安。

正思虑间,耳畔冷不丁"砰"的一声响,项桓拍桌起身去提枪,一见这个架势,宛遥条件反射般地拉住他胳膊:"你上哪儿去?"

"你别劝。"他眸子漆黑如墨,转过来时冷冷地含着怒意,"这口气我非出不可。"

项桓的嘴角紧紧绷着,握在枪杆上的手骨节分明,自上而下涌出一股杀气,那是他自己都无从察觉的暴虐。

片刻后,他不经意眉眼一低,看见眼前的少女定定地朝这边望着,又放宽了语气。

"放心,我不会傻到在这时候揍他,让人捏住把柄。"项桓阴恻恻地磨牙冷笑,"咱们这回出师有名,不怕他梁家有脸去告御状。"

宛遥对他这份自信不得不怀疑:"怎么师出有名?"

"他想玩这种把戏。"项桓说着侧头打了个响指,"我就陪他将计就计。"

"今天夜里你我换房睡,姓梁的要真敢进来……"他摩拳擦掌地活动手腕,"那别怪我不客气。"

项桓飞速收拾好屋子,把被衾抖开,准备在床上瓮中捉鳖,宛遥则不由分说地被他翻窗送进了自己的房间。

"不要乱跑,我完事儿了再来找你。等我好消息!"言罢,他便原路返回。

宛遥局促地站在项桓的寝室内,不安地绕着屋来回转悠,继而屏气凝神,听外面的动静……

楼下的随从在轻轻走动,庖厨里有洗漱的声音,除此之外静悄悄的。

今天晚上,梁华究竟会不会去她的住处?他几时去?

项桓那招出师有名到底管不管用?

她爹是都察院经历,其实给梁家参一本也能以示警告。

自己果然还是冲动了啊,该等明日再商量商量才对……

一遇到项桓,她真是什么思路都莫名其妙地跟着他走了……宛遥头疼地胡思乱想着。

就在此时，门外忽传来一阵"笃笃笃"的叩门声。她被敲门声吓得打了个激灵，刚开口要应，猛然想起和项桓换了房间，犹豫着不知该不该出声。

对方极有耐心地等待，叩了好一会儿才轻柔道："客人，屋里的烛台坏了，我能进来换一支吗？"声音耳熟，应该是之前在大厅内见到的那个其貌不扬的小孩子。

宛遥看了看桌上的灯，后悔没先吹熄，这会儿无论是拒绝还是灭灯都显得此地无银三百两。

她叹了口气，考虑片刻："进来吧。"

门"咔嗒"一声打开，他动作很轻，好像特地照顾他们那些不为人知的秘密，只拉了一个缝隙挤进去。

男孩仍旧紧实地蒙住面容，瞧见桌边坐着的是宛遥，似乎也并不惊讶，握着崭新的铜质莲花烛台，目不斜视地走上前。

那张布巾换新的了，虽然不是她给的那条，但闻着有股清幽的皂角香，想来是曾洗晒过。

宛遥寒暄地问："这么晚了还在忙吗？"

男孩不作声，仅模棱两可地点点头。他把旧烛台上燃着的蜡烛小心翼翼转移到新的烛台上，利落地擦去桌面的烛蜡，然后恭敬地向她施礼离开。在转身的时候，大概是太急的缘故，不慎绊到了腿，宛遥离得近，探手去扶了扶他："当心。"

也正是一瞬间，她感觉到掌心里被塞进了什么东西，宛遥暗自诧异，不由自主地握紧。

男孩依然沉默，微微冲她一颔首，快步出去。

房门掩上，烛火有刹那的跳动。

宛遥这才摊开手，其中是一张皱巴巴的纸条，也不知从哪里撕下的边角，上面带着油渍，只写着两个歪歪扭扭的字——快跑！

与此同时，隔壁房。

店家的安排颇为巧妙，三间客房，宛遥处在正中间的位置。

这会儿早已深更夜半，小店上下只留了一盏守夜灯，黑漆漆的，难见

五指。

皎洁的月光将灯笼的轮廓投在门扉上,走廊间偶尔吹来几阵山风,那影子就跟着左摇右晃,时短时长。摇曳的纱灯逐渐平息,只在眨眼间,门上单调的月光里赫然多了一道人影,正一动不动地注视着屋内。

门落了闩,来者推了一下发现没有推开,他倒也不急,从缝隙间探进一张寒光闪烁的刀刃,对准门闩一点一点地往旁边移,很快,随着一道轻响,门开了。

浑浊的黑影遮挡住大半的光线,紧接着,听到车辘辘碾在地面的细微动静,他似乎是在桌前停了半瞬,然后便朝床边来了。

月色柔情似水,幽暗的花香从窗外飘进,塑造出一幅绮丽动人的画面。

薄被下的人侧身而睡,呼吸均匀起伏着,甚是静谧。

旁边一只手朝床上缓慢探出,悠悠摸到被角,随即小心翼翼地掀开。

清辉照亮一双凌厉锋芒的星目,恰如其分地上演了一幕"绣房钻出个大马猴"。

梁华显然大吃一惊,迎头就挨了一记分量十足的重拳,他"哎哟"一声,轮椅迅速往后滑。

梁华捂住瞬间肿起的左脸,看着从床上下来的项桓,恼羞成怒:"怎么是你!"

"不然你以为是谁?"少年笑得阴冷而漫不经心,活动着手腕边走边道,"怎么,很失望?"

明白自己是被耍了,梁华愤愤不平地伸手指他:"你算计我!"

项桓一掌拍开他的狗爪。

梁华威胁说:"项桓,你敢打我!"

"打你怎么了?"他又挥拳出去。

拳脚纷乱地落下,梁华一边抱头躲闪,一边吼道:"我、我有圣旨的!"

项桓脱口而出:"圣旨也没用,滚!"话刚说完,他就意识到冲动了。

趁他愣怔之际,轮椅上的梁华便好似狗发现屎一般欣喜,腾出只手点点:"哦,你敢侮辱陛下!我要上奏!"

然而项桓只迟疑了片刻,扑了上去,双方瞬时打成一团,难舍难分之时,有人推门而进。

宛遥转身掩好了门，正回头要说话，蓦地被眼前这匪夷所思的一幕惊呆："你们……"

梁华如见救星般唤道："宛遥姑娘，救我！"

项桓狠狠地按了他一下，示意其住嘴，转而抬头朝她道："你怎么来了？"

宛遥边走边说："我有事找你。"

她俯身蹲在项桓的面前，颦眉正色道："在不久前，有人给了我这个。"

她将那张纸条递过去。从收到这个讯息开始，宛遥便坐立难安，这两个字的冲击实在是太大了，难以分清其背后的含义，犹豫再三，她还是决定来和项桓商量。

听完事情的经过，项桓捏着纸条皱眉。

梁华也作势伸头来看，对此人的书法造诣不敢苟同："这字也太丑了。"

"他让我们'快跑'。"宛遥忽略梁华，目不转睛地侧头看他，"难道这里真是间黑店？"

"不可能。"项桓还未做出回答，梁华已胸有成竹地否定，"天子脚下，每隔十日便有官府盘查，不会存在漏网之鱼。况且就算是，那也不足为惧，我带来的人个个身手不凡，对付寻常宵小不在话下。"

宛遥终于嫌弃地瞪了瞪他，反驳说："那要是不寻常呢？"

"嘘，"项桓忽然竖起食指，面色深沉地侧耳倾听，"楼下有人。"

由于整间客栈只有他们几人入住，大门处的声音便显得分外清楚。

是脚步声，听动静恐怕还不止一个人。

项桓朝宛遥和梁华打了个眼色，她捂住嘴点点头，三人立马猫腰慢慢地爬到窗边。

廊上死气沉沉的灯笼还在摇曳，又不知是否被周围冷寂的氛围骇住，晃得有些战战兢兢。

项桓动作极缓地将窗户拉开一条缝隙，三双眼睛冒出来，小心翼翼地往外望。

底楼黑压压地站着好几名身形精壮的粗糙汉子，皆是蓑衣加斗笠的装扮，从上到下密不透风，他们的手都虚虚地摁在腰侧，很明显带了兵刃的。

为首的男子踏前一步，四下里一扫，不多时一道纤细的身影出现，那人提着盏烛灯走过来。

"是白天的那个老板娘。"宛遥低声说道。

两人聚首之后便开始了轻声交谈,但因为距离太远,什么也听不清。

老板娘将灯盏交给旁边的伙计,主动帮那位男子卸下蓑衣。

斗笠一摘,他浓密的头发照在了灯光下,发髻上跳出一小根黄色的鸟雀翎羽,项桓在见到此物时瞬间变了脸色,他飞快关上窗,神态沉重地靠墙而坐。

"怎么了?"宛遥悄悄问。

项桓深吸了口气,让自己的心跳勉强平复,旋即睁开眼认真道:"突羯人。"

"什么?"梁华率先冲口而出,他自小生在太平繁华的京城,于他而言北边遛马放羊撒丫子满山跑的蛮人一直存在于书和传说当中,乍然一听,觉得十分难以置信,"怎么可能,这可是长安,我还有一帮雄壮的随从呢!"

项桓冷哼一声:"你那些随从指不定什么时候就被偷偷抹了脖子。"

"不可能!"梁华扒到窗边,定睛一看,他雄壮的随从们横七竖八地倒在地上,之前因为光线太暗竟一直没发觉。

项桓又转回去,再次确认了一番,肯定地说:"还是折颜部的人,看翎毛,来者必然是王爷以上的身份。"

以当下的局势,会出现在此处的折颜汗王,纵观整个部族,便只有一位。

北蛮距离京城千里迢迢,中间横亘着崇山峻岭,连宛遥也认为太过荒唐:"突羯人为何会在这里?"

"如果我没猜错,此人十有八九是巴鲁厄。"项桓观察着窗外的动向,从怀中摸出一条绳索来,将几把匕首迅速缠绕,嘴边却还在解释,"折颜部大汗的弟弟,他是主战派。因为对折颜向我大魏称臣不满,企图阻挠两国签订盟约。此前还只是听说,想不到他会在此地出现,看来谣言是真的。"

宛遥听得一知半解:"谣言?"

"左佥都御史胡大人即将去安北受降,巴鲁厄虎狼之心,不会善罢甘休,这间客栈只怕就是他的暗桩。"

回忆起老板娘奇怪的举动,宛遥若有所思地颦眉:"难怪今晚她百般推辞,不肯让我们留宿,原来是为了和突羯人接头?要只是住店也就罢了,偏偏某人守夜,把所有活路全部封死了,上赶着让人家杀人灭口。"

项桓恶狠狠地瞪向缩在墙根里的梁华,后者自知理亏,怯怯地捏着自己的衣角。

说到底,要不是此人心术不正,搞出今日这场祸患来,哪有现在这些麻烦!

简直是成事不足败事有余。

项桓怒火攻心。

"好像不太妙。"事态严重,宛遥仍靠在窗边透过缝隙观察楼下的一举一动。

那突羯首领同老板娘交涉片刻,便隐晦地抬起头来,猎鹰般的目光如利箭一样射出,她打了个激灵,甚至觉得对方看的就是自己。

"他们要上来了。"宛遥回眸,焦急地提醒。

杀完了一屋子的侍从,那么主子自然也不能留活口,索性一不做二不休。

如此一想,蛮人找上门是迟早的事情。

"怎么办?"她问。

"还能怎么办。"项桓捆好了短刀缠在腰间,一把握住她的手腕,"当然是跑了!"

宛遥被他一把拽起,膝下忽地一紧,双脚猝不及防腾了空,竟被项桓打横抱了起来。正对着的窗口出去就是后院马厩,他们的马还在那里,靠坐骑杀出去尚有一线生机。

项桓正要动身,臂弯猛然一沉,两只铁箍般的手死死地扣在那里不放。

"中郎将,中郎将……你不能丢下我,你别丢下我!"梁华许是明白他的意图,几乎跪下苦苦哀求。他一身的伤无法行动,别说跑了,甚至走不出几步,现在没了侍从保护,留在此地形同一个活靶子,若不跟着他们,就必死无疑。

"算我求你了!你们带上我,带上我啊……"

项桓甩了几下没有甩开,而门外上楼的脚步已渐渐逼近,梁华侧耳听到,语气愈发凄厉,当即给他二人磕头,磕得砰砰直响。

"是我不好,是我不对,您大人不记小人过,我保证梁家以后再不会和你们有牵扯,"他灵光一现,"我让我爹保举你做参将……不,做越骑将军!"然后又紧接着去求宛遥,"宛遥姑娘,宛遥姑娘对不起,你劝劝项公子吧,我知道我先前多有冒犯,但我也并无恶意的,你看我不是也没对你做什么吗?这一个月来我伤痕累累,吃了不少苦头,权当是偿债了,好不好?我还不想死……"

061

项桓冷眼瞥他,却又难得迟疑了半瞬,带着询问的目光去瞧宛遥。

两双眸子直直地对望,窗外的灯火在其中熠熠跳跃。

梁华要是死在这里,事情会变得很麻烦。即使他们能够安然脱身,梁家人也必定不会善罢甘休。

宛遥深吸了口气,话到嘴边只说:"能救便救,救不了咱们自保。"

"宛遥姑娘!"梁华近乎失控地拉住她,"你再考虑考虑!再考虑考虑,条件不够我可以再加的!宛……"

项桓实在嫌他聒噪,腾出一只手又快又狠地敲在梁华的颈侧,声音未落,他的眼皮一翻,已然栽倒在地。

"项桓?"宛遥看着他拎住梁华的衣襟把人提起,快步走向窗边,扔了出去,旋即听到底下一系列摧山倒树、"噼里啪啦"的响动。

做完这一切,项桓抄起靠在墙上的雪牙战枪束于背后,转身回来抱她。

宛遥:"这么高的地方,不会摔死吧?"

他一提气将人往胸前紧了紧:"反正留在这里也是死。"

项桓一脚踩在窗前的案几上,宛遥此时才发现今夜的冷月如此明净,寒光如水一样在二楼的墙面泼出大片痕迹。数丈距离悬在脚下,连风都好像带着雷霆万钧的威势,顷刻能把她摧垮。

宛遥正要去看身后的高度,项桓忽然摊开五指,将她的头紧摁在颈窝:"抱紧了!"

第一个字在耳边响起时,她肩胛所挨着的那片紧绷的肌肤骤然起落,随之而来的是呼啸逆行的风。他们似乎砸到了什么,有稻草四散飞溅,木料分崩离析。项桓死死护着她的头,就地滚了一圈,便顺势落入一堆带着豆子味儿的干草垛中。

两人挣扎着坐起来,四周是木栏围成的马厩,顶棚塌了一半,斜搭在旁边,倒是组成了稳固的三角形,而梁华则脸朝下平躺在远处。

"你等我一下。"

项桓快步上前,拖着梁华两条腿带到马厩内,左看右看,最后发现了什么,拨开草料把人平放进去。

他们此时自身难保,肯定没法带着他跑路,只能暂时把他寄放在马厩里,等逃出生天了再来回来救人。

项桓拍了拍手里的灰，起身环顾周围，可打量了一圈之后，不知为何，他猛然间就变了脸色。

宛遥敏感地捕捉到他神情的变化，忙问："出什么事了？"

项桓抬起眼，满目肃然："马不见了。"

他话音落下的一瞬间，头顶不甚清晰地传来一道撞门声，必是蛮族人已破门而入。室内空空如也，唯有窗户大开，不用想便猜得出他们是跳窗逃走的。

这帮人做事滴水不漏，既是要灭口，同样也会斩断一切放走活口可能，牵开他们的马确实是情理之中的手段。

倒下的窝棚刚好遮住楼上的视线，宛遥隐约听见男子雄厚的嗓音，说的是突羯语，她听不懂，不过屋中的脚步声很快便渐远了。

"他们在找我们。"项桓得眉头紧皱，警惕地倚在马厩边观察外面的动静。

目标望风而逃，蛮子首先会去封锁店内出口，再下楼四处搜寻，如果没找到，最后才是安排人手往客栈外追。

宛遥抱住膝盖缩在草堆间，她看见项桓闭目深深地吸了口气，像是做了什么极大的决定，在这种时刻他整个人出乎意料地冷静，没有了平日的急躁和冲动，沉稳得宛如一匹静候时机的狼，再睁眼时，他的目光如电似的望过来。

手腕被他拉了过去，一块轮廓分明的牙牌带着体温硌在掌心，宛遥茫茫然地有些无措，尚未说出话，双肩竟猛地被他握住。那一瞬，她心中涌出一丝莫名的不安。

"宛遥，你听我说，院外进门左手边的墙根下有一个小洞，以你的身材能钻出去。突羯人很快就会找到这里来，你先躲到马厩后，届时我帮你抵挡一阵，等所有人的注意力都在我身上时，你再趁机离开。放心，梁华还在，只要我装作护着马厩的样子，他们不会怀疑。"

宛遥脑中一片空白，肩膀处隐约的疼痛也顾不得，她托着那块牙牌的手在颤抖，张口说了个"我"字。她以为她说出来了，但实际发出的声音微不可闻，项桓根本不曾听见。

项桓露出坚定且不容置疑的目光："你带着这个沿官道走……不，还是算了，官道太显眼，你走小道，跑去最近的高山集。那儿日夜有官兵巡守，你把信物交给他们，说明缘由让他们出兵！"

一连串的计划在她的耳边打转，脑子"嗡嗡"一阵乱响。重任宛如一座天降的大山压在身上，宛遥本能地感到害怕与退却，语无伦次地摇头："不行……不行，项桓，我办不到，我办不到……"

"从此地去高山集最快半个时辰，你可以的！"饶是事情紧迫，他竟也耐着性子解释，"没有马，我们两个人一起逃出去的可能微乎其微，必须有人留下拖延时间。"

很明显，留下来的只能是他。

人总是这样。如果与旁人结伴同行，便会不自觉地去依赖对方，纵然面前有刀山火海，想着我并非独自一人，似乎也没有那么难以接受。但骤然间要孤身前行时，长夜下深不可测的黑暗和永远望不见尽头的道路顷刻便能将他击垮。

宛遥从没想过在这种情况下要同项桓分开行动。

"我肯定会被发现的，不行……"她躲闪地低着眼睑，畏怯地重复，"我真的不行……"

"宛遥！"项桓把她的身子他强行扳正，厉声道，"看着我！"

对面的那双眸子如黑曜石般深沉，泛着凛冽的光，清晰而又认真地将她整个映在其中。

项桓忽然扣住她的手，蓦地摁在自己的胸膛上："我敢把自己的命给你，你敢把你的命交给我吗？"

肌肉散发出的热气传入掌心，她好像能感觉到血流的脉动，以及沉稳有力的心跳。

很奇怪，宛遥觉得有那么一刻，整个世界都是宁静的，四周的喧嚣成了虚无，危机和凶险如退潮般退去。她愣怔地看着那双漆黑如墨的眼睛，五脏六腑内的慌乱情绪在只言片语里被齐齐浇灭，不过片刻，她竟真的不再那么害怕了，连呼吸都比方才平缓不少。

她将那块牙牌紧握在掌心，继而颤抖又坚定地冲他点了点头："好，我去。"

马厩的背后很潮湿，靠墙的地方长了一片新鲜的苔藓，雨水把泥土中的腐朽气息冲了出来。宛遥挨在栅栏下，手因为紧张在不自觉地轻颤，闭着眼睛努力调整心跳。

她把方才的计划在脑中过了一遍又一遍，怕遗漏，也怕出差错。

眼下的她所有感官皆绷成了一条蓄势待发的弦，如惊弓之鸟一样，但凡有一丝动静都能让她乍开全身的毛。

凌乱的脚步声很快近了。来的大概有十名突羯武士，方才在店内见到的那个鸟羽首领也在其中。他们提刀从前院拐过来时，迎面看到的便是一个穿着蓝衣劲装的少年。他的背脊挺得笔直，手握一柄沉重而凛冽的长枪，枪头处挂着红色缨穗，锋芒斜点在地上，于夜色中流转银光，透着寒意，冷峭清澈的眼里有毫不掩饰的傲气和不屑。

他忽然向侧面迈了一步，气定神闲地伸出一只手，掌心向上微微弯曲，姿势带着挑衅。

"突羯人一向重义气，轻生死，惜英雄。

"这个手势，在北蛮代表的是一对一的比武单挑。

"他们若发现只有我一个人能打，对于我提出的这个要求，想必不会拒绝。"

项桓先前的话犹在耳边，果不其然，宛遥瞧见为首的突羯汗王抬臂一挡，示意身后的人停步。双方间隔两丈宽的距离眈眈相望。

马厩内，被项桓脱了鞋和外袍的梁华，用成堆的干草遮住，勉强制造出里面无人的假象，幸而天色漆黑不容易分辨。

突羯首领神色怀疑地打量了他几眼，开口用突羯话不知说了什么，宛遥只听项桓缓慢地回应，几句之后，一名身形高大的蛮族武士便拎刀上前。

他高出项桓一个头，体格健壮，肌肉坚实有力，几乎比整个大魏的男子都宽出了一圈，黑影颇具压力地落下来，铁墙般令人望而生畏。

但项桓好似见怪不怪，不避锋芒地与之对视。

突羯人显然没有把面前的少年放在眼里，只求速战速决，暴戾的斩马刀抡成了一个圆，大喝一声对准他的额头狠劈。刀势激起一小股可怕的劲风，宛遥那颗心几乎不受控制地狂跳，她紧紧地捂住自己的嘴，双目死死地盯着前方。

凄厉刺耳的撞击声狠狠划过，余音未绝，震颤不止，甚至隐约让人产生轻微的耳鸣。

蛮族武士的刀被雪白的银枪架住，他似乎感到吃惊，瞪大双目看着矮了

065

自己许多的少年。

项桓冷着眼用力,唇角抿成了一条线,微微颤抖,他将周身的力道全数灌注于双臂之上。

也就是在这时,斩马刀的刀刃发出轻响,一道极细的裂口从两柄武器的相交处萌生,然后迅速地往后蔓延,雪牙枪低鸣呼啸。

突羯人的力量收不住势,长刀在众人目瞪口呆的表情中碎成了两半。

武士虎目圆瞪,身形却因惯性而往下坠。

项桓轻易避开他的拳头,随即一手摁住其结实的胳膊,猛地朝前一拽,同时膝盖飞快顶上,快准狠地一脚踹出去。

蛮人壮硕的身躯竟就地打了好几个滚,拖出一段长长的距离,最终被树干一挡才总算停下。

中原富饶之地,男子普遍羸弱不堪一击,在场的突羯武士怎么也没想到,对面的少年年纪轻轻,居然能有如此大的手劲!

四周一片惊愕。

趁他们犹在发愣之际,宛遥贴着墙悄悄向前移动。泥泞的地面湿滑难行,她必须极其小心才不会被那些青苔绊到。

她从客栈墙后小心翼翼地探出头。

不远处居然站着一个把守的蛮族士兵,正戒备地左环右顾。

这是在计划之外的变故,他们谁也没料到对方会在此处加派守卫,现在该如何是好?

宛遥背靠在墙,犯愁地咬了咬下唇,感受到天意弄人的无助。

有没有什么办法可以把对方引开?她能做什么?

可是不管怎么想,始终想不出任何对自己而言可行的法子。

她毕竟不会那些飞檐走壁的功夫,在常年刀尖舔血的蛮人面前更不敢贸然卖弄聪明。

宛遥生平头一回认识到自身的弱小和束手无策,她茫茫然地盯着夜空发了呆片刻,只好又谨慎地原路返回。

项桓并没用枪锋出击,主要是怕一旦见血,激怒了这些人,从单挑变成了群殴,他半点占不到好处,虽然突羯人标榜"重情义,惜英雄",可也同样会热血上头,恼羞成怒。

突羯汗王脸色冷漠地看着在树底捂着肚子哀号打滚的手下，心中自觉不甘，他阴沉沉地注视项桓，再一抬手，又一名武士听命上前。

刀剑声在后院此起彼伏，蛮族引以为傲的斩马刀在那杆银色的长枪下不堪一击。项桓的每一次挥枪皆在黑夜中削出一抹雪亮的白，冰冷得刺眼。

为首的突羯汗王随着手下一个接一个倒下，面容逐渐铁青，他开始意识到对面的年轻人可能不简单，但到底只是十几岁单枪匹马出战的少年，就此认输他实在丢不起这个脸。

周遭的蛮人已在附近围起了一堵戒备的人墙。这时接连对付了三四个蛮族壮汉的项桓也握着枪暗暗喘气，他其实远没有人想象中赢得那么轻松，突羯人身强力壮，并不容易掀翻，他消耗太大也太快，再这么车轮战下去，迟早得死在他们其中一人的马刀之下。

"不能倒，还不能倒！"他握紧了枪，在心头不住朝自己呐喊，强硬地挺直腰背。

雪牙枪上腥红的液体顺着锋芒洒落满地。

宛遥躲在墙后，看项桓挥枪，又去看守在前院不动如山的蛮族武士，她的心吊到了嗓子眼，指甲深陷入皮肉中，好像在跟着滴血。

因为受挫而气急败坏的蛮人下手愈发残暴，他们的目的是打败对手，死活不论，而项桓为了周旋却要留有余地，他的鬓角夹杂的汗水和血水，沿发丝悄然坠下，神情在接连不断地残忍搏杀下逐渐凶狠。

蛮人叫他这么一看，打了个寒噤，旋即像是被那目光惹恼一般，暴喝一声举刀扫劈。就在项桓以枪格挡的刹那，胸腔骤然一股剧烈的刺痛袭来，好似五脏六腑崩碎，七经八脉尽断。

宛遥眼睁睁地瞧着项桓结结实实地挨了对方的一脚，膝盖往下压了压。

她知道他身上还有箭伤，若非疼到极致，绝不会如此反常。

那一刻，宛遥感觉自己就快喊出来，又拼命地咬牙将情绪按捺回去。

项桓的视线仍黏在那个蛮人身上，他呕出一口血，眉头竟连皱也没皱一下，挡着大刀的长枪纹丝不动。

地面上稀疏地洒了几滴浓稠的痕迹。

他的嘴唇是深红的，双眸却是冷的，其间似乎燃着熊熊烈火，突羯武士终于在这样的眼神之下露出了怯色，对面的少年令他毛骨悚然。

067

项桓用力提了口气，大喊着破开长枪，银芒闪电般朝前划出一道忽明忽灭的光，刹那间鲜血四溅！他踉跄一步稳住身子，一抖枪上的血，冲着四面八方大吼道："还有人来送死吗！"

宛遥尝到了嘴里的腥味，她蓦地抬头，才发觉唇角已经被咬破了。

接二连三的失利让突羯汗王正视起这个年轻人的实力，他不顾手下的反对，脱去外袍接过随从递来的战刀。

地上的伤兵越来越多，店内的突羯人也陆续上前帮忙，脚步声纷至凌乱。

首领的亲征惹来了守卫的注意，他侧头张望战局，不时环顾四周，显得急躁不安，在宛遥几欲瞪红的双目的注视下，终于匆匆从正院里离开。

背后孤傲的少年还持枪而立，她闭眼用力平息心跳，狠狠地一咬牙，猛地睁开眼转身跑向院外。

夜风在耳畔呼啸，头顶是皎洁的月，地下是湿滑的路，宛遥简直记不得是怎么从这家小店跑出来的了。

她的双腿好像在打战，又好像没了知觉，只是不停地，拼命地往前跑。

漆黑的城郊树影婆娑，道路弯弯曲曲的，看不清尽头，好似无底洞般的黄泉道。

宛遥长到这么大，其实很少吃苦，她和无数待字闺中的官家小姐一样娇生惯养，这种事若放在平时，哪怕听一听她也觉得可怕，更别提要在那样危急的情况下跑出十余里去求救。

可真当置身在漫漫长夜中的时候，她心里竟什么也没想。

她只知道项桓还在那里，还受了很重的伤，若不快点搬来救兵，他会死的。

突然间，宛遥在狂奔中停住脚步。

她清晰地听见四周回荡的足音中，莫名又多了一个，窸窸窣窣，沉重却有力，每一步都似镇山慑海，并且正以不慢的速度朝这边靠近。

宛遥冒出了一个令自己头皮发麻的念头。

有人在背后追赶她！

"是他们发现了？还是项桓出事了？"宛遥脑子里一片混乱。

危险的逼近让她本能地加快了步伐，可体力上的差距仍旧太过明显，别说是高大强壮的突羯人,哪怕是寻常的大魏男子,宛遥也一样占不到优势。

情急之下,她借着夜色的遮掩仓皇躲进一丛灌木内。

海桐的枝叶纷繁交错,透过缝隙望出去,黑暗之中,那道魁梧的黑影逐渐出现在了视线里。他穿着普通百姓的服饰,粗布麻衣,头束布巾。

在百步外,宛遥看清了对方手上同小店内蛮人如出一辙的斩马刀,月光一照,微微的光芒顷刻打在草丛间。追到了尽头,蛮人发现四周的异样,遂戒备地握紧刀,款步上前。

宛遥立时屏住呼吸,背脊"嗖嗖"地冒着凉气,或许是冷汗浸透了衣衫,然而她已无暇顾及。那人的脚步声不疾不徐,一步一步,却快要将她逼到绝境。

正是万物蓬勃的仲夏,小道旁长满了茂盛高大的海桐,黑压压的,密不透风。蛮族武士似乎也被这一片灌木难住了,堪堪停在草丛前,沿道边砍边呵斥,想要打草惊蛇。

宛遥如果能听懂突羯语,便能知道这人所说的是京城孩童捉迷藏时惯常用的谎话。

"别躲了,我已经看见你了!"

可她尽管听不明白,也能感受到即将来临的杀意。

蛮人顺着道路的灌木丛一路砍过来,刀刃溅起大片残枝败叶,像是喷涌出的鲜血,落得满地皆是。

他就快来了,他就快来了……

宛遥死死握着那枚凹凸不平的牙牌,铺天盖地的恐惧好似一只无形的手攥在心口,不敢吐出的一口气高高地悬在嗓子眼。

不知几时,折磨人的脚步声竟停了。

她意识到了什么,倏忽一抬眸,零碎的树叶间嵌着蛮族武士灰蒙蒙的布衣。

宛遥狂跳的心"咯噔"一下,仿佛就此停止,脑海刹那涌出一股悲凉的绝望。

头顶传来对方轻蔑的冷笑,刀刃如疾风扫落叶般扬起,狠狠地朝下劈去。

"难道真的要死在这里了吗?"她茫然地想。

电光石火之际,宛遥恍惚闻得一声大喊,由远而近,渐次清晰。

刺斜里窜出来一个瘦小的黑影，猛地扑在那蛮人身上，他人小，力气也小，却不知从何处得来的神力，居然真将这个粗壮的外族人扑得踉跄了一下。

　　突羯武士显然有些吃惊，没料到半道会杀出一人来，当下伸手想去拎他的衣襟，冷不防被这孩子一口咬住胳膊。他的脸生得诡异，一边的嘴角甚至快裂到耳根处，森森的白牙露在外面，像阴间勾魂的野鬼。那一排锋利的牙齿铁箍一样埋入皮肉，几乎硬生生咬下一块肉，鲜血直流。武士立刻疼得"哇哇"大叫，腾出手拼命地打在男孩的头上。可他的嘴似是镶嵌进了筋骨中，任凭对方怎么打，始终牢牢地咬着不松口。蛮人强劲的拳头如金石铁锤，很快，暗红的颜色就从他蓬乱的头发里溢出，一道一道地顺着下巴淌进泥土。

　　血液染红了他的脸，男孩狰狞的双目瞪得大大的，他喘着气，发出恶鬼般的咆哮："放开！快放开！"

　　武士震耳的怒吼回荡在空旷的郊外，他摊开五指卡住男孩的咽喉，试图扭断他的脖颈。

　　也就是在此时，突羯武士的手没由来地一僵，整个人如提线木偶一动不动地定在哪里。在那之前，曾有什么不为人觉察的响声发出。

　　他缓缓地，缓缓地转过脸，背后是宛遥苍白的面容。

　　她握着一根簪子，双手在抖。簪身全数没入，由于力道太大，珠花的顶端早已弯折。

　　她的眼神和面前的蛮人一样惊惶，或许比之更甚，在恐惧之下不受控制地拔出簪子，不管不顾地，再一次扎入其后背的厥阴俞穴。

　　武士转头的动作忽然停了，不正常的青紫从嘴唇蔓延开来，他还看着旁边的方向，身体却慢慢倒了下去。高墙似的身躯轰然倾塌，散落的残叶应声飘起。

　　周围是悄无声息的死寂。

　　宛遥后知后觉地松开手，沾了血迹的银簪随之"咣当"一声落在地上。

　　我杀人了吗？她自问。

　　从小到大，对于生死，她最深切的感受也不过是小时候踩死过一只蚱蜢，哪怕下厨，从来也轮不到自己杀鱼宰鸡。

　　她跟着陈大夫学医，熟悉人体的所有死穴，打重了头昏眼花，打偏了不省人事，说不定还会伤及肺腑，甚至致命。宛遥低头看地上生气全无的尸体，有一瞬呆愣和无措。

"你、你怎么样？"她骤然回神，才想起身后的人。

男孩满脸淤青地躺在一侧，汗水和血水混在面颊上，一只眼睛肿得几乎睁不开，艰难地张着口仰天呼吸。他的目光浑浊，却还在看她。

宛遥蹲在他的身边，手忙脚乱地止血，长久以来紧绷的神经骤然被打开了一个缺口，眼泪忽地就涌了出来："对不起……"

男孩探出手抓了一下她的衣角，却什么也没说，他的气息已经有些微弱了，宛遥没带一瓶保命的药，只能先抱起他放在草丛后的隐蔽之处。

"对不起……"她脱下外袍，严实地盖在他的身上，却难过得声音发颤，"我现在不能带你一起走。你伤得很重，记住千万不能睡！"

"等我。"宛遥的双手在他的手背用力一握，"等我，我一定会找人来救你的。"

她的视线朦胧，看着那个艰难喘气的孩子，她心中生出无限的歉疚和无能为力。

可他依然很沉默，从始至终都一言不发。

不能再耽搁下去了，梁华生死未卜，项桓还在苦苦支撑，折颜部叛军的消息必须立即送到京城，每一件都是要命的大事。

宛遥努力让自己狠下心，突然觉得这辈子做的决定加起来似乎都不及今晚的多。

她扯下一根藤条，扎好裙摆，束起满头的青丝，深吸了口气，又一次狂奔出去。

身后的灌木林内，月光冰凉如水，其貌不扬的男孩望着夜空的数万星斗，目光漠然而安静，他手中捏着条极干净的帕子，帕子上绣着精致的深山含笑，一尘未染。

宛遥说不清自己究竟跑了多久。

胸腔火辣辣地发疼，每呼吸一回，气流都会使得咽喉与小腹如同哽咽般难受。

活了十几年，她跑过最长的路程也就只是怀远坊的十字街而已，简直无法想象这半个时辰是怎么坚持下来的。

背上的那两条人命无形中给了她莫大的动力，直到依稀望见前方的灯火

阑珊，她方才有种逃出生天的解脱感，全身的血液瞬间沸腾。

精神一旦松懈，腿上的酸软便洪水猛兽般袭来，宛遥在镇门前自己把自己绊了一跤。巡逻的守卫正好路过，呵欠刚打了一半，惊悚地往后退，抽刀喝道："谁谁谁……谁呀！"

她撑着身子举起那块牙牌，忍住眼前的晕眩，哑着嗓子开口："虎豹骑令，我要见你们统领。"

在深夜荒野中飞奔的女子，第一句便要见自己的顶头上司，场面有些匪夷所思。守卫们一头雾水，面面相觑着，拿不定主意。

此刻，背后恰好传来一道清朗的声音："谁要见我？"

一身戎装的军官骑马信步而来，守卫们当即给他让出道，灯火下显露的是个俊朗的年轻人。一个往上看，一个朝下望，四目相对，各自都是一愣。

宛遥还在发怔，马上的宇文钧倒是先讶然出口："宛姑娘？"

想不到今夜的高山集竟是他当值。她心里骤然有种莫大的感激和欣慰。

找到宇文钧便如寻到了一颗深夜中发光的救星，事态紧急，宛遥将经过长话短说，简单地道明原委。

郊游、大雨、茶寮、被迫住店、不速之客……

听见折颜部巴鲁厄其名，宇文钧的脸色登时化作严肃，两国结盟在即，出不得乱子，再过几日大魏的使臣便要北上受降，此事关乎重大，必须尽快传信回京。

他一边立刻命人快马加鞭赶去长安城禀告季长川，另一边又增派人手随自己前往那间茶寮。

宛遥被安置在了高山集的官驿内，宇文钧做事细心，临走前还特地找来一个婆子照顾她。

她体力消耗过度，实在是提不起精神，神情凝重地坐在厅中等消息。

院外进进出出的脚步声接连不断。

婆子打来热水帮她擦过脸，血污纵横，实难想象这么个小姑娘一夜之间到底经历了些什么。

"喝口水吧，姑娘。"

宛遥满怀心事地接过杯，道了声谢，却捧在手中半晌未动。

她不知道山道上的那个蛮人有没有死掉，之后又有没有别的人追上来，他们会发现那个孩子吗?他头部受了这样强烈的撞击,究竟能撑多久?

还有马棚内的梁华和小店中的项桓……项桓。

宛遥很清楚自己跑得其实并不够快,半个时辰?一个时辰?饶是体力再充沛,他也抵挡不了那么久。

那他会怎么脱身?他能全身而退吗?

无事可做的时候,时光的流逝变得无比缓慢,夜长得仿佛没有尽头。

直到天将亮,宇文钧才风尘仆仆地进门。

宛遥把杯盏一搁,急忙上前询问:"怎么样,宇文将军?"

他正渴着,提起茶壶猛灌了几口,拿衣袖擦擦嘴唇同她说道:"我们找到梁公子和你说的那个孩子了。"

他们赶到茶寮时,现场凌乱得令人瞠目,脆弱的小店好似被人拆了一般,后院血流成河,遍地横尸,死的全是突羯人,居然连巴鲁厄也在其中。简直无法想象吃亏的究竟是哪一方。

"人已经送进医馆治疗,梁少爷受了些惊吓,除去旧伤和骨折外并无大碍。那个孩子伤得重一些,现在还昏迷着,你过些时候可以去看看他们。"

听到大家都平安无事,宛遥不禁松了口气。

宇文钧讲到此处,欲言又止了片刻,才迟疑道:"不过……"

宛遥:"不过?"

他皱着眉,有些郑重地告诉她:"不过我们没找到项桓。"

在得知这个消息的一瞬,宛遥的心猛然往下沉了沉:"是不是出什么事了?"

宇文钧对安抚小姑娘毫无经验,只能手忙脚乱地解释:"你别担心,我马上加派人手,扩大范围去其他地方找。他命大着呢,蛮族亲王都死在他手里,不会有事的。"

不知为何,被她这样质问,宇文钧从头到脚不自在,竟有种良心不安的错觉,恨不能把项桓拎在手里给她看。

"那你安心待着,我这就去。"他说着便要往外走。

不承想,宛遥忽然将他拉住,认真道:"我和你一起。"

晨光已经出来了,郊外的小道被铺上一层灿烂的金黄。

远近皆是府衙的官兵，正在茶寮到高山集这一段路上，挖地三尺地搜寻，喊声此起彼伏。

"项桓——"宛遥跟在人群后面不停歇地唤着。

天高地远，她打着转环顾四周，顺瀍河沿岸往下游走去。

沾满露水的野草很快浸湿了裙摆。

宛遥扶着树干举目张望，她在想昨天晚上自己离开以后会发生什么事。

茶寮后院并未找到人，那么至少证明项桓在那之后不久便逃离了此地。他又不傻，能料到自己赶去高山集所花的脚程，必然不会留在原地等待支援。也就是说，他肯定想方设法突破了包围，可为什么没回高山集呢？既然告诉自己去搬救兵，脱离危险后，他应该也会去同样的地方与她会合才对。是因为何事耽搁了吗？还是由于什么原因，根本没办法去了？

越向下走，河水越湍急，风卷着微湿的气息扑面而来。

宛遥敏锐地从风中嗅到了血腥味，于是毫无征兆地止住脚步。

远处临岸的河水漂着淡淡的红色，血迹染透了河边草，一路蜿蜒，最后停在了一棵矮树下。

那里正坐着一个人。长发纷乱地遮住了大半张脸，一支长箭穿肩而过，近乎凶狠地将他整个身子钉在了树干中，从这处望去，半身都是殷红的颜色。

跟小时候受过的那些伤不同，不是一刀两刀，小打小闹贴在皮外的血痕。

这是宛遥生平第一次觉得自己离战场那么近。她彷徨地收拢五指，缓慢地抬脚，一步步靠近，动作小心得简直过了头。

那人的脑袋耷拉在旁，她听不见他的呼吸，也瞧不到他胸前的起伏。

宛遥在晨露未消的草丛间俯下身，颤抖地探出手，苍白的指尖带了几分畏怯和犹豫，险而又险地去试其鼻息……正在她触碰到那些额前的碎发时，那人猛然睁开一对雪亮透彻的眼，冰冷的刀锋贴上了她的脖颈，少年的目光满含狠厉。

宛遥的动作瞬间静止在半空。

刀刃若再近半寸，以他的手劲能轻易地割破自己的咽喉。

项桓喘着粗气，握刀的手凸起根根青筋，就这么看了她片刻，才终于缓下神采，有气无力地丢开刀，低哑道："我说过多少次，不要悄无声息地靠近我！"

箭杆是普通的轻木,却径直穿透了他的右胸,伤口处的血甚至都开始凝结。

眼下应该立即在阴郄、脾俞、神门几处穴位施针止血止疼,再喷上"茴香散"等着拔箭。明明读过的医书,所有的治疗步骤都已经滚瓜烂熟,面对这个场景,宛遥却莫名地手足无措。

"你……"她不敢碰他,揪着一片衣摆上下来回地看,眼泪被那片大红色刺激出来,"怎么搞成这样了?"

见到是她,项桓好似放松不少,倚在树上,散漫且虚弱地轻笑:"挨了一箭,索性就装回死。杀了那帮大野牛的头目,一个两个像疯了似的追我好几里。"他想要起身,可牵动了胸前的伤,最后只好沉默地蹙眉头,"在背后放冷箭,恰好我又跑不动了,干脆坐在这儿等他们,想着,真有敢过来的,大不了再拉一个垫背。"

说话间,项桓的手握在了那支箭柄上,他大约打算拔,然而实在是有心无力,于是松开手。

"宛遥。"他平静说,"替我拔箭。"

她没来由愣了一下,转头看向那块浸透了血腥的衣服。

在医馆学了四年有余,记忆里遇到过比这个还要厉害的伤,甚至在不久之前,她刚见证一个活生生的人死在眼前。

宛遥是拔过箭的,可她犹豫了:"不如……不如再等等,等回了医馆,我……"

"没伤到要紧的经脉。"项桓打断她,"你拔就是,不吃麻沸散我一样撑得住。"

宛遥覆上那把箭,掌心却没有力气。此时此刻她才意识到,原来见过再多的伤亡,若不是自己亲近之人,很难真切地明白何为生死之间的绝望。

血肉的余温似乎传到了五指,半日前,银簪扎进躯体中的感觉瞬间蔓延进四肢百骸。

项桓发现了她的迟疑,紧抿住嘴唇,厉声吼道:"拔箭啊宛遥!"

鲜血在他激昂的情绪下不断涌出,她目光一顿,几乎是在话音落下的同时,双手不自觉地飞快用劲。殷红的血泼墨一般洒在了她的鞋面,伤口处血流不止。

宛遥跑去四周摘了几把车前草和百里香，一边哭一边嚼碎了，敷在他的伤口上帮他止血。她哭起来的时候很安静，甚至有点压抑。

项桓失血过多，浑身使不上劲，只能瘫在树旁勉强调整呼吸。周围很安静，他闭目养神，身侧的啜泣像瓷器破碎一样断断续续，余光一扫，没来由地感到心烦意乱。

"宛遥，你别哭了。"他皱起眉头，语气里带着无力和厌倦，"你哭得我心里好烦啊。"

后者听完当即收了声，好似掐断了源头，不敢发出声音。

项桓的目光偶尔瞥过去，瞧见一张通红的脸，眼睛发肿，嘴唇咬得死紧，又觉得自己也许过分了点。

"算了，你还是哭吧……"

宛遥瞪了他一下，低声说："我不想哭了。"

项桓闻言，暗暗替自己辩解，是你自己不想哭的，可不关我的事。

趁包扎的空隙他才注意到，一夜未见，宛遥狼狈了不少，衣裙上混着泥污血迹，深一块浅一块，耳边的发髻松垮地散在胸前。这身行头往长安城的乞丐堆里一站，估计能混个脸熟。

项桓不禁好笑："让你去报个信，怎么把自己弄得这么惨？"

她低了低头，将过程轻描淡写："跑得太急，不小心摔了一跤……"

"真没用。"他似笑非笑地随口嫌弃完，又问，"口信送到了吗？"

"送到了。"提起这个，宛遥混乱的思绪才终于清晰，带着几分欣喜地说，"你知道吗，昨晚在高山集巡夜的居然是宇文将军。多亏有他，否则我还没那么顺利能联络到大司马。他现在应该还在找我，我去叫他过来帮忙！"

言罢，宛遥正要往回走，堪堪起身的那一瞬，项桓忽地抓住了她的手，拼着一口力气，直接将她拽得蹲了下来。

"要他帮什么忙。"项桓皲裂的唇角紧绷，借她的手臂强撑着起来，"我自己能走。"

宛遥一条胳膊受不住他掌心的力道，只得用两手去扶，好不容易封好的伤口逐渐往外渗血，她看得直着急："别动，再动该裂开了，项桓！"

他根本不会听她的，像只倔强的豹子，十头牛都拉不回来。项桓白着一张脸，眼前一黑，一脑袋栽下去，一声轻响，抵在了宛遥的肩膀。那是一种说不出的重量,分明很重可又无端有些发轻。

她无措地晾着双手,愣怔好一会儿才想起把人抱住,免得再往下滑。

"项桓,项桓……"

半晌没人应答。

宛遥紧紧揽着他的腰,埋首在他的胸膛呼吸着衣衫间浓重的血腥味,似乎只有拼命用力,双臂才不至于抖得那么厉害。

"项桓。"她像是自言自语,又像是在对谁倾诉,"我杀人了……"

可她知道他听不见。

平静的长安城郊在这日迎来了一场喧嚣,远近二十余里尽被官兵封锁,直到下午才陆续解封。官道边的茶寮,上至老板娘,下到烧火夫,一个不剩全数被押进了刑部大牢等候审问。

季长川推掉了今早的朝会,接到消息就马不停蹄赶来善后。

当驻高山集的虎豹骑恭恭敬敬地把一地蛮人尸首亮给他看时,季长川隐约头疼地摁了摁眉心,而当对方好心地将属于折颜部大王爷的那具单独挑了出来时,他的头就更疼了。

"先……"他语塞了一阵,"先抬去鸿胪寺,再找人到大理寺和刑部通报一声。"

"是。"

季长川在原地轻叹一声,发现自己这个手下随着年龄的增长,已经越来越学不会怎么让人省心了。

外面乱成什么样,项桓是一无所知,失血后他整日昏睡不醒,连少有的几回苏醒,意识也不甚清晰。

午后的阳光慵懒,夏风吹响了屋檐清脆的铃铛。

室内临窗的床榻上,被衾被日头晒得甚是温暖,搭在床沿的一只手骨节分明,虎口有明显的厚茧。忽然,那指尖迎着阳光轻微地一动,项桓在细碎的金黄光线中睁开了眼。

卧房下了帘子,满室清幽,唯有几缕灼热的烈阳从缝隙中钻进来。

这毫无疑问是他的房间。不过,他几时回来的?

记忆出现了断层,他要起身,肩膀的伤口倒是十分诚实地让他开始喊疼。

项桓痛得吸了一口凉气，龇牙咧嘴地半靠在床，冷不防一转头，看见一个安安静静的人，正撑着脑袋浅睡在床边。

他放轻自己的动作，暗自咬牙地活动起筋骨。久未活动的四肢立时"噼里啪啦"地作响，他能感觉到沉睡的血液重新在身体中流淌开来。

他不知道自己睡了多少天。

家里安静得听不到杂音，周围一个下人也没有，不时只听得耳畔清浅均匀的气息声。

项桓的目光从四周转了转，最后落在宛遥的脸上。她好像睡得很香甜，周身随呼吸上下起伏，还不见有要醒的迹象。

这个位置刚刚好，几道阳光洒了大片在她的脸颊，铺着一层金粉似的，细细的绒毛泛起光晕，让项桓不由自主地想到了一个词——黄毛丫头。

他在心里笑。

宛遥的青丝是很长的，瀑布般散在后背，又从中梳了一条小辫，辫子里有一缕碎发十分活泼地翘在外面。

项桓看着看着，心中便痒痒的，忍不住想把那几丝头发捋直。

他一向控制不了手欠的欲望，悄然俯身，动作缓慢地蹭至床沿，并拢的指尖沿璀璨的阳光往上探去。少女细嫩的肌肤一尘不染，白皙得毫无杂质，眼见着就要碰到发梢。

对面的人始料不及地颤了颤眼睫——这是醒来的前奏！

项桓吓了一跳，飞快地退回床头，手忙脚乱地给自己盖被子，一副没事人的模样靠在旁边。

不知是不是胳膊撑太久的缘故，宛遥缓了半晌才整个人僵硬无比地支起身，一眼望见他，反而没精打采地说道："你醒了？"

项桓皱眉盯着她看："你伤哪儿了？这么难受。"

"我不是受伤。"宛遥正准备起来，一不留神似牵扯到了什么地方，疼得她露出难以言喻的表情。

"我只是……"她勉强扶着腰站直，小声解释，"上回跑得太厉害……"

项桓听完就是一愣，她说得不算清楚，但是不难明白，等反应过来之后，他仿佛岔气般轻笑了一声，紧接着细细地回味了一遍，弯起嘴角，不厚道地看笑话。

宛遥咬牙翻了个白眼："笑什么，还不是你害的。"她艰难地转身，一步一挪地去桌边倒水。

项桓从生下来就满地跑，精力旺盛得像只野猴儿，活到这么大，头次看见跑步跑到肌肉酸疼至此的人，不禁十分新奇。他笑着接过宛遥递来的茶水，喝了一口开始大言不惭："宛遥，你好像老太太。"

终于知道为什么天底下那么多人看他不顺眼了！

她想去抄床尾的枕头扔他，刚弯腰就感受到来自肌肉的呼啸，居然定在那里。

对面的笑声更欠扁了，简直收不住势，略微锋利的虎牙亮晶晶的，难得有无害的时候。

项桓还端着茶碗，枕头便迎面而来，他边笑边挡开："喂，我还伤着呢。"

宛遥没搭理他，用两个枕头夹攻，他护住水不让茶洒出，无赖地笑道："别丢了。回头我带你上校场跑圈，保证下次你再跑十里都不会腿软，怎么样，对你够好吧。"

居然还有下次！

她一个软枕砸过去，咬牙切齿道："不怎么样！"

一轮角逐还未分出胜负，门外忽有人进来。

项夫人去得早，项侍郎又未曾续弦，故而项家的几个兄妹歪七扭八地长了数年，形态各异。

项圆圆作为家里唯一的明珠，还没学会什么叫识相，一进门见得此情此景，张口就嚷嚷："哥，你又欺负宛遥姐姐了！"

项桓刚隔开对面的靠枕，迎面就接了一口黑锅，转头反驳："你瞎啊，挨打的明明是我，我哪儿欺负她了？"

宛遥干着缺德事，反而莫名被归为弱势一方，不免有些亏心，讪讪地把手里的"凶器"背到背后。

项圆圆理直气壮："那肯定也是你不对在先，平白无故，谁吃饱了撑的来揍你啊？"

宛遥立刻深以为然地点点头。

二对一，项桓孤立无援，他龇了龇牙，无话可说。

"你跑来凑什么热闹？有事儿说事儿，没事儿赶紧滚，别妨碍我休息。"

话音刚落，就听到门外有人带着笑意浅责道："小桓，不可以对女孩子家这么凶的。"

戎装矫健的身影出现在烈日下的院中，来者手虚摁在佩剑之上，脚步里夹杂甲胄轻撞的声响。

项桓的双目一亮，紧接着就要穿鞋下床："大将军！"

"慌什么？"季长川笑道，大手伸出又把他按回去，"我路过来看看，碰巧你就醒了……伤好得怎么样？"

这句话一半是在问项桓，一半又似是在问宛遥。她颔首恭敬地回答："烧已经退了，伤口也开始愈合，大的问题没有，剩下的便是静心疗养。"宛遥微笑，"他身体好，应该能康复得很快。"

季长川："那我就放心了。"

项桓不在意道："早说过我没事，这点小伤……"

季长川的余光扫过来，看不出喜怒。

项桓话音还没落，头顶便挨了一记打，不禁"嘶"了一声。

"你还好意思提！"季长川下手没轻没重，每说一句就在他的脑袋上抽一下，"让一个姑娘家跑十里路去给你送信，你这办法谁教的？很能耐啊，是想上天吗？"

项桓被他抽得简直抬不起头，好不容易说出一句话："那她不也送到了吗……"

若说这天底下项大公子还有惧怕的人，估摸着也就剩大司马了。

季长川一掌摁住他的后脑勺："回京什么也没学成，倒是会顶嘴了。把人家梁少卿塞在马槽里，亏你想得出来！你是拍拍屁股跑了，要再有人前去搜，岂不是白送一颗人头！"

少年振振有词地反驳："他能活着就不错了！"

季长川揍累了，最后狠按了一下松开手，宛遥忙上前扶住项桓，她几乎压着嗓子悄声问："不要紧吧？"。

后者带了些委屈地别过脸："没死呢。"

"梁公子已经送回梁府医治了。"季长川活动手腕，转身背对他们，"梁司空那边这次理亏，又是自家惹出的麻烦，倒不敢在陛下面前卖惨。"

眼看对方瞧不见，方才挨了数下毕竟意难平，项桓迅速抄起床头写药方的纸笔，在纸上画了只王八，打算贴在大司马的官服上。

宛遥暗吸了口凉气，一个劲儿地阻拦，却也挡不住他。

"禁军在三十里外的俞桥镇上抓到了巴鲁厄身边的伴当，可他们嘴却是硬得很，一口咬定是你挑衅在先。眼下大理寺和鸿胪寺还在联审这件案子。"他负手而立，望着墙上所挂的银色战枪缓缓道来，身后的两个人正拉开一场悄无声息的持久战。

项桓胸前的伤未痊愈，不好挣扎得太厉害，只把那张画着王八的纸来回在双手间交替。宛遥抢不到，站在床边，低着头，挤眉弄眼地朝他使眼色。

项圆圆则满脸新奇地看好戏。

"虽说你贸然杀了折颜部大王爷会造成不小的麻烦，但在如今这般时局之下，也算是为大魏平定北方乱局扫清了一个障碍。"季长川顿了顿，"我已向陛下奏禀，提封你为武威将军。"

项桓正将画纸高高举起，戏谑的笑意还未及收敛，耳边猛然像是劈过一道惊雷，他的胳膊停在半空，愣怔地转过头："什……什么？"

季长川慢条斯理地侧身看他："我说，我已提议陛下封你为列将军。"

他坐在床沿，仔仔细细地回味着这陌生的几个字："武威将军，将军，我能当将军了？"

项桓把他手里画着王八的纸随意一扔，"噌"的一下站起来，若非伤口牵扯，只怕能在原地里蹦上一丈之高。

"我能当将军了！"他不知所措地乐了片刻，最后握住宛遥的肩膀，喜不自胜地重复，"你听见没，我能当将军了！"

像是被他的喜悦所感染，宛遥也跟着含笑点了点头。

巴鲁厄的事在突羯与大魏之间掀起了一场不小的风波，死的毕竟是折颜部大汗的亲兄弟，谁也说不准对方会不会一怒之下出尔反尔。

使臣出发在即，局面变得左右为难，幸而折颜部那边的亲使来得很快，带了大汗的文书，礼貌性地表示两国交好贵在诚意，巴鲁厄反叛在先，早已是突羯的叛徒，死了就死了，大魏国陛下不用太过介怀。

折颜部率先认怂，事情便好办起来。

六月初时，左金都御史胡大人按计划带着咸安帝的圣旨北上受降，而对

081

于项桓，梁家依旧耿耿于怀。

说来倒也情有可原，儿子被揍了个半死，罪魁祸首没吃多少亏，反而还给升了官，只是一想就能气到当场咽气。梁司空不肯善罢甘休，于是升职的谕令便久久下不来。

季长川独自周旋于其中难免吃力，不料就在此时，袖手旁观了几天的武安侯竟漫不经心地拉了他一把。

"我大魏的男儿为这江山流尽鲜血，封个将军又有何妨。万里古长城下，多少人黄土埋骨，多少人英年早逝，连这长安故里的一草一木都碰不到。梁司空不上战场，怎知一将难得的深意。"他语速缓慢，在场的文官连大气也不敢出。

梁天禄只能看着他。

袁傅掖手而笑："知道司空是爱子心切。我听说，两个娃娃好像是为了一位姑娘才起争执的。"

无端被揭短，后者又是局促又是吃惊，一脸的恼羞成怒。

袁傅却朝天子轻描淡写地一笑："少年爱美人，无可厚非。按理，梁少卿此次也算有功，总不能叫他空手而归。这么着，我替司空保个媒。"他略一思索，一副打商量的表情，"不如，就将我袁家的小外甥女许与梁大公子为妻，司空意下如何啊？"

话问的是梁天禄，脸却是朝着天子的方向。显然根本就没打算听他的答复，这婚事基本已是板上钉钉。

梁家吃了哑巴亏，知道袁傅要插手，也就不敢再吭声。于是，这场牵扯了三家的血雨腥风终于在武安侯的一句话中尘埃落定。唯有季长川面色如旧，甚至隐约带着犹疑。

盛夏，烈日如火。

宛遥拿着一块才打好的半面黄铜面具给眼前的小少年戴上，尺寸刚刚合适，她左右瞧了瞧，很是满意地一笑："挺漂亮的，你看怎样？"她接过婢女递来的铜镜照给他瞧。

遮住了左脸的畸形容颜，镜中的男孩儿竟颇为清秀安静，一双眸子水灵灵的，显得有些无措。

"嗯……嗯……"他点了半天的头，才支吾说，"谢谢……"

宛遥去揉他的脑袋，温和道："我已经和姑母谈好了，往后你就留在医馆帮忙吧，工钱每月会支给你的，什么时候想走了，和掌柜说一声便成。"

少年紧抿住唇，很坚定地看着她："我不会走的。"

"好啊。"宛遥笑笑，一时也未把这句承诺放在心上，只随口叮嘱，"平时得空了要认真学医，陈大夫的医术很高明的，学个三五成，往后行医糊口不是问题。"

"嗯。"

宛遥领他掀帘子出去，门外正踩凳子找药的伙计伸头唤道："桑叶，快去碾药，我腾不开手。"

男孩忙应声："就来。"

茶寮里的这个小少年被宛遥从季长川那要了过来，她对那日的出手相助感念在心，也同情他无家可归，索性便收留进医馆，算是了却一桩心事。

宛遥坐在自己的位子上，铺好纸笔和干净巾子，示意等候的病人前来。

正诊脉之际，长街忽然唢呐欢腾，锣鼓喧天，她一转头就看见艳红的队伍喜气洋洋地走过，两边都是等着捡果子捡铜板的孩童。

婢女凑到她耳边小声提醒："姑娘，是梁公子娶妻。"

宛遥的目光微闪。

数日前，她从父亲口中得知，武安侯已经做媒，把陈尚书的长女许给了梁华。

她至今不解梁家人的古怪举动，但直觉告诉她，梁华并非能托付终身的良人。

宛遥没见过那位大家闺秀，想来应该是个知书达理、温婉贤惠的姑娘，也不知道成亲对她而言究竟是福是祸。

八抬的花轿精致奢华，身后跟着同样红衣喜庆的丫鬟仆人们，衣袂飘飘，掀起一片晚霞似的。

就在迎亲的队伍从视线里行远时，她忽然看到街对面站着的一道笔直如松的身影，是习武之人的打扮，石青的箭袖劲装，手里长剑紧握，英挺俊朗的眉眼间含着深深的神伤，正定定地，望着花轿离去的方向。

忙完了手里的活儿已是下午，宛遥估摸着项桓应该快睡醒了，于是收拾好今日的伤药打算出门。

临行前，桑叶从屋内疾奔而出，他方才大约是在吃饭，嘴边还沾着饭粒，一手拎过她的纸包。

"你也要去？"宛遥问道，"这就不吃了？"

他抹嘴，先点点头，然后又摇摇头。

她同婢女相视一眼，各自都忍不住微微一笑，宛遥还是劝道："你正长身体呢，要多吃多睡，这样才能长得又高又壮。"

桑叶闻言似乎是犹豫了下，忽然说："你……等我一会儿。"

他跑回里屋，很快，叼着张肉饼匆匆折返，边吃边道："这样可以吗？"

实在是听话得厉害。

宛遥看见他风风火火的模样，只觉得有一股少年人的朝气蓬勃，不禁笑道："走吧。"

项府还是老样子，东院和西院泾渭分明，一边住着项老爷，自带一股古板威严的气势，另一边住着项桓，从门到缝都写着无法无天，连墙头的树也生得张牙舞爪，和此处的主人家一模一样。

宛遥还没进院子，就在回廊上看见项桓、余飞、宇文钧三位好兄弟并排走过来，一路闲谈，却气势汹汹。

"宛遥姑娘！"余飞眼尖，张嘴叫了声。

她愣了一下，还未开口，对面的项桓看见她后，露出一脸"好事大家一起来"的表情："你来得正好，我们刚要出去，省得再去叫你了。"

宛遥被他拉住手腕转过身，听着奇怪："去哪儿？"

"梁府。"

她一头雾水："梁府……梁公子不是今天成亲吗？怎么，你收到请柬了？"想想都匪夷所思。

"不是。"项桓说起这个，两眼发光，简直可以用兴致勃勃来形容，"我们去凑热闹。"

宛遥越听越不对劲，脚步顿时停住："凑什么热闹？"

"自然是梁华成亲的热闹。"他的语气理所当然，甚至还带了些千载难逢、机不可失的喜悦，"据说他娶的还是当朝尚书的女儿，届时在座的都是达官显贵。"说着项桓挽袖子就要走。

"等等！"宛遥拉住他，不解地劝道，"这件事不是已经结束了吗？人家好好地成个亲，你又何必再去凑热闹。"

项桓似乎没料到她会反对，飞扬的眉峰逐渐蹙起："谁说结束了。"

宛遥凝着眉眼摇头："季将军正是想借用此次联姻让你们两家大事化小小事化了，你眼下跑去捣乱，那不是在打他的脸吗？"

项桓轻轻抿唇，冷声道："他想大事化小小事化了，我可没想。"

这阵势见着有些不妙，眼看快吵起来了，余飞刚准备上前劝架，宇文钧却悄悄拦住他，以目光示意他别乱插手。

"项桓，做人不能太咄咄逼人的。你这样冤冤相报，没完没了，几时是个头？"

项桓无端被泼了盆冷水，他情绪一团乱："既然这么喜欢替他们说话，你当初找我帮什么忙，直接嫁过去不是挺好吗！"

宛遥被吼得一震，没料到他会是这么想的，一口气堵到胸腔，耳边疼得嗡嗡作响："你……"

"我什么我？我说得有错吗？"见她神情不对，猜想是把她说哭了，项桓忍不住心烦意乱，"成天就知道哭，你除了哭还会干什么？"

话音刚落，当她蓦地抬起头来时，项桓就知道这句话讲得重了。他迟疑了下，上前一步想过来，许是之前模样太吓人，桑叶便本能地奔至宛遥面前抬手挡住。

项桓本来就没消火，见状不耐地将人一掌拍走："滚开，没事别挡路。"

桑叶常年食不果腹，身体骨瘦如柴，项桓手劲又大，只这么一下竟被掀到了地上，面具应声而落。宛遥看桑叶白着双唇手忙脚乱地去遮脸，忙捡起面具跑过去扶他，随后又转头，冷冷地朝项桓望去。

他没想到会闹成这样，烦得不知所措："我不是故意的！我怎么知道他这么不禁碰……"

还在解释，都现在了，他还在解释。

宛遥眼中掩不住的失望，咬着牙缓缓摇头："项桓，你简直无药可救。"

项桓喉头一紧，拧眉问她："你说什么？"

宛遥重重道："我说你无药可救！"

085

记忆里，似乎很少听到她这么大声讲话。

项桓微微一愣，而那双泛红的眼睛正灼灼地盯着自己。

"是，我承认，这次惹出那么多的祸都是因为我。你说得对，我若一早同意嫁去梁家就没这些麻烦了。我是没资格管你的闲事，我也没资格对你指手画脚。从今往后，你想去哪儿就去哪儿，爱做什么做什么。"宛遥把婢女手里的草药一股脑推在他的胸前，"我不会再管你了。"

她松开手的同时，偏头从他的身边擦肩而过。

那包草药倏忽滑落，项桓不自觉地摊开掌将其接住，又紧紧合拢。他被宛遥最后说的那几个字搅得莫名地心神不宁，总觉得自己应该再说点什么，可是又不知道要说什么。

项桓捏着草药猛地回身，张了张嘴欲言又止。宛遥已经将桑叶扶了起来，背对着他没回头，似乎轻声讲了几句安慰的话，牵着人走了。

一直看着人消失在穿堂，项桓才把抓得快散架的伤药泄愤似的往墙上摔。

余飞惊险地躲过反弹的"暗器"，瞥着好兄弟明显阴沉的脸，试图当个和事佬："那个……其实人家宛遥姑娘说得也没错……"

话没说完，项桓的目光便横扫过来，余飞咽了口唾沫，理智地选择闭嘴。

回去的路上，宛遥一直沉默，她也许是有心事，所以忘记了自己还握着桑叶的手。

常年捣药的五指算不上非常细腻，但仍旧温软柔和，他小心翼翼地牵着，不敢用力，怕她察觉，可动作太轻又担心握不住。

漫漫长街，青石板的小道，黄昏如血般铺在脚边，身后是几道长短不一的人影。

直到行至医馆门口，宛遥才回神似的驻足，冷不防拉了拉袖子，默然垂首。

桑叶很认真地仰起头，支吾地开口："你……别难过。"

宛遥被那份温柔莫名地安慰了，向他露出一个放心的微笑："一点小事犯不着惦记。"她摸摸他的脑袋，"你呢，刚刚摔疼了没有？"

他极用力地摇头，随即像是在同她做什么保证似的："我一定会多吃，多睡，以后长得壮了，就不怕被人推倒了。"

宛遥忍不住笑道："好。"

她拍拍他的背，侧头示意前面的医馆："去吧。"

宛遥目送桑叶进了门，方叹出口气，让婢女备轿准备打道回府。

饶是赶在坊门关闭前回了家，但和平日比还是晚了些许时候。她面色疲惫地走进偏厅，桌上还未摆饭，宛经历却已正襟危坐，似乎等了她一会儿。

宛遥一见这个阵势，迈过门槛的腿一僵，想溜。

"进来！"老父亲早有预料般出声一喝，她只能老实地低头进去。

见老父亲这身衣衫庄重里透着喜庆，估摸是从梁家吃了喜酒回来的。

尽管梁华挨揍并非他们直接动手，但他们间接造成了伤害，司空斗不过武安侯、斗不过大将军、斗不过项侍郎，吃了几个月的瘪，总得跟他倒倒苦水，如此一想，这顿酒宴必然喝得不会痛快了。

宛遥在厅中站定，心里却难得平静，竟没什么忐忑之感。反倒是宛夫人不安地来回瞅他们父女俩。

很快，拍桌声乍然响起。

宛延指着她训斥道："你看看你！成日里早出晚归，哪还有一点姑娘家的样子！"

宛遥被拍得一缩，低着头没说话。

"就知道隔壁家那小子回来准没好事！"他隔空朝对面骂，"小时候教坏别人家姑娘，长大了还死性不改坏人姻缘，上梁不正下梁歪！项南天自己就是个半桶水，教出来的儿子也尽是惹祸精！"

宛遥不自觉顺着他的目光看了看。

"你也是！"宛延话锋一转，她立刻收回视线，"圣旨罚他照顾梁公子，你跟着凑热闹，他被人重伤躺在床上，你也跟着凑热闹。你到底是姓项还是姓宛啊？"

她依旧一言不发。

宛延喝了口水，休息了一下继续训斥："我告诉你，甭管他是当中郎将还是当将军，今后不许你同这小子来往，听到没有？"

对面的人点点头，说："听见了。"

"还有那个医馆，又不是少了你没人治病，犯得着成天跑吗！咱们家缺那几个钱啊？从现在起，你在家好好给我思过一个月，哪儿也不许去。"

087

她垂着眼睑应声:"知道了。"

不知为何,宛延觉得今日训得有些不得劲,好像差了点什么。

宛遥等了半晌,没听见下一句,抬起眼皮问他:"爹,我能回房了吗?"

对面微怔片刻,道了个"好"字,等她要往外走又追问:"你不吃饭啦?"

她闷闷地说:"我不吃了。"

憋了一下午山雨欲来的怒气喷发得有气无力,眼见闺女走远,宛夫人还在探头张望,甚是不解道:"这就完了?"

宛延跟着探头看,手捋他下巴上的青须,甚是狐疑:"是啊,我还以为她起码得跟我讨价还价,砍掉半个月呢……"

项府西院。

花园中辟出一块不小的空地,左右各摆有两个兵器架,早些时候是家将练武的地方,此时演武场上空旷宽敞,只一道枪风在其中咆哮。

夕阳下的古树轻轻摇曳,无数片落叶被少年人的招式激起,满世界发出"哗哗"的声响。

项桓的目光注视在枪锋之上,一滴汗慢慢地从额间滚落。

他面容平静如水,内心如同火山喷发。

想不明白自己这么做究竟哪里不对,他明明有理有据,怎么到头来她却不帮他?他只是想讨回公道,难道有错吗?他越想越想不通,越想越愤愤不平。

项桓一枪刺出去,已然发现自己打得乱七八糟,他烦闷地把雪牙枪往地上一摔。

练什么练,不练了!

回头见那兵器架也不顺眼,抬手一块撂倒。兵刃满地打滚,雪牙枪无端又被殃及,在地上清脆地弹了几下,显得格外委屈。

项桓抱着胳膊犹在生闷气,没留意背后一串急促的脚步声逼近,等他反应过来时,胸前已挨了一记打。他有些蒙,一头雾水地看着面前的项圆圆。

后者的手倒是没停,紧接着耍了一套连环掌,打得他步步后退。

他愣怔了一下,骂道:"项圆圆你疯了?"

"你还有脸说我!"小姑娘往他的胳膊上怼一拳,叉腰兴师问罪,"白天是不是凶宛遥姐姐了?"

项桓原本正要说话，闻言，刚张开的唇莫名一滞，随即不自觉地抿了抿，偏头望向别处："平白无故，提她作甚？"

项圆圆："我怎么就不能提她，我提她你心虚了是吧？"

他急忙侧目扬眉："谁心虚了？我又没错！"

项圆圆瞅着他这副油盐不进的模样，恨铁不成钢地简直要跳脚。

"哥。"她难得讲一回正经话，"对姑娘家不能这样的。"会打一辈子光棍啊。

"平心而论，宛遥姐姐对你那真的算是很包容了。"换了京城别的官家小姐，见他这狗脾气早就翻脸了。

项桓抱着胳膊冷哼一声，别过脸。

"你看，她帮着你照顾梁华，替你跑那么远送信，还每日惦记着给你送药。"项圆圆去拉他的袖子，"虽然宛姐姐和你从小一块儿长大，可你也不能总用对待你兄弟们的那套来对她啊！人家毕竟是女孩子，女孩儿家的心思很细腻的，又脆弱，碰一下就会碎。"

项桓不以为意地盯她："照这么说，你的心思也很脆弱？"

发觉自己的形象被质疑了，项圆圆挺起胸膛："那当然了，我也是女人啊！"

他不屑地轻笑一声，摇摇头去捡脚下的战枪，项圆圆趁机伸手去捅他的腰眼："哥，我跟你说的话你记住了没啊。"

项桓敷衍地回答："嗯。"

"记得和人家道个歉。"

他不耐烦地翻了个白眼。

"最好再买点礼物，负荆请罪……"话音未落，雪牙枪的枪锋已经递到了她的脖颈下。

项桓朝她一使眼色，项圆圆立马咽了口唾沫闭嘴，乖乖地滚了。等她走出一段距离，又回头不放心地张望，继而暗叹不已，这块茅坑石到底什么时候才能开窍啊。

089

第三章 疫病

夏夜里月华如水，院外都是忽高忽低的虫鸣。

宛遥的小桌靠窗而设，旁边一盏木质纱灯，烛火从细细的绢纱中透出亮光，像是被拉扯出千万缕丝线。她拆了发髻，将头枕在桌上，瀑布般的青丝铺得满背皆是，那双眼睛只漫无目的地盯着烛灯看。

"成天就知道哭。

"你除了哭还会干什么？"

宛遥收回视线，缓缓地转过头，埋首在棱角分明的桌面，两手紧搂着双臂，任凭自己的长发如流水一样散下来。

其实她不是不知道这四年的时间改变了些什么。

项桓已经可以一伸手就够到龚掌柜家桃树的枝头，可以领着禁军意气风发地走在长安城的大街小巷，也可以带着一帮人陪他喝酒打架。

他有朋友，有师父，有一群肝胆相照的兄弟，有锦绣前程，而她还待在四年前的原地里。项桓走得太快了，快到她已经跟不上步伐，只能远远地落在后面。

我不会哭了。

宛遥闭上眼，深深颦眉，好似在对谁保证似的，内心里重复道：不会再哭了。

坊墙上老槐树粗壮的枝干遮天蔽日地探出来，浓荫翳然。

几阵急促的摇晃之后，项桓轻松地攀上了高枝，寻得一处安稳的地方落脚坐下。

他曲了条腿在树干，另一条悬在半空，手虚虚搭在膝盖上，目之所及，是不远处小木楼里发出的灯光。项桓默不作声地望了一阵，又有些无所事事，信手摘了身侧的树叶编蚂蚱，等编到第三只的时候，对面的光忽然就熄了。

第二日，虎豹营有操练，项桓寅时不到就醒了，躺在床上颇不安定地数时间，甫一听到鸡叫，他"噌"的一下翻身而起，火速洗漱穿衣。

怀远坊门刚开，一道身影牵着马提着枪就冲出去了。

这会儿西市的各大店铺堪堪营业，集市尚且冷清，项桓拉着明显没睡醒的余飞在医馆对面的茶摊叫了碗馄饨。

雪牙战枪斜靠在墙，他每吃两口就往医馆处瞥。

只见那里头的伙计陆续打着呵欠上工，开门摆桌椅，陈大夫没一会儿出现在项桓的视野中，正撩起袍子坐在案几前研墨铺纸。

日头逐渐东升，阳光越照越直，来往的病患络绎不绝，连茶摊的生意也逐渐热闹起来。

转眼，三碗馄饨项桓都吃完了，握着筷子皱眉注视那街对面："喂、喂。"

余飞拿筷子在他的眼前晃："大哥，你不是还吃吧？你都吃三碗了，今天的胃口有那么好？"

项桓被晃得愣了一瞬，转目去瞪他。

"时候可不早了，再晚赶不上老赵点卯，早操得绕场三十圈呢！"余飞匆匆结了账，伸手过去揽他的肩，"走了，你那么爱吃馄饨，赶明儿我给你包几个大的，我擀皮儿可很有一手！"

项桓被他半推半揉劝上了马，仔细想想好像也不急于这一日，今天碰不到明日再来就是了，然而令他没想到的是，一连小半个月，也没在医馆瞧见宛遥。

起初项桓觉得可能是时机不对，下午巡完了营溜过来看一回，还是没人，后来他又不太死心，干脆中午翘了饭，悄悄纵马回城，但依旧没能遇上。

白忙活了十来天，项桓终于耐不住性子，把枪放在马背上，几步跑进店里，左右环顾了一圈，正见桑叶端着碾好的药草，遂上前问道："宛遥呢？"

他心大，得罪的人太多，惯常记不住自己惹过的仇。

桑叶则冷冷地瞥了他一眼，一言不发地转身走了。

"喂……"项桓没工夫和他计较，另换了个伙计询问，"你们家给人看病的那个女大夫呢？"

对方想了想："您是指表姑娘啊？"

他忙道："对，对，就是她！"

伙计耸耸肩："表姑娘好些日子没来了，似乎家里有事走不开吧，陈先生也没多说。"

伙计见他兀自思索，约莫是无话再问了，于是鞠了个躬告退。

项桓抿着唇缓然折过身，一步一步走下台阶。

他眼下愈发肯定，宛遥这是铁了心地躲自己。

一晃眼，整个六月就要到底了。

宛遥每日认真地窝在房中，她的作息很规律，早起，早睡，除了吃饭休息就是写字看医书。

宛夫人不知她从何处着的魔，好似整个人黏在了桌边，早上看书，晚上也看书，一盏灯从入夜点到睡觉，几乎到了废寝忘食的地步。

夫妻俩没料到这回闺女能如此老实，观望了一阵后开始忐忑，宛延颇后悔地在屋里深刻检讨，担心是自己话说重了适得其反，这要闷出个好歹来怎么收场？

但父爱一向如山，老爹的面子厚比城墙，轻易拉不下脸来，于是他只能让宛夫人出面，带她透透气。

正逢大暑，再有半月便是七夕，城外的圣母庙有大帮信徒赶着去求雨、求姻缘。

宛遥一页书才翻开，便被宛夫人从上到下拾掇了一番，拽出门遛弯了。

长安夏季的太阳是火辣辣的毒，连带走水也较之其他几个月更为频繁，相比之下，城郊绿树成群，河流汇聚，勉强多一丝阴凉。

宛遥从马车上下来，婢女早已在旁撑好伞，她一仰头，正看见圣母庙金灿灿的几个大字辉映日光。这座庙据说是为了祭奠敬德皇后，也就是当今陛下的生母而修建的。

宛夫人喜欢带她来这里祭拜敬香，因为她们家也算和敬德皇后有几分渊源，这是宛夫人一直津津乐道的事情。

"茹太后人生得美，心地也善良，又是杏林世家出身。那会儿南方闹瘟疫，还是她绞尽脑汁想出来的方子，救西南数万百姓于水火。哪像现在这些大臣，对着疫病束手无策。"

她拉着宛遥的手，一路絮絮叨叨地走进庙内。

"宣宗皇帝是最宠爱茹太后的，光行宫都建了好几座。"宛夫人跨过门槛，"你姥姥与太后是契若金兰，情逾骨肉的交情，比那自家姐妹的关系都还要亲。你娘我啊，打小便是她照顾长大的，什么补品、补药，都是太后亲手提笔写的方子呢。"

　　大殿中有尊白石雕像，纤尘不染，洁白如雪，所刻画的圣母眉目清婉，温柔端庄，正站在那里，神情好似悲悯地望着芸芸众生。

　　四周是来往祈福的百姓，宛遥在蒲团上跪着，也接过住持递来的香，低头拜了三拜。

　　因为是圣母庙，寺内皆由尼姑打理。宛夫人同此处的住持是老相识，攀谈起来能说个没完没了，眼见天色又晚了，两人一合计，便决定在庙里住上一宿。

　　老住持貌似是曾经服侍过圣母太后的宫女，如今已年过半百，她为人甚是和善，对宛遥尤其有好感，三人在禅房叙旧时，总忍不住拿目光去瞧她，怅然感慨说："表小姐长大了，真是愈发出落得水灵剔透，今年是十四了吗？"

　　宛夫人马上解释："十五。"又叹气，"这丫头拘不住，天天爱往外跑，跟人家学了半吊子的医，就惦记着去治病当大夫。"

　　"学医啊……"老住持沉默了半晌，反而很欣慰地颔首，"娘娘在这岁数的时候也在学医呢。可惜娘娘去得早，倘若看见表小姐，想必会非常喜欢。"

　　老住持继而又去拉宛遥的手，细细叮嘱："近来南边瘟疫肆虐，表小姐平日看病时也要多加注意，那些疫病之人身上多有紫斑，若是见了，得立即熏艾防疫，这种病不易治好，切莫勉强自己。"

　　她顺从地点头："嗯，我知道了。"

　　宛夫人在旁听着，默不作声，片刻后才拿别的话岔开。

　　茹太后杏林圣手，老住持算是为数不多支持宛遥承其衣钵的人，二对一实在没优势，宛夫人只能另辟蹊径。

　　两位忘年老姐妹照例是说了一大堆的陈年往事，再追忆一下当年"凤口里兵变"的苦，思一下而今得来不易的甜，相对抹眼泪。

　　宛遥着实坐不住了，找了个理由偷偷遁走。

　　夜里，没有香客的圣母庙格外静谧安适。

　　曲径通幽，树影无声摇曳，走在长廊上深吸一口气，五脏六腑都是红尘

之外的禅意。

宛遥掖手垂头，款步出了禅院，遥遥望见婢女等在不远的烛火下，她开口正要招呼，冷不防从背后探出一只大手，迅速捂住了她的口鼻。

这意外来得太过突然，宛遥的脑子有片刻都是空白的。

对方动作很强硬，目的又特别明确，拖着她直往僻静无人的地方走。后背抵着坚实宽阔的胸膛，盛夏里热气滚烫，分明是个男子！

在这种地方，这种时辰，这种场合。

宛遥脖颈上的汗毛当即竖起大半，小心脏急遽地跳动，她挣扎着想掰开来者的手，拍了两下毫无动静，仿佛铁箍一样焊死在耳边。情急之中，她本能地张口往对方的手指咬下去。宛遥的牙不尖，力道可能也比不上桑叶那一口，但威力依然是有的，她发觉身后的人有短暂的停顿，旋即是更加暴力地把她拉到了门后，猛地一下摁在墙上。

"你……"他收手的时候腾出了一点空隙，宛遥刚喊出声，尾音就瞬间被其掌心掩盖。

面前的人通身是漆黑的夜行衣，容貌被黑巾蒙住，只一双眸子露在外面，此时正灼灼地盯着她。

"嗯嗯嗯……"

"嘘。"那人食指隔着面巾覆在唇上，低声提醒，环顾左右确定四下无人之后，才蓦地摘下面巾。

宛遥原本惊恐的眼神瞬时化作了惊异，她几下拿开对方的手。

"项桓？你穿成这样……"她不可思议地打量过去，感到难以相信，"来这儿作甚？这可是圣母庙。"半个尼姑庵啊！

项桓正在检查手上的伤，闻言瞥了她一眼又移开，语气带了几分不易察觉的郁闷："你当我想？我不这么做，你肯见我吗？"

宛遥听完有些茫然地微怔，半晌才意识到，他可能去医馆找过自己，但这些时日因为禁足而心情低落的缘故，她连门都未曾出过，嘴边的话忽然有些欲说还休，宛遥只好讪讪地咬唇，侧过脸盯着鞋尖看。

项桓知道她从小就安静，许多时候不那么爱说话，也就不明白眼下的不吭声是个什么反应，他眸中带了几分无措，张口便问："你还生我气呢？"

经过这一个月反省，虽仍旧不知自己错在何处，但简单点想，就全当是他不对好了,反正也不会少块肉。

偌大一个问题直白地抛在面前,宛遥一时竟难以应答,只好顾左右而言他:"我……我先看看你手上的伤。"

项桓由她拉过胳膊,适才咬得不轻,肌肤间的牙印渗出暗红的淤青,他倒是不在乎:"听说梁华娶了侯爷的外甥女,连大将军见了也得给几分薄面。这小子现在活得可好了,成天上蹿下跳地在都察院那儿挑我的刺儿。"

他在心里想:这下你总该高兴点了吧?

他悄悄瞅她的表情,然而还是没什么变化,项桓着急地磨了磨牙。

宛遥随身携带伤药和纱布,不多时就给缠出了朵花,他忽然一顿,手摸到腰背掏出一个东西递在她的面前。那是个浓墨重彩的面具,宛遥几乎是一看眼睛里就发出了光。

"无量面具!"她把项桓的手丢下,捧起来欢喜地翻看。

这等同于是参加无量山庙会的请柬,做得精致又漂亮。

听说每一个走在山梁镇上的人,脸上都会挂着这么一个花里胡哨的玩意儿,相见互不识,很有些前朝鬼市的味道。

见她宝贝得跟什么似的,项桓凑过去:"喜欢吧?我好不容易才弄到,今年庙会人多,这么一个得十片银叶子。"偏偏人家还不肯卖,最后用了一枚玉扳指换的。当然这就不必告诉她了。

宛遥玩了个够本,转来冲他点点头。

项桓斜睇她一眼,缓慢地弯起唇角:"这会儿开心了?嘴巴噘得那么高……"

她闻言垂眸,嘴唇抿紧,捧着那张大红的面具在指尖转圈。

"那下个月初十可别忘了,届时我和余大头一早来接你。"

宛遥本想应下,忽地记起什么,委婉推拒道:"不行,我不能跟你去。"

谈得好好的,没料到她翻脸那么快。

项桓一听,眉头就不自觉地一拧:"怎么又不行了?"

宛遥闷闷地侧过身,手里还在把玩那张面具:"我爹说了,不让我再跟你一起玩。"

项桓没明白自己什么时候招惹的宛延,只觉得莫名其妙:"你爹说的又不是圣旨!"

"可他毕竟是我爹。"宛遥摇摇头,"你和余公子去吧,我就不去了。"

他不言语,盯着那张面具脸沉如水,良久心思一动,开口道:"没事,我有办法瞒着你爹。"

不知道为什么,宛遥无端背脊一凉:"什么办法?"

"你别管,总之就是有办法。"

宛遥拿不准项桓口中的"有办法"是怎样的一个分寸,甚至一度为宛延担惊受怕了好一阵。幸而老父亲近来瞧着并无大碍,衣食住行颇为正常,身体也不见有什么异样,她才勉强放下心来。

一直等到七月初十,这日是个晴朗无云的艳阳天。

宛经历照例掐着开坊门的时间上轿进宫参朝,一身官服理得整整齐齐,上下挑不出丝毫毛病——毕竟干的是以告状为主业的言官,总得先严于律己,再严于律人。

宛遥送别完父亲,坐在窗边托腮发呆。

其实她也并非就那么相信项桓会把这件事记在心上。他爱玩,忘性又大,若遇到其他勾起兴趣的事,将一场庙会抛到九霄云外也不是不可能的。

因此等到巳时已过,她就不再等了,拉开抽屉翻出常用的医书和猪皮小人,借窗外的光认真练习。

盛夏里的风偶尔拂过一阵,院中的小竹林便"沙沙"作响。

阳光把树影投在她的书页间,金黄与灰暗交织成一片。

针群林立,十二原穴在光影下渐渐成型。

蓦地,一粒石子蹦蹦跳跳地窜进视线里,沿途还拖泥带水,留下些许零碎的沙土。

宛遥从专注中骤然回神,握着针,偏头望向来处。

晨光映出一张飞扬清俊的脸,黑曜石般的双眸里像是有波涛涌动,唇下露出一颗并不明显的虎牙,笑得肆意不羁。

她看过去的时候,有那么一瞬恍惚。

项桓撑着窗沿倾身去打了个响指,似乎对她这样不紧不慢的态度有些不满:"发什么呆呢?可别说你忘了今天要干吗了。"

刚言罢,背后就探出一颗大头,余飞颇为自来熟,热情地打招呼:"宛姑娘,我们来接你啦!"

项桓皱眉把他的脑袋推回去:"谁让你进来的?"

"我那不是怕你一个人不好应付吗。"

而宇文钧到底没他俩那么心大,知道进姑娘家的闺房终究于理不合,因而只在府宅外等候。

幸福来得太突然,宛遥眼中生出光彩,忙丢下一堆家伙什起身:"你们等等,我收拾一会儿。"

项桓:"你还要收拾?"

"找点银钱和药膏备用。"宛遥解释。

项桓看见她摆的那一摊子,手欠地探头去拿。

迎面便是个扎满针的小人,没脸孔,没穿衣,通身死相,分不清男女。

他心头有些发怵:"不至于吧。不过就是晚到了半刻,你就下手拿这儿玩意儿扎我啊?"

宛遥已装完了钱袋,闻言几步过来把小人抢回手中,眼见东西还算完整,无奈般地瞪他:"想什么呢,这是我练针用的。"

"用这玩意儿哪里靠谱。"项桓一副很大方的样子,"赶明儿我找个大活人给你练。是吧,阿飞?"

余飞被他那一挑眉硌硬住了,小声龇牙道:"是个屁,就惯会拿兄弟帮你卖人情!"

一个月前好好同你讲道理,你还眼红脖子粗的。

他们一起翻了窗,紧接着又翻墙。宛遥明白,反正跟着他们总是没有寻常路能走。

巷中三匹马,宇文钧早等候多时。

宛遥不会飞檐走壁,爬墙技能很生疏,坐在墙头隐约有点怕高。她正在犹豫,项桓已经利索地落了地,转目一望,嫌她慢,索性跃回来,一把揽住她的腰,将两个人稳稳地带上了马背。

"出发!"他兴致勃勃。

毛色纯黑的西北回纥马高大壮实,项桓舍不得鞭笞,只抬脚一夹马腹,带着宛遥自窄巷里出去,后面紧跟两匹同样的骏马,一群没规没矩的少年郎在城中疾驰。

龚掌柜院墙上的几株杏花树被他们打得七零八落,他怒气冲冲站在门

口敢怒不敢言。

宛遥扒着项桓的衣衫，从他的肩膀探头往回看，终于想起了自己该忧心的事："可我爹再过一阵就要下朝回家了。"

"你放心，他一时半会儿回不来的。"

"今天朝里有什么要紧事吗？"

然而项桓并不回答。

宛遥抬眼望去，视线中是少年人倨傲的侧脸，一副成竹在胸、不可一世的模样。

似乎是被这份自信说服了，她也就不再多问，后知后觉又记起什么人来："那我娘怎么办？她正午会让人唤我吃饭的。"

项桓略琢磨了半瞬："就这个时辰，你娘大概得睡到傍晚了吧。"

宛遥愣住片刻，反应过来时，总算炸了毛："项桓！"

当今陛下勤政，早朝虽无大事，仍旧磨叽到日中才散。膳房贴心，准备好凉水拔过的冷面与米粉端到廊下，以备朝臣们消暑解乏。

毕竟是公款吃喝，味道有限，除了俸禄低微和天生的铁公鸡之外，其他朝官还是愿意回家用饭的。

宛延收起笏板，从含元殿前冗长的台阶上下来，途中偶尔碰见几个同僚闲打声招呼，甫一上龙尾道，旁边就听得有人喊："宛经历。"

他一回头，看得个高大伟岸的武官立在前，那人脸上自带三分笑，尽管身居要职，战功无数，却不见半点杀伐之气，是位平易近人的将领。

宛延急忙行礼："大司马。"

季长川扶他起来，笑道："不愧是都察院的老资格，经历多礼了。"

说者无心，听者有意，宛延当即便微微红了老脸。

"宛经历这是准备打道回府？还没用饭吧？"

他赶紧回答："今日餐饭过凉，下官脾胃不好，所以……"天子赐食，总不能说太难吃想回家去改善伙食吧。

季长川似乎全然没放在心上，反而应和："我今日也觉得饭菜太凉，不宜饮食，这么着，宛经历若肯赏脸，不如到我府上喝一杯？"

大司马是何等人物，居然屈尊请他吃饭！

宛延受宠若惊，急忙再拜："那下官就恭敬不如从命了。"

季长川虽贵为一代名将，府邸倒布置得很随便，亭台楼阁不多，雕栏玉砌没有，假山池水、满地疯长的野花却比比皆是。厅里摆上酒菜，便可赏花对饮，别有一番悠然见南山的风味。

宛延不敢劳上司斟酒，勤快地端起酒壶给二人满上。香气甫一漫出，就知道铁定是二十年往上数的陈年好货，一时间他更加感激惶恐了。

"宛经历这些年在都察院兢兢业业，早听说是位严谨缜密的人物。"季长川笑着向他敬酒，"前些日子，我那个不争气的手下给经历添麻烦了，薄酒一杯，聊表歉意。"

敢情是替项桓擦屁股来了。

宛延松了口气，随即又有了一丝恍然，回敬过后一口喝干："将军哪里的话……"然后忍不住叹气，违心地开始夸，"项桓这臭……咳，项桓这孩子我打小看着长大的，生性率直，疾恶如仇，是个不错的可造之材，就是脾气太过浮躁，还须……还须磨砺。"

说完赶紧饮了杯好酒给自己缓缓情绪。

对面的季长川大笑："我自己的下属自己明白，经历不必替他说好话。"

他夹了一筷子菜，琢磨着要如何打发时间，难得逼起自己嘴碎话家常："先帝重武轻文，听闻宛经历是元熙元年的二甲进士出身，这些年过得也不容易吧。"

宛延一听，简直要老泪纵横，连连道："不敢、不敢，文渊只恨自己一介书生，无法上阵杀敌。可惜到底是这把年纪了，此生未能光宗耀祖，实乃憾事一件。"他说着痛饮一杯，"我这一支，家里又没留个男丁扬眉吐气。好在闺女听话，成日里大门不出二门不迈，只帮着她娘打理家事，也算让人省心了。"

另一边，山梁镇上，从镇口牌坊往里延伸，一路都是张灯结彩的红色。来往的行人人手一张样式各异的面具，走在其中四面八方皆浓墨重彩，竟有些误闯妖界仙境的错觉。

宛遥四人将马寄存在客店中，心无挂碍地逛起了集市。

无量山的庙实在是会让整个京城的人都向往的地方。

没有寻常庙会的舞龙舞狮，那些招摇过市的都是戴着面具的神仙罗汉，

被数人以坚硬的木板抬着，在上面激烈地舞刀弄枪。

街边的摊子卖小吃、刀剑和南北少见的稀奇玩意儿——大多是附近虎豹骑征战抢来的东西，偶尔仔细地打量，摊主或是买家，说不准就是尚在营里服役的士兵。

两相对望，碰上同伍吃饭的都不一定。

项桓买了一袋冰糖杨梅给宛遥吃，兜兜转转逛了半天，忽而瞧见什么，兴高采烈地拉着她："走，咱们玩这个去！"

宇文钧就跟在后面不远，见状本想出声制止，可项桓动作太快，转眼已经把人拽进了店内，他只好忧心忡忡地问余飞："带人家姑娘进赌坊，不太合适吧？"

"管他呢。"他无所谓，"出来玩嘛，走走走，一起啊！"

赌场中三教九流，人头攒动，远处推牌九，近处掷骰子，高低起伏尽是清脆的声音，交织出一派标准的乌烟瘴气。

镇子规模不大，场子也因此有限，但并不妨碍赌徒们消遣。店主设了三四张玩法不同的赌桌，项桓却钟情于简单粗暴，输钱最快的那种——骰子。

桌前桌后，骰子摇得天花乱坠，项桓在庄家的大喊声中下注，小半个时辰下来，输赢参半，兴头依旧很足，银钱砸在桌上时，眼睛里有熠熠的光彩，像个心无城府的大孩子。

宛遥只在旁认真安静地看，宇文钧约莫是怕她尴尬不安，不时说上几句："宛姑娘会摇骰子吗？"

她很老实地回答："懂一点点。"

"其实呢，这个摇盅也是讲究技巧的，比方说盅子晃动的速度和角度大小……"项桓这厮只顾着自己玩，他没办法，只好帮忙缓和气场。

正说着，对桌的赌徒忽叫人一手推开了，来者气势汹汹地把腰刀一拍："项桓，我要跟你赌！"

在这玩儿的人都极有默契地不露相，不露名，对方倒是上场把那些忌讳全抛了，一股脑掀了面具。

少年的视线扫过来。

浓眉大眼，四方脸，此刻正金刚怒目地瞪着他，是个认识的人——虎豹骑中和他不对付的一名偏将，打架从没赢过自己，只能背地里嚼舌根过嘴瘾，这不爽的怨气应该攒了不是一天两天了。

项桓收了先前玩耍时的愉悦，笑容凝在嘴边，表情却逐渐阴冷，直起身轻蔑地歪头看他。

"跟我赌？行啊。"他把下注的钱扔在桌上，双手抱怀，散漫地颔首，"你想怎么赌？"

"就比大小，咱们五局三胜！"对方像是为了泄愤，又像是替自己壮胆，盅子砸得掷地有声。

项桓略垂眸顿了须臾，扬眉无异议："那彩头呢？"

偏将恶狠狠地将他望着，猛一伸手从怀中摸出一柄古老精致的小刀，冷哼："我若是输了，这把刀送你！"

在场的三人同时目光一亮，那是季长川赏的，前朝名将的腰刀，几乎所有军营内的人都眼馋过。

项桓活动活动筋骨，志在必得地扬起唇角："好，那我就陪你玩一把。"

"等等！"偏将抬手打断，"还没赢呢，着什么急。我的赌注在这里，你的赌注呢？"

项桓很阔气："这儿所有的钱，你随便拿。"

对方"呸"了一口："我的好刀就值这么点钱？"

项桓不耐烦："那你要什么？"

偏将似乎也犹豫了一阵，旋即心念微动，纯粹想恶心他，于是食指一伸，点着项桓的鼻尖，再往斜里一划，落在宛遥的身上："我要她。"

项桓眸中微不可见地一怔，朝旁睇了一眼，神情瞬间冷下来："你再说一遍？"

余飞挤到人前替他撑场子："找死是不是？"

宛遥想不到自己安安静静地在后面站着也能被殃及池鱼，混乱间，宇文钧把她往项桓的背后掩了掩，不着痕迹地跟着走上前，小声提醒说："千万别摘面具。"然后又安慰似的补充，"放心，他会有分寸。"

偏将看见他们三个并排而立，一副随时要咬人的样子，倒也并不露怯，反而嗤笑一声："干什么？仗着人多势众，想以多欺少不成？"

项桓觉得他可笑："就算单打独斗，你照样不是我对手，要是识相就赶紧滚吧，省得一会儿哭爹喊娘的。"

偏将轻蔑地勾唇挑衅，阴恻恻地质问："项桓你是不是不敢跟我赌？怕输是吧？"

"谁说我不敢赌！"他生平最爱吃的就是亏和激将法，此话几乎是脱口而出。

着道着得这么快，宇文钧拦都拦不住。

"既是敢，那你躲什么？"

项桓双目微瞪，狠厉道："你瞎吗，我好端端地站在这儿，哪里躲了！"

对方嚣张地把那柄腰刀一拍："是个男人就别扭扭捏捏，赌，还是不赌，一句话！"

少年恶狠狠地踩上凳子，倾身过去应道："你我之间的较量同女人没关系。要赌，就拿我这一条胳膊赌，你要是不要？！"

那人一想，觉得求之不得："好，我要了！"

三言两语便被人拖下水，宇文钧已经无言以对，只好抱歉地朝宛遥耸耸肩，她隔着面具摇头无奈地笑，早有些见怪不怪，而余飞倒是跟着摩拳擦掌，满眼看好戏的神情。

赌局一起，两个人便气势汹汹地各守一方，骰子在其中叮当乱响。

押大押小自古都是撞运气的玩法，久经沙场的赌徒或许能摸到点门路，但依旧做不到百战百胜，这把戏拼的就是那么一点微不足道的人品。

而项桓树敌无数，兴许早就把自己的人品给败光了，盅子一次接一次地开，居然连输不止，三局下来，他已经迅速输了两回，再输一把他那条胳膊可就保不住了。

发觉情况不好，宇文钧和余飞默契地对视，飞快地交换了一下眼神。

"再来！"

对面的偏将带着胜券在握的笑，全然不把他放在眼里，毕竟拼运气的事儿大家都是一半一半，不比打架有个实力高低。

项桓心里虽没底，还是咬着牙嘴硬道："来就来。"

有没有翻盘的机会就看这一把了，看来指望他自己是不行的，宛遥深深皱眉，打算曲线救国。

她凝眸盯着那只朱红的骰盅，三个骰子，四六五三个点。盅盖蓦地盖上，便发了疯似的左右前后来回晃荡。

她的视线地落在盅子间,耳朵不时微微而动,嘴唇轻启,低得不能再低地自语,像是在数着什么。

但听"砰"的一声,庄家手里的骰盅稳稳敲定,周遭的嘈杂顷刻一滞,两个少年都赌上了头,项桓正要开口喊,冷不防衣袖被宛遥悄悄拉了一把。

她低声说:"押小的。"

他顿了顿,有些不解和狐疑地垂下眼睑,四目飞快地交汇,他想也没想,再抬头时扯着嗓子喊:"我要押小!"

偏将并不在意,押大就押大。

"买定离手,诸位可得想好了。"庄家手摁着盅子,目光在那二位脸上来回打转,平白让这气氛更添了几丝紧张。

桌上的两个人斗鸡似的盯着对方,显然是想从气势上占些优势,一时间互不相让。

"开!"

盅子掀开,那底下单薄的几个点孤零零地躺在其中,果然是个"小"。

项桓的双目冒光,转头去冲着宛遥惊喜地笑。

"嘿,真是个小!"余飞拍桌叫好,扳回了一城的众人重拾信心,继续敲锣打鼓地喊开局。

"得意个什么,不过就赢了这一把!"偏将啐了一口。

也许在人品上比之项桓,宛遥确实有得天独厚的优势,她选大小的手气就有那么好,几乎每次都算准。

"原来你才是赌神啊,姐姐!"

余飞抢过那把人人艳羡的上古弯刀,拔出鞘细瞧,馋得不行:"往后我来赌场还叫上你!"

话音刚落就被项桓迎头打了一记,骂道:"做梦呢。"

摇骰听骰这门手艺,宛遥还是在项桓走之后练出来的。

从前他就爱赌,尽管赌技一般却仍然乐在其中,所以房间里常年备着一副盅子。

宛遥看他们三人玩得高兴,也不禁浅浅地露了个笑,目光里是一如既往的温暖柔和。

而另一边的将军府,季长川牺牲了三坛子好酒才勉强把宛延喂了个半醉,他万万没想到这位看似弱不禁风的文人酒量竟如此之好，忍不住为自己的存货感到肉疼。

"大……大司马……"宛延人虽被灌得糊涂，脑子里却还没忘事，颤巍巍起来要告辞，"时候不早了，下官得回家看看……"

季长川留他："不急不急，这才什么时辰？再喝两杯，喝两杯。"

"这……"

"难得来一趟，好酒不等人，过了这村可没这店儿了。"说着赶紧又给他的酒杯满上，催着他喝，"来来来，瞧我坛子都开了，不喝岂不是可惜。"

宛延难以拂大将军的好意，半推半就又吃了几盏。

季长川刚把酒碗端到唇边，听得对面"咣当"一阵响，老经历一头栽在了桌上不省人事——可算倒了。

他自己叹出口气来，总算能安心咂摸这佳酿的味道。身边的空坛子尚在"滴溜"打转，季长川打眼一瞄："我的二十年秦酒啊……"他伸手去敲了敲坛子，心疼地摇摇头，喃喃道："臭小子，可争点气吧。"

赌坊内的骰子摇得分外欢快，方才的偏将输得哑口无言灰溜溜走了，如此一来，这边的士气愈发不可收拾。

项桓索性让宛遥下注，拨了一大堆银钱在她的面前任由她赌。

店内没什么姑娘，全是糙老爷们，宛遥坐在上座，每每落盅后，她会沉思片刻然后轻声开口。赢多输少，鲜有败绩，着实惹人注意。

可若有人想凑上前细看时，又会被她身边高挑英武的少年冷厉地瞪回去。

余飞等人在后面不断瞎起哄。

起初还赌得顺风顺水，后来却不知为何，开始连着不停地输，手边由银钱堆成的小山也越来越矮了。

又输了一把，宛遥皱紧眉，过意不去地同项桓道歉："对不起啊。"

他不在乎地坐在旁边，说没关系："出来玩嘛，又不是靠这个挣钱，你随便赌，我这儿还有。"言罢，再次掏出一把钱将筹码添齐，又是高高地叠成一座山。

无论如何，他的钱也不是大风刮来的。

宛遥深吸了口气，只好硬着头皮再战。

新的一轮开局，庄家继续摇盅，赌桌一圈的人便屏气凝神，他的手腕晃得飞快，大长袍的袖子便滑在了胳膊肘间，露出的胳膊的肌肤黝黑，还有几条明显的划痕。

宛遥终于将注意力从骰子声中转移，很轻易地留意到了这细微的变化。

她把视线抬过去，在场的所有人都戴着面具，这位庄家也不例外，他们相互不熟识的，不过就是凭着面具的样式辨认对方而已，换言之，倘若面具下的本尊偷梁换柱，根本不会有谁发觉……

难道这个庄家被人调包了？

然而场面如此混乱，她根本记不起是什么时候换掉的。

此局宛遥并未下注，项桓转头过来刚要问，见她神色不对，话到嘴边不自觉打住，只凑上前压低了声音："怎么了？"

宛遥跟着偏了偏头："你看摇色子的那位，身形瘦削，肤色偏黑，胳膊上还有伤。我记得之前和人赌腰刀的时候，他的手还不是这样的……"

拿不准这是不是出老千。

项桓便顺着她的视线往前望，那庄家刚好停手，目光也不经意地瞥过来，做贼总是心虚，一看他二人交头接耳地说话，谈论的对象仿佛还是自己，不由就开始紧张起来。

赌桌上的另一个下家与他不约而同地对视。

宛遥正迟疑地抬眸，眼光一交汇，对方先露了怯，收起一堆金银拔腿就跑！

"跑什么！"原本他还未觉出哪里不妥，那两人一动，他直接本能反应，跳上桌追过去。

"项桓！"

桌子旋即翻倒，筹码、银钱和玉石落得一地皆是，瞧热闹的人一看，立时蜂拥而上，把满场堵得水泄不通。

宇文钧和余飞未能突围，反倒是宛遥走得快，幸免于难。

一上街，来来往往全是戴着五花八门面具的人，眼花缭乱，她愣了下，凭着直觉朝前跑。

她熟悉项桓的身影，不多时便找到了。

实在是因为这庙会不同寻常的风俗，连他逮人的速度也慢了不少，为免

这泥鳅再钻进人群，项桓随手抄起路边摊上的核桃，砸了对方脚踝一个正着。

到底不是习武之人，那庄家迎面摔了个狗吃屎。

"你跑啊。"项桓在后面慢条斯理地抛着一颗核桃，又接住，眸中似笑非笑，"再跑一个试试？"

隐约听到有人在唤他，项桓动作一顿，不远处的宛遥已经气喘吁吁地跟了上来，扶着他的胳膊歇了口气，再瞧一眼面前一瘸一拐的人。

那赌徒眼看是落了单，先前与之配合的同伙也不晓得跑去了哪儿。

项桓在他的周身搜了一圈儿没找到钱，于是伸手揪着他的衣襟把人拽近前来："跟我出老千，活得不耐烦了是吧？你们还有一个人呢？钱是不是在他身上？说。"

见来者凶神恶煞，对方抖如筛糠："我不是……我没有……我……"

项桓："我什么？问你人在哪儿！"

被他这么一吼，赌徒更加语不成句，到最后干脆掉头打算挣开。

项桓还没见过落在他手上敢这么不要命的，胳膊轻轻一用力直将人按倒在地，那人忽地一声闷哼，侧头呕出一大口血。

宛遥登时一怔，立马摘下面具，这回连项桓也跟着有些蒙，收手直起身来。

"你！"她秀眉拧成一团，惊怒不定地看向他。

一见这眼神，项桓也觉得冤枉，急忙解释："我没有，就推了一下！"

谁知道他纸糊一样！

宛遥不知这些拳脚功夫的深浅，也拿不准他所谓的一推能有多大力气。

两人大眼瞪小眼对峙之际，那地上的赌徒却趁机捂着胸口，跌跌撞撞地跑了，边跑还边回头张望，沿途一地都是血迹。

"看他这个样子，身上应该还有别的伤。"宛遥拉了拉他，"我们跟过去看看吧，可不要出事了。"

无缘无故让人碰瓷，项桓心里头甚是不愿，原本想撒手不管的，转念一想，又觉得算了。

两人沿着血迹一路走走停停出了山梁镇，最终来到一间废弃的院落前。

这实在不像有人住的地方，墙面已塌去大半，剩下的一半也岌岌可危。破旧的门扉虚掩，伸手推开，顶上就簌簌地往下落灰。

项桓抬手扇了扇，转身替宛遥挡住头，拉她进门。

院中与院外相比似乎更加没有生活气息，陈旧得简直像个前朝遗址。好在人倒是寻着了，正脸朝地趴在门槛下，不省人事。

"喂，喂……"项桓上去将人翻开，人已经昏迷不醒。

"我看看。"宛遥蹲下身，撩起男子的衣袖轻扣上脉搏，脉势强硬，挺然紧绷，应是脾胃肝胆有损，"掰开他的嘴，我瞧舌头。"

项桓依言照做，刚一打开，满口都是腥味，那里头舌苔满布，厚且淡白。

她看完了，示意松手："他肝火很旺，中气不足，而且虚热极重，只怕很久没好好饮食过了……"

项桓"嗯"了一声。

正说着，对方就不安分地动起来，喃喃开口："水……"光张嘴哼哼，人还是没醒。

宛遥手忙脚乱地解下水囊递给项桓，看他粗鲁地灌给人家，只能又小心地叮嘱："你慢一点，慢一点。"

他不耐烦地抿了抿唇，但到底还是稍稍放轻了些动作。

这赌徒年纪并不大，可能比项桓还要小几岁，摘了面具后更是显得脸小，身子小，骨瘦如柴。

宛遥神色担忧地看他抱着水"咕噜咕噜"地喝，就在此时，背后的屋内蓦地传来几声微弱的咳嗽。

"里面可能还有病人。"她冲项桓颔首，"我进去瞧一下。"

"好。"

宛遥提着裙摆跨过门槛，小木屋像个盘丝洞，大片蜘蛛网结在墙上，她站在门口四下环顾了一圈，发现最里面暗沉沉的，真有几道人影靠在角落。

宛遥不自觉压低了身子，轻手轻脚，试探性地往前走。

眼前的视线逐渐清晰，能勉强分辨出对方的形貌，那是两个蓬头垢面的女人，旁边似乎还有小孩儿。一张烂草席和一床破棉被盖住了三个人，空气里都是灰尘，她们歪着脑袋倚墙昏睡，细细的咳嗽声不自觉地从口中溢出。

方才在门外听见的，应该就是这个声音。

"夫人？"宛遥站在一步外，微微弯腰低唤了一句。

对面的人并无反应，她们呼吸微弱，面容带着明显的病态，也不知同倒在院中的年轻人是什么关系。

"夫人。"宛遥伸出手握住女子的肩膀摇了一下，盖在她身上的草席和棉被顺势滑落，轻飘飘地铺在脚边。

太阳在午后忽然隐没入云层里，沉甸甸的光线将出未出，平白有几分压抑。

陈文君小憩初醒，起身让婢女给她梳妆整理。

铜镜前照出一张端庄温柔的脸，算不上美得倾国倾城，但气质脱俗，是个极有雅韵的女子。

"少夫人，外面天阴，戴这对玛瑙耳坠衬着气色好。"婢女轻声细语地向她建议。

那对耳饰是真的漂亮，是出嫁前母亲特地留给她做嫁妆的。

陈文君轻柔地拂过宝石圆润光滑的轮廓，到底还是摘了下来："一会儿要去向夫人请安的，她身体不好，红色张扬了些，若让长辈瞧见，只怕会怪我造次了，换别的吧。"

话是这么说，但嫁入梁家至今，她其实也没能亲眼得见那位德高望重的梁夫人。

陈文君是一个月前过门的，指婚的是她的舅舅，当朝威名显赫的武安侯，袁傅。

至于为什么突然会有这门亲事，缘由好像也颇为复杂，她只知道因为老太太过世，夫人又重病，所以梁家想要个媳妇冲喜。

丈夫是个年轻的贵公子，看得出他并非十分满意这桩婚亲，但迫于舅舅的威势，不得不和她相敬如宾。

陈文君走在府中曲折的回廊上，不经意抬头时，瞧见一只摇曳的风筝挂在墙头，拖着两条长尾高飞。

午后是给梁夫人请安的时间，这是她自过门起一直坚持照做的事。

这个婆婆似乎得了什么重病，鲜少出门走动，连成亲当天也没见露面，大多数时候都是在房中躺着，即便是她问安，婆媳俩也只隔着帘子说话。

房门开着，进去前，陈文君依然在珠帘前俯身："娘，儿媳来看您了。"

陈文君礼数周全地低着头，在夫人开口前她是不能起来的，然而就这么保持着一个姿势站了半晌，也没听见动静。

她同婢女对视一眼，两人脸上都是不解的茫然。

今日屋内的侍女不知去哪儿了，连个传话的也没有。陈文君正在犹豫着自己是再唤一声，还是寻个理由告退时，珠帘后忽有低吟声传出，旋即是一阵撕心裂肺的咳嗽。里面的人咳得越来越厉害，陈文君开始觉得不好，急急起身："娘，娘您怎么了？"

她先是往外唤梁夫人的贴身侍女，却未听到回应，于是转头去吩咐自己的丫鬟："快，去找大夫。"

"哦、哦……"小丫头显然被吓蒙了，脑袋点了好一会儿才往外跑。

眼看左右没一个能服侍的人，情急之下，陈文君上前打起帘子。

她那声"娘"刚至咽喉尚未冲口而出，便叫面前的这一幕骇得目瞪口呆。

拔步床上躺着一个苍白孱弱的妇人，她好似极其难受，不断以手摁住心口，来回抓揉，裸露在外的锁骨、手臂与脖颈上，清晰地印着大大小小、深紫色的斑，状如桑葚。

陈文君颤巍巍地往后退，瞧见梁家的主母低哑难受地张口呻吟，然后抬起胳膊朝她伸过来。伴随着一声恐慌的惊呼，珠帘"啪嗒啪嗒"放下，起伏不定地前后摇晃。

在看清面前女子身上的斑痕时，宛遥几乎是顷刻间跳了起来，愣怔地站在一旁不知所措。

"近来南边瘟疫肆虐，表小姐平日看病时也要多加注意。"

"那些疫病之人身上多有紫斑，若是见了，得立即熏艾防疫。"

紫斑……

瘟疫……

这种疫情多在蜀地一带流行，且势头凶猛，眼下尚无药可医。此前她也曾在医馆听陈大夫提起一二，说是染病方式甚广，一人之病，染及一室，一室之病，染及一乡、一邑。

如果疫毒是从口鼻传入，或是人与人接触时传入，那么她方才……

"宛遥。"

大概是许久没听到里面有动静，项桓喂完了水，丢下人跑进来看，转目就见到她呆呆地立在那儿。

宛遥像是走神的猫，骤然被人踩中了尾巴，在他声音响起的一瞬，空空

如也的脑中竟迅速做出了反应，抬手喝住他："别过来！"

她很少这样大声说话，项桓也是愣了下，还就真的停在了原地。

宛遥步步往后挪，尽量和他保持距离，手不安地放在胸前，勉力使自己平静下来，镇定地从头道来："你……你听我说，这些人的身上有紫斑，一般的紫癜不是这样的，我怀疑他们很可能是染了南方的瘟疫。这种瘟疫病源不明，此前太医署派了不少人南下治疗，无一生还，也未曾有可靠的药方能抑制。屋子里不干净，疫气极有可能从口鼻和肢体间散播，我已经碰过他们了，身上或多或少沾了病气，你千万别过来，也别碰……"

宛遥一直在解释，项桓也一直在听，那双漆黑的眸子静静地看着她，神情平静如常。然而正当她说到这句话的时候，他忽然几步上前，用单手蓦地将她往怀里一抱。

宛遥只觉得腰间有道很重的力量把自己推向了一堵温暖结实的墙。

那里有蓬勃的热气和均匀的呼吸，宽阔又锋芒毕露，和记忆里年幼时的清瘦单薄似乎截然不同了。

她的脑子里比刚才还要白得彻底，两手无措地悬在半空。

好在项桓只是轻轻地搂了一下，便很快松手，望了她一眼："这样就行了吧。"旋即便转身，若无其事地走向角落里的几个病人。

他擦肩而过，宛遥却还愣愣地一动未动，睁着双眼，肩背都是僵的。

他抱她了……

他刚刚抱她了……

视线里的青天白日一片炫目，有那么一刻她感觉自己的五感都不太灵敏，笼在袖子里的手指微微弯曲，紧扣了两下才让自己勉强回过神。

项桓在破草席前蹲下，他对医理一窍不通，瞧不出这斑和普通的病哪里不一样。

宛遥站在他的身后，定定地将他的背影看了许久，才缓缓走过去。

项桓还在打量那些斑痕，只问她："你确定这是瘟疫？"

宛遥沉默地拉过一人的手先切脉诊断，脉象同外面的年轻人有细微的差异，好一会儿才望着他抿唇摇头："我也拿不准，从陈先生描述的症状来看应该能对得上，但没见过实例，不好妄下结论。"

话说到这个份上，八九不离十了。

帝都郊外出现瘟疫，是件足以轰动京城的大事。他们只能祈求这几人是仅有的感染者，倘若眼下的这几位病患仅仅是流入长安疫病的冰山一角，那么未来的帝都将难以预料。

"不管了，先问清楚再说。这些人能醒过来吗？"项桓试着摇了几下，显然没反应。

"他们的状况不太好，应该是在昏迷当中。我今日没带针……"宛遥犹豫着咬了咬下唇，"不知门外的那个人可知道详情？"

"出去问问。"他说着，拉着她就要起身。

正在这时，院中多出一串脚步声，来者似是惊讶地开口："哥、哥，你醒醒啊！"

宛遥一出门就看见一位与地上年轻人模样极其相似的少年蹲在台阶下轻唤。

正是方才跟着出千的同伙。

在赌坊里应外合的是两兄弟，最大的才十六，年幼的这个刚满十四，满脸青涩，他蹲在角落给母亲和姨母喂水时，目光总是狐疑而戒备地盯着那边把脉的宛遥，好几次欲言又止。

"我、我不知道这是什么病。我娘同我姨此前在一户显贵人家做活儿，后来得了病就被他们赶了出来。"说话间，怀里的妇人因被水呛住，虚弱地轻咳，他忙拿袖子给她擦拭，"原本是想回家的，可家里又走了水，烧得一干二净。我们老家在温县，娘和妹妹身体也不好，无法长途跋涉，实在是无路可去了，才暂时安置在这儿。"

两个小孩子穷得叮当响，好在年纪大点的那个曾在赌场做跑堂，学得一手出千的本事，正巧无量庙会又有个戴面具的习俗，于是一合计，准备来梁山镇上捞一把。

趁赌坊庄家出恭的间隙，兄弟二人之一顶替了他，估计这会儿人还在茅房里睡着。

"我们真的是饿得没办法了，只能想出这个计策，不是存心要骗你们钱的。少爷小姐，你们大人有大量，饶了我吧……"亲眼见过项桓摘了面具要吃人的模样，他吓得直哆嗦，连声道歉。

宛遥看了一眼他落在地上的吃食——包子馒头热汤汁，知道这孩子并未

说谎。

她收回视线,神色显得分外凝重:"那你可清楚,你娘亲的病究竟是从何处染上的?"

眼下当务之急是查明京城疫病的源头所在。

食物,茶水,还是什么不干净的地方?

想不到那位妇人不知几时竟已苏醒,她艰难地转过眸,接过了儿子的话:"是……是夫人,一定是夫人……"

"夫人?"宛遥不解地同项桓对视,"哪位夫人?"

她撑着一口气直起身,苍白的嘴唇一字一顿说:"梁大夫人……"

待听到"梁"字时,宛遥心里便是一跳。

"我在梁大夫人房里伺候一年了,她自打从泸州回来身体就每况愈下。起初我们大家谁也没多想,以为只是寻常的风寒发烧,直到后来老爷平白无故封了院子,周围的人一个接一个地染病,我才意识到不对劲……"那妇人讲到此处,已是十分激动,挣扎着道,"我们贴身照顾夫人的人都被他们关在小院中,但凡有人患病,立刻就要被悄无声息地带走,寻个没人的地方生生活埋。我是被我姐姐挖出来的……可谁料到最后,她和我女儿,她们都……"她开始泣不成声。

京城的梁姓不多,大户人家更少,有官职的只有一位。

宛遥想起那段时日在梁府的见闻,再将梁华莫名其妙的求娶联系在一起,脑中冒出一个可怕的念头,令她结结实实地打了个冷战。怪不得梁家会认同这桩门不当户不对的婚事,这天上果然不会掉馅饼。

项桓阴沉沉地在旁开口:"混蛋。"

宛遥转头看着他的侧颜,心中猛然有什么紧牵着,她忽然朝那妇人认真地询问道:"这个是在南方猖獗的瘟疫吗?"

"是啊,就是它!"她悲痛欲绝,颤抖地抚摸面颊,"你瞧瞧我的脸,还有我的手……听他们说,这些斑会一直延伸,一直烂下去,烂到骨头为止……"

在得到肯定答复的刹那,宛遥悬着的心就开始往下沉,好似沉到深不可测的寒潭之底,手脚一片冰凉。

"姑娘,姑娘……"手臂大力被人紧握住,这个几近濒死的女人不顾一切地拉着她,含泪问道,"我还有救吗?我的女儿,我们……还能不能治好?"

宛遥眼下脑子里一团乱，只能无力地安抚："我……会尽量想办法。"

"你有什么办法？"她忽然戒备起来，"你们不会告诉官府吧？"

不知哪儿来的力气，妇人的指甲深嵌入她的肉中不肯撒手。

宛遥吃力地后退："不会的……"

对方却不依不饶："南边的瘟疫闹得沸沸扬扬，眼下莫不是为了堵悠悠之口，还要再把我们活埋回去？"

"不会……"

项桓拎起她的手腕扔到一旁，冷冰冰道："人都陪你说了这么会儿话了，现在还来担心这个？别得寸进尺，我告诉你，就算什么都不做，你照样活不过这个月。"

宛遥习惯性地伸出手去拦他，指尖堪堪碰到衣角，蓦地想起他方才那一揽，于是不自在地又收了回来，难得地不发一言。

项桓本已做好了甩开她手的准备，但预想中的劝阻并没有来，余光瞥见宛遥的动作，心中便有些奇怪，转回视线，胳膊无处安放地搭在膝盖上。

"总之，时疫是非常厉害的病，一传十，十传百，一发不可收拾。我不能为了你们而置全城百姓的安危于不顾，此事必须告诉官府。"宛遥站起身，这话是望着那个少年说的，"在大夫来之前，切记不要再出去走动了，尤其是人多的地方。"

后者显然也没明白其中的利害关系，只懵懵懂懂地点了点头。

从院中出来，灼热的太阳已仅剩一抹残光。

项桓与她并肩同行，脚步匆匆，有条不紊地安排接下来的事情："再过一阵要宵禁了，我先送你回家，这里的情况我会连夜告知大将军，如何处置，由他来抉择，横竖不用你我操心。"想了想又接着道，"长安近千年的古都，应付时疫的办法还是有的。京城曲江池附近有一片防疫控疫的备用空地，多半会把人安置在那儿。"

他一直在说，可宛遥却沉默良久，没应一句，她双目沉沉的，显得凝重而空洞，就这么盯着前路看，猛然间停住脚步。

"不行。"项桓听她没头没脑地喃喃开了口，"我们眼下还不能回山梁镇。"

"不能回去，为什么？"项桓正不解，宛遥已经拉住了他，不由分说地朝山林深处走。

"喂,去哪儿啊?"项桓被她拽得一头雾水,但手腕却也没急着挣开。

满天赤红的余晖在西侧像金粉似的洒了半身,倦鸟归巢,带着热度的晚风吹在耳畔,不远处是庙会敲锣打鼓的声响。

他们行在城郊这广阔无垠的天地间,恍惚觉得像是置身红尘之外。

项桓走在宛遥的后面,离她大概有一步的距离,他望着她的侧脸,头一次从宛遥的脸上看见这样认真的神情。

端午节才过去不久,山间的户院中都挂有艾草。

宛遥在一处院墙下驻足,仰头盯着其中悬在门上的大把干艾,旋即手脚并用就要爬。

这丫头简直魂不守舍,项桓眼疾手快拎她下来:"傻了你?要什么跟我说啊!"

"我……"她讷讷道,"我忘记了。"

项桓颇无奈地抿嘴叹了口气,一转身,动作利索地跳墙而入,眨眼便摘了那把艾草落回原处。

他在她的面前晃了两下:"用不用留几个铜板给人家?"

宛遥只是摇头:"不了,我们的东西还是别让旁人再碰。"

他无异议地"嗯"了一声,然后就被宛遥带到了背风处。

火折子吹亮了几点星辉,艾草迅速燃烧,呛人的浓烟随之而起,她拉着他的衣袖,上上下下,前前后后地熏了一遍。

项桓感觉自己像是架在板上的肉,里外都是烟熏的味道,宛遥好似要将他裹在这堆艾草中,恨不能每个缝隙都来回熏上数百遍。

微微垂眸时,视线里是她纤瘦的身形,清秀的眉紧拧成结,双目中满是慌乱。

他不禁若有所思地想:至于这样担心吗?

项桓拿过宛遥手上残余的艾草:"别老对着我,给你自己烧点啊。"

于是一手摁在她的肩头,另一只手也学着她的样子,顺着周身一道一道地轻拂,那些细碎的灰烬便有少许迎风飞旋,落在宛遥鬓边的青丝上。

他随手拨开的时候,她那双担忧的眼睛就望了过来。

"你知道得了这个病,会有什么后果吗?"宛遥秀眉深深地皱着,"项桓,不是说你上过战场,你年轻,你身体好,就可以这么肆无忌惮地挥霍,有些事不是想当然的。你方才根本不必进来，何必要逞强呢？"

那把艾叶刚好烧完，他扬手就扔在了一边，然后懒懒散散地站在那里，笑容一如既往地随意："看你刚刚吓成那个样子，我要是不进来，待会儿你又哭了怎么办？"

她皱紧的眉不自觉地缓慢松开，神情从沉重渐次变成了愣怔。

宛遥迟钝了好一会儿，也还是呆呆地仰着头，直到项桓摊开手摁在她的脑袋上："行啦，一场瘟疫而已，看把你紧张的。"

"没事儿的，我在战场上都能活下来，岂会败在这点小痛小病上。"他大概觉得手感不错，也颇能理解为何季长川总那么爱摸自己的头，于是又揉了两下，"走吧，送你回家。"

项桓在前面走，宛遥低着头紧跟在后。

两个人都没往镇上去，行至牌坊下就停了脚，他屈指放在唇边吹了个清脆的哨音，不多时，自己那匹纯黑的马便"嘚啵嘚啵"地跑来了。

项桓将宛遥抱上马，正夹马腹时，宛遥不放心地提醒："尽管烧了艾草，但是也不能掉以轻心。听陈先生说，病发大约在三日左右，你这段时间不要出门，若三日后身上有紫斑出现，记得赶紧去医馆。"

他握住缰绳，驱马前行，应了声："好。"

回到长安城的宛家府邸，项桓依旧是带她翻墙入院。

暮色四合，凉月冰冷如水，因为提早支开了婢女，此刻这附近静悄悄的，像是没有人气。

等见她进屋关了门，项桓才按原路折返。

宛遥独自一人站在房内，将黑未黑的天色从窗外照过来，里面没有点灯，便成了一片深蓝色。她放空了许久，方从今天所发生的这一堆事情中回神，千头万绪剪不断理还乱。

宛遥闭目深深地吸了口气，抬手往脸上拍了几下，让自己打起精神。

按项桓所说，他给自己娘的茶水里放的是平日治疗外伤时专用的一类麻沸散，以曼陀罗、川乌、草乌细碾而成，一小撮的剂量，大概入夜之后就会醒来。

她赶紧将所有的窗户关上，再给门落闩，迅速换下一身衣裳借火烧了，她又仔细想了想，招来婢女让她准备热水和方药沐浴。

折腾到戌时初刻，宛夫人就来敲门了："遥遥，遥遥……"

宛遥隔着门应声。

"你干什么呢？把门窗关得这样紧。快出来吃晚饭，一会儿菜该凉了。"

"我……"知道母亲胆子小，若如实相告定会让她担忧，但寻常的托词又无法蒙混过关。

宛遥并不是擅于撒谎的人，言辞在口中斟酌辗转："娘，我昨日夜里贪凉，可能染了些风热之症。"

"什么？病了啊？"宛夫人一听此话，门敲得愈发急了，"那还不开门让娘瞧瞧！"

"娘，这种时行的温病会过病气给旁人，若是传给了你就不好了。"她急忙解释。

"哪有那么容易过给我的呀，你先开门再说。"宛夫人还在坚持。

"没事的，我自己是大夫，我自己能治，风热症若初期治不好，极有可能演变成时疫。"宛遥只能如此吓唬她。宛遥说。

"这样啊……"听声音，这个理由似乎有效，母亲的口气渐渐缓和下来，"可总这么把自己关着也不是办法，你也要吃饭喝水的不是？"

宛遥说："一日三餐让阿碧敲门后放在门口便是，我需要的药也会写在方子上，病情不严重的，应该要不了几天就能好。"

宛夫人见她计划得井井有条，一时挑不出什么毛病，只能妥协："那好吧，你也不要逞强，自己倘若治不好，记得及时告诉娘，娘替你找陈大夫来。"

"我知道，对了。"宛遥想起什么，补充说，"送饭的碗盘用木质的即可，我用过的餐具使一次就要丢掉，一定要谨记，不能再用！"

宛夫人总觉得她有些太小题大做了，她向来如此慎重，如此也没来由得惶惶不安。

"遥遥，真的不要紧吗？"

"不要紧。"她语气平静而温和，"娘，你不必担心，大概三天后病情就能稳定了。"

三天之后，要么回人间，要么下地狱。

这种等待无疑是忐忑而痛苦的，宛遥从未有哪一刻觉得三十六个时辰竟是这样漫长难熬。每日起床后的第一件事就是脱光衣服，自上而下，检查身上的一切细节，连指头也不能放过。

因为封死了门窗,直到日上三竿,室内才勉强透进几丝笔直的光,除此之外,周围的一切都让她感觉像是置身在监牢。实在无事可做的时候,她只好翻出没读完的医书和未完工的女红,来回忙碌,似乎专注于活计时,才能分散些许注意力。

身为医者,宛遥比起项桓的百无禁忌,对于生死更有畏惧,杀人易,救人难,她知道一条命究竟有多脆弱。

幽静的闺房漆黑如夜,然而外面的世界却也一样难以安宁。

当项桓把疫病的噩耗带到将军府后,就在朝野上下掀起了一股汹涌的浪潮。

瘟疫的源头在梁司空府上,这个消息不胫而走,第一个勃然大怒的自然是咸安帝,朝会时他当着文武百官的面掀了桌子。但事情又非同一般,毕竟是人口相传的瘟疫,押去刑部大牢不行,禁足在家也不行,最后索性先撤职查办,在城东南悄悄地辟出一块区域把梁家人安置进去,派太医署日夜留心观察。

尽管官府把事情捂得严实,却堵不了漏风的墙,起先是一个两个小声议论,后来山梁镇那边率先透出风声,很快推波助澜,形成了大片大片的恐慌。

疫病闹得这样大,宛遥又足不出户地关在房内,此时此刻,饶是宛延也隐约察觉出不对劲来,可碍于家中只有两个女人,为免惹出更大的慌乱,只好选择当个睁眼瞎,听之任之,视而不见。

三日后的清晨,是个阴天。

昨夜雷雨交加,刺目的闪电晃得人心神不宁。

一晚上没有睡好,宛遥起得很迟。

房里的卷帘依然是放下的,加之又有天气助势,睁眼时几乎分不清是白昼还是黑夜。

她坐在床边发了一会儿呆,转头看了一眼镜中模糊不清的自己,好似三魂六魄才归位,继而想到了什么,才慢慢起身解衣带。两条纤细的胳膊是率先映入眼帘的,她借着微光转了一圈,白璧无瑕。

宛遥的心跳逐渐加快,咽喉里不住地吞唾沫,她褪去亵衣,目光缓之又缓地往下扫,锁骨、胸口、小腹,再至双腿,原地里扭身看足后。

没有,没有,什么也没有……还剩下最后一个地方了,她开始紧张,甚

至有些发抖,急匆匆地走到妆奁前,摆正了铜镜转过身,背后是一片干净的白,清瘦的肩胛下是两块精致的蝴蝶骨。

那一瞬,宛遥终于大大地松了一口气,随之而来的喜悦直涌而上险些冲昏头脑,她蹦跶地就想开窗开门冲出去呼吸新鲜空气,光脚跑了几步才意识到没穿衣服,又赶紧绕回去把自己套好。

没事了,她没事了!

宛遥欢欢喜喜地跑到正厅,刚好一家人在吃午饭,宛夫人瞧见她差点喜极而泣,放下筷子上前来抱着人上下不停地看:"真的好了?"

宛遥笑着点头:"我真的好了。"也不晓得她娘是不是到现在还以为她只是在治热症。

"那就好,那就好。"宛夫人搂着她将脸贴上去,语气里竟有些劫后余生的庆幸,"如今满城都在闹瘟疫,你再这么关下去,真要把娘担心死啊。"

宛遥担惊受怕了三天三夜,连着两日的噩梦里都是青紫色的黑斑,有的时候一觉醒来都不知眼前是现实还是梦境。如今心头大石落地,她靠在她娘怀中结结实实地撒了一回娇。

"行了行了。"宛延是看着她俩腻歪够了才开口的,亲自拉出靠椅来,"正赶上午饭,虚惊一场就别往心里去了,吃饭吧。"

婢女已添了一副碗筷,她坐在桌前,捧起碗没吃两口,胸腔中却还是沉甸甸的。

宛遥开始担心项桓,也不知道他那边的危机有没有解除。

"爹。"宛遥心事重重地望向他,"项桓怎么样了?你这些日子可有见到他,他没染上病吧?"

宛延听罢,气愤地哼了句:"他能怎么样?这会儿拎着枪满城戒严呢!昨天还在钟楼下和人打了一架,你还担心他?要我说,整个长安的人都死光了,他小子还会活蹦乱跳的!"

什么?昨天!

亏她还千叮咛万嘱咐他这三日不能出去的,自己成天在家缩成鹌鹑,他倒好,居然那么早就开始在外面打架了!

饶是宛遥如此好脾气,也快给气死了,她把筷子狠狠地朝碗里一戳,白花花的米饭里便赫然出现一个大洞。

山梁镇事发后的第十日，报晓的晨钟一如既往地绵长深远，一波随着一波，涟漪般扩散。

伴随着钟鼓声的是四面八方沉重的响动，金属与木质物的撞击交锋。

东西南北十二扇大门同时落锁下闩，长安正式封城。

"再烧点，再烧点……角落里也别忘了。"

不知是谁起的头，街坊四邻接连在家中院中焚艾草，隔着墙都能闻到一股烟味，满世界云雾缭绕。

"唉，早知道前天我婶儿回乡下，我就跟她一块儿走了。"旁边一户富贵人家的夫人正在吩咐仆婢熏艾，"南边折腾多久了，都没个下文，等官府想出法子也不晓得要耗到几时。再这么下去，连艾草的市价都要涨了。"

男主人低声劝道："你别这么想，回去了也不见得就能避难，万一那药方制出来了，咱们又远在千里之外，岂不是得不偿失吗？"

"眼下也只能这么想了……"

这场疫病击溃帝都的速度比宛遥想象中还要快，白天的街巷中总能听到卫兵抓人的声音，一入夜又是静得可怕的巡防脚步。

等她再次走出府时，外面早已是令人胆寒的荒凉。

街头巷尾的店铺还在经营，小摊也照旧摆着，只是大家脸上都蒙着一张布巾，试图通过这样苍白的方式来阻隔那些无孔不入的疫毒。

饶是瘟疫已蔓延至此，他们依然放不下手里微末的小本经营，只因他们都是在这繁华帝都里挣扎着求生存的小人物。

街市的行人明显变少了，反倒是巡城的禁军和金吾卫处处能见到。

宛遥走在其中，看着身边行色匆匆，掩面捂口的过客，不由感到一丝害怕，仿佛长安城要变天了。偶尔禁军押着一个周身罩着麻袋的人赶上平顶车，附近的百姓便会避之不及地躲开数丈之远。

这段时日，荣华奢靡、遍地黄金的长安，最热闹的地方居然是医馆。

抑制病情的药方迟迟没有着落，几乎全城的药堂药铺皆被调动起来，或是备药，或是出诊，市井大夫和宫里太医们一起通宵达旦。

宛遥姑母的医馆里灯火通明，忙碌的人不少，但看病的反而不多，药童学徒都紧赶慢赶地碾药抓药，等着给城东的疫区送去。

陈大夫坐在里间书房内，地上、桌上铺满了医书。

宛遥跟着帮他整理翻看。

"先生。"她正摊开一册书,"我见这书上说,大魏医治瘟疫的历史算起来快有五十年,从前也暴发过大面积的疫情。那时的疫病和如今南方的瘟疫有什么不同吗?"

陈先生闻言放下手里的事情,那神情仿佛想起什么来,先是摇头,然后又点头,模棱两可地说:"章和十三年的时候,河东道一带闹饥荒,死了不少人,尸首堆积如山。但凡荒年和起战事的年月,瘟疫总是伴随而行的,那会儿也是成群的灾民往西逃难,将疫情带到了长安。"

宛遥正襟危坐地听着:"后来是如何解决的呢?"

"敬德皇后精通医理,又正得宣宗的宠爱,于是带领太医署的御医亲自专研药方,最后才平息了灾情。"

圣母拯救苍生的故事,她年幼时也没少听母亲讲起,虽说茹太后算她半个干奶奶,然而到现在,宛遥才隐约觉得这种传奇人物离自己有些近了。

"既是控制了灾情,那药方总归是有的吧?这样重要的东西,太医署应该存着备份,不至于丢失才对。"她问。

"药方是有的。"陈先生惋惜地摇头,"然而此次的瘟疫和几十年前的又不太一样,同样的方子服下去只有片刻作用,很快病情就会卷土重来。"

神医华佗有"对症下药"一说,疫毒不同,相应的用药也会不同。

宛遥也算是医馆中为数不多给疫病患者把过脉的人了,她朝陈大夫颔首:"先生,我能看看那道方子吗?"

病来可以如山倒,然而一道有效的药方却得经过无数次尝试才能问世。

迄今为止,太医署也只是公布了能预防的方子,让百姓照方抓药,每日服用,而根除疫病的进程尚在原地踏步。

官府倒是给了个方便,解去城内各大医馆的宵禁,好使药草的配用更为通畅。

傍晚时分,夏日的晚霞把浓重的色彩洒在木桌的纹路间,地气的余温还没有散,加上熬煮汤药的热流,整个医馆很闷,让人难受。

桑叶端着托盘掀帘子走出来。

沐浴在夕阳中的少女宁静柔和,侧脸是薄薄的一层黄晕,肌肤晶莹得像敷了粉。

那是一个只要让人看了，心里便会静下来的女孩。

"姐姐。"

手边多了一杯冒寒气的冰镇酸梅汤，宛遥从一堆医书里转过头，正见得这个戴着面具的小男孩站在她身边。

"给我的？谢谢啊。"她接过来。

一眨眼，桑叶已经在陈先生手下学了两三个月，这段时间里的规律饮食和作息令他飞快成长，身体如春草般迅速拔高，也不似初见时那么瘦弱了，长了不少结实的肉。

宛遥喝了一口，支头打量他的同时，伸手在他的胳膊上轻拍了两下："这些天身体没有不适之处吧？听先生说你学得很认真，若有哪里看不懂的，可以来问我。"

桑叶忙道："我不要紧，你才是要多休息。"

"嗯。"她笑着说好。

"趁现在有空，把你近来的功课给我瞧瞧吧。"

"好，我这就去。"

他风风火火的，撒腿就准备回去拿，就在此时，医馆里冷不防跑进来一个人。

来者步伐踉跄，身形不稳，几乎是一口气扑到桌上的，他艰难地抬起脸，苍白的嘴唇嘶哑地朝众人求助："救我……救救我……"

面色蜡黄，紫斑遍布，一看便知是个染瘟疫的病患，这些日子这种病人来了一波又一波，在场的医士虽已见怪不怪，对此病却也心生畏惧，当下惶恐地呈圆形散开。

桑叶拉着宛遥疾步退到安全之处，只见那病人有气无力地朝他们伸出手……

忽然，身后一只套着皮套的大掌摊开，猛地拽住其衣襟，几乎毫不费力地将人拎起，动作利索地丢到了门外的平顶车上。

堂内的少年玄甲明光，军装衬得他更加英武，也更加锋芒毕露，就像他惯常使用的那把雪亮的战枪一样。

"项桓！"宛遥眸子里闪出细微的光，视线定在对面的年轻军官身上。

他仿佛很疲倦地捂着脖颈转了转头，大步进门，手腕还在放松似的活动：

"真是要热死了,一天到晚这样的人能逮十几个。"

桑叶在看见项桓那一刻,灿烂如花的笑容顷刻地就往下垮,眼睛里写满了嫌弃。

宛遥奇道:"你怎么来了?"

"昨天巡城,刚刚才交班,路过这儿想着来讨口水喝……快渴死我了。"他摘了皮套,顺手一捞,把她面前那碗酸梅汤抄起来一饮而尽。

全然不知道自己拉了多大仇恨的项桓把空碗放下,觉得挺好喝的,望着宛遥问:"还有吗?"

"有,我去给你盛。"她点点头,连犹豫都没有,顺从地转身。

看她在项桓面前老实成这样,桑叶实在怒其不争,牙齿狠狠地磨了又磨。

"等等,我和你一块儿去。"项桓正要跟上,刺斜里就横过来一条细高的木棍儿。

桑叶冷着眼看他,例行公事地开口:"将军,进馆内还请先净手。"

项桓愣在原处,闻言宛遥也回过头,先是瞧了桑叶一下,旋即才望向他。

平日里,医馆的来客不多,其实对此倒没什么特别严格的规定,但既然这么一提,自然无可厚非。

"那就去洗洗吧,院内有药草,小心一些比较好。"

"哦。"他如实地应了,跟着桑叶前往耳房洗手。

自己活得随便不要紧,把病气过给别人的确就不太好了,为此项桓难得认认真真洗了几遍,觉得双手简直能发亮。他颇为满意地在眼前摊开欣赏了一阵,扯下巾布胡乱一擦就准备过穿堂。

"将军。"那根木棍儿又适时挡上来。

项桓有些没了耐性:"又怎么了?"

桑叶语气平淡:"请卸甲。"

"还要卸甲?"他不过喝口汤,到头来还得净手宽衣,这么隆重,面圣呢?

饶是看他怒了,对方仍然有理有据地解释:"您这身甲胄跑过疫区巡过京城,上头说不定也沾了疫毒。疫毒无孔不入,馆内又放置着晒干的草药,倘若污浊一丝半点,对于疫区的百姓无疑是致命的。为保万全,请将军卸甲之后再入内。"

轻描淡写的两句话项桓顷刻间把他变成一个威胁长安城上百万人的危险人物。

项桓明白自己不占理，但也不想平白受这毛头小子摆弄，是以便怒目瞪他。

后者迎着他的视线抬头，面不改色地跟他对视。彼此的眼中都能瞧见一道细细的闪电。

两人就这么僵持了许久，项桓总算因为眼酸而败下阵来，勉为其难地脱铠甲——算了，他渴，想喝酸梅汤。

沉重的鳞甲卸下，周身一轻，骤然有种被扒光的错觉。他活动筋骨，见桑叶去拾铠甲，叮嘱道："喂，小心点洗，碰坏了你可赔不起。"

后者并没搭理他，捧起衣甲走了。

进得院内的小客厅，宛遥已经在桌上备好了大碗的梅汤，正在往里放冰，见他过来，颔首招呼了一声："来了。"

"这几日天热，冰镇的酸梅汤喝得快，先就这样解解暑吧。"

项桓端了一碗，一大口灌下腹去，冰凉酸甜，只觉一股清爽回甜的味道掠过咽喉，直达肺腑。

又活过来了。他侧头趴在桌边呼出一口气，宛遥见状，把装过冰块的小盒子放在他的颈项间给他降温，像是滚烫的铁器浸入冷水，凉爽得好似能噬出一股白烟来。

"你这几天巡街，京城的情况怎么样？"她问。

"还是老样子。"项桓捂着冰盒懒洋洋地坐起身，"疫区里的人越来越多，死的人也与日俱增。太医署那边没动静，听说朝上几个大臣倒是吵成一片。"

"吵什么？"

"吵封城的事情。"他慢条斯理道，"有人觉得封城对于长安未染病的百姓而言极不公平，严重影响了他们的生活，有人觉得放任疫病肆虐后果将不堪设想。一派提倡饮鸩止渴，另一派提倡釜底抽薪。"

宛遥听了之后，有些不解："怎么个饮鸩止渴？"

项桓忽然意味不明地一笑："南边的瘟疫并非第一次暴发了，你知道他们在没有解药的情况下是如何杜绝疫病的吗？"

尽管知道后面的话肯定不是什么好消息，宛遥还是老老实实地摇头，只见他伸手往脖子上一拉："发现一个，杀一个，发现一对，杀一双。同伍连坐，六亲不认，哥哥杀弟弟，儿子杀父亲，丈夫杀妻子，现实地狱，人间惨剧。"

她听完，抬眸微怔地望着他。

"你看我作甚，又不是我提出来的。"许是发现成功地把她唬住了，项桓有几分满足地去端凉茶喝，"放心好了，大魏自称是礼仪之邦，长安又是帝国的中心，碍于脸面，那帮朝臣不会真的做出这种野蛮行径，平白落人口实。"

宛遥转念想想，也觉得有道理。

"不过，"他语气不紧不慢地补充，"要是迟迟找不出治疗的方子，有些事也说不准。"

所谓野蛮与文明，中间不过只隔着一念。当文明所倚仗的那堵墙坍塌之后，这些衣冠楚楚的名门士族未必就能比他们口中的蛮夷戎狄高贵到哪里去。

"姐姐。"门外的桑叶捧着一摞医书进来。

宛遥这才想起是自己刚刚让他去拿功课的："你放这儿吧，我一会儿就看。"

他分外听话地"哦"了一声："那我晒药去了。"他脸上的表情堪称乖巧，温顺得简直难以形容，和之前那张棺材板判若两人。

项桓端碗靠在椅背上，眯眼盯着桑叶的背影。

"喂。"他碰了碰宛遥的胳膊，"我发现这小子好像老喜欢跟着你啊。"

还挺会称呼，叫人不带姓，一个模棱两可的"姐姐"，占便宜占得不留痕迹，很会高攀嘛。

"有吗？"她回头看了一眼。

桑叶在医馆内年纪最小，又勤快懂事，但凡稍长他一些的学童总会呼来喝去地使唤他，他也不生气。

"桑叶是我带回来的。"宛遥想了想，"可能是觉得我亲切吧？"

项桓思忖片刻，不知起了个什么念头，一口喝完凉饮，作恶多端的手捡起桌上的一粒红枣，对准了桑叶的小腿。

毕竟毫无防备，他"哎呀"一声，仰头下去摔了个狗啃泥。

项桓坐在灯挂椅上，露出一脸得逞之色，把玩手里的空碗。

宛遥脚下忍不住踢了过去，咬着牙压低声音："你干吗？"

她实在是不能理解他那半刻消停不了的性子，就那么手欠吗！

后者莫名被她凶了一脸，也是颇不服气，皱着眉解释："是他刚刚先找我麻烦的！"

宛遥显然不信："平白无故，人家怎么会找你麻烦呢？是你找他的麻烦吧。"

项桓一瞬间噎了口气，险些没被冤死过去："那是你方才没瞧见，别看他人不大，心眼多着呢！"

她上前去将桑叶扶起来，一副懒得同他计较的样子："哦，这样吗。"

项桓听得不是滋味，难得循循善诱地问："你就没发觉我身上少了点什么吗？"

宛遥正仔细替桑叶拍掉裤腿的灰，闻言回头来认真看了看，摇头不解道："少了什么？"

他忽然连脾气也没有了，摁着眉心自认倒霉。

"真要讲个先来后到，上次你在府里不小心把他推倒，自己都没道歉呢，也不怪人家给你使绊子。"宛遥低头给桑叶看腿。

项桓目光一撇，分明看见那小子满脸得意地勾起了嘴角，于是他狠狠地磨了一阵牙。

小人得志。

"青了一点，不过不要紧，要不了几天就能好。"宛遥捏了捏桑叶的脸，起身来安慰似的在他的肩头轻握，"玩去吧。"继而又悄声说，"别再招他了。"

桑叶依旧乖巧地颔首，听话得着实令人省心。

项桓愈发觉得他们是一伙的，于是坐在远处喝梅汤生闷气，灌酒般一碗接着一碗往肚子里倒。

宛遥一路窥着他的表情走过来，站在身后，背着手笑了笑，伸出食指来往他的肩膀上一戳。

项桓往后面挪了挪，没准备理她。

她甚有耐心地又戳了两下，刻意放缓了语速："要不要吃点东西？"

他本能地回头一瞥，但很快又佯作耳聋地继续盯着窗外，一副十分不在意的模样。

知道他惜面子如黄金，宛遥只好俯身拉他，第一下没拽动，她感觉像是在拔萝卜："走吧……走吧，厨房里有糕饼。水喝太多的话，容易胀气的。"

项桓被她拽起，于是勉为其难、漫不经心地往外走，路过桑叶身边时，他挑衅似的扬起一边眉峰，后者睁着眼睛瞪回去，心下不甘地咬紧嘴唇。

如宛遥所言，院中的大小架子上都晒有各色药草，两个药童坐在廊下满

头大汗地推碾子。

项桓选了张石桌,边打量边落座。

庖厨后,宛遥端着个大托盘高兴地往外走:"前天和陈先生试药,剩了不少薏仁和绿豆,我就顺手做了点冰皮月饼,你尝尝看啊。"

糯米做的皮儿白嫩嫩的,又在冰窖中放置了一阵,眼下正悠悠地往上冒仙气。

她凭着自己的喜好把这些月饼面上压出精致的花样,很是别出心裁。

项桓的胃一向是来者不拒,只要能填饱,他什么都吃。

他刚伸出手要拿,却听桑叶在不远处冷冷道:"将军堂堂威名远扬的七尺男儿,也爱吃这种姑娘家的零嘴吗?"

话音落下时,这边的两个人皆是不同程度地一愣。

本就和这小子不对付了一路,这会儿生怕叫他看轻了,项桓当即反驳:"谁说我爱吃了?"

宛遥却是一头雾水地盯着那盘鲜亮的糕点看。

吃月饼也分男女?不是人人都能吃的吗?

她还不能理解男人之间那点不能摆上台面的虚荣心,无论什么事物,只要被盖了"姑娘家"三个字的戳,便不能喜爱,否则就是令天下壮士唯恐避之不及的娘娘腔。

桑叶显然深谙此道,打蛇招招中七寸。

"这个不能算姑娘家吃的零嘴吧?"

宛遥本还想替项桓争辩两句,很快就听见一个清脆的声音应道:"当然算呀。"

视线中不知何处多出一只手来,把项桓锁定的目标捞住,那只手的主人把月饼放到嘴里美滋滋地咬了一口,说:"东市的刘家点心铺可多这样的小糕饼了,京城里大姑娘小媳妇都爱上那儿买,好些时候拿着银子都不一定能买到,不过宛遥姐姐做的好像更好吃。"

一听到这个声音,项桓额头的青筋就开始往外乱跳,眼看着旁边某个十一二岁的小丫头在一点一点拆他亲哥的台。

"项圆圆!"

暴喝声响起的瞬间,对方似有所感地麻利开溜,临跑前还不忘再抓两个饼,旋即很是明智地闪到宛遥背后去。

"你躲个屁!滚出来!"项桓猛地望了一眼院外的天色,这个时辰,坊门应该已经关了,他登时大怒,气得简直能喷出火,"你不在家里好好待着,在外面瞎跑什么?找死是不是?"

宛遥被项圆圆拽着裙子跟他哥绕着圈地打转,她没办法,也只好跟着他们一块儿转。

"我不想在家嘛。"她从宛遥腿后探出个脑袋,可怜巴巴地装委屈,"现在外面到处都闹瘟疫,天天有人被官差抓走,家里也是,每个人过得提心吊胆的,爹爹又板着张脸。"

"我不要住在家里。"她理直气壮地把自己塞到宛遥的身后,"我要跟宛遥姐姐睡一块儿。"

项桓强硬道:"不行!"

"凭什么呀。"项圆圆不服气地噘嘴小声嘀咕,"就许你每日来找她,借我用一晚上都不行?真小气。"

被她当成人盾的宛遥听得一清二楚,当下面不改色地伸手悄悄去掐她的胳膊。

项桓皱着眉:"你说什么?"

这语气何其危险,项圆圆不敢去摸老虎屁股,认怂地道了声:"没、没什么……"

项桓心绪复杂地瞪了她一眼,问道:"你到底是怎么跑出来的?"

提起这个,项圆圆倒是引以为傲地挺起胸脯:"这几日京巡城,我本来说要住你那间屋避避邪的,结果在你房里发现了一包蒙汗药!"她喜滋滋地道,"我就把跟着我的那帮仆婢全放倒了!"

项桓几步上前就要发火。

项圆圆立马抱头,宛遥只好挡上来拉住他:"算了,算了,只住一晚上其实不要紧的,眼下送回去也来不及了,等明天你再带她走也不迟。"

项桓绕了两回没把人逮住,只能背过身去:"早晚得被你们气死!"

站在旁边的桑叶一声不吭地围观了全过程,只觉得这两兄妹果真是亲生的,随便哪个要落到别人家都是一方祸害,好在投胎投得准。

鸡飞狗跳了半日,无论如何,最后项圆圆还是留下了。她闲不住,再加

上项侍郎管得严,乍一出门如野马脱缰,满院子疯跑。小姑娘嘴甜,哥哥姐姐挨个叫了一圈,除了桑叶之外,人见人爱。

宛遥在屋内听她缠着人翻花绳的声音,不禁笑了笑,抓了一把黄芪放在药碾中来回搅动。

她喜欢听这样的碾药声,"嘎吱嘎吱"的,不会太响也不会太轻,安静的时候听着尤其舒适。

入夜后的灯光把地面染上昏黄柔和的颜色。

一道影子忽然落在她脚边,宛遥一抬头,就看见项桓垂着眸,神色不甘不愿地站在那里。

"怎么了?"她问。

他抓了抓脖子,抿了一会儿唇,终究开口道:"有吃的没?"

事实证明,男人的面子再金贵,毕竟不能当饭吃。

宛遥故意问他:"哦,你刚不是不饿吗?"

项桓不想和她解释,可又不得不解释:"你看见那小子方才诈我了,我又没办法……"

"要没吃的那我走了。"他抱怀侧过身,说是这么说,人却还未动。

宛遥看着面前的背影,忍不住好笑,她刻意卖了片刻的关子,晾了他良久才挑眉道:"想吃什么?"

他蓦地转身回答:"肉。"

新加的一瓢水尚未沸腾,面上还浮着一层细细的油花,猪骨炖出的高汤鲜香浓郁。

宛遥站在案板前洗青笋叶,桌边是埋头在大碗里的项桓。

宛遥知道他平时不爱吃果蔬,这回特地在馄饨馅中掺了剁碎的荸荠,作料里撒上葱花和一点点花椒粉,再放上碎咸菜粒,一口咬下去又脆又鲜。

他吃得很香,口中却还在埋怨:"肉可真少,你就不能多包点儿?"

"馄饨就是这样包的,肉多了皮儿一煮会炸开。"听到他轻哼,宛遥无奈地摇摇头,"夜里要少吃点,腹中不易消化,很容易失眠的。"

项桓不屑地一笑:"你懂什么,就是要吃得多,人才长得高,长得壮,你看看你……"

无端被戳到痛处,她洗菜的手一紧,瞬间反驳:"谁说的,长得高有什么用,又不能当饭吃。"

对面显然很轻蔑:"是你没见识,长得高的好处可多着了,能摘桃、能翻墙,还能看得远!"说话时,项桓突然一琢磨,丢了筷子起身。

宛遥正在低头郁闷地择菜,他在后面悄然逼近,唇边带着抹捉弄的意味,忽然伸手摘掉了她发髻间的银簪子。

"喂……"

宛遥抬眸去瞪他,后者微微歪着头,手举得高高的,笑得明亮又欠扁:"不是说长得高没用吗?你倒是拿啊。"

宛遥:"还我,我不跟你玩这个,都多大了。"

项桓听她此话倒是好笑:"难道你很大吗?小丫头。"

宛遥终于忍不住龇牙了,她挽起袖子攀着他的肩膀要去够,脚踮得笔直也才将将碰到掌心。

"对,就是这样。"他笑得一脸不怀好意,"再踮高点。"

宛遥不甘服输,瞥着那簪子的高度掂量了一下,跃跃欲试,原地里纵身跃起,也就是在她起跳的那一瞬,嘴唇擦着他的脸颊轻轻划过。伴随着风起的动静,一股温和的气息稍纵即逝,好似有什么柔软之物贴上来,轻得仿佛一片带晨露的羽毛。

项桓全然没料到,怔住了,很少有人能从他手中抢到东西,在这一刻他却毫无防备地失了力道。离耳根最近的那片肌肤好似滚过沸水,脖颈仿若触电一样,一直麻到了头顶。

他在原地发呆。

宛遥落地的时候,头也紧跟着垂了下去,满是想挖个坑钻进去的心情……

啊,她都干了什么啊!因为实在不敢抬头,她看不到项桓此刻是什么表情。

灶上的沸水正在"咕噜咕噜"地冒泡泡。

没有人说话,气氛就更尴尬了。

宛遥微微把头偏了偏,又往下垂了垂。她个子本就不高,这么一低首,连唇边的动静也不那么明显了。她恍惚想起掌心里捏着的东西,转过身去,往上绑发髻,好让自己的手能找点事做。

项桓便出神地看着她的五指穿过乌黑的青丝,十分灵活地梳理,散下来的碎发轻盈地落在鬓边。他忽然有些不自在地将头别向另一处,手从脸颊划

过去，来回地摸着脖颈，然后又去挠头，最后折回来捏鼻尖。

万籁俱静的时候，项圆圆蹦蹦跳跳地窜了进来。

当她发现了眼前这一幕，还没来得及燃起那颗"捉奸"的赤心，倒先被桌上的馄饨所吸引。

"好哇，你们居然背着我偷吃！"

这话细想起来甚有歧义，项桓竟难得没反驳。

项圆圆想吃，又嫌弃自己哥哥用过的碗，于是另抽出一副碗筷来，从项桓的碗里大方不客气地拨走了好几个，然后迅速开溜。

"大半夜了，还吃！"他没去看宛遥，不疼不痒地呵斥了一句。

项圆圆跑得快，老远就听到吸口水的声音："加了笋丁和荸荠，真香！"

这么一搅和，那暧昧的氛围瞬间消散，两人从来没有哪个时候觉得她除了胡搅蛮缠之外竟如此有用过。

宛遥忙说不要紧："还剩几个，我再给你煮。"

她颇有干劲地把簸箕内包好的馄饨往滚水里倒，皮薄肉嫩的馄饨浮在水面上。

正在这时，院外忽然传来一声突兀且令人心慌的声响，瓷碗摔碎在地。

几乎是一瞬间，宛遥和项桓都意识到可能发生了什么，接连地跑出门。

台阶下散落着几个零碎的馄饨。

项桓顷刻愣住。

"圆圆！"他上前将人抱起，怀里娇小的女孩呼吸微弱，夜色掩盖了她苍白的面容，乍一看只像是睡眠不足。

他茫然无措，眼见宛遥俯身下来，忙把人往她跟前递了递："快，你给她瞧瞧。"

宛遥卷好衣袖，修长的手指轻摁上去。

小姑娘的呼吸虽弱，但脉搏却意外地跳得很快，脉道坚硬，势头强劲，如按弓弦之上。

宛遥的脸色霎时严肃。

"怎么样？"项桓急忙问。

宛遥没有回答，只是神情凝重地将项圆圆的袖摆一撩，手腕那里有一片深紫色的斑痕，触目惊心。

她一言不发地望向项桓,显然,他也是一怔,缓缓地摇了几下头:"我不知道这个事……我根本不清楚她几时染上的。"

在项家,一老一小的两个男人都是五大三粗的性子。

项桓每日忙着操练、极少有工夫关心这个妹妹的,而项南天又不会养孩子,对她总是疏于照顾,大概连闺女几时跑出来的都不知晓。

宛遥:"不管那么多了,你先把她抱进客房,我去找陈先生。"

她起身的时候,手腕蓦地被他握住。项桓似乎是无意识地抓了她一下,四目相对,才又缓缓松开。然而只那么一刻,宛遥却隐约能明白这个举动的含义,她心中登时涌出一股歉疚和无力。

"我尽量。"她说尽量,但其实全然没有底。

因为从瘟疫暴发至今,哪怕陈先生翻遍了医书也未能寻到良方,更何况是自己……

院中顷刻纷乱起来,原本休息的大夫们立时里里外外地奔走忙碌。

病情一旦确诊,人就不能再留,项圆圆后半夜便被带走了,而项桓则随她一同上了那辆平顶车,此后再没回来。

疫病仿佛无形的妖魔,在最短的时间内笼罩了整个长安城。

起初的那几天,贵族文士们还能事不关己地饮酒作乐,直到祸水涌进了自家房门,他们才开始真正感到紧张。

朝堂上对于"饮鸩止渴"的呼声越来越大,甚至有人传言,连后宫之中也有瘟疫蔓延,举国上下再无一片清净之地。

宛遥已经两天没有得到项桓的消息了,最近医馆的药草已严重告急,城外救济尚未送进来,他们几乎无事可做,也就先自行散去。

这一日,前厅刚摆好早饭,宛遥瞧见她的父亲心神不宁地从穿堂那边过来。

"爹?"

宛延的反应慢了许多,好久他才抬起头讷讷地望着她。然后,他走到女儿跟前,用颤抖的手掀开胸前衣襟,锁骨上赫然是一小块令全城百姓闻之色变的紫斑。

大火终于也烧到了宛家。

第四章 善恶

疫区坐落在长安城东南,芙蓉园的北边。

马车还未靠近,宛遥鼻中已嗅到一股浓得化不开的苦味——那是许许多多种药草混合而成的,复杂到连她也不能马上分辨清楚。

四周往来的皆是送药的板车、押送病人的平顶车和巡逻的禁军守卫,围得水泄不通,他们的车马险些造成了一场拥堵。

宛遥扶着父亲从车上下来,后面紧跟着的一顶小轿里,宛夫人哭得满脸是泪,在婢女的搀扶下一步一步往这边走。

"娘,你别哭了。"约莫在五丈开外,宛遥就示意她停下,"回去吧。"

疫区是最大的毒气聚集之处,对寻常人而言自然是离得越远越好。

宛夫人泪眼迷蒙地摇头,边哭边说:"还是我来吧,遥遥,这里头,进去了没准儿就出不来了啊,你毕竟年轻……"她在做最后的劝导,试图让女儿松口。

宛遥仍往后退了一步,神情坚持:"娘,我学过医,知道怎么照顾人。我带爹来这儿,不是为了让他去送死的。我会好好照顾他,也会和他一起回来。"

她虽然生得文静,手无缚鸡之力,但在许多事上却出奇地倔强,好像天塌下来也不会使她有分毫动摇。

宛夫人时常也会感到奇怪,她的这个女儿何以能够如此坚定,明明很多时候看上去就像是普通闺阁里足不出户的女孩子。

宛遥搀着父亲转身朝疫区走去。很快便有医士上前接应他们,待她走到门口时,却诧异地发现了笔直而立的项侍郎。

是来找项桓的?还是来找圆圆的?

她的视线探过去,项南天面色未改,还长辈般和蔼地朝她略一颔首。

宛遥正想开口说点什么，脑袋就被宛延给扳了回来："不要和这个老匹夫说话！"

随即，两个老兄弟甚有默契地对哼一声，各自别过脸。

疫区又分为东西两个部分，将士族官宦与平民百姓区分开来。

平民东区已经人满为患，西区倒是还有富余。

这里住的都是达官显贵的亲眷，环境也要比其他地方好上许多，衣食住行一应俱全，其中甚至有熟识的面孔。无非是谁家的小姐，谁家的夫人，谁家的侍妾……

宛遥带着父亲在一处小院落脚，房间虽是独立的，四周却有不少芳邻。

她给宛延盖好被子，倒了一碗清水，寻了一本闲书搁在床头："爹，你休息一会儿，我去药房那边看看。"

"好。"宛经历是个极其配合的病人，温和地冲她一笑，便拿过书来自行翻看。

药房在西区正中央，里面大多是太医署派来的医士，正忙着煎药与分配。

治疗疫病的方子迟迟没有着落，御医们只能暂且把疫区的病人当作实验对象，每每出了新的药方便会让医工熬煮给众人，若吃上三日还无效便再换别的。

几个药炉前都有人排队等着取汤药。

宛遥提着裙子进去，远远地就听到一个熟悉的嗓音。

"不够，再加点。"

"公子，不能再加了，您都搁了三勺了，糖放多了会影响药效的。"

那人不以为意地冷哼："反正不放糖，你们这些药也不见得多有效。"

宛遥走上台阶，项桓正抢过汤匙朝碗里洒白糖，简单粗暴地一通搅拌，让旁边的医士有几分欲哭无泪。他把糖放回去，刚转身起来，迎面不期然地撞上了宛遥。他那张不耐烦的脸倏地一怔，露出错愕的神情，端碗的手也跟着一松。

宛遥急忙弯腰去接——竟真让她捧住了，药碗中洒出些许汤汁来溅在脚边。

"你……"他却没工夫留意这些，只难以相信地垂头，皱着眉认真地看着她。

宛遥两手捧着碗，朝他露了个安心的笑："不是我。"

她解释说:"是我爹。"

项桓的眉峰渐渐松开,神色缓和下来,他把视线挪向别处,心不在焉地颔首:"哦。"

宛遥把药碗递给他:"给圆圆的?她怎么样?"

项桓:"还能怎么样?原本这些药也没用处。"

汤药装进食盒,两人从药房出来。

项桓说:"其实你不该来,西区里住的大多是朝廷要员,伺候的人手很足,也不敢怠慢。"

宛遥抿唇点了下头,眸色中也有几分认命:"可那毕竟是我爹。为人子女,应当侍奉床前。我总不能把他一个人留在这儿。"

走没多久便到了他们的住处。

项圆圆正躺在床上睡着,她的情况不太好,因为年纪小的缘故,身体还不像成年人那样强健,一旦病倒几乎就是致命的。

项桓将她唤醒,舀了一勺子药喂给她。

他其实不爱喝药,也从不会给人这么喂药,若放在以前,项圆圆敢这么黏糊,早就被他拎起来掰开嘴强行灌下去了。

她迷迷糊糊地喝了一口就开始咳,瘪嘴嫌弃说:"苦……"

"还苦?"项桓颦眉,"三勺糖了,还想怎么样?"

有甜味的汤药并不一定就能改善口味,他手忙脚乱地喂着,项圆圆也吃得满身都是,最后宛遥实在是看不下去,支开他准备自己来。

本就睡得昏昏沉沉,项圆圆隐约感觉到床边换了一个人,她咽下一口汤汁,后怕道:"哥,我是不是要死了……"

他面容沉得厉害:"又哪儿不舒服?"

"我都看见我娘了,这是不是回光返照啊?"

"那是宛遥。"

她听完瞪大眼睛,脑回路异于常人:"宛遥姐姐也要死了?"

项桓终于忍不住:"闭嘴,喝你的药。"

宛遥替她诊完脉,知道病情还算稳定,便给她掩好被衾,安慰说:"圆圆要记得按时吃药,你病得不重,过两日好起来便能回家了。"

她含糊不清地"嗯嗯"两声,在病中哑着嗓子说:"哥,我想吃刘家点心铺的桂花糯米糕。"

项桓听得一怔,忙道:"等你病好就给你买。"

不知道她是信了还是没信,她仍旧是模糊地低语,转眼像是又睡着了。

项桓伸手给她又拉了拉被子,再去探她的额头,好似一刻也停不下来,人坐在床边,目光却是直的,眼睛一眨未眨。

宛遥在旁边将他所有的动作尽收眼底,说不清为什么,她觉得这个时候的项桓与平时相比少了很多的棱角和锋芒,尽管他还是一副倨傲、不耐烦的脸,可她从他的眼中看出了茫然。那是在他单挑蛮族武士时,不曾有过的神态……

"项桓。"宛遥迟疑道,"我来疫区时,在门口遇到项伯父了。"

他微微侧头,似乎是看了她一眼,但什么也没说。

宛遥轻轻拉他:"搬到我那儿去吧?得空我也可以帮你照顾一下小圆。"

夜里服侍宛延吃过药睡下,宛遥又去隔壁看项圆圆有没有踢被子,走了一圈,等一切收拾妥当之后,她才轻轻推开门。

季夏的晚上,月轮要比平常更明亮,也更圆润,这是临近中秋的关系。

宛遥披着月色走出去,未曾出院子,一抬眼就瞧见倚树高高而坐的项桓。他正侧头看着长安城同样沉睡的万家灯火,束起的青丝被晚风吹在脸颊上,她不敢走得太近,怕会被发觉,于是只在垂花门后静静地望着,想象他此刻的神情。

宛遥依稀记得项夫人是为了生小圆难产而死的。

从那以后,项家的三个男人每日都轮流围着那个早产了两个月的女婴打转,哄孩子、换尿布、请大夫,族亲里但凡生育过的女子全都被请去江湖救急,连她娘也曾经帮过忙。

事情闹得坊内坊外沸沸扬扬,街头巷尾尽人皆知,幸而千难万险,总算是把孩子的命保住了。

只可惜好景不长,项圆圆磕磕绊绊长到一岁,项大公子就不幸死在了上阳谷中。

那一战,大魏死伤惨重,不仅没能收复西南的故土,连凭祥关也一并丢失了,接连经历了数次风雨的项府一片萧条。

宛遥偶尔跟着母亲路过时,会在角门前看见一个十多岁的男孩,背着一

个号啕大哭的女娃娃来回不停地走,旁边的仆妇就拿起拨浪鼓轻言细语地哄。

她知道那是爹娘常和她提起的项伯父家的孩子,爹娘还说,他们小时候见过,但宛遥想不起来了。她牵着母亲的手,努力回首想看清这个男孩的脸,可他却一直低着头,被背上不安分的女娃娃压得弯了腰。

直到有一天,宛遥随姑母走进西市的胭脂铺,隔着一道珠帘,她瞧见那个少年面色阴沉地拎着一条又粗又长的棍子自门前经过。

她不自觉地拨开了帘子,不由自主地跟了上去。

少年走得很快,也越行越偏,等宛遥气喘吁吁地追到矮墙下,就听得墙后风声呼啸。

"你不是自诩很厉害吗?有本事把我们全都打趴下啊!"

有人在打架!

她吓了一跳,不知自己此刻该不该离开,可又忍不住探头去看。

只见四五个男孩正在围攻那个少年,他们人多势众,混乱之际,竟有人绊住了他的脚,一帮浑小子立刻蜂拥而上,里三层外三层,叠罗汉似的将他压倒在地。

少年的手臂上全是伤痕,明明已经浑身淤青,他居然异常冷静,阴狠的双眼直勾勾地盯着不远处落下的那根棍子,伸手用力去够。

宛遥被那样森然的目光骇出满背的冷汗,她本能地想跑,但害怕这个人真的被打死了,又于心不安。她毕竟是个小姑娘,从没见过这样的场面,从心底里畏惧。

一时想去捡起那条木棍丢给他,可终究不敢,心绪来回犹豫。

"项桓,你哥打败仗了,丢了我们的城池。"

"还被人家打死了。"

"真没用!"

男孩们也发现他的手正朝武器探去,却又迟迟够不到,于是恶作剧地抬脚踩在他的手背上,作弄地一旋。

少年用力咬着牙。

宛遥从那双星眸里读出了无尽的愤怒和耻辱,她心头一紧,正要走出去的时候,人群中倏地发出一声猛虎般的暴喝。少年忽然拼尽全力挣开束缚,野兽似的一跃而起。

那些压在他身上的拳脚瞬间四散倾倒,男孩们摔得意外又茫然,还没回过神来,却见他迅速抄起那条碗口粗的木棍,发狠一样乱棍打下去。

他下手极重,分毫没有留情,这帮半大的孩子像是一群连滚带爬的落水狗,被一窝蜂地掀了出去,沿途号个不停。

"项桓,你给我记住!我们不会放过你的。"

等揍飞了最后一个,少年才随手丢开棍子,拖着受伤的身躯摇摇晃晃地站定,紧盯着这帮人离开的方向,漫不经心地用拇指擦去唇角的血,见他的样子,仿佛早就习以为常。

宛遥从墙后怯怯地伸出半个头,窄巷中的少年满脸是血,蓬头垢面,那抹恶狠狠的气息犹在,暴戾又毒辣。不知为何,她想起了不久之前在项府门外看到的,那个不厌其烦,哄着婴孩睡觉的人,似乎同眼前这个凶兽似的男孩难以重合,却又并不矛盾。

正出着神,谁知对方的警惕性出奇地高,几乎是一瞬间就转头瞪了过来,手已捏成了拳。等发觉只是个小姑娘,他的目光才有所缓和,继而皱起眉,语气中充满了嫌弃:"怎么是个女的?"

那是宛遥有记忆起,和项桓的第一次对话。

月光下的少年一动不动,而皎洁的月渐渐被浮云遮掩住,只留下外围一层浅淡的清辉。

她并未上去唤他,反而挪开了视线,转身回去了。

西疫区是被禁军特殊优待的地方,早食还有人亲自送上门,餐饭精致的同时也配合着病情忌口。

宛遥陪父亲用完饭,提起食盒准备上药房取药。

疫区本就由一个坊布置而成,里面如其他坊内一般,有街有巷,房舍鳞次栉比——当然其中住的都是病人。

昨日她来得匆忙未曾细看,今天一打量,才发现这附近竟还有一间单独辟出来的小庙,里面供着的,是尊熟悉的雕像。

"想不到这里也有圣母像。"宛遥有些意外。

前来祭拜的人还不少,大多是病情不太严重的病人,或是病人的亲眷。

来都来了,抱着试试看的想法,她也进去朝着敬德皇太后的塑像拜了两拜，希望父亲和圆圆的病能够早日好转，但愿太医署可以寻到医治的良方。

"娘！娘！"

"你们要干什么？她还有救，她还有救啊！"

东西两个疫区只相隔一条街，那边混乱的情况一眼可见，连声音也能听得清清楚楚。男子的哭号声引来不少人张望，也使得每人心中的恐慌成倍增长。

禁军一前一后抬出一张盖了白布的担架，想必是又死了一个。

在这里日日有人死去，日日有人啼哭，只因西区的名门望族高人一等，故而还不至于让宛遥深切地感受到绝望。但事实上，放眼看去，疫区毋庸置疑是个满目苍凉的乱葬岗。

"你们瞧什么？有什么热闹好瞧的！"那男子发觉自己被围观了，指着对街的人骂道，"这个病治不好了！治不好了！大家最后都会死的，都会死的！早晚、早晚得轮到你们！"

他骂着骂着，怒极反笑，跪在地上嘶哑得笑得直不起腰。

由于痛失至亲，他的举止无端开始癫狂。男子一挥袖，肆无忌惮地开口："这么多年了，是报应啊！报应……圣母给长安城所有人的报应！你们每个人，每个人都逃不掉的！"

当他提到圣母时，熙熙攘攘的人群中，有些人的脸色微微一变。

坊间巡逻的禁军迅速上前来将人拖走，临走时对方的嘴里依然没停，到后来好似叫守卫拿什么东西堵住了，只依稀传来"呜呜"的轻咽。

宛遥从他这番话里听出了一身的鸡皮疙瘩，再去看一旁端庄优雅的圣母像，敬德皇太后正静静地望着远方，那张浅笑温和的容颜在如此环境下却让人毛骨悚然。

"姑娘。"苍老的声音不紧不慢地在边上响起，是个年近七旬的老者，"只是空穴来风的谣言，不用这般在意。"

宛遥忙转身面向他。

老人家佝偻着背，负手在后神态很是悠闲："等你到了我这个年纪，才会明白那些妖魔鬼怪，神仙佛祖，不过尽是人间虚妄而已。"

宛遥垂眸想了想，没有反驳，转而望了一眼那男子离去的方向，问道："他为什么要说'这么多年了'？"

"小姑娘年纪轻，有些往事可能并不清楚。说起来这疫病也并非只是近年才出现的。"他看向对面精雕细琢的雕像,"算一算,快有二十几年了吧。"

"这么久?"她微微讶然。

"此种疫毒是宣宗时期圣母所医治的疫毒演变而来的,一直在南方蜀地合州附近肆虐,有几个村镇几乎每年都会病发一次。"老者缓缓道,"当地的官府束手无策,京城的太医也找不出根治的办法,于是就只能……"

老者的话语顿了一下,宛遥忍不住问:"只能?"

"只能就地将全村焚毁,一个不留。"

这是项桓之前也同她讲过的。

宛遥此时才留意到,老人的手背处有一点深紫的斑痕,他应该也是疫病的患者。

"有好些年啊,蜀地的很多村镇都是荒无人烟的死地,你大老远地看见了房屋,走过去会发现里面一个人都没有,能搬的人全搬走了。"老者说。

"未曾寻到病源吗?这么大规模的瘟疫,会不会是水的问题?"宛遥问。

他摇头:"能找到那早就找到了,二十几年了,换了一批又一批的官差,险些没把蜀中的山翻个面,结果还是一无所获。"

尽管知道希望渺茫,宛遥听了仍旧掩不住失落。

"所以说呀,"老者背着手,面朝长街闲庭信步,"那小子的话倒也并非全是胡言。这病是真的治不好啊,治不好的……"声音依然是不慌不忙,随着他渐行渐远,也愈发地模糊不清了。

转眼间,宛遥在疫区就住了十日。

清晨,宛遥从药房取了两人份的汤药回来,项圆圆的身体弱,醒得少睡得多,最难伺候,所以她先放在隔壁屋,等喂完了这个小的才去看父亲。

门口,项桓正抱着一箱用过的木质碗筷往外走,歪头来问她:"宛遥,东西放哪儿?"

她把药碗拿出来在唇边吹凉,回答道:"你搁在台阶下面,会有人来收的。"

项桓点点头:"哦。"

末了,宛遥又想起什么,忙提醒说:"吃饭前别忘了好好洗手!"

远处有人应了一声。

经过这段时日的观察,宛遥发现瘟疫也并非人人都会沾染,身体健壮如

项桓、余飞这样的武将多半能够幸免于难,而她爹、项圆圆这样的老弱病残却很容易中招。

好在那么多天了,她身上也不见迹象,大概自己的体魄也算强健吧。

宛遥提起裙摆在床边坐下,伸手轻轻摇了摇项圆圆:"圆圆?小圆,起来吃糖了。"

后者大概是被这招骗过多次,此刻稳如泰山,纹丝不动。

由于年纪小,她的病症恶化得很快,宛遥掀开被衾的一角给她把脉,那些让人胆寒的紫斑已蔓延到了手腕,即将覆盖整条胳膊。

宛遥颦眉摇头轻叹,正欲去取床前的药碗,手臂才探出去,却不慎被床架子上飞起的一片木块划破。因为动作略快,落下了一条不浅的伤口,血珠子迅速从白皙的肌肤上冒了出来。

宛遥低低地抽了口凉气,急忙掰下那块元凶以免它再作恶。

胳膊血流不止,滴得床沿、被衾上斑斑点点。在这种疫毒弥漫的地方受外伤是十分危险的事,她赶紧扯出干净的帕子给自己清理,抚着胳膊查看伤势时,她不经意地一垂眸,却发现项圆圆那爬满紫斑的肌肤沾有自己血的地方竟然浅浅地退了一丝痕迹。

院中的桌上摆着清粥小菜,项桓不知从哪儿弄来几个大莲蓬,低头剥着里面的莲子。

这间二进的四合院之前还住着两户人,近来陆陆续续地搬走了,不知是因为重病还是因为多了项桓两兄妹的缘故,眼下只剩下了他们几个。

宛遥低头出来时,被明晃晃的日光照得有些睁不开眼。

项桓见她过来,往旁边挪了个位置,手上却忙碌着没停:"莲子吃不吃?才采的。"话虽这么说,已经把一整盘剥好的莲子推到了她的面前,"记得剔莲心,不然会很苦。"

宛遥轻轻"哦"了一声,伸出手去拿的时候,项桓不经意看见了她胳膊上缠着的布条。

"胳膊怎么了?"他问。

宛遥不自觉一顿,目光朝别处躲了躲,随口说:"没什么,方才不小心划破了。"

项桓瞧着她的眼神里多了几分无奈,继续捞起一只莲蓬:"自己当心着点。"

宛遥不作声地颔首,把莲子放到嘴里,忘了剔莲心,味道很有些清苦。

疫区在三天之后迎来了又一批新的药方,很明显是因为之前的方子并未起效。

四下怨声载道。

一而再再而三的失败终于惹来了项桓的愤怒,他本就不是个有耐性的人,逼着自己在这么一个狭小封闭的地方窝了半月,憋了许久的怒火一触即发。

"还换药?知不知道你们已经换了十几个药方了?"他揪着前来送药的医士,对方个头不高,这么一拽,双脚险些离地。

"现在死了多少人你数过没有!你们是在拿人试药吗?三天两头,朝令夕改,这么随便?不会治病当什么大夫!"他把人丢在地上,抡起拳头作势就要打。

医士年纪尚轻,约莫也是太医署新上任的小官,还没有师父们那般云淡风轻,看惯帝王家动不动治不好拉人陪葬的作风,当即吓得一张脸风云变色。

"项桓!"危急时刻有人出手阻拦。

"你别那么冲动。他只不过是个传话的而已,这和他又没关系。"宛遥将他的臂膀死死抱住,可还是觉得自己像是抱着一头随时要蹦出去的牛,"治病没你想的那么简单,大夫也不是神,御医们大概是被逼急了,否则不至于换得这么勤。你先冷静一点,给他们一些时间,会有办法的……"

项桓看着她,绷紧的五官艰难地挣扎着,最后他猛地松开手愤愤地甩到一边。

"我给他们时间,那谁给我时间?再这么等下去人都死了,他们呢?成日里却只会拿话搪塞别人!"他说话时手正指着地上的大夫,乍一回头,突然发现原地里没人影了,抬眸才瞧见前面撒丫子狂奔的背影。

"你还敢跑!"他气得火冒三丈。

那人一听他发火,停是不敢停,瞬间跑得更快了,屁滚尿流的。

项桓习惯性想追,宛遥只能被他拖着走了两步,再劝道:"算了,你抓到他能有什么用?小圆也不会好起来。"

他抿紧唇,冷眼破罐子破摔:"好,那好,反正怎么做都没用,那干脆别

治了，我现在就把人带回家。"

宛遥颦眉摇头："你不要任性……"

项桓扬声打断："就你理智！"

说完，不等她再开口，便抱着胳膊转过身去了。

知道他这是不想再搭理人的反应，宛遥冲着面前高挑的背脊暗叹口气，只能默不作声地先离开，让他自己待一会儿。

夏末的暑气还没消退，每日依然是热度不减的艳阳天。项桓立在窗边，被照了满身浅浅的金光，心情因为这天气更加烦躁，他坐立不安，想围着长安城跑上十圈。

"项桓……"不知过去多久，耳畔有人小声且谨慎地唤他。

项桓蓦地一愣，转眼去看，宛遥正端着一碗汤药站在跟前，俨然是一副求和的态度："该喝药了。"是预防瘟疫不可少的一日一次的药剂。

可他心里烦得很，固执地别过脸："我现在不想喝。"

宛遥迟疑了片刻，还是坚持："药放凉了会很苦。疫区毕竟不安全，断一次药后果可能不堪设想。"

"我都说不想喝了。"项桓其实只摆了一下臂，他没料到会把药碗碰翻，随着"咣当"一声响，汤汁和碎片齐齐在脚边摔开。

那一刻，项桓分明看见宛遥眼中细微的变化，心里莫名地"咯噔"了一下。

放纵自己发了一通脾气，这会儿冷静下来，才感觉真惹祸了。

宛遥的神色有些复杂，弯腰想去收拾，半途被项桓伸手挡住："你别碰，我来。"

他利索地蹲下把碎片收拾在一起，她也没闲着，取了个簸箕在对面低头帮忙。

项桓一边捡，一边偷偷地窥着她的表情。

宛遥正慢慢地扫药渣，并未看他。

他有种平白惹了麻烦的无所适从。

项桓接过那只装满残骸的簸箕，欲盖弥彰地补充说："汤药我过一阵再去拿，你不用忙。"

"嗯。"宛遥颔首应了一声，之后的整个晚上她都在房内没出来。

项桓坐在院中闷得发慌，夏夜的四周充满了虫鸣声，小虫们集体在草丛里放肆地吱哇乱叫。

他先是在桌前百无聊赖地把玩那几个空莲蓬,随后又踩在台阶边上走,去踢一旁好端端长着的灌木丛,最后蹲在墙头,把一根青枝的皮扒了个精光。

正对面的房间大门紧闭,灯火却很明亮,依稀能照出一道轮廓纤细的影子来。

项桓盯着看了半天,满心没着落,把青枝扔在地上,跳下高墙,走上台阶时又顿住了脚。

他在道歉与不道歉之间挣扎徘徊,转眼已在廊前兜兜转转行了好几个来回。

房檐上蹲着的野猫围观了全过程,瞧得有些眼酸,忍不住打了个呵欠。

只是摔破个碗而已,不至于这么生气吧?

他着实不知要说些什么,又走了一圈后在门前停下,嘴唇微微抿了抿,目光盯着投在栏杆上的光影看,忽然猛地把心一狠,侧身扬手就要敲门。

"嘎吱"一道轻响。

他还没拍下去,里头的人便把门打开了,项桓反应极快,动作立刻从叩门转换成了摸脖颈。

宛遥正抬眼,视线冷不防被一道高大的身影占据,目光露出几分惊讶,她看见他漫不经心地低头又望天:"项桓?"她奇怪道,"你在干什么?"

他一脸随意地开口:"我路过。"然后又欲盖弥彰地补充,"刚刚看见那只野猫好像在挠窗子。"

暗处的猫无端被冤枉了,愤怒地叫了一声,撒腿跑开了。

宛遥下意识顺着他所指的方向好奇地望了望。

"你来得正好。"她眉间的神情倒是比白天松泛许多,侧身让他进来,"小圆醒了,进来看看。"

项桓眸中闪出一抹色彩,登时仰起面。

项圆圆自从几日前便一直在昏睡,这是她三天以来第一次苏醒,张口就嚷嚷着饿了:"哥,我想吃蹄髈……"

项桓见她精气神不错,大病一场后,有逢凶化吉之兆,忙去庖厨顺了碗清汤挂面,坐在旁边瞧她大口大口地吸溜,边吃还边嫌弃:"说好的蹄髈呢,这也太清淡了,连片肉都没有。"

"行了吧你，有的吃就不错了。"他虽然嫌弃，心情却显而易见地好，坐在桌前去问宛遥，"你看她手上的斑是不是淡了一点？"

她正倦然地打呵欠，闻言跟着打起精神点点头。

项圆圆的病毫无征兆地开始奇迹般地好转起来，同时，绝处逢生的还有隔壁的宛经历。但汤药仍旧是之前的汤药，吃食上也不见有什么特别的改变，谁也说不明白究竟是如何治愈的。

胳膊上的斑逐渐淡去，项圆圆情况一转好，话匣子就跟开了闸的洪水，把满院叽叽喳喳的夏虫全都比了下去。

"宛遥姐姐你怎么也来这里啦？

"是我哥找你来的？

"我就知道他不靠谱，喝药的时候还弄脏了我三条裙子，听说小时候他喂我喝羊奶就把奶灌到我鼻子里去过。你说这是什么毛病呀？"

她有了体力，总算能自己动筷子吃东西，餐饭刚上桌，捧着碗便抱怨："宛姐姐，你是不知道，咱们隔壁住着的老头一到夜里就可劲儿地打呼噜，跟天雷轰顶似的，吵得人压根睡不着。看我这么小，眼圈儿都青了！"

她自打搬进来便不省人事，故而并不清楚院内都有些什么人。

项桓坐在旁边嗑瓜子，白她一眼："你睡得还少了？"

项圆圆理直气壮："小孩子就是要多睡才能长身体的呀！"

也正是在此时，宛延负手慢悠悠地进来，饭后消食是他这几日康复之后的日常活动。

项圆圆不似他哥，也不习惯跟他爹同仇敌忾，当下惊喜地让位子："宛伯伯，您怎么也在？您住哪儿啊，我怎么平时都没看见你呢？"

他淡淡道："隔壁。"

宛遥笑着给他们俩添饭，余光瞥到项桓舒展的神情，随口打趣道："现在好了？不用皱眉头了吧。"

项桓捏着茶杯并未言语，看到她的手腕上仍缠着厚厚的布条，喝茶的动作忽然一顿："你这伤还缠着？划得这么严重？"

她忙遮掩了一下："此处疫毒泛滥，我想等结成的痂掉了之后再取下来……"

项桓听完颔了颔首，他知道宛遥在这些小伤上能照顾好自己，并未太往心里去，便没再多问什么。

八月初秋，下了几夜的瓢泼大雨，把满地滚滚的热气浇得只剩清凉。

时过半月，项圆圆和宛延身上的紫斑已全数褪去，紊乱的脉象恢复正常，只从表象上看，几乎与普通人无异。

瘟疫暴发了那么久，疫区还没有谁能彻底治愈离开此地。

明明是和大家用的药材一致，吃的饭食相同，众御医们绞尽脑汁也想不出根源所在，问起照顾病人日常饮食的亲眷，宛遥只猜测说或许二人得的不过是紫癜。

紫癜也是皮肤下出现瘀点瘀斑，但与瘟疫不同的是，它并不会传染给人。毕竟禁军抓人似是而非，有那么一两个弄错的也不奇怪。

大夫们只能勉强接受了这个说法。

宛延是朝廷命官，项桓又是虎豹骑的中郎将，怎么着也不能把几个没事儿人老关在疫区。

临行前，宛遥几人来到药房内。其中四五个御医与医士眉头深锁地正在交谈，对此番异象一筹莫展，待他们进去之后才各自散开。

要放走疫区的病人不是一件小事，不只是项圆圆、宛延这两个大病初愈的患者需要重重把关，连宛遥和项桓也陆续被带进去，从头到尾检查了一遍。

替宛遥查验身体的是个上了年岁的女大夫，在执起她的手臂时，点了点腕子上那一圈布条，警惕地问："这是什么？"

她微微地缩了一下："是……不小心划破的。"

大夫解开包扎，其中的伤痕已然结痂，倒看不出有何异样。她又多打量了宛遥几眼，才勉为其难地颔首："行了，把衣服穿上吧。"

从小黑屋内出来时，宛遥才将心口压住的一口气缓缓往外纾解。

太医署未能挑到什么毛病，也琢磨不出药方，于是只得放他们回去自行收拾行装。

几个人在"地狱"里住了半个月，重见天日简直是欣喜若狂。

项圆圆没忌讳，围着院子来回跑圈儿，临走时，又莫名涌出一股同甘共苦的不舍来，对着这地方一番伤感。说是收拾东西，但他们所用之物其实大多带不走，除了一件衣裳贴身穿着，别的物件全部就地焚烧。

宛遥跟着领路的医士走出西疫区，沿途一向紧闭的院门纷纷不甚明显地拉开了缝隙，缝隙里是一双或几双眼睛，定定地注视着他们这些能够全身而退的人。

"凭什么他们可以走！"

"是啊，凭什么！"

背后的纷乱声渐次而起，禁军忙列阵阻挡住情绪有些失控的人们。

御医站在前方安抚："大家切莫误会，他们只不过是误诊，是误诊，并非疫病。"

"误诊？那我们说不定也是误诊啊！"

"这病到底几时能治好！我实在是不想在这儿待下去了！"

"太医署很快会把新的药方送过来，想必会有成效的，请诸位少安毋躁……"

"又是药方！还得换到几时啊！"

宛遥忍不住，驻足回了一下头。

人群吵吵嚷嚷，四下里的那些目光带着绝望与悲凉。她被看得四肢僵硬，只觉手脚仿佛都不是自己的。

项桓走出了一大截儿才发现宛遥掉了队，几步回来顺着她的视线望了望："既然这病可以治好，他们应该迟早也能康复的，你别多想。"

宛遥握紧手腕上的布条："嗯。"

直到跨出疫区的大门，宛遥依旧感觉到如芒在背，而那些眼睛好像还在盯着她，那是想活下去的眼神。

项、宛两家的亲眷早早就在外面等候了，余飞、宇文钧带着虎豹骑的兄弟探头张望，医馆里，桑叶同陈大夫翘首以盼，两边的人像是在夹道欢迎，场面热闹得堪比娶亲。

"娘。"宛遥一眼看见了正跑过来的宛夫人。

宛夫人张开双臂把女儿抱了个满怀："让我看看，让我看看……"

她上上下下地打量，恨不得连根头发丝也拈起来瞧一瞧有没有长斑，宛遥站在那里倒有些放空自己。

"听人说你们能出来了，我还不信呢，就怕是叫我进去收尸的，还好，还好你没事。老天保佑，可算是把我吓坏了……"

宛延被晾在边上，忽然有些怀疑地想，这病的不是我吗？

"你们用的是哪一道方子？"陈大夫挤进来，"既然令尊能康复，其中必然有玄机，好徒儿，赶明儿和为师促膝长谈啊！"

宛遥神色间有些躲闪："我……"

桑叶见得此情此景，拨开他颦眉道："陈先生，这都什么时候了还在意这个。你没见她精神不好吗？不要紧，不要紧。"

只当她是这些天吓到了，宛夫人搓着宛遥的手宽慰道："回家娘给你做好吃的……"

另一边，项家人的团聚自然没有如此和谐，反倒是余飞他们仨劫后余生似的开始喝起酒来，为庆祝项圆圆大难不死，当然是要喝个不醉不归。

项桓忽然想起什么，折过身小跑着去找宛遥。

"宛遥！"

她闻言抬起头，视线中的少年明眸清澈，笑得开朗又干净："今天大头请客吃酒，你要不要去？"

"我……"出乎意料地，宛遥微微垂头，"我就不去了。"

项桓怔了下，不解地追问："为什么不去？"他想了想，又补充，"不会太晚，到时候我送你回来。"

宛遥仍委婉地推拒："你们玩吧。"

他还欲再劝，宇文钧伸手轻轻把人拉住，使了个眼色："在疫区待那么久，肯定累到了。你别打扰人家，让她好好休息。"

似乎听他这么一说，项桓才留意到宛遥的脸色不太好，他后知后觉地"哦"了一声，缓然收回视线。

很快，疫区外的两队人陆续上马车，打道回府。

不远处的树下却有一道身影，正静静地注视着这个方向。

宛遥从回家之后就很少说话，她不像宛延那样有重生后的喜悦，每日干劲十足，反而显得她情绪低落，总是一副心事重重的样子。

在饭桌上她吃得也不多，一有空就扎进房内翻医书，无论宛夫人怎么劝都没用。

那张敬德皇后遗留下来的药方被她摊在桌上翻来覆去地研究,手边是几盏深浅不同的鲜血,满室弥漫着一股淡淡的腥味,然而她还是参不透其中的因果。

灯火在微光里暗闪,将纸上斑驳的字迹逐渐照得模糊起来。

朦胧中,宛遥感觉自己熟悉的房间骤然变了,而她又一次身处在疫区荒凉的街道上,四面八方都是隐匿在暗处的目光。他们看着她,看着她,随后渐渐地,从太阳照不到的地方走了出来,走到街上,一步一步地靠过来。

宛遥彷徨且惊恐地张望着,然而不管她怎么转身,目之所及皆是染上瘟疫的病人。

他们嘴里喃喃地说着千言万语,却都是同一句话——为什么不救我。

宛遥猛地睁开眼,自臂弯里抬起头,仓皇四顾,还是自己的房间,还是自己的家。

不知什么时候她竟就这么趴着睡着了,手边的灯烛燃尽了一半,她娘正担忧地唤她:"怎么啦?满头大汗的。"

宛遥只是喘气。

宛夫人以为她是在疫区受了惊吓,伸手轻抚着她的背脊:"做噩梦了?"继而柔声宽慰道,"好了好了,都过去了,这不是已经回家了吗,别多想……"

嗅到那几杯腥气黏稠的液体,她掩鼻把药草与杯盏推开:"你从哪儿搞来这些东西?"

宛遥起身收拾,遮掩道:"是鸡鸭血,我就想试试能不能做药引。"

"还在琢磨药方的事呀?"宛夫人去拂她脸边的碎发,"娘知道你是好心,但也要量力而为才行,那不是有御医吗?肯定会想出办法来的。"

"娘。"宛遥低声打断她,带了几分茫然地转过头,"我可能做了一件自私的事情。"

"什么自私的事啊?"宛夫人也被她认真的神情无端牵动,"很严重吗?你要实在放不下,不如就去向人家道个歉吧?"

她听完却沉默了一阵,然后摇了摇头。

发展到今日,瘟疫似乎已成了一种绝症,医馆的学徒们起先还会谈之色变,紧张惊恐,至此反倒淡定如斯,哪怕再有谁神志不清地跑上门嚷嚷,他们也能冷静地招呼禁军来把人拖走。

宛遥仍坚持每天来帮忙置办药材，自她走后，好几个医工接连累垮，药房的人手便捉襟见肘，忙起来时，连她也不得不干起跑堂的活计。

这天，她才对照药方把药抓齐，迎面就落下一道高大的黑影。

"劳驾，要这些药——"桌前推来一张方子。

宛遥匆匆地扫了一眼："五味子二钱、紫苏一钱、车前草，车前草好像不够了，稍等一下。"

她冲那人颔首，招呼婢女来帮忙，自己则打起帘子往后院走。

其实宛遥在进去时就已然感觉到有哪里不对，但忙得晕头转向，脑子一时半刻竟没有反应过来，等她想起此人在何处见过时，背后的劲风如刀，脖颈上猛地一阵疼痛，眼前便瞬间漆黑。

不知昏睡了多久，宛遥嗅到一股泥土与青草相混合的味道，耳畔还有熟悉的虫鸣，肩井穴上麻木的疼痛感将她整个人从半梦半醒中拽回到现实。

宛遥睁开眼，看见了山洞石壁上摇晃的火光。

天就要黑了，远处的夕阳只剩一条极细的线，行将沉入地底。她想，她应该是在城郊的某个地方，或许临近终南山脉。

宛遥捂着后颈坐起身，在熠熠闪耀的火堆旁，一个年轻的男子正坐在那里。

他生得很高大，面容清俊，手臂筋肉虬结，身形看上去甚至比项桓还要结实一些。怀里一柄三尺长剑斜斜环抱，在星火间闪出危险的锋芒，但他的目光却很平和，一直定定地望着身边静躺着的人。

宛遥这会儿的记忆出奇清晰。她见过他的，在梁华成亲那天，医馆的对面。当日满街欢庆，唯他一人站得犹如雕塑，一动未动。

这人倒并未绑她，甚至连她苏醒与否也没有十分在意，隔了好一会儿才往这边看一眼，然后提剑走过来。他手上戴着一只斑驳的铁环，一身寻常的黑衣短打，宛遥仰起头与之对视的时候，只觉得那双眼睛目光淡淡的。

"你不用怕。"青年朝她蹲下身，"我不会对你怎么样。只要你帮我做一件事，我就放你回家。"

宛遥听着满心不解，想了想打算静观其变，于是没有给他回应。

见她不配合，青年好像也不着急，语气仍旧轻缓："我知道你，宛家的千金小姐，只有你治得好这种疫病。"

他面不改色却语出惊人，而且还用的是一个肯定句。

宛遥有片刻愣怔，随即解释：“你可能误会了，我爹他们只是……”

尚未说完，青年便摇头打断：“我那几日留心过你，你跑去药房偷过药，也去庖厨取过鸡血、鸭血。”

尽管不知是为何用，也不知她为何形迹诡异，但他可以不追究，毕竟他只需要一个结果。

"我相信，你的家人能康复绝不是巧合。"

这是个有备而来的人。

认识到这一点，宛遥知道再装傻并不是明智之选，她沉默了一阵，模棱两可地开口："带我去瞧瞧病情。"

火堆旁的人侧身卧躺，盖着厚实的毛皮毯子，夜间怕冷是疫病患者最显著的特征。从背影看很纤细瘦弱，应该是个姑娘家。宛遥伸手想将她身子扳正，挪过正脸，待看清对方的五官时她当场吓了一跳，手不自觉地松开，坐起的人便又睡了回去。

"陈……陈大小姐？"是陈文君，梁华的新婚妻子。

在疫区时宛遥曾远远地见过她一面，由于隐瞒疫情，梁家一家子都被禁足在了西区，此时此刻她出现在这里，也就意味着……

宛遥皱眉转头："你居然把她带出来了？"

青年不以为意："反正待在那儿也是等死。"

她觉得不可理喻："你知不知道这对其他人而言有多危险？"

他淡淡道："谁让你们出来了呢。"

宛遥被他噎了一句，竟一时哑口无言。

想他们这些练家子的武林高手，一个项桓成日里无法无天，这一位又肆无忌惮，仗着自己会飞檐走壁，从包围成铁桶的疫区中带出患了瘟疫的病人。

"以武犯禁"说得果然不错。

陈文君是个很美的女子，饶是人在病中，依然有种天然的明媚清秀。

宛遥撩起衣袖，静静听她的脉象，那些裸露在外的肌肤被大大小小的斑覆盖，显得狰狞又恐怖。此刻她偷偷去看了看身边的男子，青年的神色如旧，目光里不曾见半分嫌恶和厌弃，整个人温和得就像一条潺潺流淌的溪水。

入夜后，郊外比城中要冷上几分，宛遥没有薄被可盖，便凑在火堆边，抱膝看那些木柴一点一点被火舌吞灭，然后冒出耀眼的火星。

那人大约也是想着避嫌，故而把山洞留给了她们俩。

陈文君已经陷入昏迷之中，是瘟疫加重的征兆，很可能就是猜到了这一点，他才冒险将她劫来的。身处如此境地，宛遥实在没有那么大的心能睡着，她向火里添了几把干柴后，起身走出去。

洞口外是长安城灯火辉煌的盛景。

沉默寡言的青年就坐在山间斜生出来的一块巨石上，看万千繁华尽收于足底。

宛遥站在离他几步之远的地方，犹豫着开口打招呼："那个……"

他友好地给了个台阶，声音平静沉稳："我姓秦。"

"秦大哥，恕我冒昧。"宛遥试探性地问道，"你手上的这个铁环……"

被她一提醒，秦征好似许久没留意过了一样，低头晃了晃手腕，那厚重的铁疙瘩随着他的动作发出轻微的响声。

"不错。"他承认，"我是战俘。"

几十年前，两国交战，武安侯的铁骑踏进西北草原时，将数十个边境的小部族夷为平地，而那些部族中幸存的男女老幼便被其收为战俘。

为方便扣锁链，军中给每个人量身打造了铁环戴在手腕上，他们被发配至大魏的各个边境重修国土，也有人流入官宦之家成为奴仆。

铁环约莫有两寸来宽，虽然不重但却是焊死的，除非斩断手掌，否则将此生此世无法摘下，这是将他们与普通百姓区分开来的一道枷锁。

宛遥打量着他的神情，谨慎地问："秦大哥和陈府有渊源？"

秦征难得侧目看了她一眼，仍旧有问必答："我是陈府的亲卫。"

说完，像是回忆起什么，他平板的语气里多了几分柔和："是十年前被侯爷选为小公子的扈从，送进府的。"

宛遥猜测他现在的年纪可能也就二十出头，十年前，大概正是十多岁的样子。

她心中忽地一软："那你们应该也是一起长大的了？"

秦征望着眼前波澜壮阔的万里河山，轻声说："是啊。"

武安侯无后，兄长又被他亲手射死在了城墙上，于是对于这个妹妹他疼爱有加，而陈家的小公子更是两家捧在手心里宠大的独苗。

他自小骄纵跋扈，盛气凌人。

秦征那年只有十一岁，因为生得比同龄人强壮，是小公子时常使唤的对象。

他的裤腿常年是破的，膝盖上磨出了厚厚的茧子，皮裂开了又结痂，结痂后再裂开。每天夜里都要用好几盆热水，才能把冻伤的关节揉散。

战俘的一生颠沛流离，他甚至已经不记得父母亲的模样，住在陈府的厢房里时，就觉得自己这一辈子便要这么过去了。

直到那一日，大雪初晴，秦征趴在结霜的青石砖上，忽然远远地，看到一抹海棠色的身影站在红梅的枝头下，正目光怜悯地望着这边。

那是个模样精致的小女孩，大红的披风裹住全身，长发乌黑得像缎子，明眸如星，令人自惭形秽。不知道为什么，秦征被那个眼神瞧得心里一悸，这是他头一次体会到一种让人无地自容的难堪。他不想让这个人看见自己现在的样子。

腊月凛冽的寒夜中，秦征垂头跪在冰冷的雪地上，北风刮过背脊，清辉如刀。

明月是冷的，手脚是冷的，连心也仿佛没有温度。

但在天地间万籁俱静之时，有人竟朝他走过来。

清浅的步子踩着松软的雪，发出"嘎吱嘎吱"的声音，秦征抬头，对上一双璀璨生辉的眼睛。

女孩儿蹲在他的面前，嗓音脆亮："起来吧。"

他望着那张天真烂漫的脸，有好一瞬愣怔，而对方却不以为意地拉起他的手："起来啊。"

秦征就这样鬼使神差地被少女从冰天雪地里拽起，仿佛是从此生困顿的泥沼中破茧而出。他从出生起就没有人肯碰他，更没有人会愿意握他的手。

那是非常温暖的触感。生生世世，他都不会忘。

"大小姐是个很好的人。"秦征随手拾起脚下的一粒石子，"我希望你能救她。"

尽管她被掳劫到这深山之中，但不知为何，直觉告诉宛遥这个人并没有恶意。

"你就这么坚信，我救得了她？"她轻轻问，"万一我也治不好呢？"

秦征把石子丢下山:"那多你一个给她陪葬,也不亏。"

谁说没有恶意了!

宛遥叹了一口气:"我再怎么说也是官家小姐,父亲和陈尚书多少有点同朝为官的交情,你就不怕东窗事发,引火上身吗?"

秦征摇了摇头:"我既然选择把她带出疫区,便没想过要全身而退。我的命很贱,本就不值几个钱,挣扎到这个年岁已经是同龄中最幸运的一个了,没必要继续贪心。"

宛遥曾接触过许多徘徊在鬼门关的病人,却从未有哪一个像他这样如此轻视生命。

她忍不住感慨一句:"秦大哥对陈姑娘还真是情深义重。"

他闻言却垂眸沉默了许久:"她是我在这世上唯一在乎的人。只要她开口,我可以为她去死。"

这是宛遥第一次听见人间最深情的独白。

她愣愣地转过视线,反复体会着那句话。

原来一个人可以为了另一个人虔诚至此,抛却生死,哪怕从一开始他就知道不会有任何结果。

她悄悄凝视着秦征那双并无波澜,却无比认真的眼睛,竟从中读出了一丝"相思不露,情深入骨"的味道。

火堆边的姑娘依旧安然沉睡,如果没人救她,她便会一直这么睡下去,睡到周身溃烂,再面目全非地死去。

宛遥回到洞里,缓缓地蹲在一旁,替她拉了拉盖在面上的薄毯,心中隐约生出些许内疚之感,她想,如果不是自己,她可能也不会嫁到梁家,也就不至于遭受此无妄之灾。

宛遥摸到手腕上缠着的布条,犹豫不决地皱眉看了一下,过了好一阵,才深吸了口气,起身往外走。

秦征还在洞口站着吹风,兴许是听到脚步声,他回过头来。

宛遥正神情严肃地与他对视:"秦大哥……"她说,"关于陈姑娘的病,我想……"

也就是在宛遥开口的刹那,秦征已然觉察到有一股锋芒随风而至,原本茂密无害的草丛中蓦地充满了杀机,月光照出一缕寒意凛然的枪锋,笔直而

又凶猛地刺了过来，疾如闪电。

那杆纯白如雪的长枪后，是少年人凌厉迫人的眉眼。

"项桓！"她愣住。

秦征被来势暴虐的枪尖逼得连连后退，在即将刺穿他的胸口之际，抽出长剑险险隔开。

"嚓"的一声，两刃交叉划过，几近蹦出火星子来。

"你是如何寻到这里来的？"秦征避其枪招，谨慎地问。他对四周的戒备同时也放大到了极点，那些披着夜色的树林中，似乎随时会有什么利器迸射出来。

项桓持枪冷笑，说话间，已经走上前："火烧得那么旺，不是找死是什么？"

大半夜，深山里唯一的一点火光，简直是打着旗子把他们所处之地昭告天下。

他出枪招招致命，宛遥虽不懂武功，却也能看出秦征落于下风，而项桓又自带一股狠劲，再这么下去，只怕对方凶多吉少。

"项桓，你先别打了！"她说话不顶用，急得快跳脚，情急之下，猛地跑上前从后面将他拦腰抱住。

项桓用枪的时候是全神贯注的，他根本没想到会有人抱住他，也从来没有人在这种情况下敢做出这样的动作。纤细的胳膊自后紧紧地环过来时，枪锋的力道还未收去，这一刻，他握着银枪愣怔，竟就这么被宛遥拉着退开了数丈。

"你疯了！"回神之后，项桓转身朝她吼道，"不要命了？知不知道我刚刚差点打到你！"

"对不起，你先别气，先别气……"宛遥摸着他的胳膊顺毛，"你看我这不是好好的吗？"

有幸躲过一劫的秦征仍不敢放松警惕，他一边抬袖擦去唇角的血渍，一边倒退回洞内，挡在陈文君跟前，神情警觉地盯着项桓。

而项桓正恶狠狠地收回视线，拨开宛遥的手，握着她的肩膀上下打量："你怎么样？受伤了没有，有没有吃亏？"

宛遥如实摇头："我没事，其实你误会了，秦大哥他不是那样的人……"

项桓听完一怔，立刻炸了："你还叫他大哥？"

他漫山遍野地找她,生怕她遇险,生怕她被歹人占便宜。

谁承想她帮着人家拦他的枪不说,转头连哥都叫上了,这叫什么事儿?

宛遥忙改口安抚道:"不是不是,你是大哥,你是大哥,项大哥!"

项桓抱着长枪一脸不悦地侧身,就见她追过来解释:"你听我说嘛,秦……秦公子他没把我怎么样,带我来这儿也是事出有因……"

宛遥简单地向他讲诉来龙去脉,项桓并不是个轻易被动之以情的人,目光依旧刁钻地琢磨着对方。讲到最后,她眸色微沉地望着守在陈文君身旁的秦征,语气怅然:"陈姑娘都病成这样了,你就放过他吧。"

项桓听完冷笑,不以为然:"一个大男人威胁女人,我看他也不是什么好东西。"

对此,宛遥并不反驳,却在迟疑了片刻后,认真道:"他好不好我不知道,但不管怎样,我还是想帮他们。"她此言一出,不只是项桓,连秦征也跟着一愣。

"你要帮他?"项桓皱起眉,显然觉得不解,"你帮他干什么?"

宛遥看了看陈文君:"陈大小姐怎么说也是因为我才嫁入梁府的,我不能见死不救。"

他声音放低,想提醒她不要逞强:"你会治吗?"

"我也不知道,试试看吧。"

"试试?眼下这种情况可不是闹着玩的,两个大活人,满城戒严,你怎么安置他们?"

"我家厢房空余虽多,可就是下人们进进出出的……"宛遥思索着计划道,"这样吧,我在医馆有个单独的小院子,平常不会有人靠近,足够隐蔽,倒是可以让他们先住在那儿。"

项桓冷峻着脸不说话,他仍觉得这件事办得不痛快,宛遥小心观察他的表情,伸手过去轻轻拽了几下衣袖:"项桓……"

他抖了抖肩膀不着痕迹地甩开。

"项桓……"她小声说,"我知道你特地来找我,找到这里也费了很多工夫。"

他指尖摸着光滑的枪杆,眼睛漫无目的地扫着四周的一草一木。

"就帮我这一次吧?"宛遥试探性地去握他的小臂,然后拉了拉,见没有动,便又拉了拉。

"好不好?"她讨好地说道,"我做好吃的糖醋排骨给你吃啊。"

项桓终于被她拉得松开了抱枪的手,满心无奈地走了几步,随即想起什么,又问她:"那山下那帮人怎么办?"见宛遥满眼不解,他补充道,"你爹,我爹,季将军还有西市的金吾卫全来搜山了,总得给他们一个交代吧?"

完全没料到为自己一个人居然能出动一支这么大的队伍,宛遥也彻底没了主意。

"不……不如。"她盯着他看,"就说是你不小心把我弄丢的……"

"什么?"项桓看着她,这个理由离谱得都让他一时忘记了发火,反而不可思议地重复道,"我把你弄丢的?"

"这不是因为你平时也没少做吗。"宛遥也很无奈,"如果我一个人全揽了,他们多半也不会信。"

仔细想想,自己居然没理由反驳,他好像还真的干过这种事。项桓头一次认识到作恶多端的下场就是百口难辩。他终于败下阵来,认栽道:"算了算了,怕了你了!"

山下的灯火连成了一条蜿蜒盘旋的龙,喊声此起彼伏。

走在最前面的是宛延和项南天,二人各自举着火把照路,但又非常谨慎地避免同对方有眼神交流,就这么行了半日,隐约瞧见远处有人影。

项南天将火凑近了一照:"项桓!"

周遭的金吾卫见状,皆欣喜地互相传达:"找到了!人找到了!"

宛遥正灰头土脸地跟在他的身后,项南天拨开草丛给儿子开路,先是冲着宛遥关切道:"不要紧吧?"

见她不作声地摇头,继而又去问项桓:"这到底是怎么回事?"

后者避开他的目光,一副不自在的模样开口:"没什么。"

项桓摸摸鼻尖:"我们闹着玩的,不小心走散了。"

"闹着玩?"项南天青筋暴起,"这么大的事能闹着玩吗!人有个好歹怎么办?"

项桓难得没反驳地抱着枪看向别处,宛遥急忙道:"不关他的事,是我出的主意。闭城太久了,想出来透透气。"

宛延本还在一旁暗嘲项家毫无家教,此刻听得她这话,瞬间老脸一红,紧跟着怒喝:"一个不懂事,两个也不懂事,怎么连你也跟着胡闹!"

她缩着脑袋挨训。

项南天指着儿子恨铁不成钢："回家跪祠堂！"

宛延闻言，觉得不能输给他，立即表态："回家关禁闭！"

"回家抄经书！"

"回家写女诫！"

两位爹恼得不相上下，季长川当惯了和事佬，上前把他二人隔开，和煦道："不过虚惊一场，既然孩子平安无恙，二位大人又何必动怒呢。"

项南天抱怀冷哼，却也没再多言。

季长川笑着将他俩劝下山："走吧，时候不早了，还是快些回家要紧，莫让家里人担心。"

临行之际，他又回头来看了项桓一眼，唇边的笑意不言而喻。他还记得今日午睡时，被人吵醒，门外的亲卫慌里慌张地押着他两条胳膊，还是让这小子一脚踹开了门。真要只是玩笑，下午就不必着急成那样，满城跑了。

看破不说破，都是局中人。

季长川搂着两位老兄弟仰首感慨，到底是年轻啊，真好。

自那之后，陈文君就神不知鬼不觉地住进了医馆。

白天只要得空，宛遥便会抽出时间来看她，也再三叮嘱药童和学徒不能进院打扰。

等傍晚回家，秦征会来接她的班，夜里房中是不能点灯的，就那么在一片漆黑里守着。

幸而陈文君如今一直昏睡，倒也十分好照料。

项桓巡完街会照例过来讨口水喝。

最近的宛遥不知着了什么魔，沉迷于翻各式各样的话本子，尤其是《牡丹亭》和《西厢记》，翻来覆去要看好几遍，看完了还会难过，泪光盈盈的。他也因为好奇偷偷去瞧过几页，然而难以品得其中精髓，只有些莫名其妙，也不知究竟何处动人。

项桓剥着花生，在旁边见她一副泫然欲泣的样子，甚为不解："有这么好看吗？"

宛遥眨了几下眼，将书合拢，用带了些许怨怼的目光望了望他："反正说

了你也不会懂。"

他不太甘心，想张口反驳，刚启唇时，看见秦征从墙头跃进来——他轻功不错，许多时候为了掩人耳目，干脆就不走正门了。

"秦大哥。"宛遥冲他很是友好地点头一笑。

秦征手里提着一袋新鲜的香桃："适才去买药酒，瞧见这桃香甜，给姑娘带了一些来。"

"好，谢谢。"

他搁下之后，含笑施礼："我先帮大小姐舒活经脉，您有吩咐尽管叫我。"

宛遥满眼感动地目送秦征推门进屋，由衷地叹了一句："为伊消得人憔悴，秦大哥可真是个重情之人。"

项桓瞧见她无比艳羡的神色，心中却不以为然，径自捡了个桃在手中把玩，冷冷哼道："哪里重情了？他要真喜欢，又何必让别人娶她？若换作是我，就把人抢过来！"

嗯，简单粗暴，果然是他的风格，毫无诗意浪漫可言。

宛遥倒也不想解释，摇了摇头："真正喜欢一个人是不会这么做的，所以说你不懂了。"她把杂书放下，"我去看药煎好没有。"

宛遥拍了拍衣裙起身，站起来的那一瞬，她忽然感到眼前一黑，视线里金星乱冒。

项桓刚在想怎么反驳，余光发现她不对劲，忙丢了桃子，眼疾手快将人扶住："怎么了？"

宛遥勉强稳住身形，扶着额头皱眉说："没事。"

"没事？"他认真打量她的面色，忍不住薄责，"你脸都白得像纸了，还说没事？"

宛遥摆摆手，打起精神朝他道："可能是这些天有点累，我休息一会儿就好了。"

项桓见她这个样子，仍旧难以放心，他怀疑道："你别不是染病了吧？"言罢，便不由分说地拉开她的衣袖，白皙的小臂上的确毫无痕迹，但触手摸到的却是一片冰凉。

他皱起眉头："手怎么这么冷？"

初秋的太阳明明还有热度，而她周身却出奇地寒凉，宛遥轻轻把手挣了回来:"季节交替,染上风寒又不是什么稀奇的事……好了,我都说不要紧了,你别那么大惊小怪。"生怕他坚持,她急忙半推半劝地将他赶出院子,"再过会儿该换班了,快去吃饭吧别耽搁,正好我也睡一觉。"

项桓被她推到了门边,拎起靠墙放着的雪牙枪,回头:"你是不是真没事?"

"是了是了,真没事了。"

"那我走了,你有事记得叫人来找我。"

"嗯。"宛遥冲他安心地点头笑笑。

项桓带着迟疑提枪出去。

宛遥一直目送他走远,才惴惴不安地伸手抚上自己的脸,有些担心脸色太过难看。

宛遥倒不是真心敷衍他,是确实感觉困了。在榻上闭眼小憩了片刻,待得醒来,天光犹亮,她理好衣襟去隔壁房间时,秦征早已离开——为了避免有人闯入不好解释,他白天素来是不在这里多待的。

宛遥反倒放下了心,在床前替陈文君把过脉象,便转身上煎药房将温好的药汁端来。

药碗摆在桌上,旁边是一小柄匕首,她站在那里深吸了口气,继而一圈一圈地解开包扎手腕的布条。

苍白的肌肤间赫然是道深红的伤疤,纵使血已凝固,但由于伤口迟迟不好,便一直未能结痂。

宛遥狠了狠心,以刀尖在旧伤处挑开了疤痕,几乎是一瞬,血液便渗透而出,她急忙挽起衣袖,让手臂的血滴入那碗汤药之中。

血珠入水,浓稠的水面顷刻泛起涟漪,将倒映出的站立在门边的身影击碎,也就是在此时,宛遥猛地转过头。视线里是项桓凝重暗沉的眉眼,他嘴唇抿得很紧,双目透着冷峻,一张脸黑得厉害。

"项桓……"她小声道。

他眸中的情绪阴晴不定:"你在干什么?"

骤然有种做了坏事被人当场撞破的心虚。

在宛遥本能地往后躲的时候,项桓大步走上来拽住她的手腕。

那条深深的刀伤与周围细嫩的皮肤形成触目惊心的对比,项桓只看了一眼,几乎是用质问的口气:"你不是说不小心划伤的吗?"

"对,一开始的确是不小心划伤的……"

她说得犹豫,项桓听得心里一阵着急:"那到底怎么回事,解释给我听!"

被他这么一吼,宛遥自己也蒙了,她望着他缓缓摇头:"我也不知道。在疫区那会儿,有一次,我无意间发现自己的血好像对治疗这种瘟疫有效,我就尝试着放进汤药里。"

项桓微微一怔,松开了手。

"我没想到,圆圆和我爹服下药之后,情况真的有所好转。"她抿了抿皲裂的嘴唇,"一开始我以为只要是血就行,也就悄悄去拿了鸡血、鸭血甚至其他人的血入药。"

宛遥望向他的眼睛,充满了不安:"可是没用,什么办法都试过了,我发现,只有我,只有我的血才可以……"

整个疫区,能平安活着出去的只有他们。

项桓不通医理,他对这种事粗心惯了,本以为是碰运气正好撞上的,怎么也没料到会是这样一个原因。他沉默地看着宛遥包扎止血,不经意想起自己那日打翻的药碗,心里忽然不是滋味,一把拉住她就要往外走。

"治什么治,不治了。"

"项桓……"宛遥搦着他的手坚持道,"已经到这个份上了,就让我把她医好吧。"

项桓无奈地转过身来,握住她的脸颊微恼道:"你看看你这气色,哪里像个人样!还要医,是不是想把自己赔进去?"还没等她解释,他捏紧长枪,"我现在便把那个女人带回疫区,姓秦的若敢拦我,我一并收拾他!"

"别,算了!"宛遥拉住他不放,"我只是失了些血,回头吃点红枣乌鸡补一补就没事了。我救不了那么多人,隐瞒了这些事,从疫区回来之后已经很自责了。既然陈姑娘他们找上来,我不能再见死不救。"

项桓心绪未平,垂首不言语。

"你让我为这些人做点事吧,否则我会良心不安的……"

他双手抱枪,眉宇间是化不开的心烦意乱,视线没有着落地在院子里转了一大圈,才动身要走。

宛遥紧张地问:"你去哪儿?"

项桓无奈地重重叹气:"去给你买红枣!"

五天后，陈文君已经清醒，可以自己吃药了。

她苏醒的时候，秦征反倒比在她昏睡时更拘谨，他会远远地站在门边，整个人安静得像尊雕像，宛遥隐约能明白什么，因此也就从不告诉陈文君，她生病时他帮她喂药的事。

但偶尔她察觉到这个娴静如水的大家闺秀会靠在软枕上，侧头一直望向窗外，而窗外是秦征低头碾药的身影。

宛遥告诉项桓时，他的语气还是那么不屑，甚至觉得这两人都有病。

"一个白天看，一个晚上看，有什么话不会说吗？眼睛还能看出朵花来？"

"这没办法，毕竟陈姑娘现在都成亲了，而且身份有别……"

项桓不在意："成亲又如何？不知道抢吗？学一身功夫干什么用了。"他说起来好像比本人还恨铁不成钢。

她听着，忽而顺嘴问道："那你呢？"

"你要喜欢谁，会怎么办？"宛遥话刚出口，就觉得脑子蓦地一热。

项桓剔枣核的手一顿，不自觉偏头看了她一下。

她拢着一堆红枣，彷徨地避开他的视线，头皮发麻地将脑袋往下埋了埋，塞了一粒枣子在嘴里嚼。

项桓见她别开脸，于是也转过头去，隔了半晌，鼻间一如既往发出慵懒轻蔑的冷哼："我要是喜欢谁，就给她世上最好的东西。"他直起身仰首望天，言语里满是豪情，"她若想要曲江池上的莲花，我就去帮她全摘下来，她若想要天下，我就去给她打江山！"

少年意气，可吞万里如虎。

宛遥唇边掩不住地上扬，吃着吃着，便轻笑了声。

项桓皱眉不悦道："你笑什么？"

"我笑，其实是你自己想打江山吧？"

"娶媳妇和出人头地又不冲突。"

她把那颗枣吞下去，转念思索了很久，才轻轻地说："可真正喜欢你的人，比起出人头地或许更希望你能健康长寿。"

项桓剥了一粒枣丢到面前的篮子里，冷嘲道："真搞不懂你们女人。难道嫁个没用的王八就高兴了？"

宛遥冲着他的侧脸翻了个白眼，总算体会到一丝对牛弹琴的无力感。她

161

把红枣放回篮中:"不和你说了,我去看陈姑娘。"

临走之际,宛遥又想起什么,小声地提醒他:"对了,我以血入药的事,决不能让第三个人知道,包括我娘他们。"项桓正要点头,却听她低低补充,"否则,我很可能会死。"

他闻言目光一闪,抬眸望向她。

小院子本是宛遥的住处,从前她偶尔待得晚了,又碰上关坊门,便会在这里宿上一宿,不常久住,好在此地偏僻,学徒和帮工也不会擅闯,故而陈文君一连住了七天都相安无事。

和宛遥这样的小门小户不同,她是实实在在的金枝玉叶,十指不沾阳春水,皮肤娇嫩得令人羡慕。

"身体已经没什么大碍了。"宛遥诊脉完毕,替她将手放回被衾之中,温和道,"再吃一两服药应该便能痊愈。回去之后,大概半个月内还会有畏寒的症状,要注意保暖。"

陈文君躺在床上,一边听一边轻柔地点头。

"记得多喝水,多晒太阳,时常走动,这样才能尽快好起来。"

陈文君看着眼前眉目清秀的小姑娘,直等她说完,才含笑感激道:"谢谢,这些天辛苦你了。"

宛遥忙着收拾茶碗:"其实我并没有怎么照顾你,你该多谢谢秦大哥。如果不是他找上我,我也没机会救你。"

"真不好意思。"陈文君柔声说,"他威胁你了吧?"

这句话来得令宛遥措手不及又莫名其妙,拿不准自己应该怎样回答比较好,于是习惯性地客套:"倒是……倒是没有。"

"你不用说,我也知道的。"对面的姑娘笑容明朗和煦,"别看他那个人长得人畜无害,小时候被我爹挑去选作家中死士,许多事耳濡目染,真狠起来也是六亲不认。"

宛遥心想,原来你知道啊。

"陈姑娘有什么打算吗?"宛遥问她,"我听闻梁司空如今被革了职,你病好之后还回去吗?"

"这个啊……"陈文君垂下眼睑,似乎显得为难,"出嫁从夫,梁家虽败,却也难说父亲会同意我回家,毕竟这是舅舅赐的婚。舅舅在朝堂上便是说一不二的存在,我们家亦是依附他才得以有一席之地,若没舅舅的首肯,只怕父亲也有心无力……"

言语至此,意识到自己说得太多,她仓皇地戛然而止,见宛遥也有些局促,才冲她笑笑:"我失言了,让姑娘见笑。"

宛遥摇头说不要紧。

陈文君轻轻叹道:"家大业大,肩头的担子也就沉重不堪。有时候,我也很羡慕姑娘这样,干干净净的人。"

宛氏在几十年前也是魏朝大族,但经历了长安沦陷与凤口里兵变后就逐渐凋零,哪怕作为族中唯一走上仕途的宛延,也不过只有她一个独女而已。

宛遥并不能想象如陈家那样上上下下数百口人的复杂盛况。

炉子上的药已经煎好,她朝小医士谢过,端起托盘折回院内。

在宛遥走后不久,学徒才发现她遗落在灶间的荷包。

"桑叶。"医士唤了半天不见人,只好对学徒道,"那小子不在,你跑一趟吧,把这个给表小姐送去。"

陈文君睡得很香,宛遥是特地等她入睡之后才端药进来的,做这种事到哪儿都需要隐蔽。医馆人来人往,不太方便,院外也有被发现的危险,即便如今在室内,也得防着她突然醒来。

宛遥站在门边,见左右无人,照例把碗放在桌上,取出小刀。

这柄是项桓另给她的,说是刀刃削铁如泥,不似之前那把,总留下太森然的疤痕,就是锋利了点,得小心些使。

腕上的伤还未愈合,倒是不必使刀了,她咬着牙崩开伤口,怕浪费,仔细地将血灌入药碗之中,一滴不敢流在外面。

陈姑娘就快痊愈,用药也不必那样猛烈,只需些许便可。然而还没等她收回手,耳畔冷不防听到一声轻响,有东西砸在了地上。

宛遥蓦地抬头,门前躺着她的荷包,目瞪口呆的小学徒正定定地看着这边,像是灵魂出窍,随后又难以置信地扫向床上的陈文君——她的脸颊上还有桑葚状的紫斑未消退。

宛遥从他惊疑不定的目光中明显觉察了什么。相安无事了那么久,她实

在没料到在此时会有人突然出现。她向前走了一步,那小学徒就不自觉地往后退。

"不是的……"宛遥喃喃自语,她想解释些什么。

但在踏出第二步的时候,小学徒的眼神就变了,旋即他猛地转身,飞快地拔腿跑出去。

"小然……小然……"

宛遥追到院外便停了下来,她感觉到自己手脚冰凉,四肢无力,根本不听使唤。

这件事造成的后果并不似山崩地裂那样快,倒有些像潮水侵蚀岩石,是一点一点慢慢倒塌的。

医馆的小学徒第二天便来偷偷求她,跪在院中不肯走。

"表小姐,求求你了,您救救我奶奶吧,她快七十的人了,真的经不起折腾。

"表小姐,表小姐我知道您能帮我的!

"您就发发善心吧……"

宛遥被他堵在门口,几乎挪不了步子,她颦眉摇头:"你求我也没有用,我不会治这种病,你找错人了。"

"表小姐!"小学徒再次拦住她,"扑通"一声在她面前下跪,"我都看见了,您可以治的,宛大人不也是被您治好的吗?我知道您在担心什么,您放心,我发誓,绝对不会说出去!"他信誓旦旦地比出三指来,然后又磕头,"求您了,帮我一次吧……"

宛遥忙往后退了一步,紧盯着他,手指却渐握成拳。

项桓看出她神情里的挣扎,手掌包裹住她的攥紧的拳头往后拉了拉,压低声音提醒:"不能再治了。这就是个无底洞,你会死的!"

她抿了抿发干的嘴唇,千头万绪拧在一起,眉宇间皱成了结。

这个时候,宛遥的身体其实已然大不如前,长时间的失血使得她的体重急速减轻。

项桓狠狠咬了咬牙,握枪挡在她的对面。

她看向身前长跪不起的小学徒,一时也萌生出前途未卜的迷茫来,只能道:"算了,你明天过来取药吧。"

宛遥闭目深呼吸,继而眉头紧锁地折回院内。

背后的小学徒连声道谢,额头磕得"砰砰"作响。

项桓跟在她的后面,经过那学徒时,趁宛遥不注意仍把枪锋递在了他的脖颈下,低声威胁道:"不许泄露半个字。"

陈文君同秦征正等在屋内,她的病已大好了,气色如常,看见宛遥过来时,神色却显得比之前还要发愁。

"对不起。"她担忧道,"给你添了那么大的麻烦,事情闹成这样,全是我们的不是。"

宛遥摇头宽慰她:"没关系。"

她越客气,陈文君心中也就越内疚,然而如今的自己,夫家败落,娘家也不能回,实在无法为这个姑娘做些什么。情急之下,只好拿肘子去碰了碰一旁站着的秦征:"你也说句话。"

他回过神来,看了陈文君一眼,于是很顺从地朝宛遥作揖:"秦征鲁莽之举,未承想后患无穷,姑娘若有吩咐,在下刀山火海万死不辞。"说完自己又琢磨片刻,朝陈文君提议道,"不如,我去把那个人'永绝后患'?"

陈文君:"不行!"

宛遥心惊。

即便如此,情况却仍在朝着最坏的方向发展。

消息不知是谁走漏的,自学徒离开后没几日,素未谋面的京城百姓就陆续上门求医,一窝蜂地挤在药堂,连门槛也踩坏了数个。

陈大夫被围在人群中,解释得口干舌燥却无济于事:"这都是以讹传讹的无稽之谈。诸位别听那些闲人信口开河,听我一言,不要挤,不要挤……听我一言……"

宛遥不能再去医馆了,只要答应救一个,便会有第二个,第三个……全京城的患者这样多,就算将宛遥的血榨干恐怕都不够。

宛家大小姐的血能抑制疫毒的消息仿佛狂风过境,一夜之间吹遍了长安城的大街小巷。

清早,坊门还没开,宛延刚走出去就被闻风而来的人瞬间堵在了原地。

"宛大人,请问大小姐在家吗?我等有事相求。"

"宛大人,听说小姐能治好瘟疫,是真的吗?"

"宛大人，行行好，救救我们吧……"

他被逼得直往后退，连声解释："误会，是误会。我女儿不过女流之辈，如何能治好这样的病。"

底下立时便有人反驳："既然不能，那为何疫区里只有你们几个安然无恙地出来了？"

一语既出，四周全是此息彼伏的应和。

"这……"宛延哑口无话。

"是啊，明明有人还看见宛姑娘用自己的血救了梁家少夫人一命。"眼前的人们目光泛红，"谁的命不是命呢，既然能救梁少夫人，为何不能施舍施舍我们！"

宛延："我……"

"你要多少钱。"人群里有人大喊，"大人要多少钱，但凡我给得起，你出个价！"

伴随着这一句话，没有人大喊大叫了，反而多了许多语意不明的唏嘘。

宛延的背脊布满冷汗，他被满城愤怒的百姓吓住了，可他又无法让义正词严地去斥责这些人，因为他们每一个的脸上都带着无尽的悲恸与憔悴，谁也不知晓那些面容背后埋葬着多少具尸首。

那是多少次绝望的挣扎才能让他们做出如此不顾一切的决定。

谁不想活下去？谁都想活下去。

他只好匆匆地掩上门，把所有的声音堵在门外。

早朝是没法去了，宛延连着几日告假在家，但流言声势不减，反而愈演愈烈，甚至好几位同僚也悄悄找上来，奉上重金旁敲侧击。

事到如今，已无人有闲心去证实此事的真假，整整一个月，被瘟疫折磨的京城百姓几乎人人都绷着一根弦，行将崩溃，而在此时此刻，宛遥的存在无疑是一条难以抗拒的生路。

他们无不认为，只需要半碗血就足以救活一人，哪怕宛姑娘是个柔弱的女子，也不至于因此丢了性命。宛家人就算不是见死不救，也是心如铁石，冷血无情。

满城风声鹤唳，宛府的大门从早到晚紧闭，下人们外出采买都只能趁天将黑时摸黑绕后门。

尽管宛延推拒了所有人，依然有无数双眼睛蠢蠢欲动地盯着宛府。

家中的院落里偶尔会听到说话声，吃饭时，墙头门后总异响不断，哪怕入夜，宛夫人也觉得四面八方都有动静。

每日哭着求药的人声嘶力竭地在外叩门，看得出宛遥在这样的环境中一点一点消瘦下去，她自打从医馆回来之后身体就一直很虚弱，食不下咽，夜不能寐，长久的郁闷更使得她面色愈发蜡黄羸瘦。

宛夫人怕影响她的情绪，勉强劝道："实在吃不下，就回房休息吧。"

宛遥躺在床上，看着雕花的架子一直出神。

她在床上辗转许久，好不容易才萌生了睡意，蒙眬之中她惊觉有人推开了门，蓦地睁眼翻身，卧房内居然立着一个形容憔悴的男子，一见她就亮刀子扑了过来。

宛遥惊出了一身冷汗，全然不知此人是如何进屋的，她慌忙坐起身要躲，也就是在这刻，从旁边刺出一柄银白如雪的长枪，锋芒毕露，杀意尽显，来人回身一脚便将对方踢开数丈。

接到消息的宛延和宛夫人一路小跑。刚进院子，就见项桓拎着个来历不明的刀客往外走。

一时间满场的人都发蒙，都不知这二位是怎么进的府！

眼看家中一团混乱，宛夫人终于落下泪来，把尚在愣怔的宛遥搂在怀中："遥遥不怕，没事的没事的。"她抚着女儿的头，却也忍不住失声哭道，"怎么会这样呢！怎么就成了这样呢。"

宛遥听见她在自己的耳畔旁喃喃不断地询问，心中同样带着不解，这个不解从那日在疫区起就一直伴随她。

她也想问，怎么会这样？为什么自己的血能治这瘟疫？又为什么偏偏是她而不是别人？

她难道真有什么过人之处吗？不应该啊，不应该是这样啊……

究竟有哪里不对……

宛府的门极其少见地开了，里面跑出一道摇摇晃晃的身影，站在外面探头探脑的人们手忙脚乱地接住他。

"砰"的一声，一杆银枪笔直地钉在地上，好似平稳的大地也随之震颤起来。

"你们再上前一步试试。"

台阶上的少年冷厉，一双好似狼眼的眼睛，森森然地扫过众人的时候，围观者皆不自觉地往后避了一避。

"我不保证我的枪不会见血！"

人们从他的眼中看出了丝丝凛冽的寒意，知道这句话可能并不只是单纯的威胁。

而他说完，竟猛地转身，抬脚将虚掩着的门狠狠踹开，负责关门的两个家丁明显看呆了，兀自出着神，连宛延自己也是满目惊愕。

项桓持枪站在大门前，冷然道："就这么开着！"他环顾四周，唇角的肌肉线条紧绷，"我看有谁敢上来！"说完，换了一只手握枪，直接盘膝就地坐下。

银芒闪烁的雪牙横在门扉之间，仿佛一道锐不可当的屏障。

宛延愣怔地瞧着少年冷傲的背影，有好一会儿的茫然无措。

这是她头一次感觉到，记忆中那个永远抱着一柄高出自己半个身子的长枪，一脸倔强桀骜的男孩有些不太一样了。

夜里，宵禁的更鼓声敲击在空荡宁静的街道上。

宛遥顶着高烧，披衣悄然摸到正院的回廊边，倚靠在朱红色的木柱上。

初秋的明月大得像是能看清上面的琼楼玉宇，却又分外清冷幽寒。

月光下的少年正安静地昂首仰望星空，怀中的雪牙枪好似与之共鸣，连光芒都比往日柔和了不少。

宛遥忽然想，自己是不是真的做错了。救陈文君乃是因为自己不忍，因为心中尚存一丝善念。但长安有千千万万的人，一旦他们全都找上门，她却还是畏惧死亡的。

果然，不是谁都有割肉喂鹰，以身饲虎的大慈大悲。

或许从一开始，她就不该救陈文君，可倘若历史重来，听到秦征的恳求，她也不一定真能狠下心。

人心有太多犹豫了。

善也是错的，恶也是错的。

第五章 药方

宛家四周的虎视眈眈，因为项桓的到来明显有所好转。

他像尊镇宅的雕像，坐在那里，但凡有路过多看一眼的，也会被他一道目光瞪得撒丫子跑开。

"姑娘，喝药了。"

宛遥闻言合上医书，转身时忍不住掩唇轻咳，婢女见状忙替她抚背，叹息着劝道："要我说，这些东西您就别看了吧。天底下那么多大夫，何苦自己跟自己过不去呢，还是把身体养好了再作打算。"

她血气不足，一直体虚，这些时日的饮食和汤药都进得十分艰难。

养病除了药补，心态也很重要，因此宛遥总是脸色苍白，嘴唇泛着青。

勉强灌了点米粥，她披好衣服往外走，原是打算去庖厨捞点东西给项桓，经过书房时却听得父母在其中说话。

"今天也不参朝？是出了什么事吗？"

宛延扶着额头轻叹："陛下虽然没说什么，可是陈尚书、汪少保、于太傅，一个接一个地找上来，连太医署那边都有动静，我真怕……"

事关京城的安定，如今的长安人人自危，疫症拖延得越久，对于朝廷而言就越不利，万一民怨四起，便无法收场。

很难说当今是否会为了顾全大局而牺牲一人的性命。毕竟这的确是件划算的买卖。

"那怎么办！"宛夫人急得来回打转，"总不能就这样坐以待毙，闹不好，咱们这个闺女可能连命都保不住啊。"

"你先别慌，先别慌，容我再想想。"他让她坐下，"我再想想，行吧？"

宛遥侧过身，背抵在墙上，她忽然就不想再去厨房了，夕阳的余晖照得

人头晕目眩。她慢慢缓了口气,扶着墙往回走,打算再上床躺一会儿。

崇化坊内,被列为禁区的宛家院墙下,项桓正坐在那儿吃余飞、宇文钧两人送来的晚饭,包子皮的碎屑落在脚边,远远地,只有一条不怕死的狗小心翼翼地朝他们打量。

"你都守了三天了。"宇文钧递上水袋,"不如今夜换我吧,正好我交班,你也休息休息。"

项桓咬了一口,还没等回答,余飞忽然用手肘撞了他一下,示意他往旁看。

他眯眼一望,宛府门前站着几个衣着光鲜的官员。

宇文钧低声提醒:"是太常寺的人。"很快补充,"张御医也在里面。"

余飞咧嘴"啧"了下:"又是他们几个搅屎棍,这是想干吗?"

项桓嘴里含着半个肉包,却只是缓慢地咀嚼,神色渐次阴冷下来,然后把剩下的半个肉包猛地掷在地上。

宛遥睡得并不好,她有些轻微的咳嗽,小腿似乎怎么也焐不热。

辗转反侧时,恍惚感觉屋内多了一个人,上次的经历让她无形中增加了戒备感,于是她强打精神,模模糊糊地睁开眼。

漆黑的视线里是一双明朗而认真的星眸,但除此之外,宛遥并没看清。

那人向后看了看,朝她做了个噤声的手势,旋即压低嗓音:"是我。"

半梦半醒之际,尽管尚未意识到来者是何人,可她却不自觉地因这微微沙哑的语气而感到无比安心。

那人拉起白狐狸毛的毯子裹住她全身,胡乱收拾了几件衣裳打包捆在腰间。

宛遥从毛毯里探出头:"要去哪儿?"

"带你走。"他说着,利索地转过去,将人覆于背上,"抱紧了。"

宛遥伸手环过他的脖颈,后颈上那些结实的筋脉散发出温暖的热度,她埋首在他干净的外衫下,终于生出一种想哭的冲动,然而又拼命地忍住了。

窗外的天还是深不见底的黑色,西边挂着一轮毛月亮,他们沐浴在一片微光下,头顶有零碎的星辰,脚下有阑珊的灯火。

少年背着她奔跑在勾连的院墙和屋宇的房顶上,四周吹来微凉的夜风,呵气成白烟,而宛遥竟没觉得有多冷。

"来了来了……"不远处熟悉的一声提醒。

余飞紧张兮兮地四顾,招呼他快过来。

"催什么。"跑了这么些路,项桓到底还是有点喘,"子衡去同今夜值守的统领搭讪了,你们赶紧从那边走,你确定这条道行得通?"后面这一句问的是秦征。

他肯定道:"放心,我上次出城便是用的此法,当时还没人替我把风。出去之后,往北就是城郊了。按我同你说过的方向走,我会留在这附近替你们断后。"

三人在黑夜的遮掩下贴着墙根跑,月光照出几道斜长的影子。

这是几十年前的旧城墙,长安沦陷时被叛军以火炮攻出的缺口,虽然重新加固了新的砖土,但因地势的缘故一直未能修缮,也是戒备最松散的地方。

照秦征的话来说——几乎没有禁军。

余飞打头阵,秦征垫后,项桓单手托着宛遥,腾出另一只来爬墙。然而老天爷向来是不怎么眷顾他们的,偏就有这么巧,待他纵身跳到地上时,冷不防和对面撒尿的守卫撞了个正着。

两相对望,各自一愣。

那人显然比他愣得还厉害,险些没当场失禁,慌里慌张地开始提裤子:"什、什么人!"反应过来后,立刻大喊,"有人逃跑!有人逃跑!"

饶是宛遥在场,项桓终于也忍不住爆了一句粗话。

身后寒光一闪,秦征已抽剑冲到了他们的面前。

余飞情急之下连忙大喊:"遮住脸,遮住脸,快!"他们都是虎豹骑营中人,被认出来是件很棘手的事。

眼见守城的戍卫从四面八方涌来,项桓一脚踹开面前的人,朝秦征道:"怎么来得这么快,你不是说当时没人替你把风也出来了吗!"

后者逼退一名守军,得空回他:"可能在那之后,他们就把这个缺口补上了。"

这人该不是个内鬼吧。

混战之中,宛遥搂着项桓的脖颈,她从厚实的白狐毯中抬起头,他侧目道:"头低下去,别看。"

她闻言，一声不吭地又将自己埋入他宽阔的后背间，耳畔只听得兵戈相撞的声响。

余飞应付得手忙脚乱："在你右边，你倒是看着点啊！"

项桓喊着："没见我背着人吗！"

打得气急败坏之际，他们还会抽空骂骂宇文钧，毕竟这会儿只有他不在。

而宛遥紧紧地贴在那一方结实的背脊上，真的就没有抬头。

脸颊触碰到的地方，隔着薄薄的衣衫，有筋肉起伏涌动，少年人的身体散发出蓬勃的热气，但护着她的那只手始终极用力地撑着，撑着……

不知过去多久，四周嘈杂的声音逐渐远去，幽静的几声虫鸣重新占据了这片黑夜。

直到月光洒在目之所及的那一侧肩头，宛遥才将视线放开。

天地间浩浩荡荡，前路似乎漫长到看不见尽头，微黄的草和深青的远山从她的身边后退。

宛遥抬眸注视着少年直率而认真的脸侧，就这么看了许久，然后又用力抱紧他，垂头轻声唤道："项桓……"

终南山一脉的某座荒山之上，茂盛的灌木和高大的梧桐遮掩着一间小木屋。

项桓拨开草丛，推门进去。屋内似乎是有人住过的，一应物件俱全，只是蒙了些灰尘。

他将宛遥放在里间的卧榻上，山中的气候比山下寒凉，又是深夜气温最低的时辰，他把那张毛毯子铺了一半在下面，好让她坐着不那么冷。

"这房子是秦征的，说是他自己盖的，连陈大小姐都不知道，你就在这儿放心住几天。"

宛遥搂着薄被，望着他点点头，然后忍不住轻咳了两声。

项桓反应过来："很冷吗？我刚背你的时候就发觉了，你腿怎么这么凉？"

宛遥掩着嘴咳完，看着他笑，眉梢一扬，像是刻意地从毯子里亮出双脚。白色的里衣裙子下，一对裸足好似半透明的，白得晃眼。

他愣了一瞬："你鞋呢？"

宛遥把脚缩回裙子里，笑着低了低头："你问我啊？"

经她这么一提，项桓才意识到忘记了什么，颇有几分无措地抓了抓脖子，屋里找了半天没寻到被褥，索性把外袍脱下来给她裹脚，裹着裹着，他又想起一事："对了，你还要吃药……"

结果药也忘了拿。

先前只顾一腔热血，等这会儿冷静下来那么一思索，发现到处都是疏漏。

项桓瞥见宛遥还在笑，内心窘迫，面上镇定，抿抿唇解释："先前走得太急，都没顾得上，我一个人也拿不了那么多……你别笑了！"

他将袍子结结实实地缠了好几圈："反正明早秦征他们还会带些东西来，到时候再让他们去买。"

她终于勉强收了笑意，倾身往前凑了凑，用衣袖给他擦脸颊上蹭出的一道伤。

"不过话说回来，你们这么闯城门，不会出事吗？只秦大哥他们两个人，应付得了吗？"

"没事儿。"项桓直起身，随意地抹了抹脸，"余大头是见过世面的，这点人要脱身还不成问题，再说了，还有宇文呢。你不用担心，自己安心住着。"

她并没有全然放下心，但听他这么讲，也就顺从地颔首。

大概是为了挽回方才失误丢掉的那些面子，项桓兀自在房内转了一圈，总算寻到个炭盆搬过来，甫一点燃火，好像因为那点鲜红的颜色，周围就真的暖和起来。

他拎着个竹笋在手，抛了两下，朝她扬眉："姓秦的真不厚道，就剩了几个笋子，吃吗？只能用烤的了。"

"吃。"宛遥应得很快。

项桓抽出腰间的匕首把笋子切片串好，脚边摆着一堆瓶瓶罐罐，这让宛遥想起小的时候他们白天溜出门到城郊的农田里偷玉米。她怀中搂着一大把，等人家发现，项桓抱起她就跑，然后两个人躲到小河边的树下，生起火烤玉米。

"我来帮你。"宛遥捡起一个竹笋来剥壳。

炭火烤得虽慢，但香味是一阵一阵往外飘的，他蹲在一旁，心情甚好地给笋片们翻面，一小撮盐洒下，很快便融在了其中。

笋子外壳硬，她冷不防一用力，指尖被边沿锋利的一端划出细细的小口。

宛遥轻轻地"嘶"了一声，将手指放进嘴里。

项桓抬头看到,不禁抿唇无奈:"这也能伤,你可真是……"习惯性地想说两句嫌弃的话,话没说完,却明显地见得她眉宇间带有轻愁,他忙住了口。

"项桓。"宛遥坐在床沿,声音极轻,却隐隐有着一股消沉的情绪,问他,"以后怎么办啊?"

项桓微微愣了下,他翻转着笋片,唇角却并不自然地抿了抿,过了一会儿才佯作不在意地开口:"那有什么,天大地大,又不是非得留在长安这一个地方。等你病好点了,我带你上北边看大漠,境外躲风头的人多了去了,就不信他们能追那么远。"

烤好的竹笋递到宛遥眼前,她接过来,虽觉得这个法子不算靠谱,却也安心地朝他点点头。

笋片焦黄鲜香,她尚在病中,吃这个倒也不咸不淡的刚刚好。

宛遥正要一口咬下去,冷不防,就听见门外传来一阵颇为有礼的轻叩门的声音。

一瞬间,两个人的神经骤然紧绷起来。

她望向项桓,只见他竖起食指凝视门扉,轻轻"嘘"了一声:"可能是秦征他们。"

他将匕首在衣袖上一擦而过,挽了个花握住,低声说:"如果不是,就只能灭口了。"

宛遥:"你小心一点。"

项桓起身,足尖轻点落到门边,警惕得像一只蹲伏猎物的虎豹。

木门简陋,遍布缝隙,他侧身凑在上面努力地往外看,然而天色太黑,什么也看不清。

"笃笃笃——"叩门声依旧不紧不慢。

他把刀柄握紧,手摸到门闩上。

在拉开门的刹那,刀刃势如急电,眨眼就袭上了那人的脖颈。

项桓也曾当过斥候,动作不可谓不快,然而这一次,他兵刃甫一递出去,便被刺斜里一股力道轻描淡写地挡住了。面前的人高大挺拔,身上仿佛还带着山风凛冽的气息,眉眼却还是一如既往的从容不迫。

"好猛烈的攻势。"季长川淡笑着把少年人霸道的手腕一点一点压下去,"是要灭谁的口啊?"

项桓神色微怔,愣怔又狐疑地看着他:"大将军?你怎么找到这里来的……"

季长川将他持刀的那条胳膊丢开,负手在后,悠悠地睨了一眼:"东西烤得这么香,半山腰的时候就闻到了。你说呢?"

项桓听完就有些窘迫,知道是自己大意了,但很快又倔强地仰起脸,以他现在的身高是可以和季长川对视的。

"不识好歹。"季长川见他这个样子,斥责一句,"几个毛头小子就敢去闯城门,是想造反吗?你们在西北打了那么多场仗,别的没学会,倒是把胆子越养越肥了!"

项桓紧抿着嘴唇沉默半晌,却反问道:"所以大将军也是来抓我们的了?"

他看了项桓一眼:"我此番前来,是奉陛下之命带宛家小姐进宫的。"

季长川分明觉察到,这句话一说完,项桓便戒备地伸手把背后的女孩子掩了掩。

"怎么,想同我打一场?"他语气里带笑。

项桓清楚季长川的实力,他算是自己的半个师父,尽管平日里一副好脾气的老好人模样,可真要打起来,自己并不是他的对手。

但他咬咬牙:"要她入宫就是去送死的,战场上没有坐以待毙的道理!"

季长川笑了起来,抱怀在对面站着,不紧不慢地开口:"没大没小,我像是个会把十几岁的小姑娘往火坑中推的人?你这么想,真是白跟我这些年了!"

这个说法的确让项桓犹豫了一下。

"天下之大,你能带她跑多远?她有家有爹有娘,人家同意了吗?我几时教过你,凡事解决不了,就一味地破罐子破摔了?"

平心而论,他是相信季长川的,在他前一句话说出口时,项桓就已有些动摇,但仍问道:"大将军怎么保证她会没事?"

"真是不会动动脑子,朝廷若想要她的命,也就不必让我来了。"季长川微微侧了侧身,"京师帝都数百年的历史,还不至于得靠一个姑娘家才能保全。"

项桓垂头,旋即望向宛遥。

只见她也定定地看着这边,目光里满是询问的神情——她在问自己的意见。

一个人的生死就这么轻易交在了他的手中。

项桓忽然感到一股莫大的责任与信赖，于是朝旁退了一步，冲她轻声说："去吧，有我在。"

季长川等他俩交涉完毕，转目见宛遥光着脚，裹着毯子走出来，忍不住无奈地叹气，开口斥责："看看你把人家搞成什么样！"见他不说话，只得又喝道，"还愣着？怎么带出来的，就把人家怎么带回去！"

不争气，这都要用教的！

项桓摸摸鼻尖，走到她的面前老老实实地背过身弯下腰。

这回倒轮到宛遥不好意思了，她搂着白狐狸毛的薄毯紧贴在他的背脊上，手环过脖颈，项桓带着她的膝盖弯往上一提，轻轻巧巧地背了起来。

季长川在前面引路。

宛遥看着少年颈后的散发，趴在肩头问道："你还好吧？背得动吗？"

"这算什么。"项桓不在意，"再背你跑一晚上也背得动。"

折腾一宿，天光渐起，四周蒙着一层淡淡的清辉。

宛遥侧头看晨曦破云，脸颊所触及的衣衫透出滚烫的热气，带着清浅的汗味，随着他走路的动作上下起伏。

"那我睡会儿。"

项桓："嗯，你睡。"

马匹等在山下，季长川领着他们驱马回城。

余飞和秦征那边还不知道什么情况，但既然有他季长川在，想必不会太糟糕，毕竟余飞也是他的亲兵。

众人在宫门前下了马，天已经大亮。

宛遥仰望着森严雄壮的宫墙，不禁有些畏惧，她努力用裙子遮住脚："我这样进宫是不是不太好啊？会不会触怒天威？"

"不用怕。"季长川摸摸她的脑袋，安抚道，"没那么着急，陛下还要早朝，你先随内监去吃点东西，再换身衣裳，准备妥当之后自会有人引你去面圣的。"

言语间，夹道尽头已有内侍碎步而来。

季长川将人交到宫中宦官手里，宛遥朝这边深深地看了一眼，才同内监往宫内去，项桓本能地抬脚就要跟上，被季长川一掌摁住肩膀。

"你凑什么热闹？"

他刚想反驳,对面迎头一句话砸了下来:"擅闯城门,这么大的事能被你混过去?"

季长川的眉眼看不出喜怒,他把那杆银色长枪丢到项桓怀中,一脚踹道:"跟着余飞他们绕长安城跑圈儿去,几时跑完十圈了,几时再回来。"

临近巳时末刻,宛遥才在茶水房外听到忙碌却有条不紊的步子,她悄悄地往外看,能瞧见内官们低头闪过的身影。

领他的宦官从外折返,示意她动身:"陛下退朝了,姑娘且随老奴来。"

出门走没几步就进了隔壁不远的偏殿内。

说是殿似乎夸大了,因为里面并不大,瞧着像是普通的房间,珠帘后一张卧榻,简单的书案与立柜,应该也不是九五之尊平日休息的地方。

宛遥进去时,便看见案前站着一个瘦高的身形,四周还有三五个不知名姓的大臣,她在内官的指点下屈膝而跪:"参见陛下。"

皇帝走到她跟前,静默片刻像是在打量,半晌开口:"起来吧。"

他说话声音不轻不重,没有印象中的帝王气,很平和的样子。

这位天子其实登基不久,人尚在壮年,三十出头,然而形容却很瘦削,细细的眉眼里,神色阴晴不定。

宛遥总觉得他的唇边虽含笑意,可莫名地,让人隐隐不适。

"朕在宫内,听到坊间流出传言,说是长安有个灵童转世的小姑娘,血肉能治百病,就是你吗?"

这才几天,已经传成这样了吗!

宛遥正在斟酌言语,沈煜却似笑非笑地在她的身边踱步:"可知道朕为何召见你?"

她不敢抬眸直视天颜,只用余光窥着他的动作,谨慎地摇头。

天子一个手势打下去,旁边的御医对视几眼,很快有内监低头捧着托盘疾步进来,那其中是一把金银错柄的小刀与一只玉碗。

"如今长安已经戒严封城一个月了,民怨四起,生灵涂炭。"

沈煜信手持起刀,兵刃反射的光照在他阴沉的脸上:"朕要是拿你的命去医长安城的百姓,你怕不怕?"

宛遥盯着那柄锋利精致的匕首,目光不由自主地闪了闪。

怕，她当然怕。不过平心而论，朝廷会找上来是迟早的事，哪怕项桓没有闯城门，她也觉得官府该有所行动了。

但季将军已经发话了，不是说好不会有事的吗……

她轻轻地皱起眉，发愁地闭上眼睛，也就是在此时，旁边"咣当"一声响，沈煜慢条斯理地把刀丢回了托盘内，好似挺满意她脸上这反应的。

"放心，朕答应了大司马，要把人原封不动地还给他。君无戏言，朕不会不守承诺。"

言罢，他转过了身，等候多时的御医们极懂眼色地走上去将宛遥围住，撸袖子准备干活儿。先是看她脉象，再是观眼、观舌，问其近况。

诊病那一套宛遥都熟悉，等诸位御医们实在琢磨不出所以然，才终于动了刀子。

说白了，还是放血。

她躺在榻上，把手伸出去，有人用玉碗在底下接着血，四周无声，只听见"啪嗒啪嗒"的响声，有那么一瞬，宛遥想起小时候项桓给她讲的恐怖故事。

有一个女子被人杀了，倒吊在房梁上，脖子往下流血，一直流，流到身体的血全部干涸，最后皮肉松弛，贴着骨头，干瘪地在风里摇晃。

想着想着，倒把自己吓了一跳，吓着吓着就睡着了……

沈煜批完第十本奏折时，太医便端着一碗热气腾腾的血在堂下复命。

"陛下。"

他把奏章合上，听他往下说。

"这位姑娘身体孱弱，老臣暂时也只能取得这些分量……"

沈煜看了一眼，颔首："那行，挪一半去给小公主治病吧。"

御医先是应了，随后又犹豫："这剩下的……"

"剩下的？"他似乎不太理解这句话，刚拿起的奏本又放下，"朕人都替你们找来了，该怎么治你还要来问朕吗？"

御医伏在案下战战兢兢。

"不管用什么办法，"沈煜伸出五根手指，缓缓说，"给你五天时间，朕要看到药方。京城已经不能再封锁下去了，五天之后，要么皆大欢喜，要么就只能'弃车保帅'。治不好这病，你们和疫区那些人一起'饮鸩止渴'去吧。"

把宛遥请进宫这件事是秘而不宣的，一连过去了三日，宫里宫外都呈现出一种异样的氛围。

咸安皇帝倒是一天没落地去上早朝。

季长川从含元殿出来，一抬眼先瞧见了虎豹骑熟悉的铁甲戎装。他的那个傻徒弟正低头站在廊下，一副百无聊赖的焦躁模样。

正殿之外，这是未被传召的列将军所能抵达的极限了，再进一步，两边的禁军即刻能把他扔出去，看来这点规矩他还是懂的。

"你来干什么？"季长川摁着项桓的脑袋把人带到一边，身后是陆续出来的朝官。

"我又进不去，只能来这儿等着了。"他颦眉，问得直截了当，"什么时候把人还给我？"

"着什么急，没耐心。"季长川摇摇头，"你的圈儿都跑完了？"

项桓说："跑完了，昨天下午就跑完的。"

十圈，居然还站得起来？

他继续问："虎豹营的操练呢？"

项桓："今日我告假，不用操练。"

季长川终于有几分哑口无言："你就这么信不过我？大魏堂堂一方大国，难不成还能吞了她。"

"将军，我的确信得过你，可其他人我不放心。"毕竟人又不是直接交给他的，项桓别过脸去看旁边下朝的官员们，"是我向宛遥亲口保证的，她要是出事了，我拿什么向她交代？"

他的衣甲上有风尘和露水，青丝被汗打湿贴在鬓角，大概一大早就跑出来等了。

脾气虽然很差，这小子重起情义来，倒也十分令人动容。

季长川缓和了脸色："那你想怎么样？"

项桓："我想去看她。"

季长川："不可能，别做梦。"

他抿紧唇，做出退步："总得让她给我报个平安吧？万一出了什么好歹呢。"

"你倒也真敢讲，存心给陛下找难堪吗？"季长川被他气笑了。

正说着,咸安帝从里面信步而出。

季长川示意他闭嘴,项桓掀了眼皮,一脸不耐烦,直到季长川强硬地摁着他的脑袋把头压下去,他才不情不愿地抱拳行礼。

沈煜的目光扫向此处,他似乎觉得这个少年眼熟,别有深意地看了一会儿才收回视线。

宫中,太医院附近的厢房内,宛遥正埋头在一碗鸭血粉丝汤里。

御膳房果然是天子的御用庖厨,食物用料的奢侈与口味好得超出了她的想象。

这几天没事可做,她被分配的任务就是吃各式各样的补血膳食。

当归红枣、爆炒猪肝、里脊肉粥、乌鸡汤……轮着来,吃得宛遥满面泛红。

沈煜走进来时,她还在喝汤,见状连忙把碗丢下,还没来得及跪,他一叠笺纸就扔在了桌上:"你家那个小将军,让你写封家书给他报平安。"

宛遥目瞪口呆。

对面的天子很是友好地笑笑:"写吧,省得他以为朕把你大卸八块了。"

末了,他捏着汤匙搅了搅桌上的鸭血粉丝,笑问:"好吃吗?"

他这么一问,宛遥周身的汗毛集体立了起来,反倒有种吃人家的、喝人家的,还挑三拣四的歉疚感,她只好点头。

沈煜放下汤匙,发出"叮当"的声响:"那就多吃点,你若是瘦了,朕可不好向朕的臣子交代。"

宛遥提起纸笔,心里直打鼓,一侧目,天子还掖手在旁,笑盈盈地看她落笔,简直毛骨悚然。

为什么项桓隔得那么远都能给她拉一堆的仇恨。

约莫午时过后,内监便将一张薄薄的信纸送到了含元殿外。

季长川见项桓拿过来上下一扫,还没等他看清纸上的内容,对方就迅速面不改色地揣到怀里。

"这回安心了,写的什么?"

他低声说句"没什么",朝他匆匆告辞道谢,掉头往外走。

季长川站在原地眯眼盯着他的背影"啧"了声:"到底写得有多肉麻,这么隐秘,还不让人看?"

项桓大步走在龙尾道上,把那张纸攥在掌心里,暗暗咬牙。

让你报平安,你还真就只写了"平安"两个字!

一晃眼,五天的限期很快到了。

宛遥虽没逃掉每日被放半碗血的命运,但疯狂的食疗恶补再加上睡眠充足,身体不仅没垮,反倒一天天转好。她坐在椅子上由太医把脉,周围仍是聚着四五个年长有资历的大夫,生平难得感受一回这种供人瞻仰的待遇。

沈煜面无表情地在不远处等消息。

"姑娘以血入药时,药方用的是哪一种?"

她想了想,说:"是早前敬德皇太后治疫病的方子,我试过好几种,唯有这个最见成效。"

"一碗药大约用多少血?"

宛遥四下环顾,信手取了个茶杯:"大概这么一杯的分量。"

这是她在疫区时,对项圆圆不断尝试之后得出来的结果,因此用药对症的当天,项圆圆就醒了。

问得差不多了,几位老臣于是开始交头接耳地一番讨论。

沈煜难得负手静静地等。

"陛下。"那太医颤巍巍回禀,"经老臣与诸位大人这几日的尝试,宛姑娘的血与圣母的药方结合方能医治此次瘟疫,极有可能是这血液之中有什么方子里所缺的药材。所以,只需要找到能替代此血液的药草,宛姑娘就不必受割腕之苦了。"

这番言论基本是废话,宛遥当初也这么想过,但天下药材千千万,全试一遍也得花不少工夫,于是问题又绕了回来,原地踏步。

沈煜不露声色地颔首:"那诸位可有找到这味药?"

老御医避重就轻,没敢正面回答:"微臣猜想,若非是宛姑娘天生异禀,体质与常人不同,那就还有一种可能,在母体十月怀胎之际,宛姑娘的母亲或许曾吃过什么不寻常的东西……"

不知怎的,宛遥脑子里忽然有一线念头"噌"地闪过去。

"你娘我啊,打小便是她照顾长大的,什么补品、补药,都是太后亲手提笔写的方子呢。"

宛夫人被传召入宫的时候,显得十分局促与迷茫。

原本女儿让人带进宫，她就已经很费解了，今早内官来府上宣谕旨，更是听得满头雾水。

禁庭偏殿之内，神色难辨喜怒的帝王高坐在上，一只手正不紧不慢地敲击桌面。

宛遥也站在不远处，颦眉担忧地看着这边。

"妾身怀胎时吃过些什么……"宛夫人跪在地上发愁地琢磨，这都多少年陈芝麻烂谷子的事儿了，真计较起来她怎么可能记得，"大多是些安胎养身之物吧，似乎也没什么稀奇的。"

一旁的太医赶紧补充："夫人再仔细想想，好好想想，不仅是孕期，在此之前的也行。"

你若是想不出来，咱们大伙儿可都要被就地处决了啊！

莫名被委以重任，宛夫人脑中其实一片空白，但又不得不装出一副苦思的模样。

偏殿是皇帝日常议事之所，珠帘后的立柜边亦挂着一幅圣母的画像。

她视线满屋打转，在余光瞥到画中人的一瞬，周身忽然打一个寒噤："是……是有这么个东西。"

宛遥蓦地抬起头来。

屏息凝神的寂静中充斥着无数道笔直的目光。

宛夫人好似也咽了口唾沫。

"妾身幼年时体弱多病，承蒙敬德太后垂爱，赐药方调理，因太后叮嘱，故而方子一直没停过，吃了十几载，直到怀胎时也照旧服用，不知、不知能不能算……"

话音才落，几个太医欣喜得简直像过年："或可一试！或可一试！"

沈煜听她提到太后，神情恍惚了片刻，垂下眼睑认真把人琢磨了一遍，恍然"哦"了一声："朕记得你，你是谢老夫人身边的那个小丫头。"

沈煜同她年岁相仿，也依稀记得小时候，谢家夫人进宫拜见他娘时，偶尔会带着一个小女娃。茹太后早些年夭折过一位公主，故而对这个孩子甚是喜爱。

宛夫人忙俯首再拜："妾身惶恐。"她也不是不记得这位九五之尊，实在是今时不同往日，不太好同一国天子拉家常，她也就只好把自己装成个路人。

不承想，咸安帝却很乐意和她拉家常似的，斜靠在太师椅上，散漫地感慨："一转眼二十多年，想不到连你的孩子都这么大了。唉，谢夫人她老人家如何？"

"家母已过世。"

"哦，这样。"

话题一起，倒真是有几分闲谈的氛围，一群御医面面相觑，皆搞不清楚状况，拿不准此刻要不要上前谈点公事。

他们没犹豫出个所以然来，沈煜视线一瞥，倒是先发了话："还愣着干什么？找方子去啊！"

宛遥看着一帮大臣手足无措地从殿内躬身倒退。

从有记忆起她娘好像就没吃过这种药了，也不知药方能不能寻到。

此后的三日，太医署开始了昏天黑地，没日没夜的辛勤劳作。宛夫人一停药，时间一久，十几年前的方子自然也就无人保留，好在久病成医，她自己倒是记得清楚，半是回忆半是瞎猜地复原了十之八九。

宛遥回头思索，想自己大概也是急昏了头，试过鸡血、鸭血、寻常无病之人的血，却偏偏没试过她娘的，怎么就没朝这个方向去想过呢。

中秋来临的前夕，大雨滂沱，倾盆而下。

太医署的传令官冒着寒冷的秋雨一路奔入皇城，沿途的宫人皆好奇地回头张望，悄声议论。

一纸文书送进书房，很快，禁军就出动了。

在京城乃至整个大魏闹得沸沸扬扬，令人谈之色变的瘟疫终于迎来了根治的曙光。

九月，城门大开。

各地收购的药材源源不断地涌入城东疫区。

咸安皇帝坐在明堂内，听一旁的内监宣读诏书，思绪显得飘忽游离，良久才似喃喃自语般地感慨说："真是圣母显灵啊。即便时隔那么久，太后还是不忘她的子民，又一次救大魏于水火之中。"

底下群臣面面相觑，不知是何人起了个头："圣母显灵，陛下英明。"

紧接着一帮人便齐声重复，整齐得好似事先演练过一样。

咸安帝许是感到好笑，勾着嘴角，僵硬地看这群老臣拍马屁。

宛遥正在茶水房旁的小屋子里奉旨吃猪肝，得到消息，拿着汤匙大松了一口气。幸而她娘能东拼西凑地把那些药草的名称想出来，否则这能治病的人又多一个，她真拿不准朝廷会不会拉着她娘俩挨个放血。

然而事情尽管告一段落，仍有不少令人在意的细节。

敬德太后的方子恰好就对这次的瘟疫起效，是巧合吗？

宛遥是在疫区的病情稳定下来之后被准许出宫的。

给她领路的依旧是先前那位内官，这回许是她贡献了点血，上头特地安排了一顶小轿接送。行至皇城外，宛遥刚出轿子，就看见不远处等候的男男女女。

桑叶正站在陈文君跟前说话，项桓抱着枪，背后立着季长川。

少年神色还是懒洋洋的，满眼不屑的样子。

"宛姑娘！"陈文君第一个发现她，提着裙子小跑过来，满脸带笑地去拉宛遥的手，"季将军说你今天能回家，我们一大早便等着了。"

宛遥看她气色红润，神采飞扬，想必病情已无大碍。

宫门外的空气都是自由的，她也跟着高兴，两个人手牵手甩了甩，左右一环顾，她道："就你一个人？秦大哥呢？"

"早起没见着他，我就先来了。"到底没见过皇宫内苑，陈文君忍不住好奇，"你怎么样，在里面住得习惯吗？"

"挺好的，陛下待人很客气。"那是相当客气。

顶着季长川长篇大论的唠叨，项桓正在神游太虚，转目一望，见宛遥下轿了，当即松开枪想朝这边走。还没等他靠近，面前的桑叶一根长棍子似的挡了过来，颇热情地捧起一个篮子，不偏不倚正把他的脸遮了个严实。

"姐姐，我和陈大夫昨天在山上摘的鲜枣，他说这枣子不易保存，要尽快吃，你大病初愈，多进食水果对身体有好处。"

宛遥见他举得高高的，一时也挺开心，伸手帮他接住："这么客气啊，其实鲜枣市集上也有卖，不用那么麻烦。"

眼见挡光的篮子没了，项桓舔了一下嘴唇，正要另寻个方向上前，刚准备开口，桑叶冷不防又绕了回来："医馆里的那个小然让我给教训了一顿，说是他端药去疫区的时候被人发现的。陈先生把他送去别家了，临走他还写了封书信留给你，估摸着是道歉。"

他把信往前一递，宛遥换了只手提篮子，低头拆开。

"事情过去那么久，你不说我都快忘了，他大概也不是有意的，当时让项桓陪着他去就好了。"

桑叶："我们都没逼他，是他过意不去，自己要走。"

视线里几道身影窜来窜去。

项桓忽然觉得没意思，索性抱着他的枪站得远远的，轻轻哼了一声。

"项桓！"

没多久，便听到某人的声音在唤他，迟疑一阵，项桓还是回头看了。

宛遥捧着一篮鲜枣冲他笑得满脸灿烂，目光交汇，她抱起篮子跑到了他跟前："来吃枣子，我一个人吃不完这么多。"

不想吃，有什么好吃的。

三个字从他的喉咙流到舌尖，他到底不动声色地捡了一个，鲜枣沾了晨露，咬下去清爽可口。

宛遥："还挺甜是吧？"

项桓瞥着她的表情，毕竟年纪还小，一件心事尘埃落定，所有的如释重负都写在脸上，他吐掉枣核，在篮子里翻了半天。

"别拿青的，都涩得不行，这个红，吃这个。"

秋季雨后初晴，这清晨实在是一幅让人赏心悦目的画卷。

森然巍峨的皇城前，几个男孩女孩聚在一块儿分枣吃，画面和谐得连冷硬的砖墙也莫名温柔下来，大概是许久没见到如此简单纯粹的场景了，季长川靠在马腹上，眯眼出神。

等明晃晃的日头隐没入云层里，他才牵马唤道："孩儿们，该动身了。"

项桓那匹纯黑的西北回纥马来回踱了两步，低头打响鼻，他把宛遥抱上去，自己紧接着一踩马镫坐到她的身后，两手一环去拽缰绳，正好能将人圈在怀里。

项桓驱马向前走了几步，回头看到桑叶不会骑马，慢腾腾地准备绕近路，他心情稍微好了一些，手闲散地揪着几缕马鬃，颇有点兴师问罪的意思："喂，我让你写信，你就只写两个字？"

宛遥靠着他的胸膛不太好侧身，不解道："不是你让我报平安的吗？"

"那你不知道多写几行？我求来这么一个机会有多不容易，你两个字就把我打发了。这么大张纸，不嫌浪费啊？"倒是被他说得莫名愧疚。

可似乎也没什么好写的,皇帝那么大个监工戳在眼窝子里,盯她能盯出洞来,如此明显的警告意味,多一句嘴兴许就得血溅当场。

宛遥:"要不回头我给你补上?"

项桓:"免了,一点诚意都没有。"

两人说了这一阵,才发现季长川迟迟没跟上来,项桓于是掉转马头。

在他们方才离开的位置,宫门的正前方落了顶不起眼的小轿,轿旁左右各立着一个貌不惊人的护卫,武安侯高大魁梧的身躯站在季长川的对面,两人似乎相谈甚欢,而陈文君在旁盈盈施礼。

宛遥奇怪:"是袁傅?"

不知谈了些什么,隔了良久,季长川才打马追上他们。

"武安侯这时候来干什么?今日又不参朝。"项桓带着宛遥同他并驾齐驱。

季长川的脸上有淡淡的笑容,师徒二人或许是同出一门的散漫。

"疫病的事既然了结,大概是要进宫面圣,商讨南下增兵吧。"

如今北方已平定,就剩西南的南燕了。

言至此处,他忽然想起了什么,唇边的笑意骤然一黯,转而对项桓道:"听武安侯之前的口气,我看他似乎对你很感兴趣。"

"我?他对我感兴趣?"他意外中带着几分兴致勃勃,到底还是少年人心性,惊喜多于忧虑。

"别高兴得太早,这可不是什么好事。"季长川难得严肃。

宛遥跟着悠闲的马蹄轻摇轻晃:"武安侯赏识他,不是好事吗?"

"得人赏识的确是好事。"他有意无意顿了下,"可若是另有人与之不和,那就是滩浑水了。贸然搅进去,会吃大亏。"

"他这么不可一世,谁敢跟他不和?"项桓不在意,"整个朝里能和武安侯针锋相对的,只有将军你了吧?"

"话也不是这么说,"季长川笑了笑,却回避了自己的问题,"还有当今陛下呢。"

旁边两个人听完都是一愣。

项桓是不上朝的,平日和这些政事八竿子打不着,乍然听闻觉得不解:"将军的意思是说陛下和武安侯有嫌隙?"

宛遥有同感:"我瞧着陛下似乎很重视侯爷啊,金钱、兵权、地位,处处委以重任，不像是在防着他的样子。"

"欲擒之，必予之……多少年前的事情了，你们年轻，若回去问问你们父辈，他们应该是知道的。"季长川握着马缰，人却没动，目光平淡地由马信步，"武安侯对于天子，可是有杀母之仇的，这一点他自己比谁都清楚，面上的君臣和谐，都是做给外人看的。"

杀母之仇？

宛遥同项桓对视了一眼。

咸安帝的母亲，那不就是敬德太后吗？

回去的路还很长，季长川并不介意慢慢解释："凤口里兵变，你们想必听过。"

这都是被京城老人讲烂了的陈年往事。

章和二十五年。

那是在二十八年前，当时，他大司马本人也不过才几岁。

开国至此，大魏太平日久，南北防线都有所松懈，境外的蛮人却在这段时间里迅速壮大，多番入侵边境。镇西将军石应坤于是找了这个由头要北伐匈奴，领军十万北上，最后却在抵达凤口里时陡然兵变，转头就勾结蛮夷挥师南下，直逼帝都长安。

宣宗皇帝安逸享乐惯了，一时慌了手脚，在前线节节败退之下，带领一帮大臣仓皇逃至蜀中。

此后的长安足足沦陷了七年，民生离乱，满目疮痍，直到元熙三年，流落在外的人们才含泪回到王都。

宛遥望向他："所以，这和太后有什么关系？"

季长川缓缓道："举国皆知，宣宗皇帝宠爱茹贵妃，颇有烽火戏诸侯，以博美人一笑的昏庸资质。

"因此，石应坤当年打的便是'诛奸妃，清君侧'的名号。"

宛遥微微一怔，这样熟悉的戏码，她从数千年的历史中能捕捉到无数的蛛丝马迹，于是脱口而出："是……借口吧。"

"不错，石应坤找敬德太后来当这只替罪羊，借口牵不牵强不重要，好歹有个出兵的理由。但大魏的群臣不会这么想，上阵拼命的魏军不会这么想，无数流离失所的百姓也不会这么想。从上至下皆认为战火由她而起。禁军是

第一个哗变的，紧接着蔓延到两大营。军士和当地百姓堵在行宫前要求'杀奸妃，平民愤'。"说到这里，他朝有些愣怔的宛遥微微一笑，"打头的那个，就是袁傅，而今的武安侯。"

宛遥的心里隐约有些发堵，宛夫人自小就给她讲敬德太后的事。

宛遥知道这位倾国倾城，又与她们家有些渊源的传奇人物姓甄，名茹，早些年，市井茶楼中还传唱着一部很受欢迎的演义《茹姬传》。

在母亲与老住持的口中，茹太后一直是个心地善良又满腹诗书的女子。她怜悯苍生，爱护百姓。她会在瘟疫肆虐的年月里不辞辛劳地带人南下考察病情，也会在数九寒天中彻夜不休地翻看医书。原来人们在口口称赞她的同时，也会把她推向深渊吗？

宛遥忽然生出一丝莫名的感同身受。

季长川："后来大概是迫于人言，敬德太后被同行的妃嫔以一碗汤药毒杀，宣宗帝悲痛欲绝，赐死了妃嫔，同时也以此平息谣言，这件事才算过去了。因为说起来并不光彩，对外只宣称是病逝。"

她之前听说圣母是死于战乱，却不知晓这里面还有如此不为人知的实情。

"可是，可是……"宛遥一时找不到适当的言语，"但凡仔细想想也该觉得这只是反贼的一个托词，根本站不住脚，为什么……"

"小姑娘。"季长川笑着打断道，"有时候，人们想要的并不是真相，因为要紧的从来都不是'杀奸妃'，而是'平民愤'。"

他表情玩味，摆弄缰索："况且还有一件有趣的事。茹姬死后被匆匆安葬在了蜀中，京师一收复，宣宗皇帝便派人回去迁葬，找了一年多却没寻到尸首。这时，人们倒是念起她的好来了，说她是为国捐躯，说她普度众生，又是修庙宇，又是供塑像。"

项桓冷笑一声："我看是怕人家找上门，冤魂索命吧，一群马后炮的小人。"

季长川不予置评地笑笑："这世间上的人啊，大多不会承认自己做错了，于是总需要有些东西来粉饰太平。"

宛遥哑口无言。那日在疫区时，男子口不择言的话顿时自脑海里冒了出来。

"报应……

"圣母给长安城所有人的报应！

"你们每个人，每个人都逃不掉的！"

明明是青天白日，宛遥却无端打一个冷战，惹得头顶的项桓狐疑地低头看了她一眼。

"丫头，你可得留意着点。"季长川信口打趣，"别一不小心当了'红颜祸水'，这'红颜祸水'自古可不是那么好做的。"

不过从他们几人这段时间闯祸的程度来看，她倒还真有那个潜质。

"还有你呢，听见没有，"见项桓在走神，季长川一鞭子晃了过去，无奈道，"这愣头青。"

甘露殿内。

年轻的帝王正负手在案前悠悠踱步。

而堂下，宽袍广带的中年男人含笑站得随意："故土之于国都，如血溶于水。陛下能有此增兵之决心，何愁将来大魏不能统一天下。"

沈煜的眸子里微不可见地闪过一丝寒意，然而瞬间就被和煦的微笑所替代："侯爷哪里话，朕不过坐明堂治百官，武安侯才是能替朕定国安邦之人，要稳固这大魏江山，还不得仰仗侯爷吗？"

对方拱手拜下去："承蒙陛下不弃，臣定当死后而已。"

"死而后已言重了。"他面容不改，仍是一副极好说话的模样，"侯爷要保重身体才是。如今撑起我大魏的可只剩侯爷你了。"

袁傅闻之一笑，二者对望时，似乎都从各自眼中看出了虚伪。

沈煜笑着目送他行礼倒退，而后慢慢地出了殿门。

一直等对方整个人的踪影都消失在了视线中，他唇边那点微不足道的平易近人才终于缓缓褪去，旋即突然发作，把桌上所有的文书奏本，笔墨纸砚全掀翻在地，一阵巨响，黄檀木的案几轰然倒塌。

沈煜握着笔杆的手青筋突起。

每当这个时候，在场几乎无人敢动弹，各自惶惶不安。

"陛下！"身后的老宫女紧紧把他的手揿住，"陛下，您要沉心静气啊……"

她是从前茹太后身边伺候的老人，算是打小看着皇帝长大的，此情此景，也唯有她敢这般上前安抚天子。

"朕还要怎么沉心静气！"沈煜扬袖甩开她的手，指着门外厉声质问道，"乱臣贼子，奸人得势，朕的母亲都被他害死了，那可是朕的母亲！你们却

189

要朕每日与这些人虚与委蛇，赐他重兵，唯命是从！这个天子，做来有什么用！啊？你说啊！"

他狠狠地踢开脚边翻倒的书画缸，这瓷瓶却也福大命大，一路朝外滚，最后碰到了门槛。

陈文君回到家中时，还不到正午，府里的下人忙着摆饭，回廊上行色匆匆。

这一次，梁家虽大难不死，可也元气大伤，官是做不成了，今后也不知会走哪条路。

在此事上，他们站不住脚，也的确做得有违道义，因此要和离书的时候倒是没花太大的工夫。

嫁妆退了一半，她回来了，幸而父兄不嫌弃，照旧命人收拾好出阁前的院子给她居住，而今，宛遥也相安无事地出了宫，心里面最后一块石头落地，未知的将来终于不那么迷雾重重了。

陈文君走在府中的小径上，去问身侧跟着的侍女："看见秦侍卫了吗？"

尽管出手并不光明磊落，但自己眼下还能安稳地站在这儿，确实应该感谢他。

侍女低头小声回答："没有。"

"是吗。"她并未多想，心情很好，于是只随意道，"真奇怪，今天好像一直没见到他。"

回去的途中会经过东厢房外的长廊，几个仆役正拎着水桶清扫地上斑驳的痕迹，她匆匆走过，等进了月洞门，才后知后觉地意识到有哪里不对。

陈文君蓦地折回廊前，奔至栏杆下定定地看着地上依稀可见的血迹。

"这是谁的血？"她问了一句。

四周的仆役悄悄对视，却没一个吭声的。

她抬起头，厉声重复："我问你们这是谁的血？"

陈文君只觉得自己的心跳陡然加快了，她当下甩开侍女的手，转头朝另一个方向跑去。

陈家最西边是马厩，附近临着旧柴房。

明媚的阳光从窗口大剌剌地在地上照出一个方形，那道光束里有清晰的尘埃和细小的飞蚊。木头陈旧的腐味中夹杂着一股血腥气。

秦征静静地靠在冰凉的墙上,凌乱的发丝后是一双平淡的眼睛。

"你以为你是谁?好大的胆子!陈家真是待你太仁慈了,惯得你连擅闯延平门这种事都敢做!"

乱棍劈头砸下来,他摔倒在地,然后又知情识趣地以手支撑,慢慢爬起。

"人家是什么人?虎豹骑的军官!你是什么人?"陈易指着他的鼻尖,怒不可遏,"你只不过只是我们陈家养的一条狗!我让你咬谁,你才能咬谁,我若是不发话,哪怕天崩地裂,山洪海啸,你也得给我在原地跪着!"

门被人从外打开。

陈文君进来的那瞬,打心底里吃了一惊,有好长一段时间,她都说不出话来。

"秦征……秦征!"

他睁开眼时,意识与视线都很朦胧,但奇怪的是,他依旧能借着眼前的轮廓,将对方的容貌与眉眼勾画得一清二楚。

秦征叫她一声大小姐。

陈文君轻拉着他的衣袖,伸手拨开血痕已干涸的青丝,忍不住摇头难受:"是谁把你打成这样的……"

他只是笑了笑,却没有说话。

"对不起……对不起……"她的眼泪在眨眼时滚落,好似立誓一般字字深重,"相信我,我一定会找大夫治好你的。"

"不用。"像是怕她起身,秦征蓦地伸手握住她的手腕,旋即又反应过来,缓缓松开五指,浑浊疲惫的眸子里出奇平静,"小姐才回府,不应当这样大动干戈。大公子一时半刻还不会让我死的,等过几日气消了,会想着救我一命。"

陈文君:"但是……"

他哑着嗓音打断:"大小姐。"在陈文君犹自怔愣中,他静静开口,"他日再觅良缘,还望能慎之重之,遵循本心,无论大小姐嫁给谁,倘若有吩咐,秦征依旧会赴汤蹈火,肝脑涂地。"

九月的长安城是一整片金黄的颜色。

夹道里落叶堆积,上一波没清扫完,紧接着又簌簌地往下掉。

这段时间的宛氏医馆俨然成为一处风云之地,离前一次的求药风波还没

过去多久,又是一群百姓纷至沓来,踩坏的门槛供不应求,最后只好让它继续坏着。

自打圣上钦赐的匾额送来后,附近的人就像炸开了锅,隔三岔五前来瞻仰。烫金的几个大字威风凛凛,横看竖看都写着无上荣耀——杏林圣手!

宛遥一直觉得,这可能是陛下为她贡献的那点血付出的报酬。

"这匹布是眼下时兴的花样,年初就置办着,可惜家里没一个合适使的,想着倒不如拿来给姑娘。"

面前放了一匹布。

"知道宛姑娘身体弱,上月采的几株灵芝,你是最懂药理的,我也就不卖弄了。"

随即又多了一盒药材。

"我家养了几只鸽子,正好给姑娘补一补……"

东西堆得快成一座山,细看那金银布匹、灵芝首饰,甚至各地土特产都有,母鸡与肥鸽扑腾齐飞,白鹅同老鸭相对而鸣。

宛遥有些郁闷,拉了拉对面还在迎来送往的陈大夫,压低声音:"先生,不妥吧?我和他们也不熟,平日里治没治过都不记得了,收这么多是不是不太好……"

陈先生正笑盈盈招呼完一个,偏头,同样压低声音朝她解释:"说是来慰问你的,其实这些人大部分当初都堵过你们家门,看见圣上亲笔题字,眼瞧着是慌了,也有事后内疚的,所以接二连三跑过来示好。"他劝道,"你就收了吧,图个安心。"

等人群终于散得差不多了,宛遥才望着这一桌子礼品无所适从。

来的大部分都是些寻常老百姓,所以倒也不是什么很稀罕的物件,她翻了一下。

"这是什么,咸鸭蛋?"宛遥拿了一个咸鸭蛋悠悠打转,转眼看到旁边帮她收拾的桑叶,信手扔过去,"来,你没吃早点,正好垫垫肚子。"

他接得手忙脚乱。

宛遥却突然涌起一股探宝的乐趣,兴致勃勃地埋头在礼品盒中:"我再瞧瞧还有没有什么好玩的……"

桑叶握着鸭蛋,垂眸打量了一阵,从单手握变成了两手合拢。

视线里，一低头刚好便是她梳着的小髻，乌黑如云的青丝间插着支雕花的银簪，正随人的动作轻轻摇晃。

他莫名也有些手痒，窥见左右无人注意，迅速在衣服上擦了擦，怯怯地用指尖钩起一缕秀发。触感冰凉，却细腻顺滑。

桑叶拿两指轻搓，做贼心虚地望了望宛遥的表情——好在她注意力被别的事物分散，并没发觉。这回他也颇有点探到宝的喜悦，但说到底还是心虚，于是捧着他的咸鸭蛋准备开溜，转头时，正看见项桓抱怀倚门而立，神情淡淡地瞧着这边，四目交汇的刹那，他甚至歪头挑了挑眉，意味不明。

桑叶的脸骤然就红了，他急忙低下脑袋，飞快地从穿堂跑过去。

项桓此刻才直起身，抬眼冷冷哼了一声。

这小子多大来着？

桑叶无父无母，来医馆时对自己的年纪也很模糊，因见他身板瘦弱，面色蜡黄，项桓还以为他是个十一二岁的孩子，如今养好了，体格一长，项桓隐约感觉他的年纪可能不止这么一点。

很快人就已经跑没影儿了，想想跟这种小屁孩置气似乎挺没意思的。

他从门边散漫地走出来，嘴里叼着一根青枝。自这个角度望过去，宛遥背对着此处在整理桌面，发髻上的那根簪子闪得亮晶晶。

他不免有些好奇，适才桑叶在干什么，大约这个年纪的男生手总是比较欠的。

项桓下意识抿住唇，步子忽地放轻，三两下上前，抬手一挑，簪子便到了掌心里。

乍然被袭击，宛遥本能地去摸头发，很快发现这多灾多难的银簪又不见了。

"咦？"始作俑者还很诧异，"这次怎么没散。"

"你还拔上瘾了，以为次次都能得逞啊？"她一掀眼皮，想去抢，可也知道抢不过，"赶紧还我了。"

项桓装模作样地躲了躲，嘴贱道："求我啊，求我就还你。"

宛遥试着去够了两回，忽然回想起那天抢发簪的窘迫来，她讪讪地收了手，表示不在意："你喜欢那送你好了。"反正她还有别的银簪。

你来我往才比较有趣，这么单打独斗挺没劲，于是他也不折腾了，摆弄着银簪："别那么小气，我再玩会儿。"说着，他绕到了她正面盘膝坐下，手

没个消停地扒拉这些大件小件,"老母鸡、玉镯子、护膝……真是挺齐全,居然还有腰刀。"他拔刀出鞘,试了试刃,甚是不要脸地开口,"这么多,送我一点儿呗。"

宛遥让婢女收归整理,列出清单,抽空瞥了他一眼,故意道:"那不行,我凭本事得来的。你又不缺这点钱,要刀还不能自己买?"

"还凭本事……"项桓不客气地揭她老底,"卖血换的吧。"

"什么叫卖血啊,说的那么难听!"

宛遥抄起笔扔他,趁他侧身避开的一个破绽,抬脚踩过去。

饶是她的动作这般神速,项桓却也轻描淡写地缩腿,笑得满脸欠扁:"行啊,还学会'虚晃一招'了?再踩啊,单脚让你,你都踩不中,信不信?"言罢,他还当真起身给她金鸡独立。

无聊!

宛遥不想搭理他,别过脸,到底还是忍不住在笑,垂头把手边的礼盒收放整齐。

"喂,真不踩了?我让你。"项桓站在边上笑,看她没说话,五指翻转将那把腰刀挽了个花,此刻留意到手中还捏着她那支银簪,转念一想,就近折了白玉瓷瓶里的一枝花。

"我可让了你的,回头别说我占你便宜,现在东西还你,走了。"

他把断枝往她的脑袋上随意一插,移花接木地拿了银簪蹦出医馆,溜之大吉,走在长街上时,隐约听到她在屋里炸开了锅。

项桓心情甚好地笑出声,看了一眼那块威风凛凛的匾额,手指打着旋,把那支银簪转出了一朵花,吊儿郎当地闲庭信步。

他今日没事,但余飞和宇文钧有事,没人陪他喝酒赌钱,正要回项府,冷不防一抬头,发现项南天面色暗沉地立在角门外。

项桓唇边的笑意就渐渐淡了下去,神情多少有几分漫不经心。

原本是没打算打招呼的,但人刚走近,项南天便厉声喝道:"你还把这儿当家啊?"

这段时日,诸多烦琐事情,先是给宛遥守夜,而后又闯城门、被罚跑圈儿,加上项圆圆从疫区回来又被禁足在房内,但凡知道他在家,总要过来缠上一阵。

项桓疲于应对,索性平日里就在外消磨时光,顶多晚上回房睡一觉。

"我不管你,你倒真是无法无天了,瞧瞧你都干了些什么好事!"

项桓颦眉反驳:"我又怎么了?"

"闯城门有大司马军法处置,我暂且不追究。数日前,你与萧太尉于泰安寺前起争执,聚斗闹事,将对方十来人打伤,此事怎么算!"

项桓别过脸:"那是他自己吃霸王餐在先。"他继续说,"十多个废物还想仗势欺人,没一个能打的。"

"放肆!"项南天眼中隐含怒气,"这是天子脚下,不是西北蛮荒!哪怕他再有不是,上有国君,下有官府,也轮不到你来多管闲事!"

项桓觉得有些好笑:"衙门那帮人要是能管事,我会插手吗?"

年少轻狂,似乎就有不可一世的资本。

项南天终于认识到自己无法说服自己的儿子,盯着他直摇头,一字一顿道:"无知小儿,目中无人。不过是封了个排不上号的杂牌将军,你便能嚣张成这样。你手下有多少兵?有多少值得你耀武扬威的战功?哪怕当日你大哥在,也从未如此居功自傲过!"

在他提到兄长时,项桓唇边的肌肉动了一下,道:"若是大哥在,便不会对我多加阻挠。"

父亲的脸却倏地冷硬起来:"在家,我是父,你是子;在朝,我是上官,你是下臣,你有什么理由不听我的?又有什么理由与我大呼小叫?十八岁封将是很了不得的事吗?项家七代武将,十八位及四征将军者何止一二,你算什么!"他话里话外刻意端出官阶。

项桓在不知不觉间握紧了拳,那支银簪扛不住力,隐隐有变形的趋势。

说到底,项南天是正三品的兵部侍郎,而他往高了算也不过是季长川手下的副将而已,在这样分明的等级悬殊下项桓第一次无言可对。

是,自己还差得太远了,甚至连父亲这样怕事的人都比不过。

思及此,他心中蓦地涌起不甘与窘迫来。他没再回家,反而转身大步朝别处走去。

明月,城楼,高墙。

如果没有身后的千家万户,只这一片景色也足以让人联想起当初自己出征在外时的那段年月。

项桓手边放着两坛酒,酒前是沉郁的雪牙枪。不知是不是随主人,眼下它显得黯淡无光,并不似往日那么锐利凛冽。项桓喜欢喝酒,但他不酗酒,像今天喝得这么凶还是少有的事。

印象中,教会他喝酒的正是大哥。小时候,每日练功结束,两个人会趁夜色摸进酒窖,挖出项南天藏着的陈年佳酿偷偷喝掉。

十年前,他爹还没有这么喜欢发脾气,他也没学会顶嘴,偶尔因为和邻家的胖子打架会挨他一顿骂,那时大哥总在旁不着痕迹地打圆场。

项维与他是截然不同的两种性格,他稳重老成,温和又谦逊,每每操练回城,骑马走在长安朱雀大街上,便会惹来许多年轻的姑娘争相一睹风采。

有一回,连着三天有媒婆上门。

项桓坐在案前和母亲闲聊,嘴贱说道:"我哥这么招人喜欢,今后我若是讨不着媳妇了,让他送一个给我呗,反正他也不缺。"

话音刚落,背后项维就踹了过来:"臭小子,又胡说八道。"

他作势一滚,滚到了母亲的脚边,赖着不起身。

大哥的剑也如其人,锋芒内敛,不张扬也不狂妄,但总是无形中把他的雪牙枪逼到死角。

两兄弟坐在屋顶上喝酒时,项桓问起他为何不娶妻:"媒人给你介绍的,你都看不上吗?我瞧画像还都挺漂亮的。"

他笑着摇头,说:"再等等吧。"顿了一下,又说,"小桓,而今北有突羯,南有大燕,战场高悬在众生头顶,乱世对于武将而言是最好的时代。我们项氏一族,曾经也是名震南北的英雄血脉,我不想让这个姓氏就这么埋没下去。"

他望着他:"我要再战。"

我要再战。

项桓饮酒的手忽然一顿,好似做了什么决定,抛下尚未启封的酒水,捞起身边的银枪倏地跳下城墙。

第二卷
八千里路云和月

第六章 剿匪

咸安元年,十月初一。

北边难得安定下来,大魏还不曾得一年喘息时间,南境的战报就如一支猝不及防的羽箭,射入京师。燕军的十万兵马已冲着新城浩浩荡荡进发。

自十年前夺下凭祥关后,新城一直是他们垂涎的对象,但苦于城防稳固,数年来多战无果,这一次休养生息卷土重来,想必又是一场腥风血雨。

宛遥得到消息时,项桓已经跟着大军出征了,同行的还有宇文钧。

和从前一样,他没留下书信,甚至连招呼也没打,正如当初凯旋,去留都是疾风骤雨,不带痕迹。因此她不仅不惊讶,反而有种习以为常的淡然。

现今,宛遥每日的时间都排得满满的,看书、出诊、上山采药,医书的注解写了厚厚的几沓。这是瘟疫一事过去之后,宛遥给自己制订的任务。

在项桓出现之前,她一度认为刀光剑影离她是极其遥远的,北境与南疆掀起的那些烽火狼烟,都能被长安的绮丽繁华阻隔在外。自己还能偏安在宅院一方小小的天地里琴棋书画,偶尔心血来潮时再去医馆帮帮忙,做个无忧无虑的官家小姐。

然而经历了高山集的突羯蛮人袭击、疫病中走投无路的百姓日日围聚,宛遥恍然感觉到那些隐藏在暗里的危险其实无处不在。她应该做点什么,至少得有一技傍身。

毕竟,凤口里兵变与长安沦陷,其实也就是二十多年前的事,离他们并不远。

转眼到了十一月中旬,曲州老家的姨外祖母过八十大寿,那是宛遥姥姥唯一的姊妹,谢家如今的老太君也得去一趟。

宛夫人因瘟疫受了些惊吓,身体不宜长途跋涉,她只好代劳,跟着姨妈南下。

在路上便花去半个月的时间，算了算脚程，大概能赶上回家过年。

谢家是当地名门望族，几十年前在朝廷中也是说得上话的，现在这一代人虽不涉足朝政，却打开了一扇发家致富的门，谢家的男丁都颇有经商兴致，短短几年，把一家子搞得甚是红火富足。与宛家这种处处追求高雅的书香门第不同，谢氏老家从里到外透着一股财大气粗的味道，恨不能连台阶也是镶金的。

府上常年阳盛阴衰，沉浸在铜臭味中的几位舅舅对宛遥这个外甥女的到来显然喜出望外，并一致采用了他们独特的方式来表达自己的喜爱——买买买。

第一位舅舅："遥遥平日在家都有些什么喜好？"

宛遥："会看点书，偶尔也练字。"

"哦，看书是好事啊，你舅我前段时间正好收藏了一副玛瑙的水洗和田白玉狮子的镇纸，你喜不喜欢？来啊，去把刘掌柜家上次淘的孤本拿来。"

第二位舅舅："遥遥可曾许了人家？"

宛遥："……还没。"

"那不要紧，多半是嫁妆不够，舅舅给你添点，不怕好男儿不上门。来啊，取我的钥匙上库房。"

宛遥："等等……"

第三位舅舅："遥遥，舅舅问你啊……"

…………

她来时清爽朴素，走时珠翠满头，从头到脚金灿灿，俨然是一块行走的金锭，简直不像是来送礼贺寿的。

宛遥在谢家住了十日有余，为了不耽搁行程，提早上路了。

随行的都是女眷，考虑到出门在外恐有不便，几位舅舅倒也周全地安排了一队侍卫沿途护送，还颇为不舍地送到了城门外，含泪依依惜别，若非差个手绢，只怕这会儿已经挥起来了。

她在车窗里探头告别，马车便晃晃悠悠地驶上官道。

返京的旅途漫长且凶险，吃过两次亏的宛遥显然谨慎不少，在车上就换了身素净的衣衫，也提醒姨妈与婢女们不要太过招摇。

树大招风，这年头的天下都不太平了，更别说官道，想当初她在高山集外玩命狂奔了那么久，连道鬼影子也没见着，叫天叫地谁都不应，还是靠自己稳妥一些。

近几年，南北的征战虽不频繁却也没断过。

宛遥身处在京城，也只是不时听到点战况，但当她真正走出王都，才明白这世事远比自己想象中更为艰难。

越往北，道旁的景物就越萧条，两边的村郭不见炊烟，田里劳作的百姓零零碎碎，偶有在半道遇上到的，也多是逃难的流民。

南方战祸不断，夹缝里生存的人们苦不堪言，也就只好举家朝北边迁移。

途经恩阳镇时，镇外的田野已变成了荒地，她们一行人意外地在一片荒草丛间救了个饿晕了的小姑娘。她像是有些时日没进饮食了，抱着水壶"咕噜咕噜"地灌。

这女孩子年纪看上去与宛遥相仿，不过好似有些木讷……说木讷倒也不全对，她的眼睛是很明亮的，并非痴傻的感觉，眸子隐约还泛着点异族的色彩，若仔细去观察，里面仿佛蕴藏着璀璨广阔的星空，非常漂亮。

婢女将一块烙饼递给她，尽管饿得周身无力，女孩子的吃相却很斯文有礼，两手握着油纸包，腕上一个偏大的铁环一直滑到了小臂。

这东西宛遥不是第一次看见了，她愣了下，看出来女孩也是战俘。

兴许是想起了秦征，心中便无端多了几分怜悯。

"你怎么躺在这儿？家里人呢？"

对面的女孩子顿住了吃东西的动作，一双眼睛平平淡淡地注视她："主人家逃难，粮食不够吃了，所以把我扔在这儿。"

果然是被人丢下的……

宛遥想了想，问她："那你今后有什么打算吗？"

女孩子似乎是思索了一阵："白石坡。"

她忽然肯定地说："我要去白石坡，找亲戚。"

一旁的姨妈听到了，略略琢磨片刻，领首道："咱们这一趟往北去梁州，正是要路过白石坡的，不若就送你一程吧。看你这么个小姑娘瘦瘦弱弱的，孤身走在外面危险得很，还是结伴同行比较好。"

宛遥其实一开始没有这个想法，她是小辈，不敢擅自操这份善心，眼下姨妈既然做主了，自己倒也松了口气，跟着点了一下头，转头去问："你叫什么名字？"

"淮生。"她说，"淮南的淮，生灵的生。"

女孩子寡言少语，可不知为何，解释起这个却一副很认真的模样，唯恐别人不明其意。

宛遥忍不住被感染了几分，好奇道："怎么不是出生的生呢？"

她却摇了摇头："那个人是这么说的。"

听到此处，宛遥忽然就十分懂眼色地没再问下去，因为见证了秦征与陈文君的爱恨纠葛，"那个人"短短三字，让她已然脑补出一场恩怨情仇的大戏。

短暂休息了半日，再次扬鞭启程，几位舅舅置办的车马够大，多挤一个并不成问题，但淮生坚持要跟车步行，大冷天，她身形单薄地走在队伍最末端，脸上仍看不出情绪，好似没事人一样，只是不时会看看旁边的山水。

蜀地的路弯弯绕绕，动辄爬坡上坎，马匹一步一喘气，走得老驴推磨般缓慢，附近村民两脚走路都超过了她们的马车，看上去对比分外鲜明，有种诡异的喜感。

"这几天来村里讨饭的人又比往年多了几倍，一个一个拖家带口的，难不成又闹饥荒了？"

因为离得近，宛遥坐在车内也能听见旁边的人声。

另一个人摇头："说是新城那边在打仗，头两日输得可惨了，眼看着是要破城，没办法，城里的百姓只好收拾细软跑出来。"

"难怪过路的人那么多。"

"新城要是没了，大魏国的南边只怕凶多吉少啊，没准儿你我也得跟着搬！"

"谁要搬，我有地有妻有儿子，只要南燕不把咱家怎么样，大不了我做燕民不行吗？"

……

新城？宛遥抱着手炉暗暗地想，那不是项桓他们这次去增兵的地方吗？

新城要撑不住了？那他们的情况如何？

不会就这么倒霉吧。

北去蛮荒那么多年尚且能够全身而退，怎么南下不到两个月，就要埋骨

他乡了……

　　村民的声音已渐去渐远，宛遥此刻心里装着事，慌得不行，反倒生出掉头去看看的想法。

　　马车还奋斗在高而陡的山道上，两边的山脉郁郁葱葱，长着四季常青的草木。

　　等到车子走过立有"白石坡"的石碑旁，一直低着头的淮生突然打量起四周。

　　寂静的山林间飘过一声鸟雀清脆的啁啾。

　　宛遥正坐在车里发愁，冷不防听到车夫"吁"的一声长啸，马匹嘶鸣着扬起蹄子，车身一个剧烈晃动，停了下来。

　　怎么回事？

　　"你们是什么人？再上前一步我可就不客气了！"

　　侍卫们的厉声呵斥声响起，她内心便"咯噔"一声，心想这不好，难不成是打劫的？

　　关键时候，舅舅们雇来的护卫就派上了用场，兵器交锋声迅速蔓延，伴随着侍女仆役惊慌失措地尖叫，在整片大道上铺开紧张而肃杀的氛围。

　　宛遥迅速扳着手指算人数，他们的侍卫共有十五人，倘若对方不是什么高手，只要不超过这个数量，应该可以险胜的。

　　那要是不能呢？怎么办？

　　还是要什么给什么好了，钱财乃身外之物，无论如何保住命就行。

　　她强忍着想掀帘子看看外面战果的冲动，然而很快就感受到了兵败如山倒的气场——外面惨叫的基本都是自己人。

　　"大哥，找到一箱行李，还沉甸甸的！咱们这回可赚大发了！"

　　立时又听得一个粗犷的声音："车上的人赶紧下来，别磨磨蹭蹭，敢耍什么花样我就把这些人全宰了！"

　　身前身后的马车上传来几位姨妈惊慌的声音，宛遥正迟疑间，车帘子猛地被人掀开。

　　来者嗓音清朗，甚至莫名透着些许耳熟。

　　"杨大哥，这儿还有一个漏网……""之鱼"二字被猛地戛然而止。

　　宛遥抬起头，来者修长有力的五指正攀在门上，他腿长，一身深蓝短打，即便半勾着腰,这空间对他而言也略显狭窄。两人一对视,少年漆黑如墨的眼瞳依旧闪闪发亮,透出的散漫与慵懒几乎是在瞬间化作了诧异震惊。

项桓看着面前直勾勾地盯着自己的女孩子,两个人心里几乎同时蹦出一个念头——怎么会是你?

就在双方一起愣怔的当下,宛遥的脑子里居然还能抽出时间想,他怎么会在这里?

难道新城破了,他无颜面对江东父老,不得已落草为寇吗?

还是说被敌方打到失忆,所以让人家捡来此地谋求生路的?

长得这么相似……该不会是项桓失散多年的亲弟弟吧?

两人就这么对视了片刻,对面那人忽然一把抓住她的手腕,将人整个从车里拽了出来。

宛遥满眼迷茫,跟着他跌跌撞撞地下了马车。

"杨大哥。"面前的少年笑得一脸痞坏,扬了扬他手上的人,"这女的我看上了,给我行不行?"

宛遥惊讶地看着项桓。她还没从这句话带给人的震惊里回过神,偏头一望,不远处同样绿林打扮的宇文钧此刻也挂着和周围如出一辙的表情。

这是什么情况?

那被称为杨大哥的人瞧着四十岁上下,身材五大三粗,笑起来声如洪钟,半个山头都能听见回响:"你小子眼神儿不错啊,一挑就挑了个最嫩的。"

旁边有人打趣:"阿顼本来年纪就小,自然是要拣个小的了,难不成你还要他去啃老骨头?"

一群人心照不宣地开始哈哈大笑。

杨大哥于是大掌一挥,十分爽快:"成!没问题,你们俩头一次就干得这么顺利,是该赏你的,你要喜欢,拿去便是!"

"谢杨大哥!"少年一手揽在她的腰上,把人顺势往怀里带了带。

也就是在此时,宛遥怔忡地发现原本跟在车后的淮生不动声色地出现在了视线里。

"小金,你们家这个妹妹可真能干啊。"四周有人夸赞道,"做事滴水不漏,简直就是天生干咱们这一行的。"

宛遥眼睁睁地看着她淡定如斯地走到了宇文钧的跟前。

怎么回事？什么情况？至少来个人给她说明一下啊……

然而，杨大哥并不打算说明情况，他招呼着自己的小弟们开始盘点今日的战利品，兴许也想去其他女眷那儿捡点漏，一看全是半老徐娘，于是很嫌弃地走开了。

"把人先押回去，说不准还能捞一笔赎金呢！"

回应他的，是山贼们亢奋无比的一声"好"。

宛遥被这个人拖上了马背，那姿势不太好受，一路颠簸头晕眼花，等到了目的地，对方很不温柔地把她拦腰扛起，大步走进位于半山腰的寨子之中，颇有向沿途炫耀展示的意思。

身侧偶尔有鸡飞与狗跳，宛遥头是朝下的，血液倒灌，满目冒金星，什么也看不清。

不多时她听到了踹门声，脚一落地，才被人放在了椅子上。

少年敛去他先前那副洋洋得意的神情，迅速掩好了门，回身第一句话就质问："你怎么在这儿？"

宛遥头还晕着，闻言，终于清醒了点，咬牙道："我还想问你呢！"

她想要起身，奈何被颠得四肢无力，又硬生生地跌坐回去。

项桓赶紧道："没事吧？"

但他其实也没办法，只好拿袖子帮她扇风，又替自己解释："我那也是为了装得像一点，抢个压寨夫人，总不能和和气气地把你请回来。"

桌上摆着一壶冷茶，宛遥倒了杯给自己压压惊，好不容易才从他这番惊世骇俗的话里平复下心情。

"你们究竟是演的哪一出？你和宇文将军不是去增援新城了吗，怎么跑这儿来当山贼了？"

说起此事，项桓脸色渐次阴郁，拉开靠椅转了一圈，反着坐进去，两手搭在上面："别提了。我们打了一个月，半个月都在吃自己人作出来的瘪。领兵的温仰就是个废物。"他冷冷道，"头两天大军刚到，他看人家士气高涨，我方粮草告急，仗还没开始打自己就怵得不行，偷偷派人跑去跟燕狗和谈，打算里应外合开门投降。"

宛遥此前的确听人提起，这一次增兵不是大司马领的虎符。

新城乃大魏南边的门户，其重要之处不亚于凭祥关，她闻言不禁一怔：

"那城……"

对面的少年眸中浮起一丝淡然的不屑："有我在，哪有那么容易让人攻破，反倒是这个温仰，见燕狗撤了军，又担心自己东窗事发，居然连夜带着他的亲兵弃城往北逃，跑到蜀地来占山为王。"他语气阴恻恻的，"我看他是要反。"

宛遥叫他这么一说，草木皆兵似的环顾周围："这不会就是他的山头吧？"

"怎么可能？"项桓翻了个茶杯倒水，"他认识我，真要是他的地方，我反倒不敢来了。"

喝完一口水，他胸有成竹，信心满怀地同她解释："温仰头一次当山贼，说是想引领众绿林效仿宋时的梁山好汉，干一番惊天地泣鬼神的伟业——拜山头的帖子上是这么写的。我猜他是准备吞并附近山寨的土匪为己所用，毕竟他一个叛将，朝廷迟早会派人围剿，又无法去村镇招兵买马，也就只好用这招壮大声势。"说着，项桓将空杯子随手一推，扬眉道，"你该好好谢谢我。若非我反应及时，像你这模样的，早就被他们抓去当山贼媳妇了。别看这寨子大，根本没几个女人。"

宛遥想起那个叫淮生的女孩子，皮笑肉不笑地扯了扯嘴角："真是谢谢你了啊，打一巴掌又给颗甜枣。"

项桓："喂，又不是我让人坑你的……"

话刚讲到一半，远远地听得一声喊："阿页。"

他表情倏地一变，朝窗外飞快看了眼。

"怎么了？"宛遥顺着他的视线转头，"这叫的是谁，你吗？"

"跟我来。"项桓没回答，只不由分说地拉她起身。

一路走到了床边，角落里的被子叠得整整齐齐。

宛遥正要发问，手腕冷不防被项桓握紧，他动作稍一用力，她背后便骤然没了着落，"扑通"一声倒在床上，也就是在此时，头顶上的人影倾身压了下来。那一瞬间，淡淡的皂角与阳光的味道毫无征兆地窜进鼻中。她好像连呼吸都静止了，心却跳得很快。

寒冬腊月的时节，宛遥竟感觉到一股蓬勃的热气就那么清晰而又紧密地贴在身上。

她目瞪口呆地看着项桓那张近在咫尺的脸，撑在枕边的两只手筋肉隆起，清澈干净的眼瞳似乎也有几分无处安放地打量了她一下。

宛遥满身的鸡皮疙瘩都成群结队地冒了出来:"你干什么啊?"

"阿页,你在吗?"屋外的声音越来越近。

他抿住唇,也显得略微紧张:"你倒是叫出声来。"

宛遥:"叫?叫什么……"

项桓急道:"有人非礼你,你不喊救命的吗?"他又看了一眼窗外,催促说,"做戏做全套,人家找过来,总不至于让他看见我在和人质喝茶聊天吧?"

意识到他的用意之后,宛遥脸上几乎刹那间翻涌着不正常的红。

不行,不行,无论怎么想都太难以启齿了!

她试了好几次也没能喊出一声来,终于在项桓逼迫的眼神下结结巴巴道:"救……救命。"

项桓:"那么轻,你叫给蚊子听呢?"

宛遥可怜巴巴地在软枕上拼命摇头:"不行,我真的办不到……"

项桓捏着她的肩膀:"快点,别磨蹭了!"

她左右为难,最后用几乎听不见的微弱音量"啊"了一声。

兴许是知道她靠不住,眼见门外的脚步慢慢地逼近,项桓忽地把心一沉,深吸了口气,伸手掀开她的衣襟,对准那纤细脆弱的脖颈一口咬下去。

山匪小哥这边喉咙都快喊累了,站在门边刚要叩门,只听屋内爆发出一声又尖又细的惨叫,吓得他两手不自觉地一抖,紧接着,从头到脚的汗毛直挺挺地炸开了。

倒也不是真有多响多震撼,不过女孩子的嗓音清亮,蓦地蹦出来,简直令人牙酸。

"阿、阿页……你,干啥呢。"杀人分尸啊?

项桓支着上半身回头应道:"正办事儿呢,没空,有什么过会儿说。"

外面的山匪小哥疑惑片刻,总算回过味儿来,咧着嘴露了个心领神会的微笑,还"嘿嘿"了几声:"行,哥们不打扰你了,那你悠着点儿啊……"

里边的人不耐烦道:"知道,赶紧滚。"

山匪小哥甚是艳羡地边走边琢磨,嫉妒的意味甚是明显:"这小子行啊,才带回来多久就忍不住了。"说完,他又酸溜溜地自语,"真够走运的,刚上山就有媳妇,我们这些老资历还打着光棍呢。"

项桓一直留心附近的动静,待人走远,他才呼出一口气:"演了这么一出,现在应该没事了。"

正松开手的时候,他未曾发觉宛遥已悄悄地收起自己的胳膊放在胸前,侧身把整个脑袋都埋进了枕头里,回头才看到她缩成了一只鹌鹑。

他没明白出了什么纰漏,只认为是人不对劲,紧张地问道:"怎么了,你哪儿不舒服?"

宛遥心中纷乱,五味杂陈,抱着枕一个劲儿摇头。

毕竟年轻,他还不知道怎么给女孩儿家留面子,反倒追问:"难道我咬伤你了?"然后又自语,"不会吧,我也没用很大力啊,给我看看。"

她越听他说话越崩溃,更加拼命地摇头。

项桓在屋子里抓耳挠腮地徘徊打转,后知后觉地反应过来,真不知要怎么开口:"我这也是权宜之策,你知我知,不会讲出去的。你若真不放心,大不了我把这些人全灭口了?"

她一声没吭,还是摇头,险些把软枕摇出一个坑来。

项桓无计可施,盯着她的背脊瞧了半天,索性做出让步:"那我负责,我负责总行了吧?"

这回床上的人没摇头了,但她的身体好像僵住了,半晌不见有动静。

"这也不行?"他烦躁不安地抓乱发髻,"你想怎么样,倒是说句话啊!"

宛遥险些把自己闷死,脑袋一转侧到旁边喘气,一张脸红透了。

隔了好一会儿,她才蜷缩着去捂脸。

天哪,真是没眼看这个世界了。

傍晚,宇文钧推门进来的时候,看到的就是这么一幅隐隐散发着尴尬的画面。

宛遥侧身躺在床上,瞧着像是睡着了,项桓则盘膝坐于一旁的脚踏上,一张脸写满了"糟心,勿问"几个字。

他拿不准这是什么事情发生之后的场景,以及自己该不该识相地回避,于是一只脚踩在门里,另一只脚干脆就僵在了外面,进退两难。

"宛、宛姑娘,还在睡?"宇文钧小心翼翼地斟酌词句,压低声音。

项桓一手正搭在膝头,闻言朝旁看了一眼。

别说,他也想知道,宛遥已经保持这个姿势缩了一下午了,动都没动过,可他又不敢凑过去瞧正面,故而只回他一个眼神:你不知道自己看啊?

宇文钧："要是不方便，那我晚些时候再来……"

宛遥其实根本没睡着，一听他这么说，又怕越描越黑，赶紧翻身："宇文将军。"

宇文钧是个很知礼的人，哪怕在一堆山贼里入乡随俗，也不忘立在门边朝她作揖："叨扰姑娘了。"

宛遥："不要紧，我睡醒了。你有事请进屋讲吧。"

一见她醒了，项桓立马就从地上爬了起来，两手在裤子上拍了拍，无所适从地跑到桌边搬了俩椅子。

宇文钧狐疑地朝他投去一眼，倒也没多说什么。

宛遥的目光全落在他身后神色淡然的姑娘身上，因此她就在面前的那张椅子上坐了。

淮生还是老样子，一副天塌下来也无动于衷的表情，冷静漠然得像个牵线木偶。

宇文钧歉疚地笑笑："真是对不住，让姑娘受委屈了。"

宛遥指了指淮生："她……"

他淡笑着把自己后面的女孩子往前推了下："她是我家的家将。"

宇文钧的解释更加详尽。

南燕撤军的当天，统领西城守军的温仰就如人间蒸发，连他的几千士兵也跟着不见踪影。回过神来的众人虽然明白了事情始末，但由于苦战数月，实在无力追剿，太守将军情八百里加急送往长安之后，便命大军原地休整。

而项桓自然不是个肯善罢甘休的人，一路锲而不舍地追到了恩阳，打听到再过不久温仰会上白石坡的土匪寨子，他们俩就义无反顾地落草了。

"十天前我和小桓潜进白石寨，入寨有规矩，至少得干一票，这也是为了防内鬼。没办法，我们权衡之下只能让淮生出马。原是准备劫几个路上逃难的奸商贪官应付了事，想不到把姑娘你给连累了……"

言至此处，项桓在旁颦眉斥责道："不是跟你说，去找那些马车陈设奢侈，带一堆金银细软，一看就像不义之财的人，将他们引过来吗？你怎么把她找来了！"

饶是被他劈头盖脸地抱怨，淮生仍不为所动地解释："她们家的车子不惹眼，银钱一大堆，还有前朝孤本，上古遗宝，一看就不像好人。"

宛遥心道，舅舅们啊……

项桓让她一噎，反倒更火大了："你傻吗，你看她这样……"说着把指头对准宛遥，"细胳膊细腿儿，缺心少眼儿的，还不像好人？书里的好人都没她长得端正。你就算拿把刀放到她手上，她也没那个胆子去杀人！"

宛遥默默地垂下了头，心想：其实是杀过的。

然后她就更内疚了。

淮生出任务前，他们并未教过这些内容，她一时显得有点无措，茫然地去看宇文钧："将军……"

"好了好了，没关系，这也不能全怪你。"他宽慰似的揉了揉她的脑袋，再转而望向众人，"事情既然已经发生了，还是先想想要怎么解决吧。"

宇文钧从怀中抽出了一卷略微泛黄的地图："我把山寨的布局图拿来了，大家商量一下接下来的安排。如今宛遥姑娘一家子都在寨子里，原计划有变，总得想个法子把她们送出去。"

说着，他将地图铺在桌上，如同星罗棋布的房舍连接着四面八方的群山。

旁边的两个女孩子都凑了过来，唯有项桓散漫悠闲地坐在一侧玩枕头。

"这是我们所在的地方。"宇文钧指了指其中的一座小茅屋，在西南角，四处紧挨着数间房舍，"这是关押几位夫人的地方，在最南端。从此处过去大概半炷香的脚程。"随即他食指又一转，挪到东南边的一个小点上，并轻叩两下，"而这里有一口枯井，用树枝遮掩着，是寨子里以防万一特地留的隐蔽出口，可直通向山外，此地就是我们最终的目的。我们需要把你们从这处带离。"他用食指画了一个圈。

宛遥轻轻颔首，目前最不了解地形方向的就是她了，只能靠这张地图勉强熟悉周围环境。

宇文钧见她看得认真，出声解释："不要紧，反正小桓把你留在身边了，到时候找个理由带你出去逛逛，应该不难。"

她顺从地冲他一点头，随后又想了想："是要夜里走吗？"

项桓玩枕头的手一顿，忽然说："不好，我们还要在这儿待几天，你们提早走了，他们必然会起疑心。"

宇文钧表示赞同："我也是这么想的。"他向宛遥解释，"五日之后，温仰会带人前来拜山头，本来我们是打算在酒宴上下药，届时趁机取他首级，现

在可能得兵分两路了。"

宛遥问道："怎么兵分两路？"

"温仰上山，寨中大部分的人会去聚义厅，四周戒备必然松懈，这个时候去救人能把损失降到最小。我会派淮生来与你交接，由你换上她的衣服。"

她愣了下，指着自己："我？"

"嗯，不错。"宇文钧肯定道，"我路上想过了，你们俩的身形相仿，年纪也差不多，是最合适不过的。自明日起我会让淮生以出疹子的名义蒙上面巾，她平日话本就不多，你装她很容易。"

项桓把软枕抱在怀里，闻言皱了下眉头："你想让她去放人？不行，太冒险了。"

"没办法，我们的人手不够，"他依旧坚持，"淮生只有一个，算上护卫侍从，大概要救二十多个人，她要去厨房下药，还要去引开看守，根本分身乏术，必须得有人前去正南方向把人带出来。"

项桓："可是她……"

宛遥犹豫片刻，居然在这段凌乱仓促的计划中听出了熟悉感，那种被委以重任，泰山压顶的紧迫令她不自觉打断："我可以试试。"随即，又改口，"我能办到的。"

项桓转过头去，愣怔地看着她。

宇文钧也愣了一下，接着倒是笑起来："你别怕，淮生手脚很快，她忙完会来保护你。不过你要记住，出了山千万别回头，我们几乎没有增援，倘若再跑回来，那就真的只有送死了。"

宛遥："是什么意思？难道来围剿叛军的只有你们吗？"

他在宛遥疑惑和惊讶的神情里解释说："新城守军死伤惨重，根本分不出多少兵给我们。"

说简单点，他们俩这次其实是破釜沉舟，背水一战。

在屋内一片黯然寂静之际，远远地，某小哥不依不饶的声音再度响起："阿页。"

项桓叹出一口气，心烦地应道："在呢！"

真是阴魂不散。

宛遥终于想起她之前颇在意的一个问题："你在这儿叫什么？"

项桓扬起眉，十分直白地展示自己的审美："我叫工页，他叫金勺。"

你们起名字可真随便啊。

外面脚步声纷乱，好似来了不少人，宇文钧不便久留，将地图收起："你先安心休息，山寨里关人也是用的寻常客房，几位夫人不会吃太大的苦头，具体的计划我会进一步完善的，届时咱们再谈。"

说着推开门，三人依次出去。

山贼群中有谁"咦"了一声："怎么小金哥也在啊？阿页，你房里那姑娘呢？"

项桓笑得轻慢："这不是哭了一天，正哄着吗？我实在没辙了，找他俩过来帮忙劝着呢。"

众人对这话不疑有他，倒是凑过来问东问西："你和这姑娘进展得怎么样了，她肯不肯跟你啊？"

寨子里的人都是寻常百姓，还是惦记着传宗接代，然而从带头大哥起，十之八九都是光棍儿，哪怕身为雄性，也难免会烧起一把熊熊的八卦之火。

项桓："你有病吧，把人家抢过来当天人家就肯跟你了？我又不是金锭子。"

"阿页。"有个人探头张望，"听人说你抢的这个长得贼漂亮，真的假的？"

项桓把他的脑袋往前一摁，一脚轻踹过去："知道你还看，那是我的。"

"是是是，你的你的。"

屋内门窗已闭，纸糊的窗棂里照出朦朦胧胧的夕阳红，宛遥坐在桌前，把额头抵在桌沿上，就算知道他这么讲，多半是为了警告旁人，可半响后还是没敢抬起头来。

裙子上的一串流苏在视线中晃啊晃。

不多时，她就睡了过去，这回是真睡着了。

宛遥保持这个睡姿约莫快一个时辰，等她醒来，天色已暗，恍惚间有些不知身在何处的茫然。她揉了揉酸涩的脸颊，环顾四周，才想起自己如今是阶下囚，好像还是个压寨夫人来着。她正在活动睡得僵硬的四肢，项桓破门而入——这个人大概是不长手的，所以他习惯了用脚开门。

少年进去之后左右看了一眼，捧着一个盒子跑过来："饿了没，给你带吃的了。"

难得宛遥也享受一回被他送饭的待遇。

盒子一打开,里面三盘一碗,荤素搭配,还有鸡腿,就是那腿稍微寒碜了点,瘦骨嶙峋的。

她捧起碗,接过项桓递来的筷子:"你们这儿一群大男人,谁做饭啊?"

"厨房有个老婆婆带着她孙儿,说是建寨那天饿晕在山门口,杨宿求个吉利,于是给了她一口饭,正好寨里又缺下厨的,婆孙俩便留下了。"

言罢,他将两盘菜推到她的跟前:"味道是很一般,不过你就别嫌了,你这顿吃得比我还好呢。"

宛遥刚扒了两口,就看见项桓把搁在墙角的战枪取了来:"我出门练练枪,你慢慢吃。"

"喂,你才吃了饭别乱蹦,会伤胃的!"

他说:"都吃过有一阵子了,哪有那么容易伤。"说完,他便我行我素地跑去院中。

冬夜的寒山中,霜雪已渐渐覆满枝头,冷月朔风里,连绵的山脉深邃得只剩下一片起伏的痕迹。长枪在冰天雪地间发出清澈而利落的鸣响。

月光将枪杆的银白发挥到了极致,锐利的尖端划过地面,好似激起闪烁的星火,而那后面的少年眼里却含着一道凌厉的光。

他将自己毕生所学反复演练,再反复演练,几欲走火入魔,直到体力耗竭,整个人才大汗淋漓地拄着银枪站稳,里衣几乎湿透了,鬓边碎发粘在额头。

项桓大口大口地喘气,随后才慢腾腾地走到近处的井边。

宛遥已吃完了饭,收拾好餐盘坐在床前叠了好一会儿衣衫,虽说这屋还不至于像狗窝,但男孩惯有的随心所欲让那些晾干的衣服也被团成了一坨不明物体。也就是在此时,项桓拎着枪跑进来,他全身上下湿淋淋的,在这么大冷天中,短短几步路也能结出霜。

"你干吗!"宛遥当场就跳了起来,"这种天气你还冲凉水澡?不要命了?"

"你别管……"他在原地跺脚,"拿件干净的袍子给我。"

她只好迅速挑了件厚实的袍子,连同毛巾一并给他。

饶是冻得满脸通红,项桓倒也不忘命令道:"我要换衣服,你转过去。"

宛遥无奈地抿抿唇，依言背过身去盯那堵破墙，后面还听他警告道："不准看啊。"

"……谁要看了。"

房中烧着一盆炭火，桌上的灯烛幽幽地闪烁光芒，四四方方的屋内满是橙黄的温暖色彩，极大的里外温差让窗棂结满了细小的水珠和冰花。

宛遥正襟危坐地侧着身子，从脚边延伸到窗下的黑影正模糊不清地晃动。

项桓换衣服的速度是很快的，窸窸窣窣，大概一方面是因为冷，一方面也是由于在姑娘家面前的束手束脚，甫一急躁，动作弧度就比较大，冷不防一下子牵扯到筋骨的伤，他本能地轻呼出声，才呼完就感觉不妙，因为他看见宛遥的背影很明显地一顿。

她几乎是瞬间意识到了什么，蓦地转过头来。

少年好似炸开了周身的毛，慌里慌张地套裤子："干什么，不是叫你别看的吗！你不怕长针眼啊！"

他急忙抄起床边的旧衣稀里糊涂地朝前扔，劈头盖脸地糊了宛遥一脑袋。

趁此时机，项桓涨红着脸飞速系好了腰带的结——裤子穿上，总算能见人了！

她挣扎着把笼在头顶的一堆破布扯开，秀眉拧成了一个结，质问道："你是不是又伤哪儿了？"

"我没有。"项桓固执地扭过身穿上衣，"我像是那么容易受伤的人吗？"

宛遥严肃地看他，她有时候认真起来很有几分医者的古板与严厉，手指一弯曲，在桌沿上轻叩的样子，别说还挺像那么回事。

"过来。"

"干吗？"

她重复道："过来。"

项桓瞥她几眼，最后不情不愿地过去了。

高大的身影立在眼前，她紧接着吩咐："坐下。"

"……宛遥你好烦啊。"

"坐下！"

她两手摁于他的肩头，愣是把人摁在了椅子上。

眼见上衣的带子被她揪住，项桓索性也放弃抵抗了，懒洋洋地靠着椅背，

目光调侃地看宛遥低头掀自己的衣襟："喂，你知不知道男女授受不亲的？这么解一个男人的衣服，是大家闺秀该有的举止吗？"

她一本正经地说："我是大夫，大夫眼中是不分男女的。"

"大夫又不是脸盲……"宛遥仔细检查他的半身，只有胸前几道结了痂的痕迹，的确是不见有新伤。

"都说了没受伤了。"项桓挣开她的手，顺势在自己结实的腹肌上拍了两下，颇自豪地问，"怎么样，好看吧？"

宛遥找不到话来回应这份没脸没皮的自信，她捏了捏他的胳膊，感觉到皮下的筋肉又紧又硬，就知道不对劲："四肢这么僵，你成日里练多长时间的枪？不对，不止……肯定还跑了圈儿的，连腿都这样，你训练的强度未免太大了！"

他浑不在意："大惊小怪，这点算什么……"

宛遥已经抓住了他的胳膊把起了脉，眉头越皱越紧："吹风又受凉，脉象这么乱，阳气不足，寒邪有余，嘴张开。虚热还这么重，你是不是没好好吃饭喝水，不爱吃青菜，还经常睡很晚？"

句句说中要害，项桓掌心在额头来回摩挲，终于说道："宛遥，我娘要是还活着，估计都没你这么啰唆。"

宛遥松开手，轻飘飘地问："你肩膀很疼吧，满身的湿气，能舒服到哪儿去？"

这倒是，比不得受皮外伤可以知根知底，内里的不适着实让项桓吃不消，他总算不再逞强，脑袋活动了一圈："那怎么办？过几天我还要杀温仰的，眼下这状态可不行，摸点什么膏药最见效？"

何为最不配合的病人？眼前这就是个活生生的例子。

"不要老想着用药亡羊补牢好不好，再好的药也不是仙丹，况且……"宛遥的视线不经意瞟到手边的茶杯，忽然心里一动，"别说，还真有个办法。你等等，我去准备一下。"

要舒筋活血，祛湿除寒，最显著的方式就是拔罐。

由于环境简陋，只能用桌上放着的几只杯子了——当然此后她是不会再用它们喝水的。

宛遥找了几撮碎麦秸引燃，把火苗子往杯底一丢再迅速罩上去，这是很考验手速的一项技能，她在此前也只练过几回，此次全当拿他练手了。

带着热度的杯口刚刚扣住后背，趴在床上的项桓便瞬间叫出了声。

她听着头皮发麻："你干吗啊，又不疼。"

"舒服还不让人喊两声啊。"他两手抱着枕头，把下巴搁在上面，闭着眼自在地调整呼吸，由于身子极度地放松，连嘴角都弯弯上扬着。

宛遥正在给茶杯预热，悄悄垂眸睇了他一眼，沉默片刻，忽然道："项桓。"

"嗯？"

"新城既已守住，你何必非得来一趟冒这个险呢？回头让朝廷增兵围剿他们不是更好吗？"早在听了宇文钧的那番话之后，她就敏感地察觉到这次的行动明显太过孤勇。

"那怎么行。"他倔强地别过脸，"这么多兄弟无辜惨死，我咽不下这口气！"

其实项桓还有很多私心，只是不便告诉她。

新城无恙，功劳大半是太守的，今后朝廷出兵，更是有一大群虎豹骑来和自己抢人头。

他必须赶在最前面，必须铤而走险，只有这样才能在最短的时间，积累足够的功勋。

"太守说，回去会记我一功。"项桓偏头兴致勃勃和她讲，"等杀了温仰，我带着这颗人头进京，没准儿直接就能升到骑都尉，还可能是左将军！"

宛遥不知为什么有些忧心忡忡，总感觉他这一趟好像比以往更加急功近利了，于是摇头劝道："你别太拼了。"

"不拼哪儿来的战功？战功都是拼来的。"他轻轻攥住枕角，"流血受伤这些都不算什么，只要不死，我就一定要拿下温仰的人头，将来还会让项桓这个名字响彻大江南北，如雷贯耳。"

一如既往是不知天高地厚的豪言壮语，然而无论听多少次，宛遥都会感慨于那种纯粹的豪情，那是少年人才有的不羁与傲气。

人从生到死，不过几十载春秋，好像正得这般轻狂一番，才不枉活一场。

六个茶杯满满当当地立着，使他看起来像个大刺猬。

等宛遥洗过手准备给他取罐时才发现项桓已经趴在枕头上睡着了。

年少清俊的脸难得这样无害，透着些许稚气。

看来今天这床得让他躺一晚上了……

打量了一会儿，宛遥又觉得好笑，到底谁才是姑娘家啊。

宛遥将地上散落的旧衣拾起，把他换下来的衣衫放进木盆中，轻手轻脚地拉开椅子坐下。

山上的夜是很静的，梦也格外酣沉。

一觉睡到大天亮，宛遥伸着懒腰自床上坐起来，她脑子还没清醒，一时间未曾去想自己是怎么由靠椅移动至床头的。

寒冬日出较晚，见此刻的雪光被天光反射得直晃眼睛，她就知道时间肯定不早了。

因为昨天下午休息了一阵，夜里反倒很晚才有困意。

作为医者，深知熬夜如耗命，对此宛遥自责不已，内心沉痛地准备下床，然而脚刚要去穿鞋，却冷不防地踩到一坨绵软的不明物体，毫无防备的宛遥当即汗毛直立，怎么也没想到脚下居然有人，顺着对方的背脊就滚了下去。

对惨遭无妄之灾的项桓而言这简直就是个噩梦，哪怕她再轻，一个人结结实实地砸到身上也足以令他喘不过气。他咳了半天，气急败坏："宛遥，你大清早的在搞什么！"

宛遥："谁让你睡这儿，我怎么会知道……"

"我不睡这儿睡哪儿啊，就一张床。"他恼火，"看我睡着，夜里也不知道叫我一声。"

这场灾难瞬间使人清醒，项桓将她从地上拽起，随意拍了几下裙摆，转出门去打水。

他非常好伺候，用两把冷水一洗脸就完事儿，宛遥就稍微麻烦一点，还得跑去庖厨要热水。

宛遥端着铜盆进来，他坐在一旁擦战枪，蓦地听到她无比惊恐地叫了声，使他两手一抖。

"项桓！"宛遥忽然愤愤地转过头来。

"我又怎么了……"

话音刚落，她便愤慨地扯开领子："你看啊！"

颈窝处乍然是排整整齐齐的牙印，还颇喜庆地泛着红点，张牙舞爪。

他立马不吭声了，不自在地抓了抓脖子，厚颜无耻道："看完了，这不挺好看的吗？"

好看才怪!

"现在怎么办,都怪你!"她上去掐他的胳膊,掐一下项桓往后退一下,嘴里还在解释。

"没事儿,这玩意儿过几天就好了,要不我拿口水给你抹抹?"

"不要,走开啊。"气到失去理智,宛遥转身便想冲着那杆枪撒气。

项桓终于慌起来:"枪不能拿!"

就这么风平浪静地住了三天。

项桓估摸着时机已差不多成熟,在第四日清晨时催宛遥出门。

她必须去熟悉周围的环境与后日行动的路线,同时也要向被劫的几位夫人说明缘由。

"一会儿你认真点演,不要露馅了,总不能回回都让我一个人唱独角戏。"他跪在一旁收拾地铺,边叠被子边嘱咐。

宛遥则抱着膝坐在床上:"那我该演成什么样儿?"

项桓直起身想了想,"就……虽然曾经抵死不从,但奈何生米煮成熟饭,又在我软磨硬泡的攻势下终于想通,于是被逼无奈只能从了我……大概这种感觉吧。"

宛遥:"……"真是个内心戏很丰富的角色。

她在房间里待了数日,这还是第一次走出项桓的屋子。

山上已经有微雪了,树梢和小径上的白霜如絮。

周围的房舍大多相差无几,瞧着是很简陋的,比她想象中的山寨还要萧条。

不一会儿,项桓便领着她来到一间稍微气派的建筑前——也就只是房子略大而已,但和四周相比足以鹤立鸡群。

正要进去,他忽又想起什么,回来把她的手牵住:"走吧,你头往下再低一点,再低一点,对,装顺从一些。"

屋内的布置更像个议事厅,正前方的墙上挂着写有"聚义堂"三个字的破牌匾。

杨宿和其他几位大哥级别的人物正在里面喝酒畅饮,聊得很是开怀。

出于职业习惯,宛遥进去的时候,第一个念头不是环境有多宽敞,人群有多豪爽,而是早起就喝酒伤身,少则十年多则十五年,必死无疑。

项桓:"杨大哥。"

杨宿眯着醉眼转过头，挺高兴地招呼："哟，小页啊，来得正好，来来来，喝一杯，喝完咱们切磋去！"

项桓站得离他几步远，笑着推拒："不喝了，我特地来找大哥你的。"

旁边有人眼尖，瞅着宛遥打趣："还把人家姑娘带上了？难怪他不喝你的酒，瞧这样子，是留着喜酒等咱们呢。"

看热闹的不嫌事大，左右开始起哄："阿页，你媳妇肯跟你啦？"

他笑着说："废话。"

"是不是真的啊？可别骗我们！"

"就是就是，你看她怕你怕成那个样子，自作多情的吧。"

"要真是呢，就亲人家一下。"

"快亲快亲！"

宛遥在心里大喊救命。

项桓也有些犹豫地看了她一眼，四周还在没完没了地起哄，他不太好收场，于是嘴唇抿了抿，飞快地垂首凑近，往她的脸颊处蜻蜓点水地一蹭。

其实他只是做了个样子，除了温热的呼吸，宛遥什么也未感受到，然而背后的触电感还是迅速蔓延到了脖颈和耳根，整张脸都涨红了。

这帮好事之徒却并不满意，"嘘"了半天，很是嫌弃："亲什么脸，跟个小媳妇似的扭扭捏捏，亲嘴儿啊！"

"对对对，亲嘴，亲嘴！"

项桓唇边含着的笑稍显局促，抬眸朝这帮人骂道："你们差不多行了，回头她该不让我碰了。"

"这臭小子，你还知道心疼人儿啊。"杨宿端着酒杯走过来，倒是一副带头大哥的做派，"你跟人家谈好了？那往后可要好好对人家，咱们虽然是落草为寇当山贼，但也是有原则的贼，可不能三妻四妾。"

"我知道。"

场面话可真能说，项桓心道，这儿连母鸡都没几只，哪有女人让你们三妻四妾。

他言归正传："杨大哥，她担心她那几个姨母，我想，今天既然没事，就领她过去看看。"

在听完这话之后，杨宿的神情渐次冷淡，沉吟了良久才勉为其难地首肯：

"担心自己的亲人的确是人之常情。那你就陪她走一趟吧,好让她安一安心。"

项桓觉得他的语气略微松动,似乎有门儿,索性再得寸进尺一下,旁敲侧击地问:"大哥,咱们钱也得了,人也得了,她都肯留下来了,不如把这些人放了吧,反正留着也没什么用,还浪费口粮。"

不承想,杨宿的态度却格外坚决:"这不行。"

"我们抢了人家的姑娘,眼下放人走,他们肯定不会善罢甘休。万一招来官府,只怕还要节外生枝。"毕竟是一寨之主,这点谨慎,他还是有的。

但放也不是,不放也不是,突然就成了个烫手的山芋。

"无妨,等温统领来山之后再做打算,倘若谈得顺利,届时咱们就有大军护佑,也不怕那些狗官找上门了。"

项桓本来也只是抱着试一试的心态,既然他不同意,也能不强求。

他牵着宛遥从聚义堂出来,抬眼望了望,说:"走吧,先熟悉路线。"

白石寨也不是天天都打劫的,如今的世道虽然凋敝,可闹得太大也容易引起官府的注意,干一票大的能供寨子吃上小半年,只要不是杀人放火,官差们乐得睁一只眼闭一只眼。

不开工的时候,这里更像个寻常的小村落,空旷一点的地方会有人舞刀弄枪耍把式,沿途的屋门前,几个年轻人搭起木梯在修补漏雨的房顶,寨中最稀有的几位女性正坐在庖厨外洗衣择菜,相谈甚欢。

和宛遥想象中的土匪寨子有很大的差异。

淮生已经照宇文钧的吩咐戴好了面巾,看见项桓同宛遥手拉着手走过去,她的视线一路追随,而后她指着前方朝宇文钧道:"有伤风化。"

年轻的将军将食指贴在唇上"嘘"了下:"别那么大声,当心他找你麻烦。"

饶是靠抢富商为生,山贼窝也不见得有多少油水,这一点宛遥从每日的伙食里就能看得出来。

越靠近山寨的南边,巡逻的守卫便越多,大约两人一组一个来回。

"哟,阿页。"路上的山匪小哥们不断同他打招呼,"带你媳妇儿逛山头呢?"

"阿页,明天要不要跟我下山啊?"

"过会儿咱们再打一场,我昨天找副寨主学了几招新的!"

宛遥在旁见他随口应付,有些好奇:"想不到,你在这里人缘还挺好,不

是说才来十几天吗?"

"对啊。"

"他们都肯服你?"

项桓斜眼冲她一扬眉:"不服的都被我揍了。"

果然就不该对他抱有什么和平的希望。

关押人质的地方是几间旧木屋,如果宛遥早两日来还能听到里面侍卫们中气十足的叫骂声,幸而擅和稀泥的宇文钧长得一张人畜无害的脸,好说歹说才将一帮人成功稳住。

她进去的时候,姨妈们正坐在屋内长吁短叹,天降横祸,落在谁的头上都不是一件能接受的事。

"二姨,三姨。"宛遥叫道。

刚一开口,两位姨妈便走上前来声泪俱下。毕竟是别人托付给自己的掌上明珠,闹成这样,都想着回去要怎么同自家姐妹交代。

"遥遥,这些时日可还安好?"

"遥遥,那些歹人没伤着你吧?他们没对你做什么吧?"

头天大庭广众之下,一个好不要脸的土匪扬言要拿她回去当压寨夫人,两个人一听险些当场窒息。

日子一天天过去,消息怎么问都只是一句"过得很好,不用担心",简直就跟"你们别想了,这姑娘已经是我们的人了"一般令人绝望。

知道她们担心什么,宛遥勉强护住自己的袖子挨个安抚:"我没事,我没事的。两位姨,你们听我说,那个山贼其实是京城项侍郎家的二公子、我娘、我爹都见过的。"

解释了一通,姨妈们别的没听明白,倒是纷纷狐疑道:"项家的二公子不是死了好久了吗?"

宛遥心想,她爹到底散布了多少假消息出去。

花了一顿饭的工夫总算将后日的计划说与众人知晓,关了好几日,无论是贵妇还是侍从皆对能否重见天日充满了沮丧,乍然得知有人相救,各自都是一番欢欣喜悦。谁也不会想到这救援计划有多么仓促简陋,它的背后只是三个少年人和一个弱不禁风的小姑娘。

一切的准备还在继续推进,而为了迎接即将来拜山头的温大统领,置办酒水，采买鸡鸭，寨子里的人们也一样忙得不可开交。

离初九只剩下半天了。

入了夜，宇文钧带着地图来同宛遥做最后的梳理，这次他说得更细，地图上也标明了每个岗哨的位置和换岗时间。

"你听好，明天我和小桓一早便要去聚义堂，你差不多要辰时起床，三刻之后，淮生会在屋外叩门三声与你碰头。你换上她的衣服，从这里出发去南茅屋接几位夫人，此时你就是淮生，遇上巡逻守卫也不用怕，问你什么答什么，自己机灵着点，话要少说。"

宛遥点了点头。

"等接到了人，你绕去这里。"他指着地图上一间屋后生着参天大树的位置，"尽管沿途的巡守都已被引走，但也要小心行动。不出意外，淮生那个时候已经到了。你跟着她走去井口，此事就算大功告成，剩下的淮生会处理。"

宛遥："那你们呢？"

一直坐在床边磨腰刀的项桓握着刀柄支起身子："我和宇文拿了温仰的人头之后会到出口与你们会合。"他语气瞬间就正经起来，深吸了口气，"虽然我不想做这样的安排，不过还是必须告诉你。一个时辰之内，如果还见不到我们，你就不用等了。"他停顿了一下，又说，"那个时候，我哪怕不死，也离死不远了。"

心中一有事，夜里就不容易睡着，但奇怪的是，白天那么早醒来，宛遥却也不觉得困。

辰时太阳还未升起，窗外一片黑压压的景色，床下的地铺已然收好，被子整整齐齐地叠放在靠椅上。

项桓显然早就走了，他和宇文钧今日要去杀温仰。

宛遥独自洗漱穿戴完毕，坐在窗边忐忑不安地等着天亮，这种好似举子上考场之前的等待无疑是漫长而又使人焦虑的，亦有些战栗的兴奋。她甚至无意识地揪紧了衣摆，手指有节奏地在膝盖上叩动。

天幕在她难以平复的心情中渐渐由黑转蓝，渐渐变浅。

隐约能听到寨中人忙碌的脚步声，那些无关紧要的话，一句一句从耳旁

穿过，等得宛遥心跳如鼓。

时间就快过去了，为什么淮生还没来？她忍不住开始猜测，会不会是在路上出了什么事？

就在宛遥满脑子狂风骤雨，山崩海啸之时，"砰砰砰"的三声从门外响起。

她小心谨慎地打开房门，晨风之中，点点繁星之下，站着一个淡青色衣裙的少女。

淮生的那双眼睛让人看一眼，便能瞬间静下心。

有时候宛遥都在想，这天底下究竟有什么人，什么事是可以使她心绪大动的？

"抓紧时间换衣服吧，"她摘下面巾，语气有条不紊，"将军他们已经到了。"

大概半盏茶时间后，准备妥当的宛遥推门出去。

面巾遮住了口鼻，每一次的呼吸都能由绢布传回自己脸颊，她尽量不紧不慢地走着，两眼却不着痕迹地留意着四周的动静。

因为今日要招待温仰，沿途的人少了许多，只远远地能看到几道身影。

宛遥走在略有些空荡的山寨里，目光一直注视着前方。

如宇文钧所言，淮生的确是个极好假扮的人，她似乎毫无存在感，哪怕偶尔有山贼从旁边经过，也没一个停下和她打招呼的，如同空气。

拐过矮坡，是一条篱笆巷，就快能瞧见那一排房屋了，幸而等宛遥靠近时，换班的看守刚好走开。

不出意外，她大概走了有半炷香的时间。

当然，倘若淮生再替自己拖延一阵，便更充裕了。

如此想着，她忍不住再把整个计划翻来覆去地斟酌，提醒自己数遍。

等接到了人，避开岗哨，去大树后找淮生，再通过枯井出去。

随着距离越来越近，她的心也跳得越来越快，全然没注意到肩头伸出了一只手，五指摊开，而后蓦地拍了下去。

"啊！"宛遥这回是真叫出了声，毛骨悚然。

而对方仿佛也吓得不轻，不自觉跟着一抖。

那是个年轻的土匪小哥，眼见把她骇得花容失色，自己也愧疚得很，一个劲儿地挠头："对不起啊淮生，我不过是看你一个人，所以想来问候问候你，不是故意要吓你的。"

流落成山贼的百姓不见得读过多少书,客套话说得非常之勉强。

宛遥为免开口出声,只是点了点头。

"那、那什么,今天他们都去聚义堂看热闹了,我没去,你也……没去啊?"不知何故土匪小哥竟变得结巴起来。

宛遥虽觉得这番交谈简直让人摸不着头脑,依旧耐着性子继续点头。

问候完了,该各回各家了吧?

然而对方不仅没有离开,还没完没了地说起来:"咱们后山上冬天有不少藏在窝里、洞里冬眠的兔子,我去掏了好几只,回头你拿去做个坎肩怎么样?"他忽然想起什么,又说,"啊,对了,我昨日去镇子瞧见一副很漂亮的耳饰,不知道你喜不喜欢……"

若不是知道淮生战俘的身份,宛遥险些以为对面的这个人可能是她的哪位姐夫——毕竟殷勤成这样。

等听到后面宛遥才依稀品过味儿来,满山的光棍挤一挤都快能盖一座楼了,淮生作为其中的适龄少女,自然是块被高高供着的香饽饽。

终于,这位小哥如同裹脚布般的家常拉到了头,他羞赧地捧着那对耳坠欲言又止。

"其实、其实我对你倾慕已久。"他大着胆子道,"小淮,我知道我现在没什么本事,但你要是肯嫁我,我立马洗心革面,不做山贼了,带你进城,给你住大房子!"

宛遥身负重任,一颗心都快提到嗓子眼了,怎么也想不到竟被淮生惹上的这朵烂桃花挡住了去路,急得简直想跳脚。

"那你怎么想?"他终于说到了正点上。

出于大局考虑,宛遥只好卖了淮生一回,连连颔首。

"你同意了?真的吗?"

她继续点头。

小伙子喜出望外,大概是没想到会这样顺利,他捏着耳坠原地跑了两圈,倘若没有姑娘家在,或许能当场蹦出好几丈高。

宛遥忽然就生出一丝罪恶感。骗人家感情合适吗?

这个念头才起,山匪小哥发完了疯,转回来后作势就想抱一抱她,宛遥惊出一背的冷汗,忙往后退——骗就骗了,逃命要紧。

223

因她的举动，对方兴许也是发觉越界了，立马规规矩矩地立在原地："对不住啊，我……我刚刚太高兴了。"

行了原谅你了，大哥你快走吧！

她内心叫苦不迭，再不走就真的没时间了啊！

"我还有事。"宛遥忍无可忍地压低声音挤出字来，只求他识点相。

好在他正沉浸在天降馅饼的喜悦中，颇为听话地嗯道："好，好，你忙你忙，回头我再来找你。"

不用，你可别来了！

总算送走了这尊大神，她顾不得继续装成淮生的样子，提起裙摆就朝木屋跑去。

早已过了约定的时辰，几位姨妈明显比她还担心，焦急不安地候在门前集体打转，这大概是谢氏一族的通病，由上到下一脉相承。

宛遥深深地呼吸，调整情绪，好让自己的手不那么抖："二姨，三姨，你们稍等。"

说话间，窸窸窣窣的一阵响，钥匙弹开了锁门，"咣当"一声掉在地上。

屋内的人如释重负，虽有惊无险，但也吃了好几天的牢饭，个个心有余悸。

转眼间，宛遥已把剩下几间房的侍卫与仆从们接连放了出来，乌泱泱一队人，声势一壮大，她心头的焦虑莫名缓解了许多。

大概这便是人们自古以来总是选择群居的缘由吧，就算弱小也期待抱团成海，互相慰藉。

在半途已耽搁了很多时间，宛遥担心看守此时折返，她来不及清点人数，只左右看了一眼："你们跟我来。"

第七章 战绩

　　白石坡最气派的聚义堂内，案桌被擦得发亮，以往斑驳破烂的匾额此刻脱胎换骨，抠门了多年的杨宿竟也肯花钱做了几个烫金大字，从外面看来确实威武不凡。

　　倘若有心人仔细观察，会发现整个厅中的一干物件已全数换新，大白天，连灯都点上了，亮堂堂的，这一切皆是为了迎接魏国的叛将温仰。

　　杨宿想：温仰作为数万大军之首，必定是什么场面都面过，他自然不肯输了脸面让人看轻。

　　派去山下领路的人一早就动身了，想必人很快便会入寨。

　　堂下两旁整整齐齐地站着寨里的兄弟，数十山贼带着几分好奇朝门边探头张望，时不时交头接耳。

　　项桓和宇文钧就混迹在人群当中，不显山露水，成为一方背景。

　　少年手里还握着雪牙枪，目光落在案桌间放置着的酒水上，脑袋一偏靠近宇文钧，字都是咬着牙低声出来的："你家那个棺材板儿到底有没有把迷药放进去？这里少说也有二三十人，再加上温仰及其带来的几个随从，不药翻一半的话，光靠咱们俩可是很棘手的。"

　　出于礼尚往来，宇文钧也跟着咬字儿说话："你放心，准生做事一向谨慎。有工夫担心她，你怎么不去担心担心宛遥姑娘？"那才真是个手无缚鸡之力的主儿，他到这会儿心都还是悬着的。

　　项桓原本是有一些担心，然而听他如是说，忽然就不服道："宛遥做事也一向谨慎，有什么好担心的。"

　　是吗……

　　正说话之间，来自门外的脚步声逐渐清晰，众人举目望去，光影里模模

糊糊的数个小点正在向着此处进发。

旁边有人嘀咕："来了。"

项桓虽紧紧地盯着门口,却已把头低了下去,小声提醒宇文钧:"温仰见过我们,当心被他察觉。"

两个人齐刷刷地埋着脑袋,余光却一刻不放地落在即将逼近的人影上。

温仰叛变一月有余,随行的士兵还是穿着军服,玄甲戎装,气势昂扬,走动时都有整齐的金属碰撞声。

打头的是两个百夫长,掌心扣着腰刀的刀柄,一副目中无人的样子。

知道这些都是身经百战,浴过血,杀过人的兵将,杨宿不仅不介意,反倒分外客气地拱手见礼:"温大统领,久仰,久仰。"

紧接着一双重靴踏进视线,披着乌银重甲的将领大步跨过门槛,他约莫四十岁上下,满脸堆着络腮胡,不苟言笑甚是严肃,通身透出一股不近人情的冷漠。

"原来这就是大魏的大将军啊?"

"长得也太威武了。"

"你说他那把偃月刀得有多重?我看起码有六十斤!"

周围所有人几乎都在议论这支威风凛凛的大军,唯有项桓与宇文钧脸色极其难看。

项桓毫不顾忌地把头抬了起来,皱紧眉注视着厅中那个耀武扬威的"统领"。

这人根本就不是温仰!

另一边,带着一群男女老少贴墙走的宛遥已经轻车熟路地摸到了东南角的一间茅屋。

因人数众多,大家难免挨挨挤挤,几个婢女可能是被侍卫不留神占了便宜,险些叫出声。

"你干什么呀!"

"我没有……"

"嘘……"宛遥转过来认真地冲他们使眼色。

姨妈们煞有介事地领了领首,跟着嘘了声。

宛遥从墙后探出头，附近空无一人，想来多半是被淮生给引走了，情况还算安全。她静候片刻，招呼大家跟上。第一次干这种事，她还不太娴熟，缺少点随机应变，临危不乱的能力，才走到约定好碰头的地方，转眼竟瞧见前面直挺挺地站着一个人，看衣着应该是寨中的山贼。

宛遥活生生被吓出满背的冷汗来。

随行的侍卫立马将她护在身后，想着倘若事情有变，他们自然得保证夫人小姐能够平安出去。因为当人质被缴了兵器，如今要做个标准的拔剑姿势很有难度，只好赤手空拳准备肉搏。

一群人屏住呼吸，紧张到了极致，目不转睛地看着对面的那道背影，一旦他有转头的趋势，侍卫们就会冲上去，用最快的速度捂住他的口鼻，甚至拧断脖子。

双方便如此对峙着，良久却不见有动静。

正在宛遥感觉到奇怪时，陡然吹来的北风呼啸着刮过，只见那峭然不动的身躯轻轻一晃，而后仰面朝天地倒了下去。

满地雪花飞溅。

他的脑袋恰好是冲着众人的方向，从他们的位置能清楚地瞧见对方脖颈上鲜血淋漓的一道红，双眼瞳孔已浊，竟不知已死去多久了。

宛遥倒抽了口凉气，往后退了一步。

她还只是愣怔，而一干女眷早已失声尖叫起来，惊慌失措乱成一团。

怎么回事？这些不是寨子里的山匪吗？是谁把他杀了？

聚义堂中，窗明几净的大厅内，训练有素的士兵已呈方形将此处团团围住，他们手里都握着兵刃，刀剑已出鞘，泛着刺眼的寒光，组成了一堵无坚不摧的高墙。

杨宿被困在其中，环顾四下，此时才发现派去领路的手下并未归来，他心里隐隐感到不好。

一头雾水的山贼张皇不安地打量那些削铁如泥的刀，怎么也没想到一场拜把子的酒宴居然能成一席鸿门宴，也没想到鸿门宴还能由宾客来主宰的。

项桓咬了咬牙，终于明白过来。

温仰带着他的大军无处落脚，自是要先寻个窝点安置，所谓的拜山头从

一开始就是幌子，他哪里需要笼络这帮乌合之众？不过是为了把人聚而歼之然后鸠占鹊巢，更可恶的是，这个龟孙子还不敢自己出面！

雪牙战枪的寒光如疾风闪电顷刻流逝，临着最近的士卒被他一枪刺开，阵形被迅速打出一个豁口。

项桓抹掉脸颊边溅到的血迹，握着枪吼道："都愣着干什么，想死吗？跑啊！"

尸体余温犹在，事出至此想来还不到半个时辰。

宛遥只知道今日满山土匪将与温仰的叛军推杯换盏，是个戒备极松懈的时候，却没料到也会有人趁虚而入。

她虽还不明白前因后果，但依计行事总是不会出错的，留着他们狗咬狗吧。

"不必管他。"宛遥回头镇定道，"我们走，就快到地方了。"

然而从未见过死尸的女眷们惊恐万分，瞬间慌了手脚，腿压根软得寸步难行，一个一个哭得梨花带雨。

两位姨妈到底是年长持重，很快沉着下来，端出架子冷声说道："表小姐肯救你们，是念在上天有好生之德。大家都想活命，事到临头，没谁有那个闲心来耽搁时间照顾谁，命都是自己争取的，你们若想继续哭，就在这儿哭个够吧。"

言罢，两位姨妈向宛遥递了个眼色，她会意地点点头，转身领着人朝前走。

几个婢女一边抽噎一边面面相觑，到底还是畏惧主母的，当真很快平复了心绪，无比老实地垂头紧跟在后。

仅仅这么一会儿工夫，山寨中仿佛变了天，远处有模糊不清的嘈杂声传来，动静还不小。

宛遥虽是想坐山观虎斗，但虎好似并不打算放过她，尚未行至与淮生约定的地点，拐角处忽然涌出数个身着软甲，手持长枪的兵卒来，杀气腾腾地逼近。

"这边还有人，都别放走了！"带头的士兵如是说。

曲折的小路上横七竖八地躺着山贼的尸首。

附近越来越乱，喊杀声此起彼伏。

随行的侍卫们当即抄起地上已经死了的山匪旁边的武器，冲上去与之缠斗。

宛遥站在一丈开外，背后是一群表情比她还惊愣的夫人和丫鬟，常年打仗的士兵武功也不见得有多好，但是胜在装备精良，有甲胄傍身总比侍卫的劲装短打要强。

防线很快被突破，一道笔直的寒光向她刺来。

宛遥眼光一闪，也就是在此时，两柄强有力的短刀把长戟压了下去，少女仿佛从天而降，双脚踩在细长的戟柄之上，倾身一蹲，手起刀落，动作干净利落。

"刺"的一声轻响，她看见对面凶神恶煞的枪兵陡然停止了动作，颈项间的切口迸出喷涌的鲜血。前方则是淮生波澜不惊的眉目，甚至连眼皮也没颤过。

哪怕山崩于前却依旧稳如磐石。

少女才轻飘飘地落地，旁边就有人一脚踹了过来。

项桓握着枪站在宛遥的面前，满身血气地冲她吼道："你要死啊！谁让你在她的面前杀人的？"

淮生被踢了个趔趄，借惯性俯冲几步，在宇文钧跟前站定回首，理所当然地解释："我若不杀，她就会死。"

项桓："要杀你不会引到旁边去杀？抹脖子没学过？这会儿斩首给谁看，就你会斩吗！"

淮生被项桓莫名其妙地骂了一顿，持双刀的手显得十分迷茫，只好转头去看宇文钧，一副既委屈又不解的样子。后者哭笑不得，安抚地摸摸她的脑袋："宛姑娘养在闺中，是没见过这样的场面的，下回记得注意一些，莫要让人家心惊。"

项桓这边才发了一通火，蓦地扭头去看宛遥。

"养在闺中"的宛姑娘愣怔地盯着他，那神情居然没有害怕的意思，貌似还挺淡定的。

他略感意外地收回了视线，将她往前拉了拉："快走，我来开道！"

一路上，山贼与叛军混战成一团，犬吠与鸡鸣合奏，那叫一个乱。

逃亡的大队里不断混进来各种老弱妇孺与土匪山贼，逐渐形成了一支十分壮观的队伍。

项桓拎枪在前，人挡杀人，佛挡杀佛。

宛遥提着裙摆小跑着跟上他的速度，回头看见身后突然壮大的人群，不禁气喘吁吁地问："这到底是怎么回事？你们不是去杀温仰了吗？人杀到

了吗?"

"杀到了才怪!"他挑开一名冲上来的叛军,"他厌得跟鸟一样,压根没出面!"

"什么?那这些人……"

"这些当然是他的人,等把这帮贼匪一锅端,他好据此地为己有。"项桓终于忍不住骂了句脏话,"我也真是个废物,到现在才发觉!"

少年一向一视同仁,发起狠来连自己都骂。

项桓接连将沿途的障碍扫清,那口古井已近在眼前,他拨开用来遮挡入口的枯枝杂草,露出漆黑的深洞,大概长久没人走,隐隐有股潮气。井边挂着一张绳梯,他试了下,还很稳固。

"宇文!"项桓张口叫道,"过来开路,我押后。"

宇文钧利索地收起剑,二话不说爬下绳梯,好在古井并不深,很快绳子一晃动,他就踩到了底。

项桓持枪守在外,片刻便听到他的答复:"没问题,你让他们都下来吧。"

淮生要留着帮忙断后,宛遥是第一个被送下去的,绳梯踩着很有几分摇晃,快到底了,她才颤巍巍地落脚,朝井口打了个手势,表示自己安然无恙。

有了前面几个敢于吃螃蟹的勇者,急于逃命的众人纷纷往里跳。除了被劫来当人质的姨妈们,山寨里的各色人物也不少,男男女女,老老少少,不多时,井口便人满为患。井下的通道可容三人同时通过,宇文钧走在最前面,乌泱泱的人马随之开始塞窄移动。

项桓顺手杀了两个拦路的,握住绳梯翻身而下,被一枪毙命的倒霉鬼旋即掉在了他的脚边,等淮生落地后,他才抽刀把梯子斩断。但其实用处不大,因为枯井也没多深,真想杀进来顺着石壁跳几步便成了。

这地方是个窄口,叛军大概也投鼠忌器,迟迟不敢派人下井。

项桓守了一会儿,才低头去拍满身的灰,抬眼竟看见宛遥站在不远之处,他愣了下跑过去:"你怎么在这儿?"

宛遥:"我……"

刚要说话,项桓就自顾自地打断,冲着大队的方向骂道:"真是瞻前不顾后,宇文,我让你看着的人呢,你就把人给我丢这儿啊!"

淮生在旁插嘴:"是她自己留下的。"

"少给他找借口,我还不知道你俩蛇鼠一窝吗。"项桓冷眼一睨,把她往前推了推,随后又拉住宛遥,"别管他们,跟着我走。"

宛遥感觉现在解释多半让他脸上挂不住,只好颇内疚地回头朝淮生看了一眼,幸而后者没什么表情。

甬道是笔直的,正中的位置有个四四方方的宽敞石室,除此之外几乎是一条道走到黑。

"这地方也不备盏灯。"项桓随口抱怨,"你之前来探过,路可通畅?"

话问的是淮生,她"嗯"了声应道:"没有问题,从此地出去就是山寨背后的官道,来回也不过一炷香的时间。"

逃难逃得匆忙,谁也没带火把,只好这么摸黑前行。

不知过了多久,队伍渐次停了下来,落在后面的人纷纷踮脚张望,都不明白发生了什么。

此时,一声粗口回荡在四周的石壁上。

打头的几人气急败坏地骂,然而嗓音中还带着不易察觉的悲愤:"混蛋,他们把出口堵了!"

人群中登时哗然。前无出路,后有追兵,被卡在这里,实在是煎熬难受。女眷们张皇失措地担忧着。

"这可如何是好?总不能回去吧!"

"肯定不行,外面全是叛军,回去也是个死。"

"那怎么办,咱们又没食物又没水的,能耗到几时……"

宇文钧摁了摁堵得死死的石墙,纹丝不动,于是回头高声问:"只有一条出路吗?还有没有别的路可以走?"

寨中的山贼苦着脸回答:"密道是杨大哥带着我们一起挖的,就这么一条,没其他的了。"

宇文钧没抱什么希望,毕竟一路走来看得也是清清楚楚,并无岔道。

出口是被大石封死的,兴许这帮人在外用上了火药。

眼下倒也没工夫细想为什么温仰会知晓这条秘密小道,也没工夫确认寨子里是否出了内鬼,更没心思考虑旁边站着的是山贼还是人质,各自为营的人们集体开始发愁。

小半个时辰过去了,事情仍旧毫无进展,起初慌乱的情绪一旦平息,众

人也就渐渐从甬道内分散开来。有的人守在出口附近，企盼着有奇迹出现，让这大石不攻自破，有的人自暴自弃地抱头坐在地上等死，更多的人则是回到方才的石室里小憩。

毕竟奔波了一个上午，他们还未能得片刻喘息。

宛遥找了块干净的地方坐下，取出腰间的水囊解渴，不一会儿，项桓便提着枪过来了，挨在她的旁边盘膝落座。

他一身藏蓝色的短褐上染着血，一靠近便能闻到浓浓的腥味。

"咣当"一阵轻响，雪牙被搁在了墙边。

"不用派人到井口守着吗？"宛遥把水递给他，"万一对方杀下来怎么办？"

"要下来早就下来了。"项桓悬空倒了一大口水，用袖子擦擦嘴，"我们怕他们突袭，他们也怕我们暗算，这种地形易守不易攻，此时损兵折将对温仰没好处，顶多也就安排几个人在外面把守。"

她听到这里才似懂非懂地点头。

项桓封好水袋，瞥见她挺乖巧地在理裙子，嘴唇忽然一抿，想起了什么："刚刚吓着你没有？"

宛遥怔了怔，意识到他所指为何，如实地摇头。

少年的唇角扬起一个意外且赞许的弧度："真看不出你胆子挺大啊。"

她模棱两可地笑笑。

被人丢在野外不得不跑十几里，而且杀了一个蛮人，胆子再小也吓大了。

说话时，淮生似乎是听了宇文钧的命令，走到这边席地而坐，拿帕子擦拭双刀上的血。

她一伸手，宛遥便瞧见了那只铁环，比秦征的要小一圈，但铁环上满是斑驳的痕迹，冷硬的铁环把手腕的皮肤衬得分外白皙，一道新鲜的伤痕正印在上面，或许是之前和人打斗留下的。

出于同为姑娘家的"巾帼相惜"，宛遥侧身唤她："淮姑娘。"

淮生正抬头，手就被人轻轻牵了过去，旋即便有一股清凉舒适之感自虎口处蔓延开，她愣怔了一下。

"这药膏止血生肌，用了也不会留疤。你毕竟是女儿家，还是注意一些比较好。"宛遥低着头替她轻轻搓揉，"拿去用吧，一日两次，一个时辰内不能沾水。"

淮生手上被塞了个精致的瓷瓶，她没道谢，也没言语，倒是狐疑地用指尖捏着转来转去地打量。

项桓在一旁看了，心里觉得颇不是滋味。

"喂，我也伤着呢，还流着血呢。"他抱起双臂别过脸嘀咕，"你怎么不说给我瞧瞧。"

"你受伤了吗？"宛遥的确没发觉，大概是见他平时鲜血淋漓惯了，一时半刻竟未留意，于是她又转过去，"我看看。"

项桓闻言，当即利索地开始解衣裳，三下五除二把上衣脱了，将一身线条分明的肌肉露给她瞧。

宛遥捏着下巴肃然打量："嗯，是有道小伤……"总算寻到了一个小破口，她抬头说，"这里没水，我简单给你处理一下吧。"

项桓："哦。"

和四周无精打采的人相比，他们这一堆还算勉强热闹的，近处的一个年轻人小心翼翼地观察了许久，才终于鼓起勇气走到了淮生的身旁，一脸高兴地坐下，同其他人的愁云惨淡的样子截然相反，那表情幸福得好似在过年。

他开口就唤道："媳妇儿。"

淮生本在把玩手中的药瓶，闻言转头，莫名其妙地将他上下一打量，起身走开了。

土匪小哥一头雾水地抓了抓耳根，视线又落在对面的宛遥身上，后者做贼心虚地打了个激灵。然而还没等他细看，项桓就冷冷地瞪了他一眼，他只好吞口唾沫把脖子缩回去。

甬道里昼夜难辨，时间的流逝也变得格外缓慢，终于有人忍不住吼出声来，打算破罐子破摔："这究竟要坐到什么时候！我不想再等了，横竖路已堵死，还不如爬回井口碰碰运气！"

他作势要走，那边还敞着怀处理伤口的项桓却冷笑出声："去吧，外面少说有七八个士卒守着，你一冒头脑袋就能给戳成筛子，不怕死就去。"

大概也是怂，对方咬了咬牙，转身踹墙数脚发泄愤恨："到底是怎么回事？平白无故，他们为什么要赶尽杀绝？咱们又没招惹谁！"

宛遥已经给项桓简单包扎好，项桓抖了抖肩，懒洋洋地穿衣服："还能因为什么，自然是想占个山头呗。他有兵有钱，会和一群乌合之众联手？也就

骗骗你们这些没读过书的山贼罢了。"

"难道你不是没读过书的山贼？"他反驳。

话音刚落，他就瞧见对面的少年意味不明地冲着自己一笑，心中忽地就有些发怵，微微不安。

宛遥收好药酒，作势起身："我再去瞧瞧姨妈和宇文将军。"

项桓便留在原地系腰带。

石室内很宽敞，但因为四下无灯火，显得十分昏暗。即便过了这么些时候，宛遥仍无法适应四周，于是每一次的落脚都非常小心。

约莫走到过半的地方，她的脚刚迈出一步，便明显察觉到鞋底的触感和别处不同，似乎有些软。还没等宛遥反应过来是什么情况，她便像是踩了个空，"咣当"一声响，身子迅速下坠。

项桓就在她不远的地方，他休息时也习惯用余光留意四周，只见前一眼宛遥还在视线中，后一眼人竟凭空消失。他的脑子里一片空白，身体的速度却比思绪要快上数倍，几乎是在她掉下去的瞬间，人已朝前猛扑，扯住她的衣袖！

"表小姐！"婢女惊呼出声。

在衣衫扯碎前，项桓已飞快握住了她的手臂。除了一条胳膊，宛遥整个人几乎都悬在半空晃动，洞中深不见底，一股阴冷的寒气顺着洞口直往上冒，这种脚尖触不到地面的感觉着实令人生出无尽惶恐。

项桓察觉到她的身子在挣扎之下不住摇晃，往前挪了挪，咬牙吼道："没事儿的，宛遥，你相信我！"

听到动静的淮生和宇文钧接连赶了过来。

宇文钧："这洞口还很松，小桓你往后退一点，当心别掉下去！"

"我知道！"他脸颊上的肌肉紧绷，青筋隐隐抽动，有那么一瞬，觉得自己掌心里的手腕柔弱无骨，纤细又脆弱，仿佛稍一用力就会拧断。

项桓的额头出了些汗，而洞边脆弱的碎石尚在簌簌往下掉，他一咬牙，猛地把宛遥向上一提。

少女娇小的身躯正撞在怀中，尽管不重，两人还是因惯性齐齐往后倒去。

项桓揽着她的腰，护着她的头，好悬没磕到地上。

总算人无大碍，在场的都松了口气。

这么一踩空，宛遥着实是心有余悸，她是真的吓坏了，一触地，整个人便抱着他不敢撒手，简直四肢发软。

"好了，好了，没事了……"项桓的掌心隔着衣袍难得安慰着拍了她两下，顺势将人扶起来，前后打量，"没伤着哪儿吧？"

宛遥坐在地上揉手臂，在黑灯瞎火中瞧了一会儿，才摇头："只擦破了点皮。"

"破哪儿了？我看看。"

他作势把人拉到跟前，兴许是知晓长辈在附近，她稍稍抗拒了一下，把胳膊抽回，低声说："不用了，不要紧的。"

好在项桓也没坚持。

说完，两人都转头望着洞口的方向，项桓松手把她放在安全之处："在这儿等会儿。"

由于石壁顶上漏雨的缘故，地面被浸泡得非常松软，他们将这大洞附近松散的石土清理干净，不多时，就露出不规则的深洞来。

项桓和宇文钧单膝跪地，蹲在一旁探头观察，未携带火把，目之所及只是黑黝黝的一片，他将手伸下去，能感受到有冰凉的寒意与淡淡的陈腐的味道。

项桓在身侧挑了一块稍大的石头往里扔，众人皆屏住呼吸，隔了片刻方听得一声清浅的回响。

宇文钧皱眉思忖道："少说也有五六丈。"

"动静这么清脆，应该没水。"项桓转头去问，"这下面是什么？"

一干山贼也很蒙，齐刷刷地摆首表示不解："我们挖这个密道时，从不知下面还有一层。"

"原本这条路平时也极少有人走的。"

"是啊。"

"若是杨大哥在的话，或许比我们清楚。"

然而从出聚义堂起再无人见到杨宿的身影，如今想来，怕是早已遭人毒手。

项桓将手收回，搭在膝盖上，那双清澈的眼睛定定地注视着洞口，片刻后，抿着的唇才突然一动："我下去探一探。"

山匪们闻之微惊："这么深，你怎么下去？"

即便是轻功再好的人也不敢一口气下五六丈之高，更别说洞底下没准儿

还会有别的什么东西。

项桓却不在意地扬眉一笑:"怕什么,我们有绳子!"

他飞速折返至井口之下,叛军的尸体正匍匐朝地,尽忠职守地背着那把被他斩断的绳梯。

项桓一手抄起,一边走一边将绳索砍成结,缠成一股。

幸而这群山贼虽然日子过得紧巴巴,在逃生物件上倒是不曾偷工减料,绳子打好了结,粗略一算恐有六七丈,应该够用。

项桓缠了一部分在腰上,用力紧了紧,另一端递给宇文钧。

宛遥还是有些不放心:"你一个人去会不会太冒险了?这洞还不知有多深,倘若绳子不够长呢?"

"没关系。"他把雪牙枪固定在后背,匕首入靴,全副武装,"绳子要是不够长你们再把我拉上去就是了,倘若真出现什么意外应付不过来,我会用力拽三下,记住了。"

宇文钧对他的能力知根知底,并不很担心:"记住了,你去吧。"

他将匕首深深扎入石壁中,拴好绳子,其余能使上劲儿的壮年男子皆围在一旁帮忙,眼睁睁瞧着少年的身影隐没在无边黑暗之中。

由于光线的缘故,能看清的距离实在太短,很快,视线里就只剩下一条绳结孤零零地在洞口晃悠,而盘在旁边的吊绳正在逐渐减少,最后猛地一绷。

刹那间,在场所有人的心也跟着那条吊绳绷紧起来。

看这样子,项桓应该是到底了,然而麻绳却忽地被松开。

宛遥心里"咯噔"一声。什么情况,总不会是人没了吧!

许是瞧出她在想什么,宇文钧不着痕迹地解释:"应该是他解了绳子在下面探查,不用太担心,约定好拽三下绳子,还没动静呢。"

话虽如此说,周遭的气氛却骤然紧张,谁也不知晓这数丈高的洞底隐藏着什么,以及会否有别的生路可寻。

时间一寸寸地流逝。

静候在旁的山贼与官家夫人们呈现出一幅短暂和谐的景象,大气也不敢出一口。

一炷香的时间过去,绳子再度有了回应,上下起伏,一共三次。

众人同时露出欣喜的神情,几个男子帮着宇文钧一齐将项桓拉了上来。

洞下想必还是很冷的,项桓他甩了甩一头的灰,手脚并用撑地而起。

宛遥过去帮他理发丝上的尘土:"怎么样?"

项桓搓了搓手,语气倒分外轻松:"我看了,没什么危险。"紧接着说道,"下面是个墓穴。"

宇文钧讶然:"墓穴?"

"对。"他神采飞扬,"我不知道是谁的墓,但正中停着一口棺材,我溜了一圈,墙面、地上、墓道口全踩了一遍,没碰到什么机关。我瞧着这墓挺简陋的,大概主人家也觉得不必防贼吧。"

先前嚷嚷着要去送死的山贼心灰意冷道:"是墓穴又怎么样,大家还不是一样出不去!"

项桓冷冷地瞥了他一眼,已经把绳索系到宛遥的腰上了,轻嘲似的笑了声:"你是不是傻?有墓穴自然就有墓道,不然你以为那口棺材是平白放进去的吗?"

说完,项桓许是倦于和山贼交流,只朝宛遥道:"可能是什么时候涨过水,墓门正好被冲塌了,我们应该可以从那里出山。"

在这种时候,宛遥一向是无条件信任他的,丝毫没有犹豫地点点头。

"下面有点冷,先把这个披上。"项桓脱了外袍,结结实实地把她裹住,然后又不太好意思地摸摸鼻尖,"腥味重了点,可能不太好闻,你将就穿会儿。"

少年人的体温略高,饶是并不厚实的一件外袍,在寒冬腊月里也足够温暖了。

宛遥低头看着他把腰间的绳索稳稳地打了几个结,突然感觉到一丝慰藉,忍不住便想去摸摸那个近在咫尺的脑袋。

一切准备就绪,项桓直起身,语气笃定:"还是我断后。"他冲着等候的人群说道,"你们要想跟着一起的,一边儿排队去,愿意在原地等死的,我也不强求。"

一伙土匪与良民几经坎坷,好不容易才挣扎到现在,加之一贯主事的山贼头子杨宿又生死未卜,他们不自觉把这个未及弱冠的少年当成了主心骨,二话没说便转过去乖巧地排起了队。

墓室里的潮气很重,隐约混杂着一缕难以言喻的酸味,又凉又腥。

紧赶慢赶,也还是花了半个时辰才将众人都送下来。

237

项桓是最后一个，他倒不用人在上头看着，顺着吊绳自己就利落地滑到了底。绳子还是短了一小节，宛遥在下面朝他伸出手，他老实不客气地递过去，稳稳当当地落地。

"行了。"少年麻利地拍去满手的灰，"走吧，我带你们出去。"

他在前面领头，人群一个跟着一个行在身后。

远处墓道中吹来的冷风阴气森森地刮在耳畔，没有灯火照明，众人只好前后脚地排成一列，以防跟丢。倘若不知这是间墓室还好，一旦有了这个认知，宛遥不禁对四周的环境敏感许多，似乎模模糊糊地看见了远处棺椁的轮廓。

她裹紧身上的袍子，小心翼翼往项桓的背后缩，可目光还是忍不住要去打量。

他侧目睇了一眼，唇边不由自主地噙起一抹笑意来，歪头问她："你是不是怕啊？"

宛遥抬眸，欲盖弥彰地瞧他，把视线挪到别处去："我没有啊。"

"那你还拽我腰带？"项桓不满地提了提裤子，"都快被你拽下来了。"

怎么感觉她好像总是跟自己的裤子不对付呢。

被他这么一说才发觉，宛遥抿了抿唇，讪讪地将手松开。

身边的那口棺木黑影幢幢，偌大的地方竟就只摆了一个棺椁。

宛遥瞧得有些心悸："项桓，你说这墓主人会是什么身份？"

"我哪儿知道。"

宛遥犹犹豫豫地说："我们这么一大帮人打搅他，是不是不太好啊。"

项桓终于白了她一眼："借过而已，又没拿什么东西走，再说了，这破地方也不值钱。"

项桓发现她实在怕得厉害，少年心性也难免生出点捉弄的心思。

他的头微微往后仰，刻意指着那口棺："宛遥，你看那棺盖是不是开了？"

她满手的鸡皮疙瘩往外蹦："没有，哪有啊……"

"你再看看，再看看……"他非引得人家定睛去瞧棺材。

项桓趁机在石壁上抓了把沙，细细碎碎的触感骤然洒在手背上，宛遥整个人都炸开了毛。

随着她一声惊叫，身后不明真相的人群像是雄鸡报晓一般一串一串地叫着，愣是把阴森的墓室叫出了过年的热闹。

唯有淮生和宇文钧一脸茫然，前面的少年已笑得前俯后仰。

"项桓！"宛遥恼羞成怒地拿两手掐他。

他倒也没真躲，边挡边笑："干吗啊，我那还不是看你怕吗。瞧我对你多好，都不谢谢我。"

才怪！

有在墓穴里开玩笑的吗！

"哗啦"一声响，地底深处的墓门被人简单粗暴地用枪柄砸开，不过片刻，乱草丛生的山体后便有一只手探出，将一丛茂盛的蒿草拨至一旁。

谁也没想到，在这么一个不起眼的地方居然藏着这么高的洞穴。

在黑暗中窝了半日的人们终于灰头土脸地钻了出来，墓室外连空气都是自由的，历经一番胆战心惊与绝处逢生，好似在甬道里过了有一年那么长，然而抬眼看看天，竟也不过才半日的样子。

幸福来得太突然，众人缓过神来之后才纷纷喜极而泣。

山贼们一屁股坐在地上，紧绷的神经骤然松懈，都只想躺下，睡个昏天暗地。

宛家的夫人们倒还是矜持的，各自携手庆幸，皆松了口气。

此处约莫是白石坡的南面，满眼崇山峻岭，野草丰茂，连山道也未曾叫人走出一条来。

宇文钧绕到背后逛了一圈回来，摘去肩头挂着的树枝："这儿正好在密道出口的下方，我们的马匹和车应该离得不远。"

为了能将几位夫人顺利送走，昨夜他们便悄悄把马车停在了这附近。

项桓问："温仰那孙子已经进山寨了？"

宇文钧："说不好，离太远了，听不见动静。"

项桓灌完了最后一口水，信手把水囊扔掉，嘴角边全是水渍，他一抹，说："行，那我们不耽搁了，若是车子再被发现就不好收场了。"

宛遥朝身侧横七竖八的山贼看了一眼，问他："这些人怎么办？"

他视线偏了偏，完全不在意："不用管。"

白石寨的山匪们在这场浩劫里死了七七八八，想必也成不了什么气候。

但话虽如此说，却耐不住人家要死皮赖脸地跟着，大概也是怕叛军卷土重来，与他们随行反而有个照应。一行人辗转回到了半山腰，刻有白石坡三

个字的石碑还在旁边斜斜地立着,前后却没看见一个村民,不用想也能猜到是被清道了。

宇文钧将马车牵来,仆从们当下熟练地套车、收拾行装。山贼窝里待怕了,还顺带游了一回古墓,眼下他们都恨不能立刻回到人待的地方去。

近处的两匹回纥黑马正在一边儿低头找草吃,项桓忙着稳固马鞍。

"不过半个月没骑,长了一身的肥膘。"他拍拍马脖子,朝宛遥说道,"看来这马跟人一样是歇不得的。"

宇文钧走过去:"照这个时辰,天黑前应该能赶到镇上,咱们动作快一点,最好今天就送信去新城,看能不能加派人手。"

少年不咸不淡地应了一声,目光却微微垂下,好似被什么吸引住。

宇文钧:"你接下来怎么打算?我是准备回京的,你是在周围找住处等着,还是跟我一起回去?依我看其实……"话还没说完,原本抚着马鬃的项桓忽然扬手将他的话一挡,撩袍蹲身。

"怎么了?"宛遥有些奇怪。

雪地湿润,极易留下足印,坑坑洼洼的地面密集交错着碗口大的痕迹,项桓的手抚上去,脸色突然一沉:"是战马的铁蹄。"

宇文钧:"战马?"

"不错,这边还有!"

痕迹一路朝上,他将雪牙枪握在手,顺着蹄印追寻过去。

前面的山路转了个弯,他们躲在一棵歪脖子老树后,警惕地伸头去看。

那通往山寨的途中,有几十骑兵聚在入寨长长的石阶下,正休整待命,军士的玄甲后是绛紫色的战衣,个个风尘仆仆,而在清一色的枣红马之间,有一匹扎眼的高头大马,像是北境出产的赤兔,正鹤立鸡群地站在其中。

"是温仰!"

宛遥留意到项桓的表情在那一瞬起了细微的变化,凛冽的眼眸里好似烧着一把熊熊大火。

项桓知道这个人怕死,但没想到他会这么怕死。

事发至此两三个时辰了,直到现在迟迟也不敢入寨,只站在外面干等着。倘若他眼下已收兵上山,自己还就真的只能打道回府。本以为这趟要无功而返,冷不防机会从天而降,他的血液不自觉沸腾,握着雪牙枪的五指仿若连着心脏，微微战栗。

不能再错过了，一定不能再错过了。

宛遥："项桓？"

他突然一转身，疾步往半山腰走。

"小桓，你去哪儿？"

宛遥和宇文钧一前一后追上去。

项桓已回到了他的战马前，收腰刀、放长枪，箭囊搭在马背上，十柄短刃齐齐入鞘。

"项桓，你要做什么？"宇文钧从他这一系列的举动里觉察出一丝不对劲。

"还用问？"他把弓背在肩头，直截了当，"当然是去杀了他。"

"你疯了？"宇文钧不得不震惊。

起先他之所以敢陪项桓杀温仰，是因为地盘熟悉，又有迷药辅助，多少有几分胜算，不至于单枪匹马那么毫无准备，如今整盘棋都乱得跟糨糊一样，根本没法打啊！

"我没疯。"项桓的唇角微微动了一下，"如果不是他没出现在聚义厅里，我在那个时候就会动手，即便被围！"

他从来都不在乎流血受伤，也从来都不畏惧战死沙场，纵然千万人亦敢迎刀直上。

宛遥隐约回想起那日晚上他言语里的执着，才意识到这真的不是随口说出的豪言壮语。

"对方起码有二三十人……"她摇头上前，"论人数，论武器，我们全不占优势，太冒险了。"

"冒险也要去！"项桓持着枪，回眸狠狠地反驳，"况且，我也没打算要谁跟我一起。我一个人就可以把温仰的人头拿回来！"

他放肆的语气令在场所有人皆不同程度地愣了一下。

相信在同样的情况之下，换作虎豹骑中的任何一个人都不会选择用他这样不要命的打法去换取军功。

"项桓。"在他转身时，宛遥一把拉住，试图劝道，"你这是何苦，要杀温仰也不急于一时，等以后朝廷发兵讨伐，不是更有把握吗？"

项桓甩开她的手，充血的眼里满是固执："我若现在走，这一趟就白来了！

你懂吗？"

说着他不再多言，翻身上了马背，宇文钧作势便要跟着，却被他一枪抵了回去。

少年居高临下："不用你。我说过不要人帮忙，你把他们安全送走，在恩阳镇上等我。"

"可……"

"别以为你没事干，我告诉你，人要是出了事，我回头剁了你！"尾音还没落下，马头已被项桓猛地掉转，嘶鸣着朝前奔跑。

开弓没有回头箭，宇文钧唯有苦笑，他知道自己是劝不住项桓的，只好匆忙招呼："上马！上车！快快快，赶紧出发！"余光瞥到秀眉深皱的宛遥，他也是无奈，"走吧，再不走，我也会有麻烦的。"

回纥马的一大优点就是爆发力极强，项桓能感觉到风在耳畔凛冽如刀，这样的感觉他毫不陌生，那是他最熟悉的沙场的味道。

项桓攥着枪杆的手不自觉收得更紧了，他用力盯着那片人海。

温仰就在那里，只要取下这颗人头，就是大功一件。

他太清楚军中的论功行赏了，所谓驻守新城的功劳，按军阶大小一层一层地刮下来，到自己这儿早已不剩什么。

哪怕再一次班师回京，也不过捞个不疼不痒的官职，依旧无法在项南天面前立足。

他要独一无二的战绩，要所有人都记住的，唯一的战绩！这才是他此次出征的目的！

长风猎猎，驻扎在山寨脚下的叛军在风声中听到了急促的马蹄，出于常年征战的警觉，众人循声回头，几乎是在同时，玄马如离弦之箭冲出了遮蔽视线的蒿草，在空中高扬起蹄子。

银白的枪锋映衬着少年英俊迫人的眉眼，猎鹰一般刺出寒芒。

宇文钧带头赶车，一队人简直像是飞到恩阳镇去的，车子停下，坐在一旁的仆从鬓发还保持着向后的状态。他跳下车，火速换了匹精神十足的马，作势就要往回赶。

"宇文将军。"宛遥忙打起帘子。

"宛姑娘，你们且先跟着小淮，我得去找他。"反正人已经平安到镇，不怕被剁了。

宛遥一路上本就担心着，自然没多说什么。眼见骏马绝尘而去，她坐在车内不安地来回搅动手指。这种感觉，很像是那次在高山集的驿站中。

未知的将来在远方蠢蠢欲动，而自己只能战战兢兢，如履薄冰。

姨妈们在镇上寻了间客栈落脚，偏僻之地没有宵禁，入了夜却比长安还要冷清几分。

尚在白石坡的年轻将士们一个也没回来，悄无声息的街道好似印证了那个词——生死未卜。

宛遥从灯火通明的客店里缓步而出，头顶的两只灯笼把一丈之内的人与物照得温暖如春。她站在灯下，朝镇子以北，那一片漆黑的山林看去。此刻置身于锦绣如云的京都之外，才深切地感受到乱世将至的荒凉。

宛遥等了没多久，两个衣衫褴褛，满面尘土，几乎辨不出容貌的乞丐便行至台阶下怯生生地朝她递了个碗。躲在乞丐腿后的小孩子巴巴地将她瞅着，一张脏兮兮的小脸上，大眼睛清澈如水。宛遥吩咐侍女上厨房拣了几个热包子与热馒头，然而碗才装满，尽管仍有剩余，乞丐却千恩万谢地走了。

原地又只剩她孤零零一个人。

不知为什么，长久的等待令她脑海里浮现出了一场刀光剑影的厮杀。

高山集外、小茶寮内的情景无比清晰地在眼前闪过。

长刀、利刃、血流如注。

少年狠厉的面容似鬼非鬼，似人非人，好像他真的可以无休止地杀下去，一直到死。

也就是在此时，马蹄声响起来了，不像是幻觉，隔了片刻，她可以确定是真实的声音。

宛遥蓦地回首循声望去，马蹄声越来越近，越来越响。

恩阳镇的尽头，一道黑影纵马而来——她没看错，是只有一个。

宛遥的心瞬间往上一提，那匹是宇文钧的青骓马，在夜色里有些泛灰。

项桓人呢？他没回来吗？

可无论她怎样瞪大眼睛，漆黑的夜幕里也只有宇文钧独自纵马的身影。

在这样的情况之下，无非两种可能，要么是他没能找到项桓，无功而返；

要么是他遇到了什么十分要紧的事，不得不暂时撤退。

相处了这么久，宛遥多少对他们这类人有所了解，一诺重千金，如果项桓真出了什么意外，他拼死也会把人带回来。

那么，至少说明人还活着。

虽然是这么想，宛遥背后的寒意仍然一寸寸地往上冒，最后连贴身的衣衫也被冷汗浸湿了。

马匹逼近，已然能闻到血腥的气息。

宛遥忍不住向前跑了几步，迎到街上去，宇文钧穿的石青短打几乎染满红色，青骓堪堪停在她面前，奔跑的热气在寒冬腊月里简直铺开了一层雾。

"宇文将军！"她站在马下焦急地问，"项桓他怎么样了？"

宛遥往一旁看不清轮廓的长街尽头张望："他没同你一起回来吗？"

宇文钧犹豫道："他……"

"他？"见他良久也只蹦了一个字，宛遥忍不住追问，"他是不是出什么事了？"

"他……"

就在对方将要开口的瞬间，马背下带着血气的人影翻身跳出来，他之前竟一直是藏在马腹之下的！

少年狼狈不堪，发髻散乱，鲜血将青丝一股一股粘在颊边，那张年轻的脸明明如此狰狞，偏又带着些得逞的笑，张扬得过分。

宛遥一下子就蒙在了那里，她仰头怔怔地看着马上浑身是伤的项桓，只觉得心情忽然大起大落，大悲大喜，凌乱得让人不知所措。她就那么望着他，看着他眉眼中的肆无忌惮，以及不知天高地厚的样子，有那么一瞬，莫名生出想哭的冲动。

"怎么样，"饶是满嘴血，项桓却还用手肘去捅捅宇文钧，"我说能吓到她吧？"

男孩子总是拿使坏当有趣。

宇文钧哭笑不得地摇摇头，全然不明白这样吓唬一个小姑娘有什么意义，说："人家是担心你，何必老欺负她。"

项桓边咳边笑，咳完了才发觉宛遥还是在发呆。他撑着马鞍跳落在地，微微倾身，想去看她眼底的神情，然而少女的眉目皆被视线中的血色所模糊，他一时间什么也看不清。

"真吓到了啊？"项桓在宛遥的脑袋顶上随意摁了摁，"没事儿，我是受了伤，可那帮人比我还惨，少说死了一半，怎么都不亏。"

少年人言语风轻云淡，仗着年轻气盛，向来不将生死之事放在心上。

女孩子的忍耐也终于到了头，她抓着他的衣袖连手也在发抖："这能是闹着玩的吗！你到底懂不懂惜命啊？"

"懂，懂……惜命嘛，知道的。"他不加掩饰地敷衍，然后把血淋淋的另一只手朝前一伸，献宝似的，"看！"

宇文钧想阻止已经晚了，那里正吊着一个面目全非的人头，他的唇边露出志在必得的笑："我拿到了！"

好在项桓动作快，晃了一下就迅速收回。

宇文钧："小桓！"哪有给姑娘家炫耀人头的！这小子！

他却散漫地解释："我没吓她。"

"你这还不叫吓？"

宛遥就是独女，未曾有过不得不去争、去抢的经历，功勋于她而言虚无缥缈，她不明白为什么会值得人去以命相搏。但此刻，她能看出项桓眉目间那溢于言表的喜悦，和白日里的急躁凶狠的模样判若两人。毕竟年轻，什么情绪都写在脸上。

她也只能无奈地松口气，先推着他进去止血疗伤。

没出三日，白石坡这场血战已在远近传得沸沸扬扬。

拦路打劫的山贼被全部剿了不说，不知哪位将领麾下的兵痞也死了一群。

这年头，老百姓不是吃地痞流氓的亏，就是吃恶差横官的亏，跪着过了数年，终于盼到有人肯挺身而出，正好适逢小年将近，双喜临门，十里八乡都张灯结彩地庆祝。

温仰手底下的残兵败因无人领头而乱成一团，自己先内斗起来。

一盘散沙掀不了风浪，仅仅是州城的守军便足以应付。

第三封军报送往京城。

项桓每日无事可做，只能看点闲书，顺便养病。

他身上的伤几乎给他换了层皮，纵横交错，有深有浅，但居然没一个是致命的。

宛遥总想，大概老天爷也不太愿意收这种煞星回去吧。

皮肉伤不必休养很久，可是伤口愈合前也无法外出走动，难得外面热闹，若换作以前，项桓早就蹿门跑出去了，但今时今日，人逢喜事精神爽，他竟也能在屋里待得住。

"你说，我这次立了这么大的功，会有什么封赏？"

宛遥坐在床边把药膏化开，就见他趴在床榻上开始做白日梦："咱们大魏的武将本来就稀缺，我算算啊……骠骑将军、镇国将军、车骑将军，这都还空着呢。"

被他这不要脸的话语给逗乐了，宛遥忍不住怼了句："逮个匪首你就想当镇国将军了？"她慢腾腾地搅散药膏，不客气地轻嘲，"人家大司马年轻的时候收复了两处失地才不过换了个从二品的官阶，你倒是想一步登天。"

"话可不能这么说。"他顶着血肉模糊的背，竟还惦记着要起身反驳，"目标总得有个吧，万一实现了呢。再者，如今满朝上下正是青黄不接之际，提拔我当大将军也不奇怪。"

"行了大将军，赶紧躺下吧。"她手摁上去。

这位惯能逞一时之勇的"大将军"便毫不夸张地叫出了杀猪声："你轻一点儿！"

宛遥颇为嫌弃地冲他翻了个白眼："我已经很轻了，你又不是头次换药，至于疼那么厉害？"

后者懒洋洋地抱着枕头："没，也不是很痛，我其实就是想叫两声。"

他高兴起来一向不修边幅，当下还真张口痛快地拢着嘴，用尽全身力气大喊。

在这么个偏僻小镇上，大半夜能传得尽人皆知。

"喂！"宛遥吓得不行，急忙去捂他的嘴，"干吗啊，让我姨妈听见我死定了！本来就是偷偷跑来的……"

"怕什么，她又不知道你在这儿。"项桓拨开她的手，不在意地起身，三两下把布条绑好。

他正准备穿鞋走动走动，瞥到床底下放置的方形盒子，指尖一痒，又去捞起来把玩。

那里头装的是温仰的脑袋，每天以冰块封住，以保不腐。这东西他宝贝得很，生怕会不翼而飞，三天两头要拿出来欣赏，弄得宛遥一阵恶寒。

项桓打开盒盖看到人头尚在，才安了心，两手来回倒腾，大有把温仰首级当玩具玩的意思。

他还挺大方地问宛遥："你要不要玩？"

宛遥："我才不要。"

她在旁收拾药箱，干净的下巴被烛火镀上一层柔光，圆润小巧，如半透明一样。

盒子在空中左右摇晃，蓦地让他两手一拍抱在胸前。

项桓心念一动，便去问她："对了，你有没有什么特别想要的东西？"

宛遥没抬头："我？"

少年笑得分外爽朗，大言不惭地开口："看你这些日子这么听话，要什么？本将军赏你。"

她一边把药瓶捡进药箱中放好，一边望了他一眼，并未当回事："我不要，我什么都不缺啊。"

"也就是个彩头。"项桓不满地"啧"了声，催促道，"你赶紧说一个，想要什么都可以。"

他把话讲得那么满，宛遥转念一想，故意挑起眉："是不是真的？我要什么，你都愿给？"

"当然是真的。"

"那好。"她把手伸出去，"我要温仰的头。"

项桓全然没料到她会挑这个物件，愣了一下，不自觉搂紧盒子，明显是犹豫了："你要它干什么？对你又没用处。"

对面的女孩子笑着打趣："你不说要什么都给的吗？舍不得了吧？"

项桓意识到被她反将了一军，掀了掀眼皮，正色道："这个不算，你别笑了，我跟你说正经的！"

宛遥见他的确皱了眉头，收起唇角的弧度，端坐在椅子上，偏头仔细地思索了一会儿："嗯……"

项桓坐在她对面认真地听。

"你若是真要送什么给我的话……"宛遥想了想，"就还我一个发簪吧。"

上次被他移花接木拿走的那支发簪至今毫无踪迹呢！

少年坐在床边若有所思。

带着年味气息的夜风将半开的窗吹得"嘎吱嘎吱"作响，从屋内望出去，是恩阳镇难得一见的热闹繁华。即便是最简陋的红灯笼，满街悬挂，也是一派灯火辉煌的景色。

宇文钧走出邮驿，集市的喧嚣之气立刻扑面袭来，入目是人们洋溢着喜庆与幸福的容颜，四周充斥着叫卖声。

"公子，上好的甜糕，来一块吧？"

"祖传的酱饼，不好吃不收钱！"

跟在宇文钧身后的淮生依旧一言不发，缄默随行。她的年纪也许比宛遥稍小几岁，身形偏瘦弱，与宇文钧走在一起的时候，算上发梢也才到他肩膀的位置。宇文钧微微侧目，躲在自己影子里的少女神情波澜不惊。

不像寻常姑娘家那样，淮生的头发略显凌乱，并无修饰，衣衫还沾了点灰尘，那铁环细微的光隐约反射到脸颊边，他看了，瞳孔中无端流露出心疼来："淮……淮生。"

一直低头的女孩依言乖巧地仰首："将军，有什么吩咐吗？"

宇文钧温和地看着她，尽量让自己的表情显得自然一些。

"这时辰了，你饿不饿？可要用些饭食？"

她忽然站得很笔直，不答反问："您饿了吗？将军若是饿了，我就饿了。"

宇文钧："我倒是还好……"

淮生答得理所应当："将军觉得还好，那我也还好。"

他不禁有几分无奈，只得笑笑："那便去吃些东西吧。可有什么想吃的？"

淮生摇了摇头："您吃什么，我就吃什么。"

宇文钧不再问了，摸摸她的脑袋，转身示意她跟上。

镇子虽不大，各色的食店却还不少，宇文钧边走边看，想着淮生会喜欢吃什么样的东西，然而思忖很久，他才意识到她平时根本就不挑食，几乎是给什么吃什么。

他在前面走，她就在后面跟着，亦步亦趋，仿佛天生就是他的影子。

宇文钧不自觉地偏过头。

几步之外，满城喧嚣的阑珊灯火中，少女静静地穿过市集，沉静的眉眼像极了一张干净简单的山水画，虽然朴实无华，却意味深长。

她忽然停住了，站在一张摆开的小摊前不知在看什么。

"将军。"淮生转头唤他，眸光明亮，语气难得有兴趣，"您瞧，这个面人和您的装扮一样的。"

也就是在这时，客店里才点上的灯烛的光线蓦地投射过来，清晰地照出她的脖颈、下巴以及小臂上的累累新伤及旧伤。那纤细的手腕处，不太相称的铁环卡在那里，像一个坚不可摧的牢笼，这是作为战俘永远抹不去的印记。

宇文钧的瞳孔如被刺痛般地缩了缩，隔了好一会儿他才涩然点头："嗯。"他握紧五指，面上却淡笑着重复，"嗯，很像。"

一行人在恩阳住了十来天，消磨掉了咸安二年的除夕和正旦。

这是宛遥第一次在外过年，感受寥寥无几，真说起来也不过"仓促"二字。

从十一月南下至今已两个月有余，历经艰险的姨妈们各自心有余悸，老早就想催促着上路了，只是碍于项桓的伤势不便开口，而项桓和宇文钧也赶着回京复命，所以这一趟是同行。

车子停在客店之外，宛遥刚下楼，就看见项桓骑着匹瘦马在悠闲踱步。

他的坐骑不幸血洒白石坡，连根毛也没剩下，那是他们出征得胜而归时季长川送的马，一人一匹，皆是壮硕敏捷的回纥马，如今换了匹杂毛，明显十分嫌弃。

"宛姑娘。"宇文钧牵着他的青骓走过来。

宛遥颔首略施一礼："宇文将军。"

他的视线在那边遛马玩儿的少年身上转悠了一圈，问："小桓的伤病不要紧了吧？"

宛遥说："都是皮外伤，他人年轻，好得又快，只要不再把伤口撑开，赶这点路还是可以的。"

宇文钧冲她露了个感激的笑："果然有姑娘在，我就放心多了。"

宛遥觉得这称赞受之有愧："我也不是什么病都会治，其实只懂些皮毛……"

"现在这样已经很好，路上还得劳烦姑娘再多看着他点儿。"刚说完，他就紧接着补充，"不只是伤势。"

宛遥感觉他话里有话，还没等她问，宇文钧忧思重重地叹了口气："小

桓这段时间的确有点太拼命了。"他摇了摇头，"我怕他这么下去会闹出什么事来……"

不知是否受这语气影响，宛遥不觉心思一沉，顺着宇文钧的目光看去。

古道长街上，是少年鲜衣怒马、意气风发的背影。

宛遥原以为还能赶上回家过年，想不到在白石坡这么一耽搁，返京已经是上元节之后的事了。

长安城中的大街小巷尚未收灯，从车中望出去，可以看到走马灯如游龙似的朝前延伸，一直到朱雀街的尽头。

身在京师繁华的坊间时，宛遥有种过去半月皆在另一个世界的错觉，那些破败的茶楼酒肆好似梦醒后的碎片，而周遭还是楼宇辉煌、雕栏玉砌的花花人间。

宛遥寄信把途中的遭遇向宛延夫妇说明了，两夫妻在家担心得不行，宛遥一到家，夫妻俩便是一番里里外外的检查。

宛遥在钟楼下就和项桓两人分了手，他们大概要跑去六部交差，毕竟这天气虽严寒，也难保温仰的项上人头不会腐烂，届时辨不清相貌就不大好解释了。

舟车劳顿太久，享受了一回小别后过于热情温暖的家庭氛围，宛遥倒在床上踏踏实实地睡了一觉。什么蛮人、什么瘟疫、什么山贼土匪、密道逃生，在梦里统统没了踪影，她只恨不能睡个天荒地老。

等到满城的百姓已收灯出门踏青，宛遥才上医馆去帮忙。

不过两个月没见，桑叶倒是长高了一些，在药堂忙碌的时候，腿长脚长，跑得飞快。

项桓那边没什么消息，也不知他在圣上面前捞得了些什么好处。

原本朝廷里的事宛延是最清楚的，然而知道他多半不会说实话，宛遥被忽悠了数次也就懒得问了。

差不多过了三天，项桓操练结束后顺道来了医馆一趟。宛遥一打听才知道圣旨还没下来。

"哪有那么快，这里头的手续复杂，而且要封什么官也不是皇上一个人说了算，万一是要职，还得经过几位辅臣商议，少说也要三五日。"

医馆外的板车上装着刚送来的药草，宛遥抓了一些翻看，随口问道："你没去探探大司马的口风？"

"将军北上巡视边境去了，下月才能回来，不然我老早就问了。"

宛遥查验完了药材，招呼学徒搬进去，然后又同他说话："你真那么想知道，其实也可以问问项伯父。"

"我才不要问他。"项桓顺手抬了一箩筐，感觉蛮轻的，于是掂了掂，干脆单手一举，在小学徒羡慕的眼神中抬了两大筐药材往里走。

有他出力，片刻就搬完了一板车的药，少年活动了一下筋骨，大概还认为不够他热身的，正想说还要不要他干点啥，冷不防瞧见旁边内官的马车晃晃悠悠地驶了过去。

他一愣，眼睛里几乎能闪出光。

宛遥："怎么了？"

"是传旨的内监！"项桓瞬间振奋，冲上街去朝那车行的方向一看，转头同宛遥解释，"那边是宇文府，走，跟过去看看！"说完，他就一把拉着她往前跑。

医馆内的婢女正怀抱宛遥的披风走出来，眼前人影如风，飞驰而过。

"姑娘！"他们家小姐又不见了！

项桓赶到宇文府时，内官的车才走，宇文钧送人至门外，手中还捏着圣旨。

"子衡！"他兴致勃勃蹦上前，"陛下封了你什么？"

宇文钧笑着扬了扬谕旨："给了个平南将军的称号，提到了散骑常侍护军将军，以后大概是回不了虎豹营，得操心禁军的事了。"末了，问他，"你呢？"

他有些跃跃欲试："我还没拿到旨。"

"内官前脚才走。"宇文钧说着望了两眼，"我想多半是要去你家了。"

"我知道，我这便回去看看！"他耐不住性子，拔腿就跑，内心的血液澎湃不休，几欲喷发而出，强烈地想知晓结果。

宛遥还被项桓牵着，也只能跟着他狂奔，握在掌心间的粗粝五指竟微微有些出汗，不经意地用力。她抬起头，虽看到的依旧是被束起的青丝所遮挡住的侧颜，但不难想象他此刻的心情。

于是，宛遥无奈道："项桓，你跑慢点！"

少年终于也嫌她慢了，一如多年前在坊间上蹿下跳，四处捣蛋那样，伸手一抱，揽住她的腰，使起娴熟的轻功一路飞檐走壁。

人一兴奋，潜力总是无穷，等两人在项府门前落下，传旨的内侍刚掀帘

251

子探出头。

"哟，小将军倒是来得挺巧。"他颇为惊讶，旋即微微弯腰递了个手势，眉眼眯成一条线，"那就请吧。"

项南天并不在家，正厅前跪了一地的人。

宣旨的内官抖开祥云瑞鹤提花锦缎，笔直而立："朕初承绪，兵戈未平，长安盛世，仰赖诸臣……"

宛遥因为莫名受牵连，只得不明不白地跟着他们一块儿跪。

项桓垂首，两掌交叠紧贴在地，就听得头顶上冗长的文书念道："项家二郎，勋德弘茂，有安邦定国之功，朕闻之欣慰，今特赐圣甲玉衣一件，减银七星剑一把，灵芝、人参等各十对，各色绉纱五十匹……"所赐之物竟格外繁多，林林总总，简直犹如长篇大论。

项桓极有耐心地把这串没完没了的名字挨个记入脑海，既忐忑又期待。

然而期待中的名字一个也没等到，那句收尾却乍然响起："赏黄金千两，以示褒奖。"

他听到最后一个字时，先前飞扬的眉眼骤然一滞，似有些不可置信地抬了抬头，盯着那张谕旨。

内官的声音犹在继续："祖宗疆土，不得有失，望尔再立奇功，莫负圣恩。"

这就没了？别说项桓，连宛遥也觉得奇怪。

内官将撰写着锦绣成堆的皇恩收拢，等了片刻，约莫是发现周围没动静，遂客客气气地朝他笑道："接旨吧，小将军。"

此刻项桓的头绪正一团纷乱，既不解又愣怔，随后缓缓叩首，四肢乃至身体都有些不受控制，片晌才低声说了句："谢恩"。

在旁的一干人等看他起身了，方陆陆续续抬头站起来。

直到项桓接过那柄沉甸甸的圣旨，三魂七魄好似才逐渐归位。

他仍不死心地开口问："敢问大内官就只有这些吗？陛下他有没有漏掉什么？"

宫中的内侍掖手望着他，嘴角轻扬："小将军真会说笑。这可是圣旨，光拟旨便有两道程序，别说漏掉，多半个字都是不敢的。"

送走了传旨的宫人，项桓颦眉，双手紧握着牛角轴，指节泛着青白，眼中分明有茫然的不甘。

为什么？为什么呢？他究竟哪里做得不对？

不应该是这样，不应该啊……

宛遥瞧着他欣喜的神色渐渐冷却，心下也不禁惋惜，忍不住上前道："是不是有什么地方弄错了？莫非是有谁冒领了你的功？"

项桓心绪烦乱地叹了口气："我不知道，应该不会。我和宇文是一起去的，礼部尚书，不对，是吏部尚书与大将军私交很好，我们去之前就是担心这个，所以才找他以保万全，而且明明宇文有晋升……"说到后面，他显然语无伦次，"难道温仰的人头根本不值钱？"

他自言自语，继而烦愁地闭目摁住眉心。

此前的一腔热血在这一瞬平复下来，才意识到自己以为的军功很可能只是一厢情愿。

也许杀不杀叛军对于皇帝而言不那么重要，他更看重的是收复大魏流落在外的疆土？

圣旨白纸黑字，陛下不给自己想要的赏，他什么办法也没有，纵使流再多血也没用。

宛遥其实很怕他冲到宫城里去闹事，于是绞尽脑汁地安慰："陛下赏了那么多东西，应该也是很看重你的。"

"这些年我们同突羯交战，北方又连着大雪封山，人参稀缺了许久，拿着钱都不一定能买到……"平心而论，这些银钱的确十分可观，可金银再多，终究不是他想要的。

项桓好似突然间泄了一股气，认命般地摇了摇头："算了算了，他不给算了，我也没那么稀罕。"

成箱成箱的珠宝黄金正陆续抬入府内，他掀开盖子捡了一块，忽然说："走，我请你吃饭。"

项桓在坊间最大的酒楼中叫了雅间。

余飞也被拉来陪他不醉不归，只是这次饭局并没叫上宇文钧。

两个人坐在一旁，看着项桓一碗一碗地往朝嘴里灌，都知道他心情不佳，所以谁都没开口劝。

人有时候宣泄一下，反倒会舒服许多。

余飞坐不住了，索性破罐子破摔，把酒碗一搁："来，好兄弟陪你喝！"

最后，项桓没趴下，他倒是先趴下了。

项桓酒量很好，轻易不会喝醉，这次宛遥扶他出来，他的脚步有些踉跄，意识却还清醒着。她命婢女跑去找小轿，自己用两手去挎他的胳膊，项桓却挣脱了开，寻了个黑暗的角落，靠墙抱膝而坐。

寒冷的隆冬让夜比以往更加漫长，远处的巷子隐隐约约透出灯光，微晃的光影在他的身上忽明忽暗。

宛遥回头望了望，朝旁边挪了一步，挡住那些光。

他静默地坐了半晌，冷不防低声道："你是不是也在看我笑话？"

宛遥愣了愣，明白这话是对自己说的，于是在心里轻叹，不答反问："你有什么笑话可让我看的？"

"费了那么大的劲儿，半个头衔都没捞到，还不够好笑？"

她挨在他的旁边，也缓缓蹲下，脑袋仰着望向天，气息悠长地开口："项桓，我没打过仗，可能和你们的想法都不一样。我觉得你平安活着就很好了，有没有军衔，军阶有多高，并不那么重要。"

身侧的人沉默了好一会儿，也不知听进去了多少，良久，一言不发地把头别开。

尽管没有喝醉，项桓还是睡到了次日正午才醒来。

他躺在床上发呆，头枕着胳膊，双眼漫无目的地看那些雕花。

虎豹营操练的点卯时辰早就错过了，今日的统领不知是哪一个，兴许还大发了雷霆，没准儿已经记录在册，预备等季长川回来告他的状。不过都无所谓，要告就告去吧，反正虱子多了不怕咬。项桓翻了个身，有些自暴自弃地想。四肢提不起劲，感觉无所事事。他抱着被子，打算再努力去睡一会儿，然而总有人不想让他好过。

门外的响声催命般连番轰炸他。

府上的下人平日里都畏惧他这个二公子，轻易不敢来打扰，能这么不怕死的只有一个。

"哥，哥！"项圆圆在外面扯着嗓子喊，"吃饭啦，你还要睡到什么时候呀？"

她拍门的力度没轻没重，砸得人心里烦躁。

项桓偏头道："不吃，滚。"

"干吗不吃啊。"对方实在不识相，"有你最爱吃的红烧蹄髈，一整个儿的，走吧,我等你呀。"

"砰"的一声。

他看也没看,抄起枕头就砸到了门上,力道之大,撞得一张门板颤抖不止,明显是昭告自己现在的心情非常不爽。

这一招貌似很有效,外面立马便没了动静。

不知过了多久,廊上的脚步声又折返回来,嗓音却不似方才中气十足,只弱弱道:"哥,我把蹄髈给你温在厨房里了,你想吃的话,去找他们给你热一热。"

项桓面朝着墙,裹住被衾没有搭理她。

项圆圆噘嘴,紧盯那扇铁水焊死了一般的门扉,终于悻悻地走开了。

让她这么一闹,项桓也没了睡意,本就酣眠了一夜,其实毫不困倦,不过只是疲于应付许多人与许多事,才躲避着不愿出门。

项桓翻来覆去在床上滚了几圈,到底还是饥饿战胜了脸面,他披衣起床,拉开门左右看了看,眼见四下无人,才把门仔细掩上,拖着步子慢腾腾地朝庖厨的方向而去。

午后,府内的仆婢也多半在打盹。

他低着头,避开阳光的直射,独自行在花园边长长的抄手游廊上。

前面便是偏厅,从自己的住处要前往庖厨那是必经之地。

项桓尚未走近,就听到里头隐约有人语。

"老哥哥难得来府一趟,只可惜我手里没什么好茶招待。"是项南天的声音。

他耳力颇好,大老远便能分辨出来。

"哪里,哪里,你我共事多年,何必这样客气。"

不知是哪位朝中的同僚登门拜访,扯了一堆嘘寒问暖的琐事。

项桓知道父亲在里面,想到一会儿经过门前时,他或许会叫住自己,然后冷嘲热讽,保不齐再起一番争吵,项桓忽然就不想去庖厨了,少吃几顿又不会死,于是他掉头往回走。

"南天。"那人大概上了年纪,语速缓慢,声音略显苍老,"凭咱们的交情,我也就不拐弯抹角了。听说这次令郎南征归来大获全胜,兵部本拟提他为领军,是你上书拦了下来?"

项桓的脚步骤然一顿。这一瞬间,他的耳力仿佛增长数倍,甚至连项南

255

天搁下杯盏的动静都能听得一清二楚。

"不错。"偏厅内的人缓缓应了。

"这是为何？"对方说的话和他心中的质问不经意重叠在了一起。

"那些有儿孙在军中供职的长辈，哪个不是盼着他们能在战场上大显身手，以求回朝封侯拜相，青云直上，你倒好，反其道而行之，摆在面前的也不要？"

项南天怅然地叹了口气："我又何尝不想他功成名就，光宗耀祖。可是老哥哥，这孩子不行啊。"他的指尖轻叩着桌沿，"他还太年轻，行事鲁莽，轻率任性，担不起那么高的位子。十八封虽是美名佳话，可也不是人人都受得起。如今不过是个列将军就敢恣意妄为，恃才傲物，若要再晋他的军阶，我真怕这孩子哪儿日闯出什么祸来。"

项桓在京城里的名声，对方自然是听说的，闻言发愁地揿手在袖："你的担心也不无道理。但少年人都是极看重名次地位的，这么做对一个孩子来说未免太残忍了。"

"我知道。"项南天无奈地摇头，"若他有维儿当初三分的稳重，我也不至于出此下策，还是希望他可以再多磨一磨性子。"

日头将人影照在廊下，棱角分明的拳头隐约颤动，发出"咯咯"的轻响。

项桓感觉到视线里冒出了许多白光，一时像是连前路也不那么能看清了，有些许晕眩。

他感觉到胸腔憋着一口无法宣泄的气流，周身似被一层又一层厚棉压住，举步维艰。

"年轻人好冲动，肩头没有重担，总是很难体会什么叫'三思而后行'的。"

身后的项南天继续应道："是啊。我想先给他定一门亲，都说成家立业，成家在前，立业在后，有了妻儿他自然而然就懂事了。"

那同僚呛了口水，明显吓得不轻，急忙说："我们家惠儿小了一点，她娘还想多留她几年的，实在是……"

项南天笑道："老哥哥误会了。他是有个自小玩到大的青梅竹马，我瞧着，难得有姑娘不讨厌他，看他也有点那个意思，不如趁近来清闲，把这事给办了。"

后面的话，项桓已没再听下去。他一路大步回房，一脚踹开了门，满室熟悉的陈设和气息，而他站在其中，环顾四周，竟蓦地生出一种无处容身的错觉。

五脏六腑燃起的闷火险些将他烧得炸开,项桓喘着粗气,抬手将近前的圆桌掀了。

这算什么原因?这算什么理由!

哪怕真是宇文钧比自己厉害,哪怕真是温仰的命不值钱,他都可以接受。

唯独这个!

唯独这个!

满腔的热忱和执念仿佛一朝喂了狗,令他感到无比恶心,项桓从未有哪一刻觉得自己如此可笑过。他一直在等待获胜而归后的一声赞赏,但从来都没有。

无论是从茫茫的大漠拼死杀回来,还是在险峻的南疆浴血奋战。原来自己一直所求,所盼,所为之奋斗的东西,竟有那么些人能够轻描淡写地拿起又放下。

他的那些拼命可不就是个笑话吗?

桌上的杯盘被他摔了一地,靠椅与案几也砸得粉碎,"稀里哗啦"的声响惹来了附近的侍女。

侍女战战兢兢地走到门边时,看到的便是一片狼藉,而一堆难辨形状的桌椅中,是一道笔直而立的身影,青丝凌乱,周身绷紧,像是萦绕着煞气的杀神。

少年垂头大口喘气,却警觉地猛然侧目。那双深黑如墨的眸子恶狠狠的,仿佛燃着一把惊心动魄的野火。

侍女惶恐不安地一抖。

"滚,还不滚?"

躲在回廊柱子后的项圆圆亦被房中的那声怒吼吓得颤了颤,只见丫鬟逃命般仓皇地往外跑,紧接着是瓷器破碎的巨响,屋子里简直像个人间地狱。她生平头一次看见项桓发如此大的火,来势汹汹,甚至连她都觉得陌生。项圆圆咬了咬嘴唇,步步后退,旋即掉头飞奔。

宛遥赶到曲江池畔时,天已经黑了。

项桓正坐在岸上喝酒,和以往不同,他这次是整坛整坛地喝。每喝完一坛,他便起身去,奋力将空坛子扔到湖中,听那阵沉闷的落水声。

宛遥看清项桓的脸色,就知道这次是真的醉了,甚至醉得有几分可怕。

昨天见他情绪稳定，还以为缓几天自己能想通，全然没料到今日会变本加厉。

"你怎么又喝那么多？"宛遥问。

项桓面无表情地望了她一眼，伸手去拎酒坛要启封，冷不防被宛遥两手抱住。

"放开，我不用你管。"他不过一抖手便轻而易举把酒坛夺了过来。

宛遥并不了解前因后果，只听了项圆圆的只言片语，她以为他所愁的仍旧是昨日之事："木已成舟，你再怎么恼不也没办法不是吗？功勋没了还能再攒，你那么年轻，总有机会的……"

话的尾音尚未落下，项桓忽地转身，蓦地抓住她的手腕，语气微冲："还能再攒？那是我拿命换来的！"他双目通红，定定地看着她，"是我拿命换来的！"

"我知道……"

"你根本就不知道！"

有那么一刻，项桓生出了想要告诉她实情的冲动，可当他凝视着眼前那张纤尘不染的脸，热血终究冷了下来。

她从小便比他听话，在长辈口中永远是个乖巧懂事的女孩子。

就算自己对她倾诉了又能怎么样？

宛遥多半也会认为这是项南天为了他好，他应该理解父亲，再感恩戴德，百般尽孝。

她没有站在自己这边，连她也没有站在自己这边……

项桓松开了手，索性抛下了一堆未曾碰过的酒坛，固执地起身。他走出一段距离，忽然回头，岸边的少女依然站在原地望着他，夜风吹得她青丝与衣袂滚滚飞卷。

宛遥到底还是没能劝住项桓。

他似乎有意在躲宛遥，连着好几天都寻不到人影。但听宇文钧和余飞的口气，无论禁军的巡街还是虎豹营的操练，他都统统缺席，这是平时从未有过的情况。

宛遥隐约意识到此事的背后或许还有自己不知道的隐情。

正当宛遥想上项府去问一问的时候，这日清晨，项家的管事忽然找上了门。

第八章 拒婚

项府偏厅内。

这时节虽已开春,寒意还是在的,大约也为了照顾她,厅内特地生了一盆炭火,烧得满屋子都是热气。

项南天就坐在宛遥的对面,亲自烹茶煮汤,斟了一杯香茗推过去。

"谢谢项伯伯。"

尽管两家人并不陌生,但和项家的家主如此面对面交谈还是头一回。

宛遥捉摸不透,接过了茶盏,心里却在打鼓。

项南天正襟而坐,语气倒是十分和蔼:"突然叫你来,可能唐突了些。这件事,按礼制本应我亲自登门,拜访你爹娘。但你也知道,我与令尊年轻时有点误会,恐节外生枝,再生嫌隙,我左思右想还是先问问你的意思。"

宛遥捧茶的手忽然一顿,其实她并未猜到对方接下来想说什么,却有一种言不清道不明的直觉。

项南天的态度简直可以用"慈祥"来形容了,这是项桓和项圆圆十几年都没享受过的待遇。

"你同桓儿青梅竹马,关系又亲密。项伯伯想问你,"他的目光里带了几分期盼,"倘若让你嫁到项家来,伴他一生一世,你愿意不愿意?"

宛遥脑中一片空白,过了好久才意识到他所说的是什么。一直埋藏在内心深处的某种情绪像是突然被公之于众,连她自己都感到一阵恍惚。

见她沉默着出神,项南天也不着急,极其有耐心地在旁解释:"我们项家虽不算什么世家大族,但名下多少有点田产、商铺,聘礼是不成问题的。这些年,两个孩子的娘过世,我也一直未曾再娶,你想必都清楚,若是嫁过来不会受什么委屈。咱们家少个像样的人主持中馈,你正好教教小圆怎么打理

项府。要觉得地方小呢，项桓眼下横竖有军职在身，出去另外置办宅院也行。"

在家中，除了上次梁华来求娶，宛延夫妇其实很少和她提起终身大事。而在那之后，诸多意外接连不断，她又被自己贫瘠的医术所困扰，终日忙着如何更进一步，根本无暇多想。

如今，项南天忽然提亲，让她一时不知该作何反应。

"不要紧。"大概看出了她的窘迫和苦恼，项南天平易近人地笑笑，"毕竟是女儿家一生的幸福，是该好好考虑。你慢慢想，不用那么急着给答复，就当是来喝茶，玩一趟。"

知道长辈在此会令她不自在，项南天倒也十分体贴，起身道："我尚有些事要处理，且失陪一会儿，这些天，小圆一直很惦记你，正午就留下来吃个便饭吧。"

项桓回家时，天已经开始转阴。

他一身风尘数日没洗，先要了桶热水沐浴，换好干净衣裳，才又匆匆推门出去。

一路上目不斜视，临着要出府了，却被书房里的人一嗓子叫住。

"项桓！"项南天在屋内沉声唤道，"你又要上哪儿去！？"

虽然从前他也并不恋家，但大多时候只是忙于操练或跟余飞几人喝酒赌钱，而这段时日项南天明显发觉他在外头不务正业地鬼混。

项桓的脚步一定，满心不耐烦地掀了掀眼皮，他没回答，只偏头看了一下，就准备继续往前走。

"站住。"

面对他的态度，项南天勉力压制自己的火气："你进来，为父有话跟你说！"

院中的少年在原地停了片刻，终究步伐懒散地进了门，问："有事？"

看着儿子如此模样，项南天薄责道："你也老大不小了，不要成天早出晚归的。"

项桓听了个开头便失去兴致："就说这个？"

"慌什么，没一点耐心！"他言罢，自己先别过脸叹了口气，"你今年满十九，早到了该成家的年岁，为父想给你说一门亲。"

堂下的少年的表情不见丝毫变化。

项南天于是接着道:"你觉得宛遥怎么样?宛遥是个好姑娘,和你也算门当户对了。我瞧你跟她挺谈得来,你若觉得不错,就早日把这事定下。"

项桓轻笑一声:"我不娶。"

"放肆!"项南天极力克制的火气轻易被他挑起,质问,"你和宛遥不是自小一起长大的吗?人家究竟何处配不上你了!"

项桓转过眼:"谁说从小玩在一块儿,长大了就得成亲的?"

他终于骂道:"你不想娶宛遥,那你到底看得上谁?"

项桓抬脚就朝外走:"谁也看不上。"

他喊道:"项桓!"

在出门的同时,项桓毫无防备地撞上了靠在廊柱后的宛遥。她与项圆圆悄无声息地站在那里,不知来了多久。他当即无意识地怔了怔。

四目相对,光影流转间的眼瞳中满是无措和呆愣。

项桓的目光定定地在她的脸上滑过去,唇角因为紧咬着牙关而微不可见地动了一下,最终他还是收回视线,大步迈出府门。阴沉沉的东风夹杂沙子吹了他一脸,眯得他睁不开眼。

项桓迎着风雨直行,忽然在心中想,可能从今往后,再也不会有一个人在夜深人静时跑来找他,担心他是不是又有哪里受伤了。

原地里,日头照下的木柱阴影渐渐偏离了之前的位置。

项圆圆仰头看着宛遥显露在阴影之外的侧颜,她安安静静地注视着地面,微垂的眼睑不时颤动,沉默得令人有些害怕。

"宛,宛遥姐姐。"项圆圆轻抱住她的胳膊,"我哥他一向口是心非,等过几天,过几天我让他来跟你赔罪,他一定……"

"我要回家了。"宛遥像是回过了神,忽然缓缓地挣开她的手,轻声重复,"我要回家了……"

项圆圆立马道:"那、那我送你!"

她摇了摇头。

怀远、崇化,两个坊间离得那么近,仅仅徒步就能回去。

宛遥走在柳条飘飞的长街下,看两旁林立的建筑渐次从身侧倒退。她的身后跟着一言不发的侍女。

她突然感觉到自己的脚步有些虚,一深一浅的,那些飞檐翘角的楼阁酒肆莫名朦胧且扭曲起来。一眨眼，温热的液体蓦地就砸到了地面。其实她并非不知道那番言语只是一顿气话，但依旧是止不住地难过。

宛遥扶住树干，婢女急忙上前搀她。

不经意垂首时，发现脚下自己的那片影子中，像是零星地落着几枚雨点。

她怔怔地望着，仿佛隔着层什么也没有的阴影，却如镜面一般能看清自己的眉眼，一瞬间情绪好似收不住势，积聚的泪水像决堤一样，顷刻将人淹没。

宛遥身形不稳地倚着树半跪下去，婢女未能拉动她，挨在一旁边擦眼泪边劝道："姑娘，你别哭了。还会有更好的，会有更好的……"

可她什么也听不见，雾蒙蒙的世界熙熙攘攘，每一道身影，都引来心中刀割般的疼痛。

她发誓不再哭的，原来再坚强也没能做到。

因为人世间的刺真的无处不在，永远防不胜防。

项桓没再去军营操练，余飞和宇文钧也找不到他。

项南天就算再生气，也不能总用武力将他拴在身边。儿子大了，他已经管不住了。

此后半个月的时光有如流水过去，即使他们住得不远，也再未见过一面。

大概因为彼此都尴尬，这个时候反而不见更好。

这一天，和风细雨，宛遥照旧上医馆帮忙。

她怀中搂着几沓药方，低头避开足下的水洼，旁边的侍女高高地举着油纸伞。

被雨水冲得发亮的石板一直铺到尽头，而拐角处忽然走来三四个说说笑笑的少年人。

为首的那个人银冠束发，一身宝蓝的箭袖衬得他眉宇意气风发。他周遭贵气的郎君们像是在讲什么趣事，一个一个执扇笑得前俯后仰，而他最多也就垂眸翘了下嘴角。

但当他抬头时，嘴角的弧度却瞬间一滞。

冷不防地视线交汇，让两个人的眸中都多了一些茫然失措。

隔着人海人山，宛遥的目光波澜不惊，明明是再寻常不过的一眼，却让置身在这群人之中的项桓感到难以言喻的不自在。他握紧拳，视线不着痕迹地低垂下去。

在周遭嘈杂的喧嚣里，他们逆向而行，渐行渐远。

旁边却有个认识宛遥的，扭头向后瞅了半晌，拿手肘捅了捅友人，不怀好意地笑道："那就是上回梁大公子求娶的宛家的大小姐。"

对方不解地"哦"了声："是吗？"

他有个长随是项家仆婢的表兄，故而他多少知晓前不久宛遥被退亲的事，想要趁机讨好项桓，于是自作聪明地开口："长得也不怎么样，还想着高攀咱们桓哥。就他们家，要身份没身份，要地位没地位的，依我说，送给我当妾都不够格……"

项桓忽然语速缓慢地对着嚼舌根的人警告道："我让你嚼她舌根了吗？"

这位贵公子捂住脸看着他，一时战战兢兢的，不知道自己触了他的哪片逆鳞。

"一个大男人，成日对女人评头论足，你很得意是不是？"

"不是，我不是那个意思……"

"我告诉你。"他冷声打断，一字一顿，"就算我拒了宛家的婚，你也没资格在背后对她说三道四！"

"桓哥，算了算了……"

"就是，他嘴贱你又不是不知道，别跟他一般见识。"

"回头叫他请一顿酒，给你赔罪！消消气，消消气。"

项桓面颊上的筋微微抽动，指着对方的鼻尖警告："这次先放过你，管好你自己的嘴！"说完，他拂袖离开。

雨在傍晚就停了。

初春的明月寒凉如冰，不近人情地挂在半空，照得屋檐粉墙尽是水一样的清辉。

宛遥坐在灯下，一手执医书，另一手在桌上的药草中翻检。

不多时，侍女端了碗参茶推门进来，茶香幽幽四溢。

"姑娘，你饿不饿？我见你晚上没吃多少的样子。"

"不用。"宛遥在纷乱的杂物里抬眸冲她一点头，"你把茶水放这儿吧，谢谢。"

婢女也只好抿抿唇，听话地搁下杯盏，收起托盘轻手轻脚地出去。

门扉发出"嘎吱"的轻响，屋内是极浅极浅的翻书声。

橙黄的灯火从窗中透出温暖的色彩，把又冷又硬的台阶照得格外柔软。

隔着一堵墙，长街被明月洒下的光照得冷冷淡淡，一道挺拔的身影正突兀地站在墙根下。

项桓低头拖着步子，沿着那段不算长的距离来回往复地走，像是在犹豫什么，又像是在挣扎什么。

长安繁华的万家灯火在视线中一路铺开。

项桓终于停了下来，他手里握着一支点翠的发簪，捏得太久，簪身已带了他掌心的温度与薄汗，在月下流光溢彩。

二月春分，温润宜人。

含象殿内，咸安帝正提笔批文书，这是早朝后他每日的功课。送上来的奏本甚多，然而言之有物者却少，他觉得浪费时间，挑几本随意地翻一翻。

两侧的宫女与内监皆垂首听候，这都是下面精挑细选的人，极懂眼色，偶尔只察觉到他的一个动作，便能知晓他需要什么。

老宫女将烹好的茶端上，继而撩起袖子在旁细细研墨。

这位皇帝的脾气喜怒无常，寻常的小宫女大多畏怯，也唯有她借着敬德太后的一点脸面方才敢近身伺候。

内监从堆积成山的政务里取出一本摊在桌上，沈煜刚提笔，眉峰却挑了起来，两手拿着文书："哦？都察院御史的弹劾，大司马麾下虎豹骑威武将军项桓……"

内监窥着他的表情："陛下，是项侍郎家的二公子。"

"朕有印象。"沈煜漫不经心地一笑，把奏本扔了回去，"他在北伐、南征两战之中的表现皆甚为悍勇，还独自一人杀了温仰，年少有为，的确是个不可多得的人才，连大司马与武安侯都对他青眼有加。"他取了支狼毫蘸墨，一边写一边道，"上个月项南天替他推掉功勋，那道文书还是朕亲手批的。"

内监听得有些不明白了："恕奴婢糊涂，陛下既然觉得项将军是可造之材，又为何要批项大人的奏本呢？"

沈煜笔走龙蛇地收了尾，上下一扫觉得挺满意，这才转过眼似笑非笑道：

"你说，这人间之事到底是锦上添花还是雪中送炭更让人铭记于心？"

一直默不作声的老宫女抬眸静静地看了他一眼。

话讲到这个份上，内监若再不解圣意这些年也就白混了，他颔首道了句陛下圣明："依陛下之意，是要重用项将军了？"

沈煜随意将笔丢在桌上，扫了扫文书内的字，不冷不热地勾起唇角："殴打朝廷命官，也不要紧。"他负手起身，"只要他忠于朕，想打谁都没问题。"

"少年人知恩图报。"内监微微躬身，"陛下此时出现，对项将军而言必然如千里马遇伯乐，将此生此世誓死追随。"

沈煜听着顺耳，微微点头："那行，火候差不多了，准备准备，召人进宫吧。"

"奴婢遵旨。"

项桓被传召入宫时心下还有些狐疑，但很快就释然了，他想，要么是自己的举止惊怒了天颜，要狠狠责罚他；要么是项南天又上了什么奏本，总之不会有好事。

他做了最坏的打算，满心放空地随内监走在幽深的宫墙下。

自己的枪被收了，宫禁里除了侍卫，任何人不能携带兵刃。

没有武器傍身，项桓觉得很不踏实。

大殿之上，国君正摁着膝盖端坐，神情一如既往，看不出喜怒。

他在下面跪着，依礼数叩首跪拜。

"爱卿平身。"咸安帝的声音倒是很随和，"今日朕召你来不过闲谈而已，不必拘泥于礼数。"

他越这么说，项桓心中越没底。

沈煜眼光带着欣赏，嘴含笑意地打量他："果真是英雄出少年，难怪都说项家世代出名将，你和你哥哥一样，皆是我大魏的有功之臣。"

项桓不知道自己此时要不要回一句"皇上过誉了"，但又怕他只是先扬后抑，项桓到底没吭声。

犹豫间，沈煜已缓缓走了下来，手在他的肩头轻轻一拍："前段时间，项侍郎推了你的军衔是有些可惜。朕念在他为父，你为子，自古清官也难断家务事，便准了那奏本，你不会怪朕吧？"

想怪也没办法啊。

他抱拳说："臣不敢。"

沈煜负手在后，仍在项桓周围踱步，不紧不慢道："是不敢，不是'不会'。"言罢，他嗓音一沉，"近来朝廷中屡屡有人上书，说你此一月懒散懈怠，无心上进，终日饮酒作乐，聚众闹事，犯下的案子与日俱增。你这是不想做大魏的武将，改做市井地痞了？"

就知道该来的还是会来。

项桓紧抿嘴唇，他一向天不怕地不怕，如今也不怕降罪于己，索性平静道："陛下是要罢免臣的军职吗？"

沈煜忽然笑了，转过身："朕为何要罢去你的军职？殴打朝官不过是失德，失德又如何？朕要的是能用兵如神，平定乱世的有用之才，不是那些成日里只会满口道义，徒托空言的伪君子。这些人，打了就打了，有何要紧。"

项桓听到此处，怔了片刻后，眼睛不自觉地一亮。那是他熄灭许久的火，竟被这只言片语再度给点燃了。

"你懂朕的意思吗？"咸安帝的手又拍了两下，着实是语重心长，"你是大魏的将来。武安侯十九岁可以三箭定长安，你未必不如他。江山代有才人出，英雄也终要迟暮，现在就轻言放弃未免太早了！"

项桓张口想说什么，又犹豫了下："可是……"

"朕知道你不甘心。"沈煜安抚着他，朝他意味深长地笑笑，"不过一个军衔，朕能收回去，自然也能再给出来，机会还会有的。"他在少年结实的臂膀上一打。"只要你忠于大魏，忠于朕。"

项桓手心生汗，振奋地一抱拳："臣明白！"

宫城外，当内监将虎豹骑的年轻将领送出御街时，一封密信悄无声息地飞入了武安侯府之内。

身着便服的男人正在执棋与手下对弈，黑白两子势均力敌，正是交锋最激烈之际。

他接过那封图文并茂的信纸，粗略一看，便笑道："憋了一年，他终于忍不住了。"

袁傅把密信毫不避讳地摊在桌上，指尖点了点："如今大魏尚能出战的名将唯有本侯与季长川,沈煜那个阴狠毒辣的性子,善驭却多疑,谁也信不过。他把目光放在这些后辈身上,约莫也是想栽培一个自己的心腹。"

手下顺着他的话:"竖子年幼,不足为惧。"

袁傅对此却不予置评,盯着纸上的那两个字瞧了片刻,思考片刻:"项桓?"他望向手下,"季长川的那个亲兵。"

后者轻轻颔首。

袁傅笑说:"是个不错的孩子。"他在棋盒里挑选棋子,"沈煜知道我看人一向很准,这是跟我抢人来了。"

手下拿不定他的意图:"那侯爷要把人抢回来吗?"

对面的君侯一声不屑地轻哼:"我从不喜欢用别人用过的东西。不过是个将才,天下有才之人多了去了,他要跟沈煜,就让他跟便是,良禽择木而栖,烽火骑营下从不缺人。"

书生扮相的手下含笑恭维:"侯爷真性情也。"接着又问道:"那侯爷以为此事当如何?"

袁傅捏住白子在指尖摩挲,忽而一笑:"沈煜要同我争,那本侯就送他一份大礼。"

他将棋子稳稳砸在棋盘上,利落地吃掉了周围大半的黑子,"不攻自破。"

又是一年中的清明,满城细雨霏霏。

春季的时疫永远不会迟到,医馆内全是挨挨挤挤的人。

宛遥正在陈大夫旁边给患者诊脉,前面排着一队看不到头的长龙。

就在此时,余飞和宇文钧突然从门外跑进来,径直奔来找她。

"宛姑娘。"

"宛妹妹!"

有时候单单从称呼就能辨别出谁是谁。

宛遥抽不开身,只好迅速开了张方子:"一剂服半月,一日两次,切忌食辛辣生冷之物,半月后再来我这儿换药方。"

等送走了病患,她才匆匆交代:"蓉蓉过来替我一下。"

宛遥领着二人进了医馆内院,侍女端来热茶,她坐在对面的椅子上,问:"两位将军,有什么事吗?"

余飞顾不上喝水，反倒是先问她："项桓要去南燕受降的事，你知道吗？他有没有告诉你啊？"

别说告诉她了，这段时间他们俩连面都没见过，唯一一次还是各回各家，半句话也未曾讲。

宛遥露出一脸茫然的表情："南燕受降？受什么降？"

"是这样的，"余飞解释得飞快，"南燕凭祥关的太守熊承恩，说是妻女被燕王储君奸淫，所以一怒之下密报我军，决定献关投降我大魏。陛下一直有收复失地之意，凭祥关又是他的心病，因此欣然同意了。这本来是件挺好的事儿，可他在朝上居然直接指明要让项桓带兵去接应。"

她不懂朝政，听得不甚明白："让他去有哪里不妥吗？"

"姑娘大概还不知道。"宇文钧神色肃然，"就在不久前，项桓退出虎豹骑，被调去了京都东西大营。他刚被调走，陛下就委以重任，而且还是接应降将这样的大事。"

余飞插话："我们怀疑他是不是抱到了皇上这条金大腿，所以想来找你问一问。"

宇文钧皱眉推了他一下："我可没这么说。"

余飞："说不说都一样嘛，咱们当初拜把子，关公面前承诺了要'苟富贵，莫相忘'的。"

军政要事，宛遥虽不太能懂，但她能从宇文钧的眼里看出深深的担忧。他们三人当中，宇文钧年纪最长，也只有他瞧着比较靠谱。

宇文钧别开了余飞的那颗大头，心事重重地叹了口气："眼下大将军不在，小桓他状况又不稳定，干什么、去哪里也不与我们商量。这一趟若是带虎豹骑还好一些，毕竟都是自己人，谁知他去了京营。"他摇摇头，"变数那么多，我心头总是不太踏实，原以为他多少会和你提一提。"

宛遥："我跟他其实很久没说过话了。"

察觉到自己说了不该说的话，宇文钧立马闭嘴了，坐在那里无比尴尬。

发现对方的窘迫，宛遥急忙岔开话题："那位熊将军献关投降，消息来源可靠吗？不会出什么事吧？"

"这个你不用担心。"宇文钧十分肯定道，"此等密报会由内卫左右司探查，确保消息属实才上奏。再说，朝中的几位元老也并未反对，想来无碍的。"

与此同时,皇城禁宫。

咸安帝一脸赞许地看着领了他金符的少年将军消失在视线之中,唇边的笑意明显,半晌也朝旁边的人问出了一样的问题:"熊承恩降魏,事情确凿吗?"

随侍在旁的内卫统领当即垂首回禀:"臣此前已派内卫蹲守太守府,熊将军的妻女的确曾被燕王长子带走,送回家也是面色憔悴,疯疯癫癫。熊承恩大发雷霆,还烧了燕王所赐的匾额,以此划清界限,想来请降多半是真。"

沈煜满意地颔了颔首:"那就好。"接着重复道,"那就好啊……"

"收回凭祥关,南方的故土便指日可待了。"他若有所思地冲着门外自语道,"项桓,天大的机会都拱手送给你了,可别让朕失望啊。"

三月初,是项桓的第三次出征,而宛遥却是在近四月了才知道他离开的事。

他平日的生活已经离她越来越远,两人好久不曾有过往来了。

这天万里无云,城外的山花开得很烂漫,到处都是踏青游玩的人。

项圆圆正和淮生坐在溪边玩水,桑叶则兀自蹲着,架火烤鱼。

宛遥将装满药材的小背篓搁在身边,席地坐于草地上,托腮漫不经心地望向远方。

项圆圆把脚泡在冰冰凉凉的水中,乐此不疲地看着淮生给她表演徒手捉鱼,每抓起来一条鱼她就显得十分欢喜,后者再掏出刀就地片成了片儿,刀工完美,厚薄均匀,现成一道切鲙,比桑叶烤鱼的速度快得多。

在宛遥发呆的时候,视线里忽然多了一支点翠的发簪。

项圆圆好似特地在她的眼前晃悠了一圈,随即挨在她的旁边坐下,低头认真地把玩。

"宛遥姐姐,你觉得这首饰漂亮吗?"

宛遥不经意地一瞥,随口道:"自宣宗年间四处开始打仗,适合做点翠的翠鸟也死了不少,这么一支应该很贵吧。"

听到此处,项圆圆把脑袋凑了过去,语气特别神秘:"你知道吗,是我在我哥房里翻到的。"

宛遥淡淡地看了她一眼:"不怕你哥回来打死你?"

"咳,那个,今朝有酒今朝醉,明日愁来明日愁,以后再说。"她清了清嗓子,继续努力,"这玩意儿绝对是要送给谁的,你瞧瞧,簪子被他摸得

都亮了一节，你看你看……"

项圆圆一边递给她，一边循循善诱："反正肯定不是给我的，他要送的话，早就送了。"

宛遥拎着小背篓起身："那大概是送给他的哪位名门贵女的吧。"

项圆圆眼巴巴地望着宛遥的背影，发愁地去揪她哥的那支发簪，心想不是我无能，我真的已经尽力了，娄子太大，亲妹妹出面也堵不住啊！冷不防手一抖，那点翠就被她掰下来了一片。

项圆圆瞬间默了默，做贼心虚地环顾四周，随即把残骸贴身收了起来。

彼时的南燕早已是草长莺飞，花香鸟语。

哪怕有如林的枪戟立在其中，军营的杀伐之气也掩盖不住此地的生机勃勃。

南燕，曾经的大理，一直都是个四季如春的地方。

项桓骑着马，在营地里信步而行，微风中，大魏国的深红色旗帜飞扬招展着。

而旁边与他并驾齐驱的便是南燕的降将熊承恩，沿途走的都是官道，故而两军会合出奇顺利。

熊太守四十好几的人了，好似被折磨得老了二十岁，须发斑白，双目浑浊，今日亲自带了十名亲卫赶来迎接，其重视程度可见一斑。

"小将军车马劳累，一路辛苦。想不到而今我大魏的战将皆如此年轻，实在是后生可畏。"

项桓不怎么愿意搭理他，倒是随行的参军一直替他答话。

这回领了十万兵马，虽尚有五万从别处进发，但带这么多人还是头一次。

将领当中独他最年少，自然得受不少白眼，可有虎符在手，众将士哪怕不服也只得咬牙憋着。

风水轮流转，而今他也享受一回圣旨压人的待遇。

熊承恩陪着笑："小将军，凭祥关距此也不过半日路程，将军为何这就安营扎寨了呢？倘使再多行军两个时辰，傍晚前不就能到城下了吗？"

马背上的少年冷笑一声："着什么急。"他的目光斜斜地睇过去，"上阳谷的地形我比谁都熟悉，万一熊将军诈降引我孤军深入，我岂不是要随我哥一起葬身谷底吗？"

熊承恩面容一僵，嘴边的笑有些挂不住："项将军哪里的话，我都亲自来了，难道你还信不过我吗？"

项桓并没看他："那可难说。"

一旁的参军笑着打圆场："将军，熊太守此番来还带了南燕特产的美酒，一会儿不如……"

"你们自饮吧。"他驱马前行，"我行军之时从不饮酒，话先说在前头，如若喝醉，军杖三十。"

每日的例行巡营完毕，项桓提着枪回到帐中。

熊承恩似乎正与几位参将相谈甚欢，不远处的辎重营内灯火未熄，他无心喝酒，只坐在榻前默默地盯着脚边烛火打出的光影。

那杆银枪就在自己的身侧安静地斜靠，雪白的锋芒藏在暗色的灯光下，这是祖上传下来的战枪，和大哥的重剑本是一对。

项桓知道现在肯陪着自己的就只剩下它了，于是他把枪搁在膝上，一言不发地低头擦拭。

按理高阶武将才有资格出使南燕，陛下刻意安排自己前往，他明白无论最后结果如何都能得到晋升，一国之君亲口发话了，没有什么成不了的。可他并没有很兴奋，说到底不过是拿回他应有的官衔而已。

项桓放好枪，躺在榻上和衣浅眠。

他想，自己这一趟返京后便能光耀项家的门楣，倘若真的能收复凭祥关，还可以完成大哥未尽的夙愿，实现自己的抱负与雄心壮志。尽管一切迟了一点，但也没关系，至少再不必担心有人横插一脚，让他的心血不明不白地付诸东流。

南燕地界的春虫出来得很早，声音绵长悠远，其中夹杂着巡逻兵的脚步声。

项桓不知不觉便睡着了。

到了后半夜，山风突然变得凛冽，上阳谷两侧茂盛的草木发了疯似的摇曳，牵扯出令人不安的动静。

项桓在黑暗中猛然睁开了眼。

警觉如他，几乎是在一瞬间便感受到了周遭潜伏的危机，当下翻身拎枪掀帐出去。

营帐内的魏军已经开始骚动，他厉声问："什么事？"

参军同几位副将急急忙忙上前，跑得气喘吁吁："将军，谷底两侧突然出现燕军袭营，岗哨那边传来消息，熊太守的五名亲卫杀了北营的哨兵，这会儿才将营门堵上。"

项桓听完，倒也不十分惊慌："果然降魏是假的。"他解下披风丢在一旁，"弓兵上营墙，巨盾兵前线防守，点一百骑跟我走，其余人马便宜行事。"

帐外的兵戈声响彻云霄，燕魏两军的大潮浩浩荡荡，在谷底激烈地交锋，盾兵坚硬的盾墙护着身后的骑兵，高处的弓箭密集如雨。

项桓纵马杀了出去。

宁静了十年的上阳谷再度成为狼烟四起的人间炼狱。

燕军虽先发制人，然而魏军到底人多势众，一时胜负难分。

项桓已杀下了马，他带头冲锋，长枪所到之处横尸满地，身侧数丈之内几乎没有敌人存活。

燕骑似乎退却了。

项桓立在尸山火海中，拄枪大喊："巨盾兵后撤，步兵上前来！"

他吩咐下去，提起战枪抬脚便要往前，他虽动了，四下里却无人响应，不知何时聚来的副将们忽然齐齐围在四周，沉默地将他望着。

项桓停住脚，抖了抖枪身上的血，颦眉道："还愣着干什么？没听见我说的话？"

就在此时，面前的副将缓缓地走上前一步。

长年征战，对于杀气的敏感让他顷刻戒备起来，项桓这才不自觉握紧了武器，目光凌厉地扫过黑夜里那些带着敌意的面孔。

"你们什么意思？"他将枪锋点地，质问道，"是想违抗军令吗？"

"恐怕违抗军令的是项少爷你吧。"

人群间，一路随行的偏将冷笑着走出来。如果项桓记性再好一点，他或许能想起，这是上一年与他在山梁镇赌前朝名刀的虎豹骑旧部。

少年面沉如水，刀锋般的双目直直地看过去。

来者却有恃无恐，怀里掏出一沓信纸冲他远远地扬了扬："项少爷，私通敌国，卖主求荣，同熊承恩里应外合的书信可都在这儿了，你如今如何解释？"

项桓有些茫然，他盯着对方手中迎风摇晃的白纸黑字，视线短暂地凝滞，旋即又缓缓移到旁边那些看热闹的副将身上。

尽管天色再黑，周围再乱，他也能清楚地瞧见这一张张满含嘲讽与幸灾乐祸的脸，似乎是等这一刻等了许久似的。

项桓放眼在营地外兵荒马乱的火光里，良久他仿佛意识到了什么，唇边扬起一抹冷笑："怎么，想诬陷我？"

"诬陷？如今证据确凿，你还有什么可替自己争辩的？"

项桓："就凭你手上的这几张废纸？"

"是不是废纸，那可不由你说了算。"他轻蔑道，"你看在场的将军，有谁信你？满营五万将士，有谁信你？"

偏将脸上的嘲意骤然一凛，整个人变得锐利起来："是你与熊承恩勾结，刻意麻痹我军将领，好伺机吞了这数万精兵。你才是大魏的叛臣！"

项桓蓦地收紧手中的银枪。

对方显然还是忌惮的，猜到他兴许要动手，便不自觉后退："项桓，我劝你束手就擒，省得再给我们惹麻烦。"

仿佛顷刻间，他那被热血与怒火盈满的脑中犹如浇了一瓢冰水，渐渐冷却，沉重的战枪陡然变得阴寒刺骨。少年将军略略垂着头，他的背脊上还有伤，茕茕孑立的身影忽然微微地抖动，他在笑，然后笑声渐次放大。

项桓的唇角何其苍白，他冷不防抬起头，满是鲜血的脸上，星眸凄厉："想让我束手就擒？好啊。"他大喊，"好啊，那你们来试试！"

他视线一一扫过左右，一字一顿道："看你们谁动得了我！"

话音刚落，只听旁边一名副将尖锐地叫出了声，森然的银枪和那抹厉鬼一样的身影仿佛融为一体，他纵跃而起时，就像离弦的箭，去势甚猛，永不回头。

偏将感觉到那寒意是冲着自己来的，但锋芒又无孔不入，似乎四面八方都是人。

他急忙大喊："放箭，放箭啊！别让他跑了！"

"别放箭，会伤到自己人！"

"项桓，你敢动手？你不怕做乱臣贼子吗！"

在这句话出口时，四周似乎确有一瞬间如同死寂。

很快，不知是何人的血溅出了三丈之远，混乱中，四五人以长刀架住了那把银芒如雪的枪。

满脸血色的少年拄着枪朝四方悲哀地吼道:"不是说要杀我吗?来啊!来啊!"

上阳谷,晨风如刀。

黎明前的天幕总是让人有种天地被撕裂的错觉。

空气里弥漫着硝烟与腥味,而远处的下道口火光冲天,隐约还能听见渺远的喊杀声。

曲折的山道间,一道黑影正缓缓行于其中。

他脸上是血,身上是血,束发的银冠微松,被血液浸湿的青丝紧贴在下巴上,一身狼狈,看不出形貌,唯有那双漆黑如墨的眼睛还泛着微弱的星光。

长枪被他拖在背后,染尽鲜血的枪锋划出一地的痕迹。

项桓另一只手上提着一颗人头,他想不起杀的是谁了,但他十分清楚地知道,从自己挥枪的那一刻起,一切就再也没有挽回的余地。

前路道阻且长,五洲四海,地北天南,一时竟让他感觉天下之大却无处容身。

项桓驻足仰望星空,血蒙蒙的一片,什么都看不清。

他想,我只不过是要给自己讨一个公道,就这么难吗?

耳畔的脚步声渐渐逼近,他收回视线,两队人马成包抄之势将他围在中央,可约莫也是被先前那场不要命的厮杀吓到了,赶来的将士都只是握着兵刃戒备,没一个敢当出头鸟。

毕竟,统领的脑袋还在对方手上挂着呢,识相的都不太想和他待在一起,而对面的少年平静地望了过来。他好似一个孤魂野鬼,满眼空洞,毫无表情,尽管不曾显露半点杀意,众人却还是畏惧地朝后缩了缩。

项桓见得此情此景,突然自嘲地笑出了声,原来这些人都如此怕我。

可他们即便怕我,也要这般费尽心思地拖我下地狱,该有多大的恨,多大的仇,才能有如此毅力?他忽然觉得没意思极了,随手丢下了人头,也丢开了枪,形单影只地站在那里,一动未动。

消息传到医馆时,正是芒种之日。

余飞上气不接下气地冲到药架子前:"宛遥,项家出事了!"

她正踮脚在药格子上取东西，闻言下意识就转身，凳子腿打了个旋儿，险些没站稳。

婢女在旁扶着宛遥跳下矮凳："项家怎么了？"

余飞一边跟着她往外走，一边飞快地动嘴皮："我也是听人家说的，今天一大早，内卫左右司统领忽然领圣旨奔着项府去了，还带了十多个禁卫，好像是要搜什么东西。"

宛遥提起裙子跨过医馆门槛："什么东西？搜到了吗？"

余飞："就是不知道啊！我方才赶过去的时候那帮人正好收工，只看见项大人被带走了。内卫我又不熟，问什么也不说，真是急死了。"

门前的轿夫本坐在台阶下乘凉，一瞧宛遥出来，连忙拍屁股起身。

余飞替她打起布帘："倒是宇文那边人脉广，有个随行南下的百夫长给他带消息，说是南燕受降出了岔子。项桓让人查出来和燕军暗通款曲，打算弃魏投燕，人证物证齐全得很，简直什么有什么！"

宛遥愣了一下。

余飞紧接着便狂叹气："虽说没至于打败仗，但已经把人给押回了京……"

这事儿连余飞都觉得悬。因为前段时日项桓的状况的确反常，每天一脸要灭天灭地的架势，万一一个脑抽去投奔南燕，还真不是没可能。这想法刚冒头，他便赶紧甩脑袋否定掉。

不行，关公面前拜了把子的，不能不信自己兄弟。

余飞发愁地跟在轿子旁边不住地抓耳根："现在我就是担心陛下会怎么判。"

所以大将军到底几时才回来啊！他现在深刻地感觉到季长川的重要之处，大将军一离京，真是接二连三地出岔子。

宛遥坐在其中，思忖着咬了咬唇："我爹今天参朝去了……"她深吸了口气，"等他回家我再问问。"

然而今日宣政殿内的早朝，由于西南的惨败，咸安帝甚至都没去，索性就下令辍朝一日，放百官自行回府。众臣议论纷纷地走下龙尾道，沈煜却面无表情地坐在偏殿中读军报。

内容其实并不多，短短两页纸，每个字拆开来看都认识，可他居然也读了一炷香之久。

在旁侍候的内监们恭恭敬敬地垂首而立,氛围太过宁静,这反倒让他们不安。

沈煜一松手,满纸的军情便轻飘飘地坠在了案桌上,内监小心翼翼地窥着他的表情。

这位正值壮年的君王有一双细长的眉眼,眸中时常藏着捉摸不透的神色。他三十岁才登基,至今也不过在位两年而已,宣宗皇帝死后,继位的是他的大哥元熙帝。本以为这辈子与皇权已无缘分,谁能料到元熙皇帝居然一生无子嗣。

沈煜并非是热衷于玩弄权术的帝王,但这不代表他就可以容忍那些功高盖主的臣子踩在自己的脑袋顶上耀武扬威。他静默片刻后偏头,皮笑肉不笑地勾起嘴角,意味不明地微微颔首,随即,猛地一推,将桌上的文书尽数掀翻在地。

即便是他常有的举止,除了看惯风雨的老宫女,内监与宫人们也还是没来由地颤抖。

"废物。"沈煜从牙根里蹦出字来,一甩袖子,"全都是一群废物!就这么点事情也办不好,朕留着你们到底有何用!一个不争气,两个也不争气!"他站起身,冲着空荡荡的大殿愤怒地吼道,"难道这天下除了袁傅,除了季长川,就真的后继无人了吗!朕莫非就此无人能用了吗!"

咸安帝喜怒无常,他发火的时候,在场众人皆不敢招惹,只甚有默契地站着,等他这阵狂乱的情绪过去。

"陛下。"眼见着他高高地举起一盏瓷瓶,老宫女忙上前阻拦,"项小将军毕竟还年轻,不见得就有如此野心,或许真相另有隐情也说不定……"

"另有隐情?"沈煜猛地转头看她,"你的意思是朕给他军权,赐他兵马,结果他到头来还让人耍得团团转,最后把自己都折进去了,是吗?朕有多信任他,他就是这样回报朕的吗!"

"凡事并无绝对,后辈们尚且根基不足,都是需要历练的。"老宫女苦口婆心,"陛下您且再多一点耐心,再等一等,季长川也不是生来便能百战百胜的啊。"

沈煜握着瓷瓶的手停在半空,他若有所思地靠在案前喘气,似乎终于觉得累了,休息片刻后,扭头去唤内卫统领:"罗政,项家父子究竟是怎么一回事，说清楚。"

内卫左司见他可算是折腾完了，半躬着腰上前回禀："回陛下。熊承恩在上阳谷设伏诈降，假意与众将领饮酒作乐，趁三更时分岗哨戒备松懈，与凭祥关两万燕军里应外合，偷袭我军主营。烽火骑的刘副将此前曾发现端倪，于项桓帐中找到了他同燕军勾结的证据，可惜对方心狠手辣，刘大人为保这几页书信，已被斩首灭口。"

"灭口……"沈煜抿起唇点点头，"你在项家搜到什么了？"

内卫统领道："除了往来的密信之外，还有伪造的路引，从内容的时间上看，项南天与燕王早在一年前便开始通信，这一次派项桓南下送我十万大军的人头就是一个契机，目的是以此博得燕王的好感，为将来弃魏投燕做打算。"

沈煜笑了下："那还真是打得一手好算盘，连朕也被他们父子俩蒙在鼓里，好啊……"他赞许似的颔首，"好啊！"

他素来是说反话居多，内卫统领迟疑地瞅了老宫女几眼："不过，臣见项侍郎似乎对此事并不知情，也难保……难保不是有人捏造……"

"是不是捏造你不会审吗！"沈煜信手抄了一卷文书朝他的身上砸，厉声说道，"项家上上下下，一个不许漏，统统给朕审一遍，朕要看到结果，去啊！"

"是、是……"内卫统领自然不敢躲，还得把文书原封不动地还回他的手上，这才领命忙不迭退下。

长安城已经连着好几天没有下雨了。

然而，头顶滚滚的乌云又预示着即将到来的电闪雷鸣，因此，雷雨前的大地便格外地潮湿闷热。

刑部大牢内，阴暗逼仄的牢房中只有高处开了一扇小窗，笔直的光线照在染满血迹的干草堆上。审讯的推官犯愁地看着面前浑身是血的少年，一时也不知该如何进行下去。

他已经审了两日了，用遍了刑具，却依旧在这个年轻人的嘴里撬不出半个字来。

他此刻正靠墙枯坐，手臂轻搭在膝上，凌乱的发丝几乎遮住了大半张脸。

由于押送的军士百般交代，这人穷凶极恶，十分危险，所以手脚都上了锁镣，铁链一直钉在少年背后的砖墙中，他能移动的距离，唯有墙到牢门送

饭食的地方。

"这小子还不肯认？"

门外有人进来，是个不到三十的年轻公子，推官起身行礼，唤了一句"萧太尉"，紧接着叹气："可不是，从昨日到今日，连话也没怎么说，态度还非常嚣张，简直可恶！"

萧公子很愉悦地轻笑，挽上衣袖，慢条斯理地走过去。

推官忙拦他："太尉，危险！"

"没事儿。"后者不以为意地隔开了推官的手，轻蔑道，"他现在这个样子，怕是也掀不起什么风浪。"

"项桓啊项桓。"萧公子绕着他来回走了两圈，才缓缓蹲下，"你也有今天。"

他神色得意地打量着对面那张一如既往令人作呕的脸，语气傲慢："想不到吧？当日你在街上伤我一臂，而今我却是审讯的推官之一，真是风水轮流转，合该你落在我手里！"说到此处，萧公子愤恨地撩起袖摆给他看伤痕，"这个仇我可一直记着呢！"

项桓的双目终于动了，他淡淡地瞥了瞥眼前的人，唇边的笑轻轻吹起一缕散发，嗓音低沉："我打过的人多了去了，谁知道你是哪一个废物？"

萧太尉一把揪住他的衣襟，一耳光劈头盖脸扇了下去，咬牙切齿道："你狂妄个什么劲儿？你以为陛下还会救你吗？别做梦了，你早就被抄家了，还当自己是大将军呢？我告诉你，定罪是早晚的事，朝廷里有的是人要弄死你。"

项桓被他扇得别过了头，然后又悠悠地转回来，朝对方的脸喷了一口血水。

萧太尉避之不及，被血水糊了一脸，他暴怒不止，猛地将项桓摁在地上："给我打！"

他一声令下，背后的禁卫立刻从四面八方围攻上来，这群人手中拎着棍棒，或是未出鞘的刀，并没有想要项桓的性命，只是泄愤一般对他拳打脚踢。

铺满乱草的地面，被围攻的少年低头，紧紧地拽着身侧的干草，铁链锁紧他的手腕。那些拳脚发疯一般落在他的脊梁骨和手肘，像是打定主意要他折腰。

项桓好似撑着想要起来，碗口粗的一根长棍忽然十分狠厉地劈在其大腿处，"砰"的一声闷响，棍子竟生生崩开一道裂纹。

站在一旁的推官不自觉地向后缩了缩，感觉项桓的腿脚恐怕是凶多吉少。

"给我往死里打!"

一滴黑红色的血在散乱的发丝中滴下,不多时汇聚成一条血线。

萧太尉阴恻恻地抱着双臂,冷笑着朝项桓道:"放心,我会留你一条命的。少说还有十个人在后头排着队等着报仇雪恨呢,哪能这么轻易地饶过你。是吧,项少爷?"

项桓强撑着支起身,他永远不愿在任何人面前低头,饶是膝盖骨再疼,也从始至终一声未吭。然而有人却一脚狠狠地踩在他的后脑勺,迫使他不得不将脸贴在凹凸不平的地面。

"还敢起来?有娘生没娘养的东西。"

额头重重地磕在一块凸起的石子上,项桓没有发出一丝的声音,他看着不远处那块被日光照亮的方形光斑,心中忽然空洞地想:我只是想拿回属于我自己的东西。难道这都有错吗?我有错吗?

他的五指用力扣紧冰凉的石地,伤痕累累的指尖在冷硬的石块间划出数道带血的痕迹。

窗外的乌云中闪过一道明亮的光,伴随着山崩地裂般的轰鸣,雨"哗啦啦"地落了下来,劈开沉寂。

武安侯府的书房内,袁傅将棋子扔回盒中,胜券在握地靠在帽椅里。

这一局,他赢得毫无悬念。

"侯爷的棋技又增进了。"对面的下属垂首拍马屁。

"知道你是在恭维我。"他也知道对方提的并不只是棋局。

"太清楚对方的实力,这种棋纵然赢了也没什么意思。"袁傅懒洋洋地冲他一笑。

下属大着胆子问:"那陛下对侯爷而言也是无趣的那一类?"

袁傅不紧不慢地抓着棋子把玩:"要扳倒沈煜身边的人,太简单。他这个人锱铢必较,除了自己谁都不信,虽有谋略却作茧自缚,就像他惦记着茹太后那件事,非得同我争个你死我活一样,鼠腹鸡肠。"他摇了摇头,"正所谓,善藏者,人不可知。我若是他,将韬光养晦,不露圭角。他与我比,最大的优势就是年轻,等老夫花甲之年再杀我,还不跟探囊取物一样?"他冷笑,"所以这种人终究成不了大器,迟早有一天是会众叛亲离的。"

279

帘外的春雨突如其来，狂风开始大作，将才冒头的桃花打得遍地凋零。

项桓的案子到底在朝中引起了一场轩然大波，由于牵连着整个项家，兹事体大，若真要祸及三族，自大魏开国以来还是头一次。

有文臣上书请求从轻发落的，也有义正词严表示要严惩不贷的，早朝闹得不可开交。

项南天为官多年，总有几个同僚帮他说话，相比之下，项桓那边便凄凉许多。

宛延坐在偏厅内叹气，也觉得有些惋惜。

"项家这回的劫，恐怕是真的躲不掉了。陛下雷霆震怒，私通敌国的罪名一旦敲定了便是个死罪。"尽管他同项南天不和，但共事一场，也并非那么想看见他一败涂地的。

宛遥追问道："难道朝廷里就没人替他们求情吗？"

"倒是有人替项南天求情的，至于项桓就……"谁让他小子树敌无数呢，没有趁机落井下石的就算不错了。

宛延低头喝了口茶："所以三司会审，项家其他人判的只是查抄发配，唯有项桓……是秋后问斩。"

前往南燕的大军折损五千，而对方还是诈降，皇帝丢在外头的脸面总得拿人偿还。

而满朝文武，不是挨过项桓打的，就是看他不顺眼的，余下的作壁上观，都不愿意自找麻烦。

她听得微微怔了一下。

"爹爹我已经尽力了，人微言轻，没有办法。"宛延看着她的表情，替自己辩解，"丫头，人各有命，天意是强求不来的。日后顶多在他坟头烧一炷香，咱们也就算仁至义尽了。"

宛遥沉默了很久，最后深吸一口气，问得很轻："我能不能去看一看他？"

马车行过项家大宅门前。

几个禁卫装束的人正守在外面，两架太平车上装着好几口大箱子，抄家的官差拖着一只红木箱简单粗暴地丢上去，因为塞得太满，那里头就掉出了一个灰扑扑的布老虎，应该是小孩子玩的东西，做工粗糙，不值一提。

宛遥记得，这是她十岁的时候亲手做来送给项桓的。

两家长辈都给自己的孩子送了一只长命金锁，后来她出门不小心弄丢了自己的那一个，又害怕被爹娘责骂，偷偷在外面躲了一整天。

项桓找到她时，宛遥已经在桥洞下缩着哭了一宿，双眼通红，肿得险些睁不开。

他索性往自己的脖颈上一拽，满不在乎地把身上的那只塞到了她的手里。

他说："没事儿，我爹不会找我要这种东西来看的。"

宛遥信以为真，直到很久之后，她才知道项南天其实发了很大的火，结结实实地揍了他一顿。

因为金锁是项夫人生前给的。她为此内疚了好长时间，又苦于没钱买新的来还，于是亲手做了一只布老虎，在他生辰那日送给他。

宛遥还记得项桓收到礼物的样子，有点不明所以，有点莫名其妙，大约不明白这玩意儿有什么用处，但最后仍旧收下了，和雪牙枪一并抱在怀里，懒洋洋地坐在石头上看月亮，像个搂着玩具的小豹子，格格不入。

箱口被贴上了几道封条。

宛遥从车内探出头，去问马背上的父亲："爹，圆圆她们呢？她们要怎么发落？"

宛延愣了一会儿，许是也没考虑到这一点，说："按照大魏的律例，十五以上充作官妓，未满十五者……应该是发卖吧。"

下过雨的监牢潮湿而阴冷，四处有股霉味。

看守对于项桓似乎极为熟悉，连言语间都带了些幸灾乐祸的口气："哦？那个项桓啊。"

他朝宛遥一扬拇指，"倒数第二间就是了。钥匙？不用，他的牢门没怎么锁过，反正人也已经拴在墙上了，还要锁干什么。"

三司会审的结果早就下来了，几乎人人都知道项家三族之内被抄了个遍，一干女眷等着押送入京。

宛遥尚未走近，远远地就瞧见一帮朝官模样的人站在牢房里。

"白银十万，黄金五千，项桓，想不到你家居然穷成这样。"为首的那个拿着一卷案宗找乐子似的翻看。

旁边有人补充道："那里头的两千还是陛下赏的呢！"旋即一干人便放声

大笑。

"我瞧瞧还写了些什么，圣甲玉衣一件，雪牙战枪一把……一柄破枪也算？"对方笑道，"干脆本少爷出钱买了吧，虽然没什么用，留着晒晒衣服也是可以的啊。"

不知有什么好笑的，众人却貌似十分可乐。

角落里坐着的人始终一言不发，他所在之处什么光也照不到，一片漆黑，光和影都像是被阴暗吞没了一样。

许是见他毫无反应，为首之人心下不悦，握着名录一扫，眸中忽然闪过狡黠："你项家那么多女眷，充作官妓的可不少啊。我看看……哦，你还有个妹妹？才十一吗？这么小的年纪，按理可以发卖当丫鬟，不过本官也不介意在这名册上多添一笔，不过四年，能养一阵，等到十五再接客……"

项桓终于抬起了头，猛地站起身，铁链子发出声响。

知道他无法构成威胁，众人都自鸣得意，笑嘻嘻地站在门边。

"干什么，瞪我啊？"对方有恃无恐地抱怀笑道，"瞪我有用吗？"

"你现在早已经一文不值了。"他目光带着挑衅，"不过若是肯求我呢，本官倒不是不能网开一面。"

少年凌乱的青丝遮住面容，套了铁索的手却如磐石一般死死紧握，每一处的关节都是泛白的颜色。项桓的脾气一向很硬，他有他的傲骨，一生不曾求过谁，宛遥从未见过在这种情况之下会向人低头的项桓，可这一刻，他竟真的缓缓垂下了头，皲裂的双唇嗫嚅了很久，半晌之后，才听到他又低又沙哑的嗓音："我求你。"

她不自觉睁大了双目，而在场的年轻军官们好似听见了什么无比稀奇的言语，各自意外且诧异地相视，随后嘲笑出声："他说他求我，你听见没？你听见没？"

那人愈发得意，得寸进尺地吆喝道："站那么直，这也算是求人的态度？"

"不错，要求跪下来求啊！"四周的人不断起哄，"赶紧跪下，快跪快跪！"

少年的眼睛在暗处漆黑幽深，仿佛一口望不到底的黑井，只定定地注视着面前的人群，他唇角的筋肉在轻颤，却一言未语。

宛遥忽然觉得那神色空洞中带着不甘，像极了一头受了伤的野兽，然后她就瞧见项桓笔直如松地挺着背脊，"扑通"一声跪在地上，低哑清浅地重复说："我求你。"

"大点儿声！"旁边一人伸出指头煽风点火。

那人扬起嘴角，刻意问道："谁求我啊？"

少年捏着拳一径沉默，他盯着膝盖边已然干涸的血迹，有一瞬觉得往昔十九年的岁月在眼前倏忽闪过。唇齿间依稀尝到了淡淡的腥味，他闭目咬紧牙，随后朗声说道："我项桓求你！"

身侧此起彼伏的笑回荡在牢狱狭小逼仄的空间里，和囚徒们微弱的哀号声形成了截然不同的对比。

宛遥在那一刻狠攥着五指猛然转过身去，将所见的破败和凄凉一并抛诸脑后。

宛延见她作势要走，不禁诧异："你不看他了？"

她却垂眸摇头，低声说："不看了，回去吧。"

这世上，最伤人的也不过"无能为力"四个字。

越坚硬越高大的草木，就越害怕被折断。站得越高的人，摔下去就越疼。

她不想让他活在歉疚里，一辈子在故人面前无地自容。

恐怕这也是自己唯一能帮助他的地方了。

当项南天一行被押解发配至西北边塞的第二天，季长川终于风尘仆仆地赶回了京，而等待他的是比以往棘手了好几倍的烂摊子。

盔甲未卸，季长川坐在书房，一杯茶还没喝完，听着外甥讲述这两个月发生的所有事情，只觉一座大山压顶，无比头疼。

季长川不禁苦笑道："你们可真能给我找事儿做啊。"

"舅舅……"

宇文钧正要开口，就被他打断："行了，我知道了。"

他放下茶杯，悠悠道："孙子云，将有五危，必死、必生、速忿、廉洁、爱民。项桓五危者占其二，死拼蛮干，刚忿急躁，他有此一劫也是命。"说完，他抬眸，"圣旨已下，你不必对我抱太大希望，若真命中注定难逃一死，算他自己活该。"

季长川返京之后，局势便起了些微妙的变化。众人都知晓项桓是他的部下，两人亲如师徒，为徒弟请命无可厚非，大将军左右逢源，人脉颇好，他若上书，鲜少有好事者反驳的。

可出人意料的是，这一回武安侯居然也站出来替项桓辩了两句，风向隐约开始偏转，连以往见人说人话、见鬼说鬼话的文官们都有些摸不清形势。

　　但已结案十日之久，如今翻案是不可能了，倘使真翻出个什么来，只怕陛下的脸面也挂不住，于是这件事就那么不上不下地吊着。一直拖到五月底的夏至，谕旨才艰难地批了下来。

　　此时项桓已经在长安城的监牢中住了一个多月，那些有旧仇的人起初会接二连三地找上门，或打或骂乐此不疲地一番嘲讽，但到后来，连这些人也渐渐少了，门庭冷落。

　　他很久没说过话，也没人来同他说话，漫长的白天黑夜只是枯坐着，偶尔甚至连狱卒也会忘记这间牢房的存在而少送一日的饭食。

　　日子前所未有的空闲，大把的时间让他能静下心去思考一些从前没想过的事。

　　项桓有时候会漫无目的地琢磨，北疆离京城有多远？他爹现在会走到哪里？小圆怎么样了，她的情况是好还是坏？而这段时日，余飞有来过，宇文钧有来过，却独独没见到宛遥。

　　他曾仔细留意每一个途经牢门外的脚步声，却从未听到那种轻柔细碎的步子。

　　她应该不会来了。

　　项桓摊开手，看着自己布满血污的掌心，然后又合拢，在心里想：我拒了她的婚事，她不会再来了。

　　他贴墙倚靠，仰头去望高处的那扇小窗子，就那么一眨不眨地瞧了许久，忽然觉得这样挺好的。她不跟着自己也挺好的，毕竟他这种人，换成是谁都受不了。

　　以宛氏夫妇的喜好，大概会给她找一个性格温良的丈夫，说一门门当户对的亲事，两个人再相敬如宾，和和气气地过一辈子，不会红脸，也不会吵架，不会伤心更不会哭。

　　项桓将手中的几缕干草用力握了握，就着冰冷的石墙闭目睡了过去。

　　而宛遥许多时候就在离牢门数丈之远的地方静静地望着他，继而回身将酒菜交给看守的狱卒，一句话没说便离开，她来过四五次，但一次都没有走近。

　　这回前来传信的貌似是季长川身边的一名亲卫，隔着牢门远远地唤他：

"将军替你求情了,念在你也曾对大魏有功,陛下已同意大赦,罪减一等改为流放南疆。"

亲卫或许看他不太顺眼,大概几时也曾被揍过,语气颇为生硬:"将军说,项圆圆他帮你养着了,让你不必担心。此次南行还望你退思补过,将来如有机会,再戴罪立功吧。"

见他要走,项桓忽问道:"将军呢?"

对方凉凉地瞥了一眼:"将军他不想见你。"

项桓听完靠在石墙上发了会儿呆,良久却也只是沉默地望着虚空处出神。

看他大概是没什么话要说了,那亲卫才不耐烦地收回视线,快步走出阴湿发霉的过道,而在牢狱的尽头正站着一个清瘦纤细的姑娘。

宛遥隔着数重铁栏,静静地注视着前方憔悴萧索的少年,她看见他别了脸,又垂首,眉眼里似乎带了些悯然若失,像是一头被狼群遗弃的狼,在茫茫的旷野间找不到方向。

她一言不发地望了一阵,然后慢悠悠地离开了长安城的深牢大狱。

由于季长川的努力,项桓这条命总算勉强保住,但实际上他的情况并不好,长久以来积累的伤没能得到医治,连站起身都十分困难,而他又固执地不去找人叫大夫,只任凭创口肿疡化脓,反反复复地发烧。

回到家,宛遥借一盏烛光昏黄的灯枯坐了一整宿。

她的左手边是一大摞翻得有些发毛的医书,右手边的案几上摆满了才晒好的药草,这个小院她住了十几年,一桌一椅,一草一木都熟悉得不能再熟悉。

夜里,宛遥路过爹娘的房门时,依稀听到他们在其中浅浅交谈,说着要怎样怎样开导她,最好去个景致优美,能够避世的地方小住几日。

宛遥在灯下颤了颤眼睫,她铺开了一张空白的笺纸,继而从雕梅纹的笔筒里取下一支紫毫。

初一这一天,天还未亮,押解的官差便来牢中提人了。

由于项桓的腿伤得厉害,几乎没办法长途步行,差役只好放弃了木枷,改用牢车押送。

他在暗无天日的牢房里待了两个月,狱卒打开四肢的铁镣铐时,他的手脚早已因为挣扎破得不成样子,铁铐上血迹斑斑。饶是如此,项桓仍然不让人搀扶,他咬牙绷紧唇角,面无表情,跌跌撞撞地行至深牢之外。

晨曦初绽的天幕下,长街上一个人也没有。

他面对空空荡荡的四周,视线漫无目地地扫了扫,继而仰起头,吃力地喘气呼吸。

"刚卯时呢,坊门都没开,不会有人来送你的。走吧。"差役催他上车,看了一眼天色,"山路崎岖,最快也要两个月才能赶到姚州,别耽搁了。"

正想上前搭把手,项桓却冷漠地避开了他,坐在了牢车的最里端,他很疲惫,有气无力地靠在那里。

鲜少见到脾气这样倔的人,差役好心被当成驴肝肺,只抿了抿唇,扬鞭驱马,让车子动起来。

长安繁华的街道在视线中缓缓地往后退。

又是一日晨钟敲响的清晨,阳光从竹帘的缝隙间照进屋内,桌上的蜡烛早就燃尽。

宛遥看着眼前打包好的行李,终于推门出去。

宛延今天不参朝,夫妇俩尚在酣眠,她一路走到角门外的小巷中,然后停住脚步,郑重地转过身,朝二老所住的方向,两手交叠,深深地拜了下去,心道,对不起。

宛遥迎着日光,走出深巷,走出坊间,走进人来人往的大街。

我所做之事,可能有违孝道,也许遭人耻笑。但我不愿等将来回想起时再去后悔惋惜。

人这一辈子,不能只活个非黑即白。纵然项桓有一身的缺点,纵然他声名狼藉,遗臭万年,可他仍是曾经为我上刀山下火海的人。

"我敢把自己的命给你,你敢把你的命交给我吗?"

"看你刚刚吓成那个样子,我要是不进来,待会儿你又哭了怎么办?"

"你们,再上前一步试试,我不保证我的枪不会见血!"

收拾得整齐的书桌上,镇纸下的字迹娟秀清丽。

她神情平静而坚定,在末尾处这样写道:总有些人情债,是要还的。

第九章 追随

远山长青,旭日明媚如玉。

树荫斑驳的官道笔直地横在两山之间,囚车摇摇晃晃地行于其中,马蹄声不紧不慢地回荡在耳畔。

有很长一段时间,项桓都觉得周遭的一切像是静止的,来来去去皆是同样的景色。

他的一条腿曲着,另一条只能平伸,胳膊就搭在未受伤的那条腿上,茫然地盯着视线里亘古不变的草木村庄。

天高地迥,而前路漫漫,身侧连个过客也没有。

不知从何时开始,绵延的山道上多出来一道人影。他起先不为所动地瞧着,到后来那人的身形渐渐清晰,而少年原本淡漠的双目也随之陡然睁大。

满眼山花锦绣成堆,草木遮天蔽日,少女就站在初夏的这片勃勃生机中,眉目安和地望着他。

项桓几乎是扑到木栏上去的,随行押送的官差接触他那么久了,还是头一回看到这张冷漠生硬的脸上露出如此生动的表情。他隔着牢门,不顾一切地冲她吼道:"谁让你跟来的!"

伤痕累累的五指上,才长出的指甲深陷入木槛之中,刮下一道一道的痕迹。

"滚,我不用你管!"他发了狠似的,紧扣牢门,"我说了不用你管,你走啊!"

手背的青筋虬结凸起,他的胳膊在抖,嘴唇也在抖,可是无论他怎么喊,宛遥都没有出声,只那样平静地与之对视。

她的眸子太清澈了,一汪泉水般碧波荡漾,映着星光。

到最后,项桓也木然地跌坐回原地,在摇晃的囚车里同少女无言相对,

他的拳头已经握出了血却不自知，心口仿佛被一把极锋利的刀子划开，血流如注。

马车行过平坦的大道，行过泥泞的山路，行过独木小桥。

由北到南，从春入夏。

沿途有无数飞鸟划过蔚蓝如海的天空，春花开了又谢，夏虫烦躁不安地咆哮。

他看着宛遥跟在不远处，就这么沉默地跋山涉水，风餐露宿。

脚上的一双鞋子被磨得满是破口，满身都是风尘。

正午她会坐在离这边十丈远的地方，低头吃自己带的干粮，夜晚则枕着包袱幕天席地睡觉。

两个差役偶尔得闲了便去和她拉点家常，将路上买的特产分一些给她，然而宛遥自始至终也不曾开口与他说一句话。

夏季的雨来势凶猛，又毫无征兆。

差役将囚车赶到树荫下，两手遮着脑袋，上近处的长亭内避雨。

宛遥撑开伞，背对他缄默地站于花丛旁边。

瓢泼大雨在茂盛的树叶间依旧连成线砸在脸上，项桓每每眨眼，水就顺着睫毛滑进唇中，他睁不开双目，于是垂首半闭着。而就在暴雨倾泻之际，脚边忽然有一道阴影投下，项桓茫然地抬眸，便看到对方清秀的眉眼。

宛遥站在囚车外，踮脚将青花油布伞在他的头顶撑开。发丝上的雨水一缕接着一缕地顺流而下。

项桓讷讷地注视着牢门外的人，长久没有眨眼，眸子无缘无故地酸涩难当，他觉得似乎有什么温热的东西伴随铺天盖地的雨一起蒙住了视线。

这是他此生唯一一次涌出想要流泪的情绪。

由于盛夏多雨，山道泥泞难行，这一路走得甚慢，七月初也才抵达会州附近。

离姚州还剩一个多月的脚程，但难办的是，项桓的病却越来越重了。

他本就不怎么爱惜身体，入狱后更是自暴自弃，外伤内伤多症并发，连日来连饮食也减少了许多，大部分时间只昏昏沉沉地睡着。

因路程遥远，地方荒凉，在流刑路上死在半途的犯人并不少，押送的官差不蹂躏打骂已算是囚犯上辈子积德了。但眼见项桓的病情一天天恶化下去，两位差役好像显得十分紧张。趁着在会州城歇脚,他二人匆匆去趟邮驿,取回了封书信,接着便交头接耳地不知商量着什么。

屋内灯光亮了一宿。

翌日,再次启程南下,刚过了置办干粮的水马驿,宛遥心不在焉地走在后面,囚车冷不防却停了。押解的差役开了门上的锁,蹲下去唤项桓的名字。

半晌无人答应,于是又左右开弓地扇了几巴掌:"喂,喂,小子,醒一醒……"

"没死吧?"那人问。

"没呢,还有呼吸。"

宛遥见他俩意味不明地对视了一眼,旋即一前一后将人拖出来,随手扔在了路旁。

她微微一怔。

那官差拍了拍掌心的灰,对草丛中半醒未醒的少年叹了口气:"临行前,大司马吩咐过我们要好好照顾你。咱们哥俩如今就当你死了,从今往后项桓这个名字也算是从这世上消失了,能不能活下去就看你自己的造化吧。"

囚车重新上了锁,差役一个上了马背,一个坐在车沿,继续打马前行,木轱辘碾着碎石,在地面上留下蜿蜒的车辙。

宛遥小跑了一段路,见他们的确是没再折返,方才回到草丛边去打量项桓的情况。

因为一直以来都没有看过他的脉象,宛遥甚至不知道项桓的病情到了何种地步。

她蹲在草丛边去拽他的手,后者便朦朦胧胧地睁开眼,朝这边默默地望了一望。

宛遥将包袱暂且搁在一旁,颦眉听了一阵脉搏。

脾虚、血虚、内火还很旺……

她伸出指尖撩开他凌乱的发丝,摸到额头后就被热度烫得收回了手。

宛遥发愁地打量四周,这地方前不着村后不着店的,她自己也是一头热地跟出来,没地图没向导,如今身在何处,又要往哪里去全无头绪。

宛遥就这么在原地迷茫了片刻,她像是有了什么主意,作势要起身。

然而正在宛遥站起来的那一瞬,项桓不知哪儿来的力气,忽然一把握住

她的手腕，"啪"的一声，掌心相扣。

宛遥不禁愣了愣，试着挣开。但他握得很紧，手隐约在抖，人却侧过身去，用力咳嗽。

"我不走远。"宛遥解释说道，"你先放开我。"

过了一会儿，项桓才缓缓地松开五指。

她背起行李沿官道一路走一路张望，虽还未到大魏南边的疆界，然而这一带已隐隐有些荒凉之势了。

宛遥约莫等了小半个时辰，才等到一辆准备进城的牛车。

赶车的是父子俩，在当地一户显贵家中做活，正拉着几大袋粮食回去交差，她给了点钱财请他们捎一程。两个人倒挺好说话，因为本就顺路，加之宛遥又肯付铜板，于是十分利索地挽袖子，将项桓抬到了车上。

山路颠簸，牛车摇晃。

项桓躺在几袋粮食前腾出的一道空位里，宛遥便抱膝坐在他的旁边，前面的中年男人见他俩年纪都不大，于是也不时回头来闲谈几句。

"小姑娘是要去城里投奔亲戚吗？怎么你哥哥给搞成了这个样子？"

项桓沉默地转过视线，看见她将下巴搁在膝盖上，垂眸模棱两可地回答："第一次出远门迷路了，在山里遇到了狼，他没留意，就不小心摔断了腿。"

"哦，那可真是惊险。"对方感慨，又奇怪地自言自语，"这附近有狼吗？"

青龙城位于凭祥关的最北端，因战火不曾烧至此处，故而也算南界边疆诸城之中，最和平的一座了。

牛车到底是笨重，傍晚时分临近关城门时，他们才勉强抵达。

两位车夫体贴地将他两人送至一间客栈前，说是全城最物美价廉的一家。

宛遥同店中伙计一起把项桓扶上了楼。

但早已过了用晚饭的时辰，小二立在门边问道："姑娘要吃点什么吗？"

夜里吃太多并不好，考虑到项桓脾胃不佳，她只要了些清粥小菜。

"先喝粥吧，你烧得还不算太严重，等明日我再出去帮你抓药。"宛遥拿勺子搅了搅热粥，发现太烫，便换了一个馒头递过去。

项桓坐在床边，见状要伸手拿，可他的五指兼掌心都是伤口，又衬着污泥，实在有碍观瞻，于是在半空顿了下，又合拢手指缓缓收回。

宛遥看着他的时候，他刻意地将脸往旁边不自然地偏了偏，周身都显得格外局促。

她捏着手里的馒头,抿唇放进盘内,很快推门下楼。

不过片刻,宛遥再度折返,怀中却多了个盛满清水的铜盘。

她不言不语地拉凳子到床前,干净的十指探到项桓的身边去。

项桓握着拳头,牵第一下的时候他分明微不可察地在躲,第二下时才任由宛遥拉到膝上。

掌心摊开,她低头用巾布细细地擦着里面的污垢和血渍,纤瘦的指尖白皙细嫩,同那张布满薄茧的大掌形成了鲜明的对比。

项桓出神地垂眸,发现她的手好小。

他悄悄张开了些,大概可以一手握住她两只手腕,真的好小……

等包扎好了伤,宛遥捧起项桓的脸,将他苍白的眉宇擦洗干净,再用木梳就着水,梳洗那一头打结的青丝。

她做这一切时也没说话,而项桓就这么望着她,面前的姑娘神色认真专注。

等大致给他收拾出了个人样来,宛遥抬起袖子抹去额间的薄汗:"今天暂时这样吧,太晚了,别的明早再忙。"

宛遥草草地吃了顿半冷的晚饭,饶是没做多少事,也已经过了亥时。

更深露重,一片安宁。

房间里两张床,分别靠着两堵墙。

一个月奔波劳累,宛遥几乎挨枕便睡。

项桓睡不着,他的腿还隐隐作痛,脑袋一阵一阵地昏沉,对着墙发了半天的呆,他终于试探性地转头。背后的宛遥呼吸均匀,眉眼平和,应该睡得很好。见她的确未曾醒来,项桓这才放心地翻过身子。

双目早已适应了黑暗,此时仅有的一点月光成了整个客房中明亮的烛火,淡淡的清辉打在少女清秀的脸颊间,微启的嘴唇随着气息一开一合。

项桓一直认为,宛遥不算那种倾国倾城的美人。他曾见过定国公的妾室,一个容颜绝色的舞姬,恍惚一瞥,着实让人印象深刻。但宛遥给他的感觉与此不同,看第一眼时或许只觉得五官恬静,瞧着挺舒服,然而相处久了,渐渐地会发现她很耐看,仅仅是站在那里,不言不语的,也依旧赏心悦目。

像块玉,清凉温润。

项桓依稀想起幼年时,第一次见到宛遥的情形。

那日晴朗无云，他正在院子里练枪，家中忽然来客了，大哥跑来招呼他，说是父亲的同窗好友要登门拜访。过了没多久，母亲便带着一个年轻妇人从回廊上经过，他拎着枪，满头大汗地立在台阶下，看见母亲手上挽了个身穿月白衣裙的女孩子，软软的，小小的，恐怕只到自己肩膀处。

"项桓。"母亲含笑对他说，"这是你宛叔叔家的那个小姑娘，你要叫她妹妹。"

他不知道该怎么应付，愣了片刻，便拖着长枪往前走。

而那个雪团子一般的小女孩在他迈开第二步时，就立马怯怯地躲到了他母亲的腿后，璀璨生辉的眼中写满惊恐，不安地朝这边打量，感觉像是要哭了。

他没明白自己哪里吓到了她，只好停在原地茫然地抓了抓头。

耳边则是母亲清脆爽朗的笑声，她领着那位妇人向花厅方向走去，声音渐行渐远。

"还是个傻小子啊，那就别让他吓着咱们遥遥了，将来总还有机会的。"

而此后的数年，沧海桑田。

母亲和大哥相继过世，他成日混迹在街头巷尾，和各式各样的人打架。

项桓只记得有一回，自己满头是血地躺在小巷内，四下里与他起争执的那些大孩子们已经跑远了，他盯着蔚蓝的天空，周身又疼又累，渴得口干舌燥，直想喝水。但四肢痛得他爬不起来，也懒得爬起来。

项桓便不切实际地开始白日做梦，想着要是老天爷现在能掉点水给自己喝就好了。

哪怕一口也行啊。

正在此时，仿佛回应了他内心的企盼，视线里居然真的多出了一只水囊，还圆鼓鼓的！

它晃晃悠悠地朝这边靠近，顶上悬着一根丝线，仿佛随时能砸下来。

项桓惊讶地撑起了头，就瞧见不远处蹲着一个小女孩。

她眼睛大大的，有几分熟悉的惶恐与胆怯，手中握了柄鱼竿，好似非常害怕，与他保持着距离，像投喂狗熊一样将水囊颤巍巍地吊到他的跟前。

从此，他记住了她叫宛遥，也就莫名地喜欢带着她东奔西跑。

月光隐没入云层，睡在那边的少女忽然皱了皱眉头，项桓险些以为她快醒了,急忙闭眼。

不料宛遥却只是侧了个身,翻过去依旧睡得安稳。

他再抬眸时,对面的床榻已剩下一道背影,可自己的腿骨还在疼,这一整夜不眠不休。

宛遥补足了觉,踏踏实实地睡到日上三竿。

她早起又给项桓把了一次脉,对症写好药方,唤来小二去城中的铺子里抓药。

内服的药倒是好说,熬煮成了喝下去便是,不过项桓这一身的破皮烂肉,她拿着外伤膏药真有些无从下手,再加上双腿的伤还需要仔细检查。

宛遥站在床边,凝重地盯了他半响。

昨天落脚匆忙,那身旧衣没换,人也没洗,怎么看怎么不顺眼。

她不吭声,项桓也不好问,转眼就见宛遥倏忽又出去了,他只好老实地坐着不动。

这回离开得有点久,小半个时辰后,两个不知道打哪儿来的精壮男子随她推门进屋,一左一右门神似的站着,现下不问真的不行了。

项桓忍不住,正要开口,这姑娘语不惊人死不休地蹦出一句:"那就麻烦两位大哥帮他沐浴更衣了。"

他蓦地扭头,一脸惊讶:"什、什么……"

宛遥递上些许铜板,神情温柔:"他腿上有伤,你们留意一下别碰到了。"

"放心吧姑娘。"壮汉们开始摩拳擦掌,挽袖搓手,"保管伺候这位小哥舒服。"

"等……"没等项桓说完话,宛遥已经关上了门。

客栈正值一天中最热闹的时段,上有住客下有食客,店伙在大堂穿梭,掌柜的低头忙着记账。

她倚在栏杆边托腮往下看,身后的客房内是一阵鸡飞狗跳。

"我自己能洗,不用你们。等等,等等,先放手,放手!再碰当心我不客气了!"

项桓挣扎着要起身,奈何腿伤未愈,痛不可当,只得又硬生生地跌坐回去。

壮汉颇为不解地安抚:"小哥你莫要乱动了,万一伤着哪儿就不好了。"

"就是啊……"

他最后大概实在是没辙,急得在里面唤她:"宛、宛遥,宛遥!"

走廊上每隔一段养着一盆水仙,宛遥充耳不闻地拾起一片叶子泡在盛满清水的花盆中,泡一会儿又取出来,再泡一会儿再取出来,自得其乐。

折腾了半炷香之后,里面就没声音了。

又过去不久,门终于打开,两位壮汉抹着一头的汗珠陆续从屋里出来,纷纷向她作揖告辞。

宛遥忙颔首说:"有劳了。"

"不妨事不妨事,应该的。"这年头钱不好赚,如此轻松的活儿能挣十个铜板已经算是天大的好事了,何况是伺候一位小郎君呢。

他们很隐晦地补充道:"我看公子伤得不轻啊,姑娘这段时日若还有吩咐,尽管托小二来找我们。"

"好,一定。"

送走了人,宛遥这才转身进屋。

项桓万念俱灰地坐在床上,听到动静,明显有个戒备的姿态,好似蓄势待发,一见是她,紧绷的神经才渐次松懈。

客栈中有人进进出出,有些吵闹。

眼看宛遥掩好门扉走过来,项桓便轻蹙着眉,欲言又止了好一阵。

"能不能别让这些人替我洗澡啊?"他想想都别扭,低声抱怨,"我自己又不是不能洗。"

女孩的裙裾骤然停在视线里,项桓一抬头,正见她垂眸,神色平淡地看着自己,有种不言而喻的态度。

他抿唇说道:"偶尔洗两回也是可以的……"

宛遥不由得牵了一下嘴角,很快又正经道:"怎么洗?知不知道你的腿伤得有多重?"

面对这种话题,项桓只得自认理亏,陷入沉默。

她神色严肃,挨在床沿落座,将外伤的药膏一字排开,吩咐道:"把手抬起来。"

沐浴完毕,从上到下换了套衣裳,他整个人清清爽爽的,带着皂角香。

宛遥坐上前伸手解开项桓的里衣,这些日子他瘦了,胸膛和小腹的肉轻减许多,摸着还能碰到骨头。半身的肌肤青一块紫一块,伤口都愈合结了痂,大大小小的，虽不严重，但数量惊人，想是在牢里遭到过不少人的报复。

宛遥轻轻地叹了声，低头一圈一圈地给他缠上布条。

她做事时眉眼总是很认真，乌黑的青丝扫着下巴，两手环至腰间后背，有一瞬，项桓张开的双臂忍不住悄悄地收紧合拢，但最后还是没能抱她。他居然也恍惚认识到这世间也有什么东西是自己不愿去轻易惊扰的。

"你这处的骨头没长好，又隔了那么久，恐怕只能打断了重新接。"宛遥收拾好布条和药膏，守着他喝完粥，"等你休息几天，把烧退了，我再找来人给你治腿。"

项桓喝粥的动作一顿，迟疑道："不是你给我治？"

宛遥："我虽学过接骨，但是手劲小，动作不快，可能过程会让你痛苦许多，所以想了想还是找那些有经验的老大夫比较妥当。"

"我又不怕疼。"

把自己的腿拿给她折腾，哪怕玩坏了，项桓也是没意见的，但若换了个人，他心里终究说不出的不踏实。

接骨的当天，来的果然是个有经验的老大夫，因为他看上去又老又秃，大半个瓢铛光瓦亮，须发银白如雪。老大夫瞧过项桓的伤势，直截了当地告诉宛遥："近日雷电交加，引来大火烧山，所以药草奇缺，接骨怕是没有升麻汤喝了。"

她果然在迟疑，项桓见状倒是无所谓："不喝就不喝。"

在军中时，缺水缺粮食缺药草，什么都缺，一场仗下来少胳膊断腿的人遍地喊疼，别说升麻汤，有药草医治已是万幸，哪有那么多挑剔。

老大夫提醒道："小哥，断骨再续可是很疼的。"

少年的骨头一向很硬，他不以为意："断都断过了，还怕你再续？"

既然病人都无所谓，老大夫也就不再多言。

于是老大夫着手开始准备，打开药箱，其中放置着一柄小铜锤，几张夹板，布条无数。

宛遥到底还是担心，紧拧的秀眉一直没松开，先帮着在他几处止疼的穴位上施过了针，随即才捏着软木，缓缓俯下身："不如，还是等采到药材了再行医治吧？"

"没事儿。"项桓语气随意，安慰道，"就一点小伤，我撑得过去。"

说完，索性一探头叼住她指尖的软木，扬眉示意。

宛遥眉眼沉着，却只是垂眸而立，并没有回应。

整个过程大概需要一炷香的时间，从敲骨这一步起，听到榔头"砰"的一声砸下去，她佯作淡定的表情也不禁起了些变化。

小城镇上的大夫算不上有多高超的医术，但基本的手艺还是有的，老大夫阅人无数，倒是鲜少看见这么能忍的年轻人，一时间不由多瞧了项桓几眼。

项桓紧紧地咬着软木，鼻中只急促地呼吸。

钻心的刺骨之痛能将他的大脑疼至晕厥，然而咽下唾沫一转头，满目的汗水里还是见到宛遥担忧地蹲在床前，心中便多多少少感到安慰。

幸好，她也不是全然不在意的。

哪怕身经百战的人，清醒状态下要经历断骨再接依旧是一番不小的折磨。

宛遥看着项桓小臂的肌肉绷紧着，凸起的青筋宛如一道道刀锋，清晰深刻。

她知道他在狱中被拔去了指甲，这么用力地攥着床板恐怕新生的指甲会再次受损，她犹豫了下，缓缓地探出手，指尖不过刚刚碰到他的手背，便被项桓紧紧握住。

半个时辰后，大夫手脚麻利地上好夹板，宛遥帮忙用布条稳稳地捆扎固定好。

老大夫道："这伤至少得休养三个月，近期切勿沾水，需要换的药你也都知道了，若有什么情况不能料理，再来城东寻我吧。"

宛遥付过诊钱，坐在床边，将干净的巾布弄湿又拧干，探身替他擦拭额头上的汗。

项桓疼得面色发青，偏头把嘴里咬到几乎变形的软木吐出来，磨牙凿齿地骂道："下次再让我遇到那帮人，绝对把他们剁了喂狗！"

身侧的姑娘不着痕迹地瞥了他一眼，抖开床尾的被子，忽然"啊"了一声："你这腿……"

她秀眉凝重地皱起，眸色里显然铺满了忧虑，好似看见了什么可怕的事情。

项桓有些蒙，撑头问她："腿……怎么了吗？"

宛遥认真盯了半响，正色地回答道："不太对劲，他好像接错了。"

项桓不可置信地眯眼,差点要跳起来:"什么,这都能接错?"他一时有些无措,他不知道骨头没接好有什么后果,"那、那现在怎么办?"

宛遥遗憾地摇头:"别无他法,只能打断了再接一次。"

"还要再接?"简直是要他命啊!

项桓仰头倒回床上,几乎想就地死亡:"我不行了,你等我缓两天,缓两天再说,别再叫那老头来了,我都说你比他靠谱得多……"

宛遥又朝他脸上望了望,平静道:"啊,原来是我看错了。"她淡淡地肯定说,"接得挺好的。"

宛遥若无其事地把薄被搭在他的身上盖好,走到桌边提笔铺纸写方子。

他的眼睛还怔怔地瞪着,就看她这么一副没事人的样子开始低头研墨,愣了半晌又倒回原处,内心一片荒凉,再这么下去迟早得被她玩死啊……

项桓最难熬的几天都是在客栈里度过的。起初是发高烧,后来开始昏迷不醒,第三日反倒是被腿疼醒的,一整宿辗转反侧。足足十来天,项桓的病情才逐渐稳定,虽不至于那么快就能下地走动,但日常的饮食已基本可以自理了。

青龙城是一处夏季清爽宜人的所在,哪怕盛夏已至,待在房中却也不觉炎热。

由于他无法动弹,大半时光皆是在床上发呆消磨时间,宛遥偶尔会记得带两本书来供他打发闲暇,但她如果不给,项桓也就只好和发霉的天花板干瞪眼。

他觉得自己这段时间简直厌得不像个男人了,果然人一经病倒,管你再如何顶天立地的英雄好汉也唯有在病榻上哼唧的份儿,尊严扫地。

不过有时候他甚至觉得,倘若能让宛遥高兴一点,自己尊严扫地一下也无所谓。

项桓若有所思地翻了个身,毕竟她似乎已经很久没怎么笑过了。

住店的花销其实并不是一个小数目,尽管宛遥临行前将积蓄全带上了,但衣食住行再加购买药草,一日的费用也颇为可观。

项桓这病还不知要拖到什么时候,她盘算了下,干脆在城中租了个小院,把客房给退了。

搬家当天倒挺热闹的。

他们这一行,一个半道被丢下的囚徒,一个离家出走的小姐,匆匆动身,其实并没多少东西,但热情的邻里仍前来帮忙,提东西的提东西,搀扶人的搀扶人,最后还留了些日常用具与家中的果菜酒水来给宛遥。

偏僻的边城之地,补给并不充裕,可百姓们却十分淳朴好客。

她傍晚下厨,把邻居送的三黄鸡放在锅里煮,切姜丝、葱段、蒜剁成茸,以糖、盐、醋、鲜鸡汤调料,做了一道白切鸡,一方面给项桓改善改善伙食,另一方面夏季炎热正好能够消暑开胃。

她送去一份给隔壁养鸡的婶婶,留一份他们自己吃。

项桓如今勉强可以用单腿蹦跶了,一蹦一跳地帮她摆碗筷。

鸡肉被煮得格外鲜嫩,宛遥知道他的口味,于是多放了些辣椒,一口咬下去酸甜微辣,皮爽肉滑,甚是鲜美。

项桓就着一只鸡腿便下了两大碗饭,但依然觉得不足。

他心不在焉地扒了口饭,偷偷瞅了一眼宛遥的表情,于是颇为刻意地给她夹了一筷子菜。

"宛遥。"项桓放下碗,坐在对面旁敲侧击,"方才我见那个大叔送了一小壶酒。"

他试探性地提议:"要不,咱们今天喝一小杯?"

实在是有一阵子未碰酒水了,若是没让他瞧见还好,可既然看见她收下了,嘴里就馋得不行。

宛遥没急着表态,只停了筷子,抬眸,不咸不淡地瞥向他。

项桓让她那眼神一看,自己就先没了脾气,悻悻地端起碗:"知道了,不喝就不喝吧……"

见她总算满意,项桓开始继续吃菜,才拿筷子戳了几下碗里的白饭,替自己打抱不平地嘀咕:"宛遥,我发现你最近越来越凶了。"

宛遥闻言放缓了咀嚼的动作,轻咬着竹筷,不经意朝项桓那边看了一下。

他正在吃饭,端起汤碗一饮而尽,又盛了一碗推到她的肘边。

宛遥搅动手里的粥,想着自己近来是不是真的对他太苛刻了一点。

晚饭后,项桓喝过药早早就睡下了。

宛遥轻手轻脚地走出院子,敲响了隔壁婶婶的门。

左邻住的是位寡妇,带着个七八岁的男孩子,和蔼可亲很是善言,一照面就夸她那顿白切鸡做得好。

宛遥客套了几句,问道:"婶婶今年夏天采莲了吗?"

她捧了三四枝荷花和一张荷叶回来,借着清水洗净,摘开花瓣,同糯米一起放在蒸笼里用小火烹煮。灶口的木柴被烧得毕剥作响,宛遥蹲在旁边轻轻扇火,那些温暖的橘红色将她的侧脸映得分外温柔娴静。

约莫等了近一个时辰,糯米软和下来。

她在灶前挽起袖子摊饭,将捣好的酒曲浇上去搅拌,等差不多均匀了,再取了只大陶罐装满,放入剩余洗好的荷花瓣。

夜深人静,宛遥抱着荷花酒的坛子走到院中的角落里,用干草塞塞窣窣地遮住,静等发酵。酒自然是窖藏得越久越好,但果子酒之类烈性没那么重,偶尔解解馋也够用了。

做完了这一切,她才拍拍手,伸了个懒腰回自己的房间睡觉。

夏夜的月光自有一种清凉如水的气息,像是熊熊烈火中的一轮冰泉,从高处洒下无边无际的清辉。

她没有关门。

门外一道身形斜斜地在地下投射出朦胧的影子。

项桓悄无声息地走到床边,女孩子呼吸均匀,睡得很熟,眉眼是一如既往的温婉清和。

他手抚着雕花的床架,静静垂眸。有好长一段时间,连项桓自己都不知道自己在想什么,他只是那么一言不发地看着她,看着看着,就觉得原来他也不是一无所有的。

熬过了酷热难耐的三伏天,青龙城外湖里的荷花渐渐枯萎,露出了清幽的莲子来。

项桓在这大魏的边城里住了几个月,忍受着走一路瘸一路,哪儿都不能去的酷刑,甚至有一丝冲动,认为当初还不如跟着项南天到北边去搬砖修城墙,为大魏添砖加瓦。

百无聊赖的时日里,他又不能练功,每天靠着宛遥"赏"给他闲书混日子。但说是闲书,这丫头平时看平时一本正经十分正直,蔫坏起来简直功力深厚,时不时扔他几本《道德经》《清心咒》,他也只能感恩戴德地看完。倒是邻家那个半大的孩子偶尔会来串串门,将自己珍藏的演义借给他阅读。

转眼间,项桓那伤腿基本恢复了七七八八了,地面的暑气也较之以往消散了不少。

趁宛遥说要去买些东西,他便闲得发慌地跟了出来。

本是打算四处走走,透一透气,然而很快他就认识到,陪女人逛街是一种比窝在家发霉还要痛苦百倍的折磨。一日结束,他拎着大包小包吊儿郎当地行在街市来往的人群当中。

这年头到处都在打仗,城门口的告示牌几乎一天一换。

青龙城处在边境,许多战事的消息反而比京城传得更快。

项桓同宛遥站在人堆的外围,他个头高,视力又好,哪怕站得远,看布告上的字也毫不费劲。

"写的什么?"她完美继承了宛夫人的身高,哪怕踮起脚也还是无济于事。

"南境告急。"他只读了几行,双眼就蓦地一凛,随后压低声音,"袁傅反了!"

"什么?"宛遥像是没听清,猛然仰头看他。

咸安二年的夏天,蛰伏多年的武安侯到底还是露出了他的獠牙。

借大魏在上阳谷一战中的失利,他领兵南下欲与南燕决战一雪前耻,收复故土。

然而谁也没想到当初在先帝驾前立誓要做一世魏臣的袁傅发动兵变会如此猝不及防,正如多年前的凤口里一样,历史终究还是重演了。

战火在南境的土地上呈燎原之势般迅速蔓延,烽火军的铁骑好似一把锐利的刀,切开了魏国的防线。

"袁傅与南燕联手了。"项桓望着那张布告,想起当日他在凭祥关附近为人构陷,后知后觉地咬牙切齿,"难怪熊承恩的消息可以过内卫那关,多半就是他一手策划的。这个阴险小人!"

而在与南燕相距不远的青龙城,百姓们亦是人人自危,担忧地交头接耳。

"又要打仗了,这可如何是好啊⋯⋯"

"是啊。咱们离疆界那样近,倘若袁贼势如破竹一直北上,城内岂不遭殃吗?"

但仍有人觉得前景颇好,有恃无恐:"怕什么,不还有季大将军吗?"

"袁傅老儿野心昭昭,可整个大魏也不是他一枝独秀,总有制得住他的人在。"

"不错，我们有大将军！"

经他一带头，底下附和声渐起，季长川毕竟在百姓中颇有人望。

"再说，大司马手下还有两个得意高徒呢，都是随他征战过西北的年轻将军，前途无量啊。"

"咱们大魏也遍地是后起之秀，不怕他这老匹夫兴风作浪。"

"说得对！"

正讨论得热闹，一番自我慰藉的言语里忽然蹦出来突兀的一句话："大司马手下不是三位高徒吗？"

四周一静，宛遥发觉这话说完时，项桓周身蓦地绷紧了。

"唉，你还不知道呢……"开口的恰好是站在项桓跟前的人，他正对危险一无所知地侃侃而谈，"项家那个早就不行啦，他哪儿比得上宇文世家的公子和余将军啊！"

天高皇帝远，许多人对项桓在京城里发生的事并不知情。

"项老爷家也是世代的武将，项二公子自小习武，熟读兵书，又有大将军提点，不至于吧？"

"不过是顶着项氏历代出名将的噱头，"那人唾沫星子飞溅，"其实能有什么真本事？他哥带兵丢了凭祥关，他自个儿带兵，最后兵败上阳谷，一家子就只会添乱。"

项桓的拳头猛然紧握，尽管病过一场，但勇武犹在，他绷起周身的肌肉时，是一种令人胆寒的气势。

宛遥悄悄拉住他的胳膊，触手便是冷硬的筋骨。

而旁边的路人甲一脸不屑地说："有道是'一代不如一代'，到他这一代索性全家都没了，你们说可笑不可笑？所以说，再深厚的家族底蕴也经不起败家儿子折腾。"

项桓的呼吸明显很急促，他双目充红，唇边的筋肉咬得抽动了一下，而宛遥拼命在旁使眼色。

怒火已经烧到了顶端，一触即发。

她原以为他多半会打下去，可他居然没有，只是鼻息里带着难以克制的怒意。

项桓愤恨地盯着对方的后脑勺，扭头甩开她的手，强忍着腿伤，大步往前走去。

"项……"想起周遭尚有外人，宛遥忙住了口，"你等等。"

回了小院，项桓将一堆东西搁在桌上，转身进屋，飞速脱了鞋睡觉。

"项桓？"

宛遥提起裙子跟进来，见他正背对着自己，也不应声也不动弹，铺盖倒是裹得很严实，密不透风。

"你这么早就睡了？太阳还没下山呢。"宛遥伸手去推了两下，后者只是更加用力地裹紧被子，却没搭理她，她无奈且好笑，"还在生气？"

尽管也觉得对方说得过了，但眼下今非昔比，顶着一个逃犯的身份本就处处受限了。

宛遥坐在床前左右迟疑，最后灵机一动，同他提议："要不，今天喝点酒？我酿了梅子酒，闻起来特别香，下一盘干煸小河虾肯定很好吃。"沉默了一阵，她再接再厉，"咱们明天去城外钓螃蟹好不好？你想不想练枪，我帮你买一把啊？"

可无论她怎么说，床榻上的人依然没动静。

过了不久，宛遥也说得累了，只好束手无策地叹气，起身出去。

项桓睁开眼，悄悄转过头，看到她是真的走远了，倒莫名有些失落。他疲惫地叹了口气，索性埋进被衾里，不管不顾地睡上一觉。

人心里感到烦闷时，总是会不停地逼着自己陷入梦中，好似这样一直沉睡下去，就能忘却许多不那么令人高兴的事。

项桓傍晚入眠，足足到第二日早晨才醒。

外面的天阴沉沉的，给他一种夜尚未结束的错觉。太久的长眠使得周身无力，项桓稀里糊涂地套好衣服，到桌边去灌口冷水。

秋风吹得窗边的竹帘发出声响。

不知为什么，他感觉今日这个小院落隐约和平时有点不大一样，可又说不出哪里不对劲。

等一杯茶喝完，项桓终于反应过来，太安静了。以往这个时辰，宛遥多半已经起身，不是在厨房忙碌就是在院子里晒草药，而现在居然一点动静也没有。

"宛遥。"他试着唤了一声,整个屋子空落落地回荡着自己的声音。

不在吗?说不出缘由,但项桓喉咙蓦地一紧,一些莫名的预感瞬间涌了上来,他扯过外袍披上匆匆往外走:"宛遥。"

前厅的茶壶是空的,里面没水。米缸也是空的,篮子里只剩下几片枯萎的菜叶子。

碗盘皆洗得干干净净,纤尘不染,好似从未用过。

项桓的心骤然跳得极快,卧房内无人,庖厨内无人,院中里外没人影,连她带来的那个包袱也一并不见了!他找了一大圈,竟没找到宛遥留下的那些常用的物件。

冷风狂躁不安地拍打枝叶,角落的草木群魔乱舞似的招摇着。

项桓站在院内,目光愣怔地凝视漫天飞卷的落叶。

他在想自己昨天的话是不是太过分了。

他是不是哪里没做好?

他或许不应该那么不耐烦,或许、或许他该回应她一句的。

茫然之后,他竟然又有些悲哀。自己到底恶劣到何种程度,以至于连她也受不了了。

天刚亮,早起的人不多。

项桓穿好衣衫出去,沿着附近的民居一个一个地敲开门询问,他平时很少同这些人打交道,因为刚搬来不久,腿又伤着,连院子也不怎么出。

宛遥和他都不是爱走动的人,这是生活环境使然,大户人家从没有串门的习惯。

陌生的邻里们皆狐疑地站在门口,听完少年的描述后,又纷纷整齐地摇头,表示对此毫无印象。于是项桓走出了那片民居,往青龙城方向而行。

偌大的州城,街巷纵横交错,他其实并不知道自己应该朝哪里走,可总觉得脚步不能停下,好似一旦停下,伤腿便会顷刻间支撑不住身体的重量。

长街开始车水马龙,喧嚣的叫卖声仿佛从很远的地方传来,在耳边模糊不清。

项桓走在这红尘万象里,依稀想起很久之前的某个晚上,他挨了一顿打跑出家门,步伐缓慢地穿梭于坊间的十字街中。

那时候宵禁,四下无人,万籁皆如死寂,而武侯不知几时就会钻出来。

他也是这样埋首走着,头顶一方深黑的天,毛月亮昏黄得瞧不出形状。

冷清的街道上,忽听得有个很轻的声音在唤他:"项桓……"

他站直身子缓缓转头,两扇宅门前的灯笼将两道影子一后一前地交织,女孩子单薄的模样就这般出现在视野里,好像一直以来都不曾离开。

她的目光战战兢兢,又带着一点试探,盯着他脸上的伤,磕巴道:"还、还疼吗?"

项桓不说话。

大概也有些忌惮,少女犹豫了好一阵,才试探性地走上前,踮着脚给他擦脸。

项桓低下头来,瘦高的影子将她整个人罩成一抹暗色,他沉默了很久,然后去牵她的手,用力握在掌心。

寒来暑往,枯荣明灭。

世人忙忙碌碌一生,身边去留者无数,回头想起的却也多是当初落魄之际肯为他点一盏明灯的人。

青龙城的当铺内,因战祸不断,百姓银钱吃紧,赶着来典当的人居然不少,柜前甚至排起了长队,人挨人,人挤人,闹大了还得让伙计出来调停。

等宛遥办完了事,已经是日上三竿,她在里边被闷得满脑袋汗,站在门前长舒了口气。

这天老阴着不下雨,连气息都是闷热的。

宛遥在附近买了一碗凉茶先解渴,一转身,正对面就看到项桓直愣愣地站在那儿。

猝不及防四目相对,他似乎也始料未及地怔了下,原本踟蹰的步子蓦地顿住,一双茫然的星眸就那么定定地望着对方。

不远不近的两丈距离,像是突然将隔山分海的距离以一线拉近,如此令人没有防备。

宛遥比他还要意外,匆匆付过铜钱便将茶碗还回去,一边走一边问:"你怎么在这儿?你不是……"

半句话未及说完,手腕上莫名一痛,一股极大的劲道拉着她往前拽,面颊贴上一堵温热厚实的墙,心跳沉稳有力。宛遥能感觉到腰身和后背像是被两条铁箍禁锢住,这是从前全然没有过的情况,她知道项桓就是抱她也不会这样用力,而那股灼热的呼吸正轻喷在颈窝处,他的双臂死死地圈住了她。

宛遥愣了一阵,也终于觉得窘迫了,试图挣扎了下:"干什么啊,大街上……"

"你先别动!"他忽然咬着牙,"先别动,听我说完。"

宛遥被他说得一愣,也就只好僵在那儿。

耳畔的气息逐渐放缓,项桓像是深吸了口气,嗓音低沉:"我知道我昨天做得过分了,不该把脾气发在你身上,不该那么不近人情。"他不禁加重了些力道,"今后不会了。"

宛遥在他的肩头眨了数下眼,迟疑着要开口:"我……"

"宛遥!"他却咬咬牙打断,"你先别走好不好?"

再给我一点时间,他其实还想说:再给我点时间,我能改的。

项桓清楚自己的脾气,宁可硬着头皮死撑也不会讲半句软话,宛遥能够了解这番低声下气对他而言究竟是怎样艰难的让步。

周遭已经有过客神色复杂地回眸张望。

她原本被他抱着,两手不知怎么放地晾在外,眼下便慢慢抓住项桓的衣衫。

"我……"宛遥一时间倒有些难以解释,牵了牵嘴角,"我只是跑去当铺典当些旧衣服而已,还没打算要走。"

那一瞬,她感觉到后背的手臂动作微滞,先前的力道渐次退却,周围寂静了好一阵,仿佛满世界都是小贩的叫卖声。

项桓把自己那两条胳膊一点一点从她身上撕下来,眼底的情绪霎时变得有些难以言喻,他这会儿大概不瞎了,抬眼看见了宛遥身后的当铺,于是不自在地抿唇道:"你是去当铺啊?"

后者尽量收敛表情地"嗯"了一声,给足了他面子。

项桓唇边微抽,很是不能理解地问:"那、那你干吗把包袱拿走了?"

"我不拿包袱,怎么装衣服?"

项桓没法反驳,继续追问:"可家里的米缸怎么没米了?"

宛遥很自然道:"都吃光了啊。"

305

密布的乌云忽被一阵清风吹走了，雨没落下，反而投射万丈日光，照得人简直睁不开眼。

饭桌上，宛遥把钱袋子抖开，倒出一把零碎的钱。几粒碎银子，两吊铜钱，就是他们俩如今全部的家当。尽管离家前，宛遥起码带了六七十两银子，但治病、用药、住店、租房、近半年的饮食开销，各种杂七杂八，有出项没进项，用光是迟早的事。

她将银钱排开，两个人相对而坐，盯着这堆玩意儿大眼瞪小眼。

宛遥瞥了瞥他，用手堆起铜板，好让它们显得多一点。

"再不想办法赚钱，咱们真的要喝西北风了。"她支肘在桌子上，和他商量道，"我今天出去逛城里的医馆，碰巧看见有一家缺大夫，我琢磨着，如果可以的话，我倒是能去试试。"

项桓听完就皱眉："不行，这又不是长安城，你人生地不熟的，太不安全了。"

宛遥瞪他："说得轻巧，我要是不去，家里吃什么？"

"那不还有我吗？"他往后一靠，"我一个大男人，哪有让女孩子养家糊口的道理。"

话音刚落，伤腿处便被宛遥不轻不重地敲了一下。

"你现在缺胳膊断腿的，能怎么找钱？自己好好在家养伤吧。"她掀了掀眼皮，"免得惹出新病来，钱没赚着还倒花出一笔。"

"我哪有这么没用……"项桓悄悄地看了看她，伸出手摊开，一副胸有成竹的样子，"别说缺了条腿，我只剩手也养得活你。"

宛遥收好银钱，像是想起了什么，垂眸微不可察地牵了下唇角，忽然开口唤他："项桓。"

她声音轻轻的："你方才满大街跑，是怕我把你丢下了不管吗？"

项桓其实都不大想提这么丢脸的事了，他把玩着茶杯，嘴唇抿成了一条线："那不是……我身上也没钱吗。"他揉了一下鼻子，"而且腿也没好，你要真把我扔在这儿，"项桓飞快抬眸，"我岂不是要饿死。"

闻言，宛遥把钱袋打好结子，意味不明地笑了笑，起身往外走。

项桓的目光一路跟过去，心里忍不住打鼓，难道是话没说对？他选项又选错了？

"你、你干吗去？"

宛遥提起门边的篮子，随手丢了根烂菜叶到他的头上："做饭啊。"

对于去医馆的事，宛遥到底还是很坚持，第二日就登门同药坊的掌柜详谈。

但项桓有句话确实未说错，此地毕竟不是长安城，人家对她既不知根也不知底，自古对女人的轻视使得掌柜很是犹豫。不过也许是真的太缺人了，谈到最后也只能勉强答应，不过要先免费试用半月，检验她的医术，给工钱的事得等期满与东家商量了再做定夺。项桓自然是认为对方欺人太甚，但苦于别无门路，也不好多说什么。宛遥迟疑片刻，仍旧把这些霸王条款照单全收。

故而接下来的半月，项桓俨然成了被留在家里的孤寡青年，每日一早就得目送宛遥出诊，正午随便吃点昨天的剩饭，晚上再等她回家做新的。

只过了五天，项桓便觉得这样下去不行。太不行了。

让宛遥养他已经是奇耻大辱，更别说自己整天跟个废物似的无所事事，简直不如一死了之。

白日里只要得空，项桓就会拖着他的伤腿来回走动，好让身体恢复得更快些。

他清楚自己只要康复了，有手有脚干什么不能赚钱。

这是一段他们俩各自分头行动的时日。

夜里吃过饭，都累得不行，倒头便睡。到后来项桓也会在下午鼓捣一些简单的菜，虽卖相上不堪入目，好歹已从火烧庖厨变成了饺子水面轮番上阵，但炒菜还是不行的，有时实在是吃面吃腻了，他还能捡起自己的老本行去烤鱼。

很快，宛遥已在医馆待了半月。

据这些天的观察，她发现城内看病的人其实并不如长安那么多，前来抓药的又普遍是寻常百姓，药草和诊费皆不昂贵，一日下来根本挣不了几个钱，更别说掌柜那边还要层层分成，到她这儿能拿到的工钱委实偏少，而医馆中的大部分银钱却都是靠另外几位大夫上门给城内显贵治病调理所得。山高皇帝远，地方的官员自有他们捞钱的一套手段，个个富得流油。

宛遥每日写方子的时候，看着那些进进出出的病人，心中不禁冒出一个想法。

"如果真要安心攒钱，我想不如也从那些达官显宦入手。"傍晚吃过饭，她把饭桌收拾出来，铺开纸一边写一边道，"不过眼下咱们没有人脉，要上门诊病怕是不行了，但从姑娘家的'洗面药'上想办法没准儿走得通。"

项桓闻言问道："洗面药？"

宛遥看了他一眼，一副只能意会不能言传的表情："是女孩子常用的东西。"

他只好似懂非懂地"哦"了一声。

从前朝起，带有药理的洗面散开始流行于市面，数药店和胭脂铺中卖得最多。

这些清洁面部的药膏或是药粉皆以种种草药配制而成，功效也各不相同。洗面去皯的、光泽肤色的、消除恶疮的……其中最受欢迎的是治疗面疮、瘢癣之类。

宛遥好歹也算京城的大家小姐，知道这种东西在名门贵女间很是热销，价格也是水涨船高。

"我一会儿给你几张单子，你平日若没事帮我去采买一些碾成粉。"宛遥吹干墨迹，"等晚上我再来调。"

治面部的热疮需得排脓生肌，活血除湿，因此多用的是白芷、白茅、白茯苓之类的药草。

起初项桓脚伤没好，只能找药坊以稍微便宜的市价买来，天天坐在院中，百无聊赖地推着药碾子研磨。他这个人素来手贱嘴贱，闲得无聊时连路过的野猫也要抓着玩弄一番。

最后连隔壁家的男孩子都看不下去了，上门找他还书时说道："大哥哥，你这么爱玩动物，干吗不上望北山打熊去啊？你打一头熊，毛皮割下来还能做冬衣，每天玩猫多没出息。"

毕竟冬天就要到了。

项桓一听，自己琢磨片刻，发觉挺有道理。于是到了十月上旬，等固定伤腿的夹板终于卸下，宛遥便见他在院中活动了一宿的筋骨，第二天就拎着把柴刀出门了。

"我去山上采药，你不用担心，过一阵子我自己会回来。"一声没头没脑的招呼打完，他这一离家，便失踪了三天三夜。

宛遥连找人都不知该往哪里去找，担心了一整晚，正打算睡醒后去报官，谁知第四天清晨，他竟拖着一头灰狼回来了，身后满地滴血，一路蜿蜒着红色的痕迹。

那狼被他刺穿了心脏，整个巷子都能闻到腥味。

隔壁家的小男孩寻着动静出门一看，险些以为还没睡醒，使劲揉了好几回眼——上山去打熊，真的只是自己随便说说的啊！

项桓在门口站定，提气喊："宛遥！"

她披衣出来，只见后者周身血污，将手里的狼往院中一扔，似乎觉得有点亏："还以为真有熊呢，蹲了三天也就蹲到这玩意。"

他跑上山居然没忘了给她采药，后背的竹篓里一堆草药。

项桓往里面捞了捞，大概是真累了，抓出两只野兔丢在地上。

"入冬前的野味果然好猎，休息几天，我还要再去一趟。"体力透支太大，他把东西卸完，转身就不管不顾地坐在了台阶上，而对面的宛遥看着满地的东西，站在原地不知所措。

项桓仔细窥着她的神情，唇边的笑意渐次荡开，拔去水囊的盖子仰头灌了一口水解渴。

"怎么样，我说过能养你的吧？"他的语气里透着不易察觉的倨傲，"想当年我在虎豹营里，骑射也是数一数二的，要不是没像样的兵器使，还能猎几头狼给你做身披风。"

总算被他可怕的审美刺激得回过了神，宛遥摇头掀了个白眼："谢了，我才不用那种披风。"

项桓："当毯子也行啊。"

她到底心有余悸地绕开那头死不瞑目的狼，俯身去收拾野兔和小竹筐："你三天不回来，就只是去打猎了？"

"那不然呢？"

"既然是打猎，一开始为什么不说实话？"她轻轻地抱怨，"又不是什么要紧的事。"

项桓靠在背后的柱子上："那不是怕你担心吗。"

趁宛遥走过来，他便歪头挡住："往后就不用再去外面卖药看病了吧？我再加把劲儿猎头熊，咱们一个冬天的花销都够了。"

对面那双温婉清和的眸子漫不经心地朝此处一望,他只好如实说道:"你做的饭好吃一些,天天吃饺子馄饨清汤面的,不腻吗?"

没等到回答,宛遥伸手将他的额头往后一推:"先洗澡去吧,脏成这样。"

项桓囫囵地睡了一觉,晚上精神饱满,坐在院子里处理打回来的狼。

宛遥隔墙听着外面的声音,躲在房里愣是没敢出来。

他刮了一半问她:"你真不拿去制件衣裳?我看毛挺好。"

女孩子在门后应道:"我不要!"

"熊胆能入药,狼胆呢?还有狼鞭……居然是只公的。"项桓切得很带劲。

宛遥无奈地抿抿唇:"狼胆没什么用,好像尾巴可以辟邪。我听说狼都是成群结队,对方不会找上门报复吧?"

"那不是正好,就能多几张狼皮了。"

"你先别出来。"项桓提了提嗓音,"我开膛破肚了。"

此后的几天,他们院落里总是飘着一股散不去的腥味。

项桓搭了个葡萄架,狼皮就挂在树下,等晾好了可以做成褥子。

狼肉倒是有药用,温补的能益气养血,宛遥把它切成块儿风干,最后卖给了药坊。

第十章 出战

咸安二年的秋季,当大魏南境打得战火连天之际,处在凭祥关最北端的青龙城却呈现出不可思议的温馨与祥和。

宛遥辞了医馆的工作,在城中的闹市租了个小摊子卖药,因为价格偏贵,生意不太兴隆,但名气却打得很响,至少来问价的都是出得起钱的人物。这段时日,项桓则忙着跟城中的猎户三天两头往外跑,他手脚利落,每回上山总是满载而归。

一旁的老猎人见状便出声感慨:"到底是年轻好啊,我像你这么大的时候,哪有你这般的武艺?小伙子前途无量,将来必然是咱们这附近最好的猎手。"

他提到将来,说的是猎手。那一瞬,项桓恍惚了下。

自他流放至此已过去数月之久,从颠沛流离再到赚钱糊口,来青龙城之后,他每日所思所想都是如何快些好起来,如何修身养性,如何发家致富。仔细一想,那些驰骋沙场的风光往昔就像是上辈子的事了,军营、战枪、烽火,突然间变得十分遥远。

当日的自己也许做梦也不会想到,如今会沦落至边城,靠打猎为生吧。

转眼即将入冬,也渐渐不太容易觅得山里面动物的踪迹。

项桓拎了头马鹿兴冲冲地回来。他知道鹿茸是好东西,岂止如此,这么一整只鹿简直周身都是宝。

彼时,宛遥正坐在屋子里的桌前写着什么,而院子已成了他的屠宰场,夜里上茅房时冷眼一看能吓个半死,一颗颗动物头颅挂在架子上,一副冤魂不散的样子。他这辈子恐怕就是个杀戮的命了,之前杀人,现在猎物,干的还是老本行。

项桓刚收拾好一地的残局，在角落里洗手，远远地听到宛遥在叫他，便把刀子随意涮了两下跑进去。

"什么事？"

她坐在床边示意："你来，我给你看下腿。"

尽管这些天他满世界蹦跶，但例行检查还是需要的。

项桓颇为听话地依言坐了，不用宛遥吩咐就自行卷起裤脚："起初晚上还有点疼，现在早就没事了。"

伤筋动骨一百天，他又那么爱折腾，足足熬了四五个月才痊愈，这会儿已是筋肉有力，恢复如初。

宛遥俯下身细细推揉着项桓断骨的交接处，她手劲小，按在膝上时又极有分寸，软软的，很是舒服。

项桓就坐在那儿低头看她，他发现宛遥安静做事时眉眼是十分专注的，哪怕只是些许小事，也能认真得像在面临千军万马。

"如何，是完全好了吧？"见宛遥起身，他甚是自信地伸手把裤腿放下去。

"嗯，骨头长得很好。"宛遥隐约地松了口气，紧接着丢下一句让项桓诧异的话，"那等明年开春，我也能放心回京了。"

项桓挽裤子的手蓦地一顿，方才灿烂闪烁的星眸明显有刹那黯淡，他被猝不及防的一句话砸得有些蒙。

"你要回长安？"项桓愣了下，急忙穿好鞋追出去，"为什么？"

宛遥折平桌上的信纸，转身平静而认真地回答："我本就是离家出走，此举于我而言已经算是不孝了，因为担心爹娘找来，我甚至连书信也没怎么寄。现在你既然康复无恙，又可以在此处养活自己，我再留下也没必要。"

他们俩什么关系都没有，住在同一屋檐下原本便不合规矩。

项桓："可是，你一个人回去？"

宛遥摇头："我准备让曲州老家的舅舅派人来接我，他们离这儿近，半个月就到了。"

这番话说得滴水不漏，简直无从反驳。

项桓知道自己没什么理由非得让她留下，宛遥有爹有娘，有一个家在等着她，肯为他做到这种地步已是仁至义尽，何况以他如今的处境，也的确没资格开口。

"回京之后，我会托人带东西给你的。"她言罢，装好信封就往外走。

项桓抿唇站在原地，莫名对先前说的话感到懊悔。他想，早知道是这样，自己从一开始就不该去打猎，也不该那么积极地说自己的腿好得那样快。现在反倒作茧自缚，不知如何是好了。

目光不自觉地转到了自己的腿，他沉默了一阵，暗道："要不然，再打坏一次？"

庖厨后的灶台生起了火，隐约传来切菜的声音。

项桓从屋中走出来，院子安宁祥和。他举目扫了一圈，老树下是他搭的几张木架子，平日里用来晒动物的毛皮的，宛遥偶尔也会晾些衣裳。角落堆着几坛果子酒和腌制的肉干，水井边放着两三只大簸箕，里面全是药材。

墙头上常来闲逛的野猫轻手轻脚地迈着步子，撞见他的目光，就转身溜了。

项桓将视线收回，不经意地侧头。

厨房门边洒出昏黄的光，人影朦胧，他看着那个在灶前忙碌的身形，眸色淡淡的，瞧不出情绪。

大锅里的水尚未沸腾。

宛遥揭盖看了一眼又合上，踮脚取下菜篮里的胡萝卜、丝瓜，去皮后均匀地切成丁。

项桓就站在她身后不远的地方，静静地看她做饭。

灶间的热气带着火光铺在宛遥的侧脸，就像某日夜里，她蹲在这里看火，橘红色的光照在身上，明亮温柔。他两手伸了出来，探在宛遥的腰间，只要用力合拢就能抱住。

其实项桓知道，如果真想留住她也并非没有办法。他生来就不是个委曲求全的性子，若换作从前，自己想做什么事都会不管不顾，不达目的誓不罢休。

可这次他居然退却了，缓缓地收回手。

总有那么一些人、一些事，让戾气满身的少年也终于隐约明白了什么是不忍心，什么是舍不得。

日子一天天过去，秋收冬藏，寒来暑往。

南境的战况也隐隐传到了青龙城，季将军的虎豹骑与袁傅的烽火军势均力敌，在凭祥关恶战了一场，实力不分上下。

这是能让天下英雄好汉们惊叹的对弈，想必他日在史册上也能落下浓墨重彩的一笔。

季长川和袁傅皆是生于乱世的名将，他们对战争的渴望无关立场，因为宝刀都是需要开锋的，太平日久的江山只会让猛兽的利爪生满红锈，让曾经坚定的意志慢慢动摇。

这样的人，注定是属于战火和征途的。

但这两位高手交锋，那咸安皇帝又不知抽的哪门子的疯，另调了一批新军从东面出发，在黔中道驻守。名义上是助季长川一臂之力，但总有些监视和坐收渔利之嫌。

听说这是沈煜亲自提拔，花了半年时间招募训练，组成的"威武军"，那里面的人不晓得是吃什么长大的，个个体魄强壮，勇猛无比，皆是能单挑猛虎的勇士。

项桓从城外回来时，一日一换的告示牌上便贴出了征兵的消息，一群人围在旁边指指点点，议论纷纷。

"虎豹骑和威武军都缺人？也不晓得跟着哪一位混好……"

有壮汉当即开口："当然是大司马了！大将军攻无不克，战无不胜！"一听就是季长川远在边城的又一位忠实支持者。

"可我却听人说，威武军好像更厉害。"身侧的人插话道，"我有个朋友在京城，据说今年东西营校场演武，两军阵前比试，威武军的士兵徒手便能撕裂马腹，打得宇文将军的人措手不及。"

"不至于吧？"

"真的假的……"

项桓在人群的外围站着，看了一阵。熟悉的名字入耳，令他难得想起了故人，也不知余飞他们怎么样了，圆圆跟着大将军应该衣食无忧，倒是项南天一把年纪了，在北境苦寒之地真不晓得能不能撑过这个冬天。

而自己呢？项桓茫然地想，他虽然捡回一条命，但现在已成大魏的黑户。季长川说要自己戴罪立功，可如今就算从头开始，身份这一关也过不了。

他已经不是项桓了，报国无门，那还有什么机会能够东山再起呢？

望北山进入冬眠后，项桓就没再去打猎，而宛遥的药摊却做得日渐红火，偶尔他会在街头远远地看一眼。她雇了两个伙计帮忙，和和气气地迎来送往，人多的时候脚不沾地,不厌其烦地同前来买药品的姑娘小姐们解释。

真奇怪,她哪儿来那么多耐心?明明自己也是衣来伸手、饭来张口、有人服侍的世家闺秀。

冬天黑得早,不到傍晚,街边的店铺就已点上灯。

伙计手脚麻利地拾掇摊子,今日的进项不少,宛遥给他们结了工钱,道了句"辛苦",便低头收拾东西。

"那我们哥俩就先走了。姑娘你路上小心啊。"

"我知道。"宛遥笑着点点头。

青龙城虽不宵禁,但除非节日,集市夜里是不做生意的。这会儿周围的小贩已大多收摊回家,她把药箱背在肩上,吹熄悬挂的小灯笼,走上街。

与此同时,巷中月光灯烛照不到的阴森角落,一道人影不声不响地动了。

他留意这位卖药的小娘子已半月有余,知道她与那两个帮工并非同路,每当这个时辰总会独行。

心怀龌龊的人大多会见缝插针地找机会,他不露声色地紧跟在后面,走得不远也不近,只等周围僻静下来,不时左右张望。

长街凄清,沿途的灯笼时无时有,宛遥走了没多久,视线中忽然多了一双黑靴,样式眼熟,她立时驻足。

身后那人不明白她为何突然停了,狐疑地抬头,正对上一双从暗处显露出的黑瞳,森冷阴沉,乍一看去好似恶狠狠的厉鬼,瞧得人惊心动魄。他一瞬间毛骨悚然,撒腿便跑,而宛遥听到脚步声转头,似乎还莫名不解。

项桓收回目光,看她的时候眉锋不禁微微皱起:"你就不能不去卖药吗?"说话间,伸手将那只药箱接过来,"又不是那么缺钱。"

"我和老板说好要租四个月。"宛遥微微垂头,背着手踢了踢脚边的小石子同他解释,"不能毁约的。"

他们并肩走在安静的街上,周遭的灯火拉长影子,在眼前一短一长。

到饭点了,满世界都是炊烟袅袅,弥漫着菜肴的香气。

宛遥:"明天我可能得回来晚一些,而且也不在药摊,你不用来接我了。"

项桓终于问:"怎么?"

"太守家的妹妹脸上生了疮,今天遣人来让我过去看看。"高官之家,说起来应该是笔大生意,一日治不好也许还要多跑几趟。

他本就闲着，当即表态："那我也去。"

宛遥却不冷不热地朝旁瞥了一眼："可我不想带你。"

项桓大约没想到自己会被拒绝得这么干脆，愣了愣，有些烦闷道："为什么？"

她不紧不慢道："你去，又要和人打架。"

项桓有些无奈："我这次不会。"

"我这次不信。"宛遥凉凉地一睇，十分坚持，"对方是咱们惹不起的人，倘若你一个没忍住，那怎么办？"

他百口难辩，总觉得怎么说都是错的："这么久了，我不也没惹是生非吗？你就那么不信我？"

后者肯定道："我就这么不信你。"

项桓感觉自己最近好像把此生的憋屈一口气全吞了，涨得腹中难受心口发慌，里外不似个人样。然而无论他怎么生闷气，宛遥也不搭理，照旧煮了热粥，将腌制好的肉干切成片，将就吃了一顿。

一晚上风平浪静，原以为这事儿就过去了。

第二日清早，她准备好东西，在灶里留了饭食，一推门，某人已抱怀靠在墙边，像是等她许久。

"你怎么……"

门前的少年站直了身，眉眼难得严肃："宛遥，时逢乱世，别看青龙城表面太平，实则近来流民激增，往巷子深处走全都是饿死的百姓。你一个姑娘家在这种地方不得不小心，昨天若非我在，你知道自己后面跟着人吗？"他说完，又缓缓放轻了语气，"这种事上，听我一回好不好？"

知道项桓讲得不无道理，宛遥再推辞未免就有些任性了，她捏着药箱的带子抿唇权衡片刻，还是不踏实。

她抬起头："那好，你可以去，不过要约法三章。"

至少她答应了，也算一大进步。项桓暗暗地松了口气，很爽快："你说。"

宛遥正色地竖起手指："不准打架，不准吵架，不许用眼神吓唬人。"

"……行。"做好了无论什么要求都答应的准备，他一听只有这几个要求，自然不在话下。

"你先发誓！"

他懒洋洋地应付："好好好，我发誓。"

见他这么敷衍，宛遥不禁瞪道："认真点！"

衣袖被扯得歪了一大截，项桓只好老老实实地咒了自己几句，转念一想，又不禁得寸进尺地凑过去。他顺手帮她取下药箱，貌似随意地开口："我怎么说也是为了你的安危着想，你就不打算给我点彩头？"

宛遥理好青丝，不解道："你要什么彩头？"

他厚颜无耻地扬眉，伸出食指："我一天不惹麻烦，你多留一个月怎么样？"

后者轻飘飘地看了他一眼，转身往前走。

这都不行？项桓忙背起药箱："喂⋯⋯"他只能退而求其次，"那要不半个月？十天，十天总行了吧⋯⋯"

会州太守姓彭，是当地有名的人物，据说家中哪位近亲曾在长安得幸于陛下，故而安排了这份清闲美差给他。

饶是城中已经饿殍满巷，太守府依然是富甲一方的所在。宛遥禀明来意，门房便客客气气地侧身请他们进去。前来领路的管事丫鬟穿得整齐干净，先恭恭敬敬地朝宛遥行了个礼，目光不经意往旁边一转，正对上一双冷漠的眼睛，她忍不住一抖，笑容就不那么能挂得住了。

"这、这位是⋯⋯"

"他⋯⋯"宛遥一时间居然不知给项桓找个什么身份为好。若说是药童，可这么"杀气腾腾"的药童还真是很少见，若说是大夫，万一穿帮也不好解释，于是她竟僵在那里。

项桓接了一句："是她的伴当。"

丫鬟这才领首道："原来如此，那辛苦二位跑一趟了，请随我来。"

宅子气派且宽敞，比宛遥家中甚至项府都要大得多，门庭威仪，守备严密。可见彭太守此人应该很会敛财。家宅一大，负责打点的仆婢自然不会少，一路走过去，能看见许多低头忙碌的人影。

宛遥往后一步，退下来和项桓并行。后者见状，知道是有话要说，很默契地微微低头。

"你发现没？"她不着痕迹地压低声音同他耳语，"有好多西北部落的

战俘。"

项桓轻声"嗯"了,双眸已随她朝旁蜻蜓点水地一扫。

"宛姑娘,这边走。"

丫鬟一抬手便挡住了视线,下了长廊的台阶,正对面便是彭大小姐的闺房。

三人刚要进门,迎面一个端着托盘的侍女碰巧出来,她右手戴了只铁环,不经意抬眸和项桓的双眸撞上。婢女被那目光中的锋芒一骇,周身不禁打了个激灵,茶壶的盖子顷刻滑落,眼看着就要摔在地上,少年动作敏捷地俯身,稳稳当当地单手握住壶盖。

不过电光石火的工夫,管事大丫鬟的内心就经历了一场从乍起到平息的暴风骤雨,简直比夏天的雷雨还迅速。

她愣过后开始厉声训斥:"你怎么看路的?毛手毛脚的东西,砸到客人怎么办!"

那姑娘一直深深地垂首不停道歉,哪怕接过项桓递来的壶盖,胳膊也依旧在抖。

"还不滚!"

见她唯唯诺诺地跑开了,丫鬟才颇不好意思地冲宛遥笑笑:"让姑娘看笑话了,我们小姐就在里面。"

"不要紧。"她摇头。

等对方走出十步开外,宛遥才将和气的笑脸一收,朝项桓皱着眉使眼色,压低声音:"你看你!"

他莫名其妙:"我又怎么了?"

宛遥:"说好了不许用眼神吓唬人的。"

项桓只觉得一口黑锅当头扣下,无辜得不行:"能不能讲点道理,我哪儿吓唬她了?我眼睛生来就长这样!"

宛遥半是埋怨半是无奈地斜眼看他:"那就反省一下,怎么才能把这毛病改一改。"想了想总是缺了点什么,又补充道,"不行,你违反规定了,我要扣十天。"

他听完便是一愣,有些讷讷地看着她跨过门槛,终于爆发道:"不是,喂,宛遥,怎么还带扣的?约法三章里几时说有这一条了?"

后者站在院中转身,正色着提醒:"不可以进来,这是姑娘家的闺房。"

他眼睁睁地见面前的两扇院门关上,在原地绕了几圈挠挠头,最后烦躁地在石阶上坐下。

这才半个时辰不到呢,怎么一天没增还减掉几天!

项桓头疼地揪了把草丢在地上。

日子越来越难过了。

彭家小姐正值青春年华,模样生得平平无奇,但胜在会打扮,面颊白白净净的,一番仔细上妆,大概也能算个中上姿色。可惜她近来左脸长了一大片晶莹剔透的痘疮,乍一看去很像蟾蜍成精,丑得十分骇人。

彭小姐终日不敢出门,用一张帘子把窗户遮得密不透风,和宛遥说起便是一脸泪:"本来今年就该和太尉家的公子成亲的,可你瞧瞧我这模样,还怎么见人哪?实在没办法,也只得把婚事延到明年去。但推得了一时总推不了一世,再熬年纪就大了!就算夫家不嫌我自己还嫌呢。"她一把鼻涕一把泪,"上个月,丫头拿来姑娘做的玉容散给我试了些日子,倒有几分效果,我想着不如请你来替我诊一诊,对症下药或许好得更快呢?"

言语间,宛遥正在观察她的面部,闻言颔了颔首:"小姐这是体内有热毒,毒气不散,只使外用的药的确不容易见效,得吃几服药才行。"

彭小姐忙说无妨:"姑娘尽管治,需要什么名贵药材我差人买便是。"

宛遥笑道:"用不着什么名贵药材。小姐只需备好黄芩、桔梗、冰片、雄黄等物即可,冬天大雪封山,草药或许不易得。"

"这没问题,你写方子,我命她们去抓药。"

说明白点就是普通的出痘子,年轻人精气旺盛,皮脂原本就容易生油,再加上饮食过于油腻,偶尔引发一场疮灾并不稀奇。

宛遥替彭家小姐用药粉洗完脸,吩咐了些忌讳的食物,便提起药箱准备告辞。

"宛姑娘不如留下吃顿午膳吧?时候也不早了。"

她推拒道:"多谢好意,不过我尚有别的事情要忙,恕不能耽搁太久。"其实是不大想应付这些高门贵女。

彭小姐大概也就随口客套两句,闻言便不再挽留,安排婢女送她出府。

项桓在门外大概是闲得快发霉,起先祸害台阶下好不容易挨到寒冬的草,

顺着花坛揪了一圈，最后见四周已无草能拔，便又三两下攀到了树枝上，似乎准备对本已枯黄的树叶下手。

可刚一上树，他不知是看见了什么，坐在那儿目光专注地远眺了半晌，直到宛遥两手拢在嘴边喊他，才回过神。

少年身轻如燕，一个纵跃稳稳落地：“这就完了？”

她抿唇一笑，颔首应了声：“走吧，回去了。”

刚才彭小姐留她吃饭时，宛遥还不觉有多饿，这会儿行于宅院夹道的花径内，旁边有下人端着托盘匆忙闪过，四周遍处菜香，光闻味儿她就有些犯馋了。

项桓兴许也没好到哪儿去，不约而同地加快了步伐。

"你还敢跑？"

也就是在此时，回廊下摆满精致茶花的园子里传来一阵令人颤抖的哭号。青砖道上有个管事模样的男子似乎正在教训下人，手里握着的是根拳头粗细的棍子，棍风呼呼作响。

"说过多少次！公子的茶花比你的命还重要，让你认真看护，认真浇水，你倒好，把这株雪牡丹养得半死不活！"

他好像自己打得也很是疲惫了，便靠着大声嚷嚷助力，每道一句都是掷地有声："你赔得起吗，便是将你卖了，也抵不过一片花瓣，要你有什么用！"

那人抱头满地乱窜，疼得痛不欲生，口中溢出的凄厉喊叫仿佛远远超过了棍棒对他造成的伤害。

园子深处却隐约有个身影蹲在一盆山茶花前。纵然惨叫尖锐刺耳，他也不动如山，只悠闲自得地专注于自己的花草，对眼前的这一幕视而不见。

"我打死你这个没用的东西，我打死你！"

挨打的花衣似乎再也支撑不住了，跌跌撞撞地跑出乱棍的包围圈，可他周身无力，仅迈了几步便实在走不动，就地打滚，正好不偏不倚滚到宛遥的脚边。

"啊！"先叫出来的却是引路的婢女，她紧张地提起衣裙，惊魂未定地往后退。

"张先生，你怎么搞的，连个人都看不住！"婢女指责了管事，旋即又忙去问宛遥，"宛姑娘没吓到吧？"

静默片刻,才听到人轻缓地应答:"我还好……"

在她说话的那一瞬,一直侍弄草木的年轻公子忽然转过了头。

重重花影后的姑娘有一副纤细清秀的好身段,在无数馥郁芬芳中显得愈发淡雅纯净。有的人好看,是在于皮相,肤白貌美,秀色可餐;有的人好看,是在于骨相,五官精致,不易显老。

他阅人无数,单从一个背影和轮廓,便能大致想象出对方的相貌,直觉告诉他,这是个美人。

此时的长廊下。

花农摔个五体投地,宛遥第一眼着实吓了一跳,没等看清,项桓已将她迅速地掩到了背后,神情戒备。她小心翼翼地从他的肩侧探出头。

这是个中年男人,骨瘦如柴,裸露在外的肌肤青一块紫一块,有些尚往外渗血。

"救我……"

他面色极差,嘴唇泛着淡紫,连开口说话都十分困难,只强撑着朝他们的方向伸出手,细瘦的胳膊上挂着沉甸甸的铁环,仿佛随时能被折断一样。

"救救我……"

宛遥揪着项桓的衣襟,秀眉不自觉轻皱起来,解释道:"他脸色偏黑,是脾土衰败的现象。尽管表面不易察觉,但肾水多半已泛滥。如果不及时医治,想必熬不过明年春天。"

知道她心善,项桓转眸看了一眼,宛遥同他视线交汇:"我给他把脉。"

于是,项桓让开,抱着胳膊守在旁边,见她轻轻执起对方的手腕。

"他脉象虚大无力。"宛遥抬头,朝项桓解释,"这是肌肉精气不足的征兆,此时的皮肉对痛觉会尤其敏感,也难怪棍棒下会疼得如此厉害……"

对方的五脏六腑都已衰竭,想必此前受过不少罪。

尽管明白这是别人的家务事,毕竟还是不忍心,她皱眉轻叹地摇头:"未免过了一些,若真做错什么要惩罚,倒不如给他个痛快的。"

站在旁边的张先生愣着神听这姑娘说了一堆话,并不知她是什么来头,别的没听懂,反正只悟出个"你们这帮人太狠毒"的意思来,当即挽起袖子不满道:"你谁啊你?多管什么闲事呢!小爷教训下人,用得着你废话?"

项桓是当惯了打手的,很自觉地上前一步,正活动手腕筋骨,还没等露

个凶相,旁边忽然有人迅速而来,抬脚便将那位张先生踹倒在地:"大胆恶奴,谁许你在府中行凶的!"

说话的是位锦衣公子,看年纪大概近三十,生着一双丹凤眼,平白让五官显得过于阴柔了。他这一动作毫无征兆,在场的都不同程度有点蒙。

张先生趴在地上,捂着腰目瞪口呆地望着自家主子:"公、公子,您不是说……"

锦衣青年一脸厉色地打断:"我让你好生照看花草,你倒仗势欺人地摆起谱来,不过是给你个总管东院的职权便敢下此毒手,今日好歹让我撞见了,平时还不知怎么横行霸道呢!"

项桓在旁边听着,高高地挑起了眉,他此前在树上坐着瞧热闹,这位公子可是全程纵狗咬人,作壁上观的。目睹一场变脸大戏,他颇有兴味,静静地看对方卖力表演。

张先生委屈得说不出话,缩在台阶下跟那花衣一起发抖。

锦衣青年似是愤恨说道:"枉我这般信任你,你可真叫本官失望,下去领罚吧,思过半月,何日明白何谓'与人为善'了,再来见我。"

张先生虽一头雾水,却也只能配合地应声,连滚带爬地走了。

锦衣公子目送着人走远,对自己的一番表现很是满意,满身浩然正气地转头想去看一眼观众的反应,才发现佳人正忙着替那位病痨鬼诊脉,居然没顾得上抬头。他摸了摸鼻尖,倒也不气馁,礼数周全地作了个揖:"让姑娘受惊了。"

宛遥反应过来,忙起身回礼:"不妨事,是我刚才逾越了。"

"也是在下管教无方,竟使恶仆胡作非为。"

两人各自客气各自的,项桓则抱怀在旁,面无表情地看他们俩。

脚边的花衣还在时断时续地哼唧着,锦衣公子回过神,佯作担忧地后退,看着那奄奄一息的仆役,目光中尽是哀色。

"伤得这样严重,真是可怜。"他兀自感慨,随后不着痕迹地对宛遥道,"在下见姑娘会些医术,不知能否为他诊治诊治?"

她闻言犹豫了片刻,还是觉得义不容辞,答应下来。

莫名捡回条命的花衣被安置在一间干净明亮的厢房内。

宛遥简单地做了些处理,开了道方子留下:"他肾上积水,病入膏肓,我不能保证一定治好,但会尽全力的。"

从房中出来时,已有丫鬟进去照料。宛遥向那锦衣青年提议说:"公子可以去城中寻更好的大夫。"

"姑娘太谦虚了,舍妹既然请你入府,自是信得过你的医术,又何必推辞呢?"

看她正要开口,锦衣青年见缝插针地开始介绍自己:"敝姓彭,姑娘可以唤我永明。"他的语气还颇为谦虚,"在下是此地太守,方才见下人鲁莽,一时情急,失礼之处还望见谅。"

宛遥点点头,不冷不热地赞了一句:"太守很年轻。"

彭永明似是赧然地笑笑:"才疏学浅,本就愧不敢当,让姑娘这么一说,在下更惶恐了。"

项桓在旁边听这小子油腔滑调地朝着宛遥说话,从始至终把自己当一根路边戳着的树桩,终于忍不住轻咳一声。

对方大概才发现这根明亮的烛台,吝啬地抱拳问:"不知这位兄台是……"

宛遥还没来得及解释,彭永明便自作聪明地恍然大悟:"原来是宛兄。"

后者皮笑肉不笑地冷哼,低沉道:"我姓项。"

"哦。"他倒是不怎么在意,"项兄。"

说完,他便又看向宛遥:"庖厨已做好了饭菜,姑娘不如用完饭再走?"

宛遥点了点头。

直等这人走远了,项桓才阴恻恻地磨牙:"他真当我是死的吗?"

宛遥闻言忍不住去瞧了他一眼,垂首飞快地悄悄牵了牵嘴角。

此后的一段日子,为了继续给彭家小姐治面颊的痘疮,他们少不得隔三岔五地跑一趟太守府,也就隔三岔五地同那位风度翩翩的会州太守"偶遇"。

这人十分做作,嘴皮子又能翻出花,哪怕宛遥不怎么爱搭理他,自个儿也能唱一出双簧,再借着那位花农的病,总是能想方设法留他们吃茶点心。项桓每回都跟宛遥来,彭永明似乎也没怎么把他放在眼里。

如他这般情场老手自然轻易能猜到这少年是什么身份,在姑娘面前太过争风吃醋是十分败坏好感的,因此他不仅不排斥,时常还会和项桓"友好"地搭话。

"项小哥不是青龙城本地人吧?平日都做什么营生?"

估摸着一早就打探好了，待听到说是打猎的，彭永明一脸的怜悯关爱："年纪轻轻的，又会拳脚功夫，怎么想着当猎户？也太没出息了。"

言罢，彭永明便伸手在其肩头拍了拍："是男儿，自当奔赴沙场，报效国家才是，把志向放远大一些，目光别那么狭窄。"言语中透着满满的优越感。

项桓平生见了太多欠揍的人，可如此讨打的，这还是第一个，真是让他大开眼界。

宛遥是真怕他冲动，习惯性地伸手去拉项桓的胳膊，她忽然发现他的肌肉与以往不同，居然没有紧绷如石。

只见项桓轻笑一声，神色如常地微偏了下头："照彭太守这语气，当是身经百战，立功无数了？"他故意道，"那不如说出来让小弟长长见识？"

彭永明好像就等他这一问似的，颇谦逊地含笑垂首："哪里的话。不过是当初追随过季大将军，打过几场仗罢了，谈不上立功无数。"他客气道，"都是沾了大司马的光。"

此话一出，项桓和宛遥都愣了下。

本想看看这小子是跟谁混过的，能得意成这样，想不到还是自己人？不过怎么没印象……

见他们这副表情，彭永明以为是这段经历让对面两人惊骇到了，毕竟没见过世面，乍一听见大司马的名号，自然会感到崇敬羡慕。

项桓轻眯起眼："敢问彭太守是几时随大将军出征的？"

彭永明略一沉吟："也就五六年前吧。那会儿西北战乱未平，季将军领兵北伐，在下不才。"他羞涩一笑，"是被将军钦点着去的，其实本人无能得很。"

北伐？项桓越听越不解，北伐自己不是跟着去了吗？为何不记得有这一号人物？

宛遥依稀琢磨出点门道来，抿唇试探性地问："不知道太守认不认识将军的三位得意门生呢？"

提起这个，彭永明忽然发出一阵不可言说的朗笑，笑得宛遥和项桓皆是满眼莫名。

"实不相瞒。"他含蓄地负手在后，"在下与那三位将军不仅认识，还交情匪浅。这个身份我极少与外人说起，但和宛姑娘聊得如此投机，告诉你们也无妨。"彭永明顿了一下，忽然极其神秘地压低声音，"我其实是大将军的第四位徒弟。"

什么玩意儿？

趁其不注意，宛遥凑到项桓旁边低低问道："你认识他？"

项桓："不认识。"

还想再多问两句，彭永明已经转过身来，宛遥只好敷衍地笑了一笑，没话找话："嗯，那怎么从未听季将军提过太守您呢？"

他摆摆手，自言惭愧："在下学艺不精，提起我只怕会坏了将军的名声。"说完便仰望长空，神情萧索，悠悠轻叹道，"而今袁贼猖狂，边关风雨飘摇，我奉命镇守此地，怕是将来总有一日要与烽火骑一战的。一别数年，也不知余兄、宇文兄他们现在如何。"

宛遥已经有些听不下去。这席话说得跟真的似的，项桓觉得他自己都要信了。

而那边尚不知真相的彭永明一阵感慨之后，以一副过来人的口气，语重心长道："所以，项小兄弟，人可不能庸庸碌碌一辈子，国难当头，总得做点什么事，你就不想也随军出征，干一番大事吗？"他别有深意地补充，"你若是有意愿从军，本官倒能为你引荐引荐。"

知道此人千方百计地是想将自己从宛遥的身边支开，项桓冷着眼睛看他，随后竟轻巧地扬起唇角："行啊。"

冬天的夜里，南方虽比北方温暖，但穿堂风刮着还是非常阴冷的。

少年只穿了身单衣靠着门框侧坐在地上，手中上下抛着一块入药用的松香，而房内的一盏孤灯下，宛遥正忙着调明日的药膏。

项桓自己玩了一会儿，到底还是转头望向里面的姑娘，唇线抿成了一条笔直的线，终于忍不住开口："你不会真的看上那个满嘴跑马的太守了吧？"

宛遥抬眸浅浅地望他一眼，手下没停："怎么可能？"

她用小铜锤敲开几块牛黄："那个花农身上的病痛都是多少年的旧伤了，他要真关心何至于等到现在？"

宛遥一边搅拌着碗里的药糊一边说："我看这个彭家对待下人，尤其对战俘特别地苛刻。等治好了彭家小姐，我们还是别和这些人再扯上关系。把松香给我。"

项桓顺手扔过去,脸上倒是露出一个轻松闲适的笑,把胳膊懒散地搭在膝盖上:"就知道你不会喜欢他。"

宛遥不解地扬眉。

后者靠回门上,语气随意:"姓彭的连我都不如,你喜欢他还不如喜欢我呢。"说完,还自作聪明地朝她一笑,"是吧?"

宛遥捣药的手蓦地抖了抖,面颊涌着潮红,她抬眸望了他一下,微启嘴唇,有些无所适从。半晌,她把药碗放下,抿唇坐在那里:"项桓,我发现你最近脸皮越来越厚了。"

他神情无辜,大概是没想到她会这么说自己:"我……"

宛遥起身来伸手推他:"这是我房间,深更半夜,你一个大男人还好意思坐在这儿。"

她的手劲虽然不大,项桓还是被她推出了门外,挣扎道:"我帮你干活儿啊……"

宛遥没好气地看他:"不需要!"说完,"砰"的一声,果断将门甩上了。

天幕中有一片疏朗的星光,项桓站在院里摸了摸鼻尖,将面前的木门盯了一阵,才淡淡地露出笑意,转身回房。

隔着一堵薄墙,宛遥正倚靠在门上,即便瞧不见,她依旧小心翼翼地侧头倾听,确定外面没有动静了,方回到桌前,深吸了口气继续调药。

转眼间,上彭家诊治的日子也有大半个月了,按照宛遥原本的计划,十天就能使彭小姐的痘疮痊愈,但这回不知为什么,调理了这么久却依旧反反复复。今日见着起效了,明日又会再次加重;后日换了药方见效了,大后日又会卷土重来。

折腾太多次,彭大小姐终于开始不耐烦,态度也跟着冷淡下来:"我说,宛姑娘,这药的剂量是不是不够?"她颦眉靠在美人榻上,慢条斯理地拢头发,不着痕迹地提醒,"怎么感觉一直不见好呢。你可不要刻意拖延疗程,好多挣一些诊费啊。"

宛遥就当刮了阵耳旁风,神色如常地替她把过脉,还是觉得热症太厉害,总不消减:"小姐平时有吃什么大补的食物吗?"

彭小姐闻言思索片刻:"没有啊。我听你的吩咐,饮食上皆以清淡为主,连肉都很少碰。"

那就奇怪了，看她的反应，不像是刻意向大夫隐瞒实情的样子。

宛遥感到不对劲，收起把脉的手："那您的下人也知道这一点吗？"

彭小姐起先还稳坐钓鱼台，此时被她这隐晦的一句话问得脸色一变。

宛遥："不知我能否去庖厨看一看小姐每日的吃食？"

对方好似明白了她的意思，终于正色着坐起身："这个没问题，我随你一同去。"

宛遥走进去时，几个厨娘和小丫头正忙着准备午膳，见状纷纷赶紧停下行礼。

彭小姐倨傲地吩咐："都先把手上的事放一放，今日的饭食有哪些？给宛大夫看看。"

为了照顾她的病，厨房好几个灶专做她一人的饭菜。锅里炖着乌鸡汤，托盘中放着才炒好的山药片，肉食是清蒸鲈鱼，蔬菜是苦瓜，的确没有易上火的食材。

宛遥一一检查，每一道菜都会尝一口，等看到一锅乌漆墨黑的汤时，她忽然停住了脚步："这是什么？"

旁边的丫鬟解释道："是我们小姐的养生汤，用枸杞加猪心炖的。"

宛遥拿汤匙轻轻搅拌，闻到里面飘起一股淡淡的辛味，她于是找来碗勺试了一口，刚一入喉，眉头便皱了起来。

彭家小姐见她这般表情，忽然紧张地问："怎么了？"

她放下碗，肯定道："是附子。这种药的药性极热，是治疗寒症和阴虚时用的，只半两的剂量便是大热，小姐身体本就有余毒，每天食用一碗，吃再多的药也未必见效。"

听到宛遥如此说，彭小姐神色猛地大变，饶是蒙了面巾遮脸，那双眼也能顷刻喷出火来："谁负责的这道菜！"彭小姐大怒，"说！"

众人好似排练过一般，齐齐把头一转，已经挪到了门口的一名侍女被数道目光钉在原处，显得怯然又惶恐。她大概十四五岁，身量小，个子矮，被彭大小姐眸中的寒光一扫，从上到下都在发抖。

宛遥感觉这姑娘的脸有点面熟，待见得她手腕上的铁环，才记起当日初来太守府，被项桓一个眼神吓住的那位婢子。

人对危险的来临皆有本能的反应，那女孩子只顿了一下，然后掉头，撒

腿就跑。

"跑？你跑得掉！"彭小姐冷声喝道，"都给我追，追回来有赏。她要反了天了！"

她一声令下，周遭的侍卫与家仆纷纷倾巢出动，场面瞬间不可抑制地乱了起来。

至少撇清了自己，宛遥倒是松口气，无论如何，找出原因，她也能早日把这祖宗给治好，免得再无故惹祸上身。

"真是一出闹剧，平白连累姑娘了。"彭小姐一回眸，表情又顷刻转好起来，"往后还要多麻烦你。"

宛遥："不妨事，应该的。"

京城里的富贵人家大多讲究教养，修炼的是笑里藏刀的功夫，哪怕看对方不顺眼也不至于轻易展现在表面上。彭家到底是边关土豪，有求于人便好声好气，乍然失了用处当场就能翻脸，何其现实。

宛遥一直都不太喜欢太守府的氛围，总算忙完了，她出来活动活动筋骨，朝天吐出口闷气。项桓在旁边替她背着药箱，见宛遥一路有气没力，不由奇道："怎么感觉你今天好像比平时累很多的样子？"

宛遥一脸疲倦地望着他，又摇头收回视线："一言难尽，只怕我还得在那个太守府多待几日。"她叹了口气，"当初真该听你的，就不应来这儿给那位大小姐治病，结果惹这一身腥……"

闻言，项桓小小地意外了一下，随即笑道："没事儿，不是还有我在吗？"他略一思索，将肩上的药箱取下，语气干脆，"算了，看你累成这样，我背你回去吧。"

宛遥瞥到他的动作，也有片刻迟疑："那箱子怎么办啊？"

"箱子我拎着。"

话都说到这个份上了，她的确也不想再走，见项桓已绕到她的面前俯身，于是也就恭敬不如从命，准备爬上去，然而她还没来得及抬脚，前面的巷子里忽然传出断断续续的啜泣声与呻吟声，时而鞭风阵阵，夹杂着男人污言秽语的叫骂。

"敢躲！我看你躲哪儿去！什么玩意儿，还敢咬你爷爷。"

和男子的高呼声不同，女孩子细细的抽噎听着更让人心惊胆战。

宛遥愣了愣，与项桓对视了一下，两人一前一后走到了那巷子口。狭窄的地方细长成一条，顶上的屋檐又宽大，几乎过了一丈，太阳照不到底下，深处暗得如同黑夜。

地上的少女缩成一团，四面八方围着的都是年轻男人，看装束好像是太守府的家丁护卫。

宛遥的眉眼不自觉地往下沉了沉。自打去过彭家宅院，乱世间的黑暗面展现在了她的面前，让曾经生在桃源的小姑娘也明白了什么是残酷。

旁边有人阻拦："悠着点，大小姐说有赏呢，抓回去咱们至少一人十两！"

"怕什么，大小姐又没说要死的活的，难不成还要留她一条狗命？"

"说得也对，既然抓回去也是弄死，倒不如，先给我们玩一玩……"

几个血气方刚的大男人，三言两语之下便意味不明地笑，开始对着地上的女孩儿解腰带。

项桓见此情景终于皱了皱眉，后退几步将宛遥拉开。

经历了京城那场疫灾，宛遥许多时候已经学会了不给自己找麻烦，她经常会强迫自己把"医者父母心"的慈悲收敛起来。但人心都是肉长的，同为女孩子，此时此刻，宛遥有几分难以克制的感同身受。

项桓在旁窥得她的表情，好似早有预料地扬起眉："怎么，心软了？"

宛遥不好直言，于是颦眉瞪了一眼。

他笑容懒散："心软了就求我啊，我又不是不肯救。"

她迟疑着抿抿唇，到底松了口："你能救？"

后者故意道："你要是求我，我当然能救。"

宛遥垂眸权衡片刻，轻扯着衣带低声说："那我求你帮忙。"

"行啊，不过先说好，这可是你让我动手的。"他最近被耍怕了，得提前确认一下。

她露出无奈的神色："是了是了，是我让你动手的，出了事全算我头上。"

项桓打了个响指，正抬脚要走，冷不防又被宛遥给拉了回来："等等！"

她慌里慌张地往怀里摸帕子："把脸蒙住，以防万一。"

但凡英雄救美的大侠蒙面巾，不是黑的就是素的，但现在只能用绣帕，他一身的杀气莫名被衬得有些滑稽。

项桓刚往前迈了两步，忽然又掉回去："救一次留一个月。"

"好了好了，留了留了。"宛遥崩溃地推他，"你快去！"

没了后顾之忧，他打得十分痛快，最后将那姑娘往肩上一扛，从巷子里出来。

宛遥在外面听得心惊胆战："他们没事吧……"

"没事。"他自信满满。

厨房里的水烧好了，宛遥端着铜盆进屋，小姑娘鼻青脸肿地坐在床上，目光十分无神。

她把热水放在一旁："要吃点东西吗？还是说先睡一觉？"

姑娘一双水灵的眼睛讷讷地看向她，嗓音似乎很低哑，半晌才勉强磕磕绊绊蹦出两个"谢"字。

"救你，是觉得那帮护卫欺人太甚，但刻意下毒是你的不对。"宛遥认真地在床边坐下，"为什么要在彭家小姐的补汤里放附子？"

小姑娘低着头半晌没说话。

"我不可能留你。"宛遥于是起身，"等你好一点了，会把你送回去。"

宛遥的手腕忽被狠狠拽住，低头时，她看见对方惊惧惶恐的眸子："不要……"她咽了口唾沫，好不容易才说出一句完整的，"我不是有意害她的，我只是为了救我姐姐。"

"你姐姐？"宛遥想那应该也是个战俘，思索了一阵问道，"你姐姐怎么了？"

"她……"小姑娘好像不知从何说起，支吾半晌，才低声回答，"她得了一些不太好的病，就快死了。"

宛遥不太理解："这和你在汤里下药有关联吗？"

"小姐和太尉家的公子定了亲，今年就要完婚。"小姑娘摇摇头，"成亲前都是忌讳府里闹出人命的，觉得不吉利。我姐姐原本在后院被他们晾着，后来为了吊她一口气，彭府的管事还派大夫前去诊治。"她泪眼汪汪的，"我很怕等小姐出嫁之后，他们会不管我姐姐，所以才想着能不能让这门亲事再拖晚一点，至少……至少等我姐姐病好。"

这般举动十分孩子气了。她年纪小，可能还不知道，如果真怕晦气，主人家多半会将下人直接丢在外面听其自生自灭。如今竟能费这样的为一个战俘看病，想必是这个人对他们而言还有用处。

但宛遥一向是不以最大的恶意揣度人心的，故而宽慰说："既然彭家肯找人来治你姐姐，大概也是念及旧情，不愿让她轻易丧命。"

小丫头听了这话，显然欲言又止。

"附子是大热的药草，但也属乌头一类，剂量用不好是会闹出事来的。"宛遥正色道，"不过幸而彭家小姐身体无恙，你挨了顿打也算受了教训。我可以不送你回彭府，但你是战俘，身份特殊，想好自己今后要走的路，伤好后自行离开吧。"

闻言，小丫头更加茫然了，呆呆地应了一声，抱着被子出神。

等宛遥推门出去，已经是傍晚，霞光万丈，满地昏黄。

项桓正蹲在一块光滑的青石前磨刀，大冷的天，他也不穿外袍，衣领微微敞开，露出里面结实的肌肉。

宛遥在台阶上坐着，托着腮。

项桓看了她一眼，手里的活儿没停："怎么，要把她留在这儿？"

宛遥若有所思，视线漫无目的，不知瞧着何处："我们现在都自身难保了，怎么留她？不过，送回彭家她也难活命。我想着，还不如把她就地放生，让她听天由命。"

项桓顺着夕阳去看她。荆钗布衣的姑娘安静得像尊雕像，晚霞在她的面颊上洒了一层薄薄的粉。有些时候，项桓会觉得宛遥比以前长大了很多。他说不清这种感觉是从何时有的，如果真要说个具体时间，大概是在那个初夏，她神色坚定地跟在马车后面，风雨无阻地行了一路之后开始的吧。

"项桓。"宛遥突然问，"你们家有战俘吗？"

"没有。"他往青锋上浇了一瓢凉水，"我爹和我娘都不喜欢用这个。"

"嗯，我家也是。"不知怎的，宛遥忽就模模糊糊地想到了秦征。

"人在后院……"她往前坐了下，忍不住道，"你明天带我去找一找她说的那个人好不好？"

项桓慢条斯理地抬了下眸，语气突然激动起来："又要管闲事啊……"他把刀一拎，翻转着检查刀锋，"之前是谁跟我约法三章，让我不惹麻烦。这回我可没违规啊，倒是某个人，成天知法犯法……"

宛遥挪过去握住他的胳膊："我只看一眼，就一眼。"

后者故意不为所动地出声数落："先是救那个花农……"

宛遥埋下脑袋。

"再是路见不平救这个丫鬟……"

她无言以对。

"现在还要去找她姐姐……"

宛遥简直被他指控得抬不起头来，难得没反驳一句，甚是因为惭愧而保持沉默。项桓听见她没声儿了，余光不经意瞥到她的神情，半晌还是抿抿唇，败下阵来。

"一有事求我就卖乖……"他嘀咕，"行了行了，答应你便是。"

"真的？"她的眸子里泛光。

"真的，赶紧做饭吧，我快饿死了。"

那个跑出来的小姑娘叫青花。

第二日再进太子府时，上下一片井然有序，并未见什么不寻常之处。想来也是，一个微不足道的奴婢丢了就丢了，顶多不过几块银子抛进水里，连个响声都不一定能听见。

宛遥照旧去给彭家小姐治脸，项桓趁此空闲，把整个府邸逛了一圈，守卫都是废物，家丁也多半派不上用场。于是，他轻而易举地找到了那一处不算隐蔽的藏身之所。

等侍女照常送他们出府后，项桓便背起宛遥，神不知鬼不觉地又转悠回了彭家后院。

这是处十分偏僻的角落，而且已经有一阵子无人踏足了，门扉上聚着薄薄的灰，她不禁怀疑青花口中"找大夫"这个说法的真实性。

宛遥小心翼翼地推门进去，迎面是张冷清的桌子，除了茶碗什么也没有。

"人在那边。"项桓低声提醒。

一张木床临窗而设，单薄的被衾盖着一个骨瘦如柴的人，她一头长发像瀑布似的披散在枕边，遮住了整张脸。宛遥真没看清那里躺了人，因为她实在是太瘦了，呼吸几乎弱不可闻，乍然一看很像一张摊开的毯子，毫无声息。

青花的确不曾骗她，这是个病重的女子。

宛遥缓步走到床前。

冬日暖阳形成几道光斜斜地投下来，能看见细小的浮尘起起落落。

此人没有醒,依旧安静地躺在那里。

项桓抱怀在旁:"死了?"

"不,还有气。"宛遥蹲下去探了探那人的鼻息,随即用手轻轻拨开对方的头发,等这个女孩子的脸显露出来时,她蓦地呆住了。

宛遥学医已经有五六年了,还是第一次遇见憔悴成这样的患者。

女孩子的嘴唇是内缩的,唇角上是伤,面颊是伤,眼下一圈黑紫,脖颈布满淤青,连手腕也有几道尚未消散的淤痕。

此情此景,连项桓都禁不住颦起眉:"她这是什么病?"

宛遥轻颤着扶住对方的手腕:"她……有极严重的花柳。"她撩起女孩散在唇边的碎发,"门牙被敲掉了,指头和膝盖有不同程度的骨折,还有……她怀了一个孩子。"

话音落下的同时,宛遥瞬间意识到,会不会这才是彭家人想治好她的原因呢?

转念又感觉不太可能,出身下层的奴隶,哪怕有贵族的骨肉,在这些人看来大概也是极为不齿的东西。

项桓面色许久没阴沉得如此难看了,他静默片刻,开口说:"能治好吗?"

"我不知道。"宛遥紧紧握住那只纤细的手,宽大的铁环好似圈不住如此清瘦的手腕,随时快要滑落而出,"她脉象很虚,应该好些日子没进过饮食,我想彭家八成已经把人放弃了。"

一直对此事不曾发表看法的少年终于褪去了往日的散漫,认真道:"带回去吧。"

"嗯。"她点点头。

住在家中的青花已能下地行走。

如今房间实在紧张,她得腾出床来,否则项桓就只能去睡大街了。

"我姐姐她……"

"嘘。"宛遥示意她别多问,"病人身体虚弱,眼下还昏迷着,待会儿喂她吃点米粥,看明日能不能醒过来。"

小姑娘边抹眼泪边应声。这就是她所谓的……不太好的病,的确是太不好了。

宛遥坐在床边,轻轻摩挲着那双干燥白皙的手,一筹莫展地叹了口气,转身打开手边的药箱,摸出医针来。

花柳会使得皮肤十分脆弱,几乎一碰便会出现伤痕,然后一点一点溃烂。

历史上只有华佗曾治愈过这种病,然而方法却未曾流传下来,所以此病依然是不治之症。

她的肌肤易受伤,宛遥只能简单给她施针稳住几处大穴。

不多时,项桓端来一碗热气腾腾的肉粥,青花帮着小心翼翼扶起她的头。因为她的牙缺了不少,勺子反而能够很轻易地递进去,但总是会漏出来,需得喂一口,再将脑袋仰起才勉强可以咽下。

夜里宛遥给她擦身子的时候,问道:"她叫什么?"

青花愣了下:"青……青玉。"

在家中照顾了两日。第三天的午后,这个叫青玉的女子终于悠悠转醒。

她其实也就十七八岁,但脸色光泽黯淡,人一旦缺少精气神,便会有些显老。女孩子在阳光中睁开眼,神情中带着空洞,她茫然失措地看向四周。

"姐姐。"青花正等在床边,见状欣喜地抱住她缠满布条的胳膊,将脸贴在她的掌心里,无比眷恋地蹭了蹭。

躺着的少女愣了足足有半盏茶的时间,望着自己的妹妹,嘴唇却发不出声,只连着做了好几个口型。等她将目光转向了宛遥时,才挣扎地开口:"谢……谢……"那是一种极其低哑的腔调,仿佛是很久不曾说过话了一样,每一个字都吐得艰难。

宛遥朝她笑笑:"你现在没事了。姐妹团聚,安心休息吧,一切都会好起来的。"

青玉躺在床上冲她露出一个温暖的笑容。

这一刻的暖阳莫名刺眼,宛遥竟没忍住,感觉双目隐隐作痛,她说:"你们慢慢聊,有什么想吃的就告诉我。"

"好。"

宛遥浅浅行了一礼,侧身出去。

项桓就在门外抱臂斜斜倚墙,见她突然向着厨房的方向,走得很急,于是猛地伸手拉住她的手腕。宛遥转过来的瞬间,他看着她的眼睛,有片刻的愣怔:"你……"

少女的嘴角轻轻牵动了一下,她朝他露了个有点苦的微笑:"没事干的话,去买点鱼和虾回来吧。"

尽管人已苏醒,青玉进食却并不顺畅,宛遥便会将肉食做成羹,细心地剔去鱼刺与虾壳,这样咀嚼更为方便一点。

吃第一顿饭的时候,青玉以颤抖的手用力捧紧小木碗,近乎狼吞虎咽地一气喝了个精光,等连着灌下三四碗方才缓过神来,眼中却不经意噙满了泪水。

宛遥站在一旁,怜悯地看着她,努力不让自己的表情显得过于不自然:"好吃吗?"

青玉磕磕巴巴地点头:"好,好吃……"然后又很小心地问,"我、我可以吗?我是个奴……"

"没关系。"她说,"这里不是彭家大院,你不用怕。"

这段时日,宛遥买来各式各样的食材,尽可能精致地做好每一道菜。

有了食物充饥,青玉的面色总算比之前红润了不少,稍有点力气的时候,她习惯坐在靠窗的地方安静地晒太阳,或是低头编一些小玩意儿消磨时间。

宛遥想,在那种阴暗潮湿的环境里待得太久,青玉或许更愿意出去走一走,于是偶尔也会扶着青玉到院子里坐一会儿。

会州这个地界冬天是很少下雪的,倘若不吹冷风落冷雨,大部分的日子天气很晴朗。青花揽下了家中所有的活儿,总是端起小木盆挨在姐姐身旁,一边洗衣服一边同她说说话。

院门虚掩着一道缝隙,附近的几个小孩子不时从门口嬉笑着跑过去,他们手上握着长鞭,鞭风利落,将地面的陀螺抽得呼呼打转。看到此景时,青玉那双疲惫的眼睛便会多了些神采,目光一动不动,任凭长发被微风吹得凌乱。宛遥取出木梳来站在背后轻轻地替她梳理整齐。

"我们……"面前的姑娘艰难地开口,"小时候,也很喜欢这样玩。"

她也有童年的时光,在双亲未曾去世、自己也未曾经历这场人间浩劫时,半大的小姑娘和憔悴的父母亲挤在孤零零的小院内。阿爹用主人家使剩下的木料雕了一只陀螺,她们便成日里围着追着。虽然是不起眼的东西,但对于从没见过玩具的她们而言已然是宝贝了。

可惜,后来陀螺滚到了夫人的马车下,轱辘被硌得一阵颠簸,父亲挨了顿毒打,卧床不起,从此之后,她就再也没有碰过了。

宛遥将手上的一把青丝编成长辫子，温和地提议："不如，我带你上街逛逛吧？可以戴着斗笠。"

这一句话不知触到青玉何处的神经，顷刻间，她整个人忽然开始发抖，半晌才僵硬地摇了摇头。一个人在地底下生活惯了，便会无比害怕外面敞亮的红尘。

听青花说，她们是在彭家养大的，彭永明还不是太守时，十三岁，夫人就在他房里塞人了。他喜欢物色模样标致的女孩子，起初是从外面买，到后来把目光放到了府里的下人身上。长到十四五岁，但凡有些姿色的女奴几乎都被他和他的朋友染指过。青花因为厨艺好，一早让小姐挑走了，方幸免于难。

等彭永明来会州青龙城上任后，由于山高皇帝远，权势一手遮天，便愈发变本加厉，肆无忌惮。这一点，宛遥倒是有所体会。

彭家小姐的病已经渐好，余下的时间，她大多留在家里。自那之后，差不多过去了五天，青玉便开始嗜睡起来。这样的体质还有孕在身，几乎没办法好好吃东西，也就唯有睡觉时人才不那么难受。

霉疮正如盛开的花，一日一日地恶化，近乎布满了她所有的皮肤。孩子在第七天便悄无声息地流掉了，三个月不到，尚未成型，青玉甚至连眼睛都不曾睁开，也就没机会看一眼自己骨血孕育而成的生命。

隆冬的雨雪天，窗外的风一阵跟着一阵地吹。

宛遥满屋烧着艾草和菖蒲，青玉在淡淡的烟熏味中醒来，眼皮沉重的只能掀开一道细小的缝。入目即是窗外夹着雪花的冷雨，在风里摇曳的蜡梅，是人间美景。

"你醒了。"宛遥吃力地弯起嘴角，毫不介意地轻握住她溃烂的掌心，"你还有没有什么特别想吃的，或是特别想要的东西？"

青玉的双唇无声地动了动，宛遥把耳朵贴过去，好久才听清。

"糖葫芦……"

宛遥："糖葫芦？"

跪在床下的青花忽然愣了一下。

站在门外的项桓闻言立马道："我去买。"

满城细雨轻如牛毛，寒意使得街上的行人纷纷退却，以往热闹的市集竟只有两三个摊位。他顶着刺骨的冷风穿梭于城内的大街小巷，最后在一个驼背的老人手里买了几串糖葫芦。

宛遥用剪子把糖葫芦剪碎，小心地喂到青玉的口中。

活了十几年，对一个年轻的女孩儿来说，就好像一生那么长了。

数千个日日夜夜仿佛一场大梦，到现在她似乎才从嘴里尝到一点甜的东西。

宛遥轻揽着她的肩，小声问："还想吃什么吗？"

青玉一言不发，只颤抖地伸出十指，覆上她的手腕。

肌肤间有东西摩挲着，等她放下来，宛遥才看清置于右手的一条红绳编织的链子。

"宛姑娘真是一个很温柔的人……好人，一定会有……好报的。"她艰难地含着零碎的糖葫芦，长久以来凝聚的悲哀突然夺眶而出。

青玉靠在宛遥的肩上，啜泣道："可是为什么，为什么我没有从一开始……就遇到……"

她猛地抓起盘子里的糖果，不住地往嘴里塞，再拼命地咀嚼，拼命地吞下去，好似在努力争取着什么，追赶着什么。

宛遥也没有阻止，不知过了多久，那股像是挣扎一样的力道慢慢减弱，枯瘦的手终于绵软地搭在了她的怀中，嘴里含得满满的糖葫芦滚落在地。

屋外雨雪如刀，屋内炭盆似火，而那颗果子如血一样鲜红。

宛遥闭上眼，用力将眸中的湿意逼退到内心的最深处，揽着那具瘦骨嶙峋的尸身，把头轻抵在她的额间。凛冽的北风里，背后的暖炉边，是青花号啕大哭的声音。

青玉下葬的当天，雨正好停了，城外的泥土格外松软。青花不能出来，宛遥和项桓帮着将人埋在了一棵古榕树下。老树参天蔽日，可以遮风挡雨，终年常青。

石碑上简陋地刻着没有姓氏的名字，宛遥的指尖拂过上面粗糙的凹纹，心中压抑着无法言说的难受。这是她学医六年，第一次经历一个活生生的人死在自己怀里。

青玉就像一朵被人精心侍养的花，从来没见过世道的险恶，却在短短一年中乍然被踹出了四季如春的家，暴晒在烈日之下。

宛遥想，我为什么救不了她呢？我明明会医术，我明明是个大夫，她却

还是死了。后来回过神，她才意识到，正因为我是个大夫，才明白什么叫束手无策。

项桓将附近的杂草拔除，微微一侧目，看见宛遥眼底里深深的忧伤。

其实从她让自己四处买鱼虾、买瓜果、买糕点起，他就隐约猜到这个名叫青玉的女人的命不会长久了。

过了一辈子人下人的生活，受尽折磨。在她临终前便想尽可能地满足她所有的愿望，这的确是宛遥会做的事。

他也颇虔诚地拜了拜，欲言又止地斟酌了下，出声宽慰："你要是想哭，就哭出来吧。"

那一瞬，宛遥不知回忆起什么，神情骤然一愣，她红着眼睛，毫无征兆地转头冲他道："是你不让我哭的！"她站了起来，眸中氤氲着一层浅而薄的雾，宛遥低首盯着他重复说，"是你不让我哭的！"

项桓平白让她指控得有点蒙，旋即也站起身："我什么时候不让你哭了？"

心里一直藏着的自尊被他一刀子剜开，她要开口，泪水已经噙满眼眶："是你说我哭着让你心烦，是你说我除了哭什么都不会！"

对面的少年明显茫然失措，他看着那张泪流满面的脸，一时慌乱道："我还说过这么过分的话？"

宛遥酸涩难当的眼里猝不及防闪过一丝愣怔，她讷讷地站在那儿，才恍然明白，原来自己用力去铭记的话，他竟从未放在心上过，根本就不曾记得。

她突然间觉得委屈极了，曾经拼命忍住的那些难过，为了挣得一点点坚强所付出的那些努力潮水一样浮现在眼前，情绪便好似决堤的山洪，顷刻崩塌。

宛遥伸手不管不顾地去推他的胸口："嫌我烦的是你，嫌我没用的是你，嫌我出身低的也是你！"她径直将他推到了官道上，双目通红地质问，"什么话都让你说尽了，你还想怎么样？"

项桓从没见她哭成这个样子，好像积压了成百上千的委屈和怨念。他生出无数的歉疚，站在原地不知所措："是我不好，我的错。"他只好抓住宛遥的手腕往自己身上打，"你来打，打到解气为止，好不好？"

她深埋下脑袋，抽噎着摇头。

"那……"项桓一时不知该怎么办，语无伦次道，"那你以后都不要管我了，就把我扔在这儿，你回京城去做大小姐。"

她在满山风吹树林的"沙沙"声中,哭得伤心又无助。

项桓迫切地希望她能够高兴一点,可也觉得她这么哭出来大概会好受一些。他忙低下头,两手轻捧起宛遥的脸,给她擦眼泪,谁知越擦越多,泪水竟无休无止地往下落。

项桓凝视着那双明眸,眉头轻拧,露出难以表达的情绪,最后松开了手,蓦地用力将她紧拥入怀中。

他素来口拙,说不出什么安慰的话,抱着宛遥的时候,目光只坚定地看向地面,好半晌才开口:"宛遥,我现在什么也没有。"项桓微微加重了几分力道,语气认真,"但你相信我,今后会有一天,我会拥有这天下的一切,然后把世上最好的都给你。"

女孩儿只剩下抽噎,他一番豪言壮语,也不知有没有被人听到。

宛遥将头埋在项桓的胸膛,啜泣声由大变小,打湿了他半边衣衫,等终于平息下来,项桓才发现她居然就这么睡着了。他把宛遥抱上马背,辗转回到了小院。

小仓库前几日收拾出来腾给了青花,她连着数天泣涕如雨,此刻正关着门,毫无动静。

家里的两个女人都哭得不省人事,各自睡各自的,一瞬间这四周便十分安静。

项桓给宛遥盖上被衾,发呆似的在床边坐了一阵,随后像是下了什么决心,拎起角落的长棍,在空空荡荡的院落里练了一上午的枪,到底不是他的雪牙枪,总觉得缺点什么。

直到太阳开始西沉,宛遥才睡足了醒来。没人做饭,项桓便老老实实地饿了一顿。

她的眼睛肿得像两个大核桃,因为睡太久,头还有些犯晕,坐在桌边抬不起眼皮,耷拉着脑袋用浸过冷水的帕子敷脸。

项桓端来铜盆,颇为勤快地涮布巾,将水拧到半干后朝她递过去。

宛遥却没去接,毕竟在他面前大哭一场是一件比较丢人的事,因此便目光躲闪地挪开视线,尽量不与他有眼神接触。

项桓等了一阵,抬眸看她,只好纵容地抿抿唇,不由分说地伸手去将她握着的那张帕子取下,再把湿巾覆上去。火辣辣的肌肤被冰冷的凉意瞬间冲

淡，他的指尖隔着布料轻轻按揉，宛遥不禁僵直了背脊，突然感到一丝赧然。

就在她脑子发热之时，院门蓦地传来一阵敲门声。

青花原本在厨房洗碗筷，闻声擦干净手跑去开门，门口静默了片刻，也不知她看见了什么，忽而慌慌张张地往里跑。

"宛姐姐！"小姑娘花容失色，"彭府的人来了！"

宛遥刚经历过一番人间生死离合，正恨此人恨得咬牙切齿，他冷不防找上门，她的神经一绷，也顾不得方才还在天人交战，本能地就和项桓对望了一眼。

四目相视，不言而喻。

她把帕子往铜盆里一扔，倒有几分"这厮还敢来"的愤慨："去看看。"

据青花所说，门外站着的人是彭永明的第二条走狗，第一条走狗上次在她跟前揍了人，大约是不想惹她不快，这回于是另换了一个来传话。

对方像在拜年，笑得十分和气，和前面两人的表情对比鲜明。

宛遥漠然地看了他一眼："什么事？"

"是这样的，我们大人让我给姑娘带口信，说前些日子姑娘托他办的事情已经办好了，现下'万事俱备，只欠东风'，还望姑娘酉时之前，往城东的名扬酒楼去一趟，届时有要事相商。"

这姓彭的脸也够大，因为她压根不记得自己什么时候有托他办事了，想来多半是个说辞。

宛遥正准备回绝，那走狗像是知道她会推拒似的，笑眯眯地说："我们大人还说了，此事与项公子有关，希望公子也一同前去。"言罢，他便略一施礼，笑容不减地告辞离开了。

宛遥同项桓面面相觑，心想，没道理啊，他怎么敢这么堂而皇之地把项桓也叫上？

如彭永明这般的无耻之徒，难道不是更应该手段卑劣，无所不用其极，怎么好似突然光明正大起来？他如此不按套路出牌，她倒生出些想去看看对方葫芦里卖的什么药的念头来。

青花闻言非常慌张："那不是个好人，肯定没安好心的！"

宛遥洗了把脸，打起精神深吸了口气，神色冷淡道："他若真有心肝，那才是滑天下之大稽。我今日不去，他明日也要再来，后日不去，大后日也要来，早晚总得有个了断的。"

她走出门，仰首看着门外的少年，嘴角轻抿出一点小窝来，继而说道："你要保护我。"

后者微微歪头，像是觉得她讲了句十分多余的话，懒洋洋地一笑："放心，他敢动你，我绝对会让他不好过。"

彭永明出手很阔绰，名扬酒楼算是青龙城最大最奢华的酒楼，说不定还是他自家的产业之一。

宛遥二人走进二层的雅间时，他似乎已经恭候多时，大圆桌上摆满了精致的菜肴，四周的布置奢华典雅，贵气又大方。

这种场面，换成城内随便哪一个普通百姓看了都是能傻眼的，但可惜，宛遥和项桓皆自京城而来，虽谈不上皇亲贵族，多少也是见过世面的，一桌子菜还不至于让他们瞠目结舌。

"宛姑娘，项小哥。"彭永明很是热情地招呼，"还以为你们不来了呢，随便坐。"

宛遥却没有坐，用一副探究的表情打量着他。

"这些时日忙于公务，未能抽出时间来尽一尽地主之谊，彭某实在惭愧。"他起身倒酒，"昨天听妹妹提起，才得知姑娘妙手回春，替她治好了恶疾。"

宛遥想，我真是后悔上门来给你们家这群人渣治病。

彭永明当然不会知道她心中所想，还作忧国忧民状长叹道："前线吃紧，袁贼凶猛，只怕再有不久，会州这边也岌岌可危，在下身为魏国子民自然要鞠躬尽瘁，少不得夙兴夜寐，通宵达旦。来，宛姑娘，项小哥，咱们且为边关奋战的将士们干一杯。"

然而两个人都不想跟他干杯，宛遥冷着眼开门见山地打断："彭大人此番请我来，究竟所为何事？"

彭永明执杯的手一顿。他不是没看出宛遥言语举止间的疏离，若说此前还只是一个女子对陌生男子的戒备，那她现在的表现便是毫不掩饰的厌恶了。他一头雾水，不明白自己何处得罪了这个温婉的姑娘。

"哦，是这样的……"他倒是很会掩饰，不着痕迹地放下酒杯，笑道，"那日与项小哥提起从军之事，彭某一直放在心上。近日大将军正与袁贼战至紧

要关头，会州青龙虽地处偏远，但也是军事要地，大司马于是增兵前来支援驻守，这来的统领与我正好关系匪浅，我想趁此机会替项小哥你引荐引荐。"

此话一出，项桓稍稍意外了下，眉峰一扬，确实没料到他打的这个主意。

"是吗？"他散漫且倨傲地笑了笑，倒想看看对方是个什么人物，"那我要谢谢彭大人了。"

"哪里哪里，客气。"

项桓一开始之所以会答应，是明白自己要早日脱离如今的困境，只有再回战场这一条路能走。他现在是个黑户，彭永明虽然目的不纯，但愿意来当跳板，也是可以稍加利用的。

正说话间，门外的小厮躬身回禀："大人，五官中郎将到了。"

彭永明眼前一亮，连忙道："快请。"

楼梯传来脚步声，来者步子很稳，应该是位身手不错的武官。

伺候的小厮从外面拉开门扉，客气地请那人进去。他穿着寻常便服，虎背熊腰，威风凛凛，原本也是张能看的脸，奈何脑袋略大，瞧着颇有点不协调。

彭永明先笑盈盈朝对方一拱手，旋即冲项桓点头："我来介绍一下。这位便是奉命驻守青龙城的统领，大司马麾下先锋，余飞，余将军。这位是项工页，项小兄弟。"他并未留意到正在渐渐失去笑容的年轻将军，仍热情地引荐，"之前我同将军你提过的那个猎户。"

话音落下的一瞬，烧着炭盆的雅间里，空气好似有片刻的凝滞，除了不明真相的彭永明之外，其余三人皆是沉默。几人大眼瞪小眼了半天，如果在场的这三位有尾巴，这会儿估计全立起来了。

余飞第一个绷不住，先是去看项桓，再转向宛遥，再望向项桓，显然有点丢失理智："这……"

彭永明不解其意："将军，这怎么了吗？"

他瞧见宛遥隐晦地使眼色，立马正色地改口："这……真是极好的。"

彭永明毫无所觉，当即附和道："将军果然慧眼识英雄，项小哥武艺高超，器宇不凡，假以时日多加锤炼，想必能成为将军的左膀右臂。"

余飞正被他引到座位上，闻言暗道：不敢不敢，这混世魔王非拆了我不可。

奇怪，他不是在姚州流放搬砖吗？为何跑这儿来了？转念又忍不住腹诽，项工页是个什么玩意儿？怎么给自己起了个这么傻的名字？

342

他一堆问题想问，现下偏偏一句也问不得，憋得自己很是难受。

本来就没准备落座吃酒的宛遥和项桓，一经这场突如其来的他乡遇故知，一时半会儿也蒙了，不自觉便跟着坐了下来。

彭永明堆着笑脸敬了一圈儿酒，趁项桓在帮宛遥盛汤缓酒劲，悄然凑到余飞的身边，问道："余将军，瞧见对面那姑娘了吗？"

余飞心不在焉地抿了口酒，点点头，心道，看见了啊，我兄弟媳妇儿，想不到跟这儿来了，难怪满京城找不到人。

彭永明搓手笑道："说来惭愧，小弟倾慕这姑娘许久，奈何身边总跟着那小子阴魂不散。还望余将军往后多多担待着他一点。"说完，露出一个意味深长的笑容，"最好，能神不知鬼不觉地……"他以手为刀，往下一切。

余飞立马面不改色地往后退了退，扬起眉来，你居然想搞我兄弟！

彭永明向来擅长见人说人话，见鬼说鬼话，酒桌上推杯换盏，三寸不烂之舌和谁都能谈出一部长篇大论来。饶是在座的三人明显有些尴尬，他一个人也能唱出一台热热闹闹的大戏。但圆滑如他，今日也多少感觉到气氛莫名有些不得劲。

该讨好的都讨好了，该安抚的也没落下，彭永明自我感觉甚是不错，满口称兄道弟，临行前还用胳膊钩着项桓的脖子语重心长道："项兄弟，你武功高超这我是知道的，但人只靠蛮力，那叫逞匹夫之勇，等上了战场，排兵布阵，冲锋杀敌，都是有学问的，这方面余将军最熟悉，可记得跟他好好学一学。"

余飞不禁想，好想让这人闭嘴啊。

总算熬到结束，众人在酒楼门口客气地分道扬镳。

彭永明喝得有些高兴，由小厮扶进轿中，晃晃悠悠地回府了，而剩下的两队人则逆向而行。余飞貌似漫不经心地在城中闲逛，行至街道的某处拐角时却突然一闪身。

半炷香后，他站在了一座民宅之外。

院落不大，收拾得十分整洁，很有几分居家过日子的味道。

"想不到你这大半年就住在这儿啊。"兴许是对此地颇为稀奇，余飞一边往里走，一边仰着他那颗大头转来转去地打量。

宛遥和项桓才刚回来，青花原本还乖巧地蹲在角落剥豆子，眼见这么个大男人走进门，当下一溜烟冲回她的小仓库里窝着——在彭家担惊受怕惯了，

到底还是畏惧陌生人。

正厅内，碗筷摆得整整齐齐。

方才那姓彭的太倒胃口，三个人都没吃多少，宛遥去厨房切了一盘香肠，火速炒了碟花生米端过来。

余飞拉了凳子坐下，实在是抓心挠肝地好奇，顾不得吃就开始问："你不是流放去姚州了吗？怎么到这儿打猎来了。"

项桓往嘴里丢了一粒咸花生，闻言带着些欲语还休的苦笑："说来话长，总之是一言难尽。"

他将自己如何被打个半死，如何身染重病被差役丢下，如何在会州这地方摸滚打爬——告诉了余飞，然后又不解地问："将军他平日里没提起过我吗？"

余飞耸耸肩："我倒是去问了，他只说你现在正痛改前非，一心向上，让我们不用记挂。"

正说话间，宛遥已从后院取了两壶酒，态度分明地摆在他们两人面前。

项桓刚提壶要倒，忽然看清了自己酒壶上的字，再转眼去看余飞的，感觉到了一丝被差别待遇的不公："怎么他是西凤，到我这儿就成果子酒了？"

宛遥耐着性子解释："你腿脚才好，冬天难免会有寒疾，西凤太烈了，果子酒暖身不伤胃。刚刚在酒楼你不也喝够了吗？"

"那才几杯怎么算够？"他不在乎道，"一点小疼而已，我还忍得住，果酒能有什么喝头啊，甜津津的……"话音刚落，项桓冷不防瞧见她眉头渐皱，唇角微不可见地往下沉。

项桓本能地刹住口，毫不生硬地掉转话锋："最近嘴里没什么味道，喝点果酒其实也不错，养身。"

宛遥这才点了下头："那还要醒酒汤吗？"

对方善如流："要，当然要。"

余飞坐在一旁，像是看到了什么新奇的动物，比先前在酒楼撞见他们俩时还要吃惊，颇为诧异地瞪大双目，简直不敢相信自己的眼睛。

送走了宛遥，项桓重新拾起筷子，似乎见怪不怪地扒拉眼前的肉干。

身边的余大头嘴还张着，指着庖厨的方向："不是，她、她……"

"你不知道。"项桓的表情饱含了十二分的沧桑，一副难以言尽的样子，他摇摇头,"她现在可凶了。"

余大头大概尚沉浸在这幕惊悚的画面里,先是跟着附和颔首,随后又不可置信地猛摇头。

不不不……最大的问题不是宛遥变凶了,而是你居然任凭她凶你!

转念又感到有哪里不对,等等,宛遥怎么会生出那么大的胆子!这短短半年多到底发生了什么?他接收到的信息太多,一时间有点消化不良。

就在此时,厨房内传来宛遥的呼唤:"项桓……"

后者闻声便将筷子里的肉丢回去:"来了。"

余飞冷冷地望着对方的背影,心想,我看你被她凶得挺高兴啊。

几道简单的小菜做完,三人方认真地开始叙旧交谈。

"宇文眼下跟着大将军的。"余飞吃了口菜,"凭祥关那边战事吃紧,腾不出人手,只有把我调过来。"

项桓随即正色:"现在的战况怎么样?"

"一半一半吧。"他用竹筷沾了水在桌上划给他看,"我军一共有三路,不过所谓的'威武军'可以忽略不计,这帮人没安好心,全是来监视我们的。大将军如今正在凭祥关苦战,我拔营启程时,这道关隐隐已有攻下来的趋势,但将军说,很有可能是袁傅的障眼法。"

"什么意思?"

"我们怀疑,他会舍小取大,借此机会绕道北上。因为从凭祥关出来这一路都是平坦大道,易攻难守,极容易突破。如果他放弃关卡,改为占领剑南道一干城池,届时与南燕里应外合成夹击之势,哪怕我们占了凭祥关也全然无用。"余飞放下竹筷,"而据将军推断,破关之日,他所能行军的路线只有两条,一条行经西边的天堑虎首山,还有一条就是前往这东面的青龙城。"所以才会派他前来驻守。

项桓的神情骤然严肃:"也就意味着,我们很有可能和袁傅的先锋军对上,是吗?"

"不错。"余飞趁机安慰他,"这是好事儿啊,你干一票大的,若事成了,不就可以早日将功赎罪,官复原职了吗。"

他们讨论的都是军机要事,宛遥听不太懂,只低头喝粥,直到此刻才稍稍一顿,抬眸不露声色地看向旁边的两位少年将军。她其实并不太喜欢这种

急功近利的行为，她更偏爱稳扎稳打，一步一个脚印。

宛遥有几分担心他会重蹈覆辙，可又不知为什么，总有个莫名的念头将她这种想法压了下去。

"我还没问你呢。"少年神色如常，好像并未因他那番怂恿而瞬间变得热血，甚至含笑抓起手边的瓜子壳丢过去，"你是怎么和那个姓彭的人渣搅在一起的，别告诉我你们俩有八拜之交。"

余飞想起来也觉得冤：："那不是刚到人家地盘，得'拜码头'嘛。他派人来请我喝酒，原以为就是蹭顿饭，谁知道你让他踩得这么惨。"

"滚，少胡说八道。"

"不过你放心。"他拍胸脯保证，"宛妹妹的安危包在我身上，这小白脸敢来挖我们家的墙脚，简直活腻了！"

多日不见，他还是一如既往地能占嘴上便宜，三言两语又给自己贴了块"娘家人"的金。

"但是，我话说在前头。"余飞端起酒杯，"你现在是个'已死'之人了，虎豹骑里认识你的人太多，不适合让你进去。我只能把你暂时塞到别的营中，要怎么拿功勋，兄弟你想必不用我教。"言罢，他手一晃去碰项桓的杯。

腊月十五，校场中寒风凛冽。

项桓在兵器架下散漫地坐着，抬起头，苍茫的天空里什么也没有，是个灰蒙蒙的天。

一群身着重甲的新兵埋首气喘吁吁地从眼前跑过，冬日虽不似夏季那般烈日当空，但负重跑圈儿依旧是件吃力的事，半个时辰下来，内衬的里衣湿得能拧出水。

余飞奉命负责在青龙城四周驻防，行军在外，其实是不必训练的，但适逢特殊时期，人手不足，因而也就辟了块空地，扎营给新入伍的士兵们使用。

征兵早在三四个月前就结束了，项桓作为关系户被硬塞进来，为首的校尉瞧他很是不顺眼，关键这小子还没什么本事，骑射拳脚，样样都稀松平常，一看便是个只知道拿军饷混吃等死的货。

就在项桓忙里偷闲地休息时，一个年纪大概十六七岁的男孩儿气喘吁吁地完成了任务，挨在他的身旁一屁股坐下。这少年叫大毛，五官看着很显小，像是没长开的孩子。满场那么多身强体壮的军士,不知为何,他偏偏喜欢跟着项桓混,尽管对方并不怎么爱搭理他。

"项大哥,你坐了快有一个时辰了吧。"才跑完圈儿,他说话不住大喘气儿,"就不怕被张……张校尉责罚吗。"

大毛总感觉这个不显山露水的年轻人很不简单,比如他射箭从来摸不到靶子,但跑步二十圈下来气都不带喘的,又比如他明明与人比试一向三招定胜负,只输没赢,却在一道射偏的利箭逼近时,能不着痕迹地轻巧避开。

一个不学无术的人是不会一而再再而三地撞出这样的好运气的。

"责罚就责罚呗。"项桓斜靠着兵器架,将两手枕在脑后,神情颇为闲适。

年少成名时吃下一肚子的亏,他借此长了不少心眼,知道什么时候该藏拙,什么时候该张扬,余飞委婉地劝他在新兵营里大显身手,项桓却选择了不露圭角。一段时间下来,他倒也没觉得这样无盛名所累的日子有多难熬。

"项工页!"巡营的张校尉终于发现了这颗藏在阴暗处的耗子屎,气急败坏地大发雷霆,"谁让你在这儿晒太阳的,负重十圈跑完了吗?"

地上的少年懒洋洋道:"跑完了啊。"

"跑完了不知道干点别的啊,成天就知道偷懒,去岗哨换岗去!"

项桓倒没发脾气,真拖着步子上营墙和人换班了。他坐了太久,站会儿也不错。

招募的新兵不多,简陋的木栏围出巴掌大的营地,为了方便调兵,校场是紧挨城墙而设,高处望下去能看见巡逻的士兵正在附近整齐地转悠。

他握着长戟兀自发呆,楼梯上一个守营门的士卒走上来,大老远扯着嗓子喊:"项工页,你家里人给你送饭来了!"

等意识到对方说的是谁,项桓立马就扔了长戟,拔腿奔跑起来。

张校尉一见他就来气,正张口要喝斥:"军营重地,送什么……"

冷不防看到了营门外信步而来的余飞,便硬生生将后半句话咽了下去,只化作愤慨的腹诽:官场果真阴暗如斯啊!

"前面就是了,咱们在这儿等着便好。"余大头摁住腰间的刀,寻了片树荫乘凉。

宛遥换了条胳膊挎食盒,迎着日光,手搭凉棚地往上看,藏青的大旗在风中烈烈飘扬,营地里厉兵秣马的肃杀之气扑面袭来。

正是在此时，栅栏的瞭望台上，有人一掠而出，他单手撑着木栏，饶是穿了厚重的甲胄，依旧身轻似燕地稳稳落地。不知道为什么，项桓在远处瞧见宛遥的时候，心里有种说不出的踏实与安宁，有一种只要她好端端地在自己面前，哪怕多少刀山火海也能闯过去的感觉。

"这么精神。"余飞抱怀望着他，"看样子过得不错嘛。"

项桓敷衍地翻了个白眼："真是托你的鸿福，姓张的天天找我麻烦，我都怀疑你是不是欠他债了……"说完，顺手接过宛遥臂弯里的食盒，分量沉甸甸的，他掂了掂，唇边噙起一抹笑，低头问她，"特地做来给我的啊？"

宛遥避开他的目光，将脑袋往旁边埋了埋，掩饰道："没有啊。我是去给余将军送吃的，顺道路过，才想着来看看你。"

项桓只似笑非笑地收回视线，倒是没再多言，打开盒盖来往里一瞥，微扬起唇角睇她："连糖醋排骨都做了，还说不是来看我的？"

宛遥感觉到脖颈往上的地方开始不自然地发烫，像是做了坏事被人撞破，她忽然没来由地发难，把食盒抢回来，搂在怀中："谁说这是做给你的，我自己吃不行吗？"

"行，你那么瘦，是该多吃点。"项桓笑了笑，也不追问下去，自然而然地伸手，"那我帮你提，你看余大头这人多不懂眼色，这么重也不帮你拿着。"

余飞正在一旁冷眼瞧他逗弄小姑娘，内心一阵鄙夷。

"对了。"他像是很高兴，拉起宛遥的手，"我带你去个地方。"

她不解："什么地方？"

营地外三丈处有棵古树，不知是什么品种，但树干粗大，长得张牙舞爪。起初有枝干险些伸到了城墙边，为免歹人图谋不轨，守城的将领还下令给砍了一大截。

项桓行至树底将她揽腰一带，几个纵跃翻了上去。脚下的枝桠虽然粗厚，宛遥还是站得战战兢兢，只能紧紧扶住他的胳膊。

"不用怕，过来瞧这个。"项桓顺着枝树枝引着她往里走，拨开遮挡视线的枝叶，前方赫然是个小小的树洞。洞中发出一阵细碎的"喳喳"声。

宛遥从他的背后一探头，黑压压的干草堆里数个毛茸茸的雏鸟挨挨挤挤，也不怕人，居然还冲着这边张嘴乞食，若不是毛还没长齐，估摸着就要摇晃着蹦过来了。

"怎么样？"项桓见她一脸满足的表情。

宛遥点点头，年轻的女孩子总是对这种生得小巧玲珑的动物感兴趣，当即夸赞道："很可爱。"

"是我养大的。"他适时补充了一句。

"你养的？"

毕竟项桓从来都不是一个有耐性的人。

项桓坐在一旁语气轻松地和她解释："这地方清静，我晚上练完枪一般会过来坐一阵。大概在前几天，听到有声响，扒开一看发现是雌鸟被蛇咬死了。原本我也不打算管的，想着没准儿你会喜欢，反正闲得无事，就试着养养。"

余飞不敢站得太近，佯作放哨般地在树下竖着耳朵听，暗道：我塞你进来攒功勋，你居然没事干，消极怠工，天天跑这儿养鸟！

宛遥倒是没想那么多，果然觉得很新奇："你都喂些什么？"

"有什么喂什么，这时节蚯蚓不好挖，米饭它们也吃，反正不挑。"

"我能摸一下吗？"

"摸啊，要不要替你拽出来？"

"不用不用……你轻点啊，它都开始吐舌头了！"

余飞开始后悔，不明白自己为什么要来看他俩秀恩爱。他默默地踢飞脚下的石子，地面投射着树上模糊的两道人影，一高一矮，亲密无间，看着看着，竟生出些令人动容的岁月静好来。

饭菜凉得很快，项桓吃时已经渐冷了，他捧着碗迅速地扒饭，再喝口温汤冲一冲，眨眼就消灭了一大半。

宛遥拿手帕替他擦唇角沾上的油渍，正往腰间去摸荷包，捞了个空，她忙仔细地低头寻找了一番，动静有点大，树枝开始上下起伏。

"怎么了？"项桓吞了一口饭问她。

宛遥颦起眉，显得很着急："我的钱袋好像掉了……"

"是不是丢在路上了？"

"我也不知道……"

说话间，不远处一队巡逻的守卫刚好朝这边走来，其中似乎有一人还拿着什么，正同余大头交谈。

项桓便先抱着她跳下去。

349

这一队巡逻兵约莫有十人，看装束都是大魏的普通士兵，但不同的是，他们所有人的脸上都戴着清一色的铜质面具，乍然一望，好似都是一个娘胎出生的，分不清彼此。

对方声音很低，绣花的袋子被他捏在手里，和余飞不知说了些什么。

宛遥拿不准自己要不要上前，半晌，只弱弱地开口："那个……是我的荷包。"

那人似乎顿了一下，循声往这边一扫，才颔了颔首，厚重的面具随着他的动作发出微响。

他将钱袋交给了余飞，转身便走回了队伍之中。

宛遥一边注视着那群铁面军，一边行至余飞跟前，不禁迟疑道："他……"

"他是来还东西的。"荷包被余飞轻掂两下抛过来，她手忙脚乱地接住。

宛遥并未急着清点银两，反而问道："他们为什么都戴着面具？"

"你可能不知道。"那队戍卫继续按着路线巡逻，余飞抱起手臂，慢条斯理地解释，"这些便是所谓的威武军，皇帝陛下亲自选拔设立的亲兵。"

提到这个名字，项桓和宛遥才隐约回忆起之前听说过的一些零碎的传闻，比如手撕战马，单挑猛虎，把虎豹骑打得满地找牙之类的，好像对他们而言不是十分光彩的事。

刚这么想着，旁边的余飞已冷笑出声："对外宣称什么天下第一，无人能敌，其实就是一群磕猛药的。"

项桓："怎么说？"

"为首的叫杨岂，也不晓得从哪儿弄来一堆稀奇古怪的药丸子，寻常人服几粒下去，用不了多久就能脱胎换骨，筋肉强健，力大无穷，数日之内能赶超普通将士训练三四年。"

宛遥到底是大夫，闻之惊奇道："这么厉害？"

余飞看他们不顺眼很久了，语气很是不屑："当然厉害，不厉害能跟着我们出征吗？这帮人，要说正儿八经的操练也不过两三个月。除了一身蛮力，他们懂个屁！"

自古将士成名都得经过时间的沉淀与战火的洗礼，纵然这世间百八十年会出一个天才，但也不至于一步登天。人体的骨肉有它自己的那套章法，无论多厉害的神药也无法打破千百年的规律，不过是寅吃卯粮，提前榨干体内的精气神而已。

宛遥略一沉吟，忍不住轻叹："这种药吃下去恐怕极为伤身。"

"何止，听说一开始试药便死了上百人。"余飞耸耸肩，"十个人中总有一个会出事的，而且筋骨暴涨，也使得他们的容貌扭曲，变得奇形怪状，哪怕亲娘站在面前都不一定能认出来。可能是觉得有碍观瞻，后来杨岂索性派人给这帮怪物量身打造面具遮丑，人手一个。"

"十个里死一个……"宛遥秀眉紧拧，摇头道，"可就算活下来了，这些人的命只怕也不长，既然弊端如此之多，为何还有这么一大批人去尝试？"

余飞懒洋洋地轻哼："还能为什么？为名、为利、为钱，这天底下的好处多了去了，谁不想青云直上，一夜之间飞黄腾达？即便有风险，也值得一试，那些坊间的赌徒不都是怀这样的心思吗？"

他这席话说完，项桓瞬间就沉默下来，静静地垂眸，不知在想些什么。

周遭回荡着整齐的兵甲碰撞与步履声响，方才巡视的铁面军已靠近，正从他们面前经过。

由于望过去都是一张脸，宛遥也愁着该向谁道谢，最后只能随便地施了个礼，而就在她欠身之时，隐约感觉人群中好像有谁向自己望过来，目光灼热又锐利，然而当宛遥抬头追着视线找去时，对方又非常隐蔽地藏回了队伍里，目之所及，是数张千篇一律的冷硬面具。

咸安二年的年关。

长安城下着绵绵细雪，将街巷坊间与大明宫一起变成了寒冷的雕梁画栋。

这是王子皇孙与平头百姓一样难熬的一个冬季。

禁庭的寝殿之内，火红的两个大炭盆烧得正旺，屋子里弥漫着淡淡的烟火味道。

沈煜坐在卧榻上，手端一碗热羹，边吃边翻阅前线的战报。他没有宣宗皇帝那么沉迷美色，也没有先帝那般依赖辅臣，许多事更喜欢亲力亲为，因此至今后宫萧条，依旧是登基时的那些妃嫔，自然也未曾得一子嗣。

寝宫中陈设雅致简单，墙上只挂了一幅圣母的画像。

这是沈煜的习惯，但凡他日常流连之处，总会摆放与圣母相关之物，大臣们知晓他思念母亲，于是特地用来讨好他，就连后妃的宫殿内也供着敬德

太后的雕塑，期盼着能借此留住圣恩。

"前日，季将军的大军已攻破凭祥关第二道壁垒，想必不日便能同袁傅的烽火骑正面交锋，做最后的决战。"底下跪着的是他的心腹。

沈煜吃了勺羹，若有所思地颔首："那么多年了，父皇丢了南境十城，先帝丢了凭祥关上阳谷，大魏岌岌可危了二十年，总算能在我手上得以兴复。"

报信的暗卫垂首道："陛下运筹帷幄，袁傅这一次必然难逃死劫。"

座上的人却仍是一声不冷不热的笑："你不必恭维朕，季长川和袁傅旗鼓相当，输赢也不过各占半成罢了，姓袁的老谋深算，季长川用兵谨慎，谁也不见得占上风。不过，你说得对，他们谁死对朕而言都不亏。"沈煜那狭长的眼眸成了一道意味深远的弧度，"袁傅若死，那西南一带皆可由我大魏掌控；季长川若死，正好我的'威武军'可以坐收渔利。当然，倘若他们俩能同归于尽，自然就再好不过。"

他时年三十有六，前十几年随大军颠沛流离，后十几年看兄长的脸色如履薄冰度日。他当了一辈子旁人眼中的牵线木偶，现在，他才是牵线人。

三更时分，左右服侍之人皆已退去，烛火依然温暖。

沈煜执着银方碗站于墙边的画像前，羹汤渐凉，透过冰冷的碗传到掌心里。宫廷画师尽可能地还原了太后当年的相貌，和百姓平日供奉的塑像有所不同。

茹姬的眉眼更为清冷一些，她并非一眼看去便是集万千宠爱于一身的富贵之象，反而有种超凡脱俗的仙气。

"娘。"神色难得温和的帝王用极轻柔的语气唤道，"您等着，儿臣就快替您报仇了。"

数千里之外，凭祥关城内。

雄伟壮阔的关卡屹立在明月下，战场上草木凋敝，白日里拼得你死我活的魏军与烽火骑一同长眠于漫漫黄沙之中。

铠甲覆身的袁傅在城楼眺望，盔甲未能遮住的几缕发丝被夜风轻轻带起，已隐约现出一点银色，不怒自威的脸被岁月留下深如刀刻的法令纹。

不可一世的袁侯也老了，但他的精气神犹在，哪怕与正当壮年的季长川鏖战数日，依旧丝毫不见败象。

军祭酒手捧披风拾级而上，在一丈开外恭敬地行礼："夜深露重，魏军昨日初败，今夜想来不会发兵，将军还是早日回帐中休息为好。"

袁傅没应他这一句话，掌心摁着栏杆，似是随口问道："凭祥关易守难攻，关隘险峻，季长川已经在我这儿折了不少人马，如果我佯作撤离，你说，他会否觉得有诈，放弃关卡前来追击？"

军师躬身回答："咸安帝收复失地心切，一心惦记着夺回凭祥关，属下猜想，季长川必然不会放弃这道雄关，而且，穷寇不追，以他那样小心谨慎，步步稳扎稳打的性子，是不会冒这个险的。"

袁傅听完只是笑："你有这种想法，说明你还不了解季长川此人的脾性。"他抬手在石栏上轻拍，"我猜他必然会在北上的途中设重兵把守。"

手下迟疑："那依将军之意，我等是否还要弃关往北？"

袁傅神色闲适："季长川这个人惯于面面俱到，青龙城与虎首山都不会放弃，这样一来兵力自然减少，倘若援军久久不至，便可不攻自破。"说完，他原本松懒的眉眼骤然一凝，眸中闪过迫人的冷意，猛地拂袖，"传令三军，连夜突围！"

余飞接到紧急军报时天还没亮，他一身单衣立在寒风里飞速读完季长川的来信，后背起了大片的冷汗："传我令，虎豹骑各营集结！"

满城的军队火速出动起来，打破了小地方以往的宁静祥和。

宛遥在睡梦里被青花推醒，一睁眼看到项桓戎装玄甲站于院外。

"出什么事了？"她披起外袍。

"凭祥关破了，袁傅的大军正在朝我们这边进发。"项桓将刀兵先靠在墙上，拉着她进屋去，匆忙收拾东西，"你快些把行李整理好，今夜要护送全城百姓出小嵩山，后日……说不定明日这附近就变成战场了。"

"怎么这么突然？"宛遥稀里糊涂地跟着他将衣物叠在一起打成包。

"说是将军那边出了点意外。"项桓飞速将银钱塞进去，从厨房取了馒头、面饼等干粮以备路上食用，"眼下援军一时半会儿来不了，这城没准儿守不住。"

她愣了下："那你怎么办？"

少年收拾行装的动作一滞，转过头来看宛遥时，唇边扬起一抹笑："我留下，你放心。"

项桓伸手将她脸颊边的碎发挽过耳后，语气仍是轻松写意一般："就是死也要回来见你啊。"

年轻的人总轻易将生死挂在嘴边，宛遥却第一次有种心头压着牵挂的沉重感，这与他当年随大司马出征时突然消失的情况完全不一样，原来送一个人上战场是这种心情。

她终于有些明白，为什么项桓每次都不告而别了。

许多叮嘱的话含在嘴边，宛遥想了想又觉得多余且无用，终究一声不吭地咽了回去。

宛遥担忧地垂下眼睑，忽地探出指尖，轻轻地将手贴在他的掌心上。

纤细小巧的触感猝不及防地落进手中，项桓微微地愣了一下，嘴角抿出明朗的笑意，将她的手指从自己的指缝中穿过，十指相扣紧紧握住。

城门连夜开启，卯时初刻，城中的灯光与城外官道的火光如星辰闪耀，迅速连成了一条涌动的火龙。由于兵力有限，护送百姓的大部分是辎重营和新兵营的士卒，战斗力之弱，几乎可以忽略不计，全程轻装简从，以求速去速回。

领军的张校尉正驱马前后巡视队伍，不住催促百姓们行走得快一些："赶紧的赶紧的，别磨蹭，天亮之前必须赶到小嵩山脚下！阿婆，这驴比你都老，带着干什么啊！唉！"

普通人哪里有行军打仗的将士走得快，大部分拖家带口，前面推着板车，后面赶着牛马，辛苦攒了十几年的家当谁都不愿轻易放弃，只能慢吞吞地在郊外推进。

宛遥和青花坐在马车内，厚重的夜空上全是乌云。好在她们俩一个是临时歇脚的外乡客，一个是仓皇逃出来的家奴，随行携带的东西都不多，两个包袱足以应付。

宛遥掀开车帘子往外望，四周山峦起伏，满世界都是马车轱辘转动的响声。项桓此次也在随行的队伍中，见状便打马逛过来："赶夜路还习惯吧？"他放慢速度跟在车旁，"你要是困的话，先睡一会儿，不出意外今天正午前就能翻过山。"

她摇头示意自己不要紧，趴在车窗上朝外面打量了一圈："你们送到小嵩山便掉头回去了吗？那这些人怎么安顿呢？"

"安顿？"项桓似是而非地轻笑，"如今乱成这样，能把人平安送出去就不错了。有亲戚的投奔亲戚，没亲戚的就地生根，这年头背井离乡的多了，自有他们的活法。"

这一番话，让宛遥无端想起了那一年在恩阳镇外路遇山匪时的情景。

百姓落草为寇，灾民沿路乞讨。乱世的流民在用自己的方式挣扎着活下去。

项桓看了她几眼，欲言又止地抓了抓脖颈："我记得那地方离白狼镇很近，若战况顺利，你其实可以去镇上……"

还没说完，那张校尉像生了一双火眼金睛专盯着他找碴，当下发出一声狮吼："项工页，又在偷懒，还不滚过来！"

被人打断，项桓额头上的青筋微不可察地凸起，不耐烦地答应："知道了。"

他纵马时回头又朝宛遥补充道："你可以去镇上住几日，如果要走，也记得留个消息给我。记住了，一定要留消息给我。"

项桓再三叮嘱，战马被他要走不走的指示搞得十分不耐烦，最后打了个响鼻，自作主张地背着人找张校尉去了。

等其走远，青花才一语道破："我猜项大哥应该很想姑娘你等他。"

宛遥靠在车内，一开始没说话。

青花又凑去瞧了一眼，回头肯定道："绝对是，他刚刚还往这边瞅了一眼。"结果项桓看到是她，目光冷厉得要命。

宛遥抱着包袱垂眸托起腮，模棱两可道："嗯，谁知道呢。"

人潮如水，全是常住青龙城的居民，好些互相都认识，一路有闲谈聊天的，有嫌前面走得慢的，还有丢了东西低头找的。逃难的紧张氛围被这些家长里短冲淡了不少，反而给人一种热闹的错觉。

青花好奇地探头张望。

张校尉鞭策战马走在最前面，忙着招呼士兵与百姓赶路："动作再快一点儿！"

晨风渐起，随着一声尖利的鸟鸣直刺入云霄，四周黑压压的群山好像也跟着苏醒过来。

风涛吹动了南边常青的树，枝摇叶晃，而那些自然的声音里，隐隐凝固

着沉重的气流。

项桓浑身一凛，猛地握紧缰绳，他对于危险的直觉素来比旁人更敏锐。

"说你呢，往哪儿看哪！"张校尉正在训斥一个开小差的新兵，"这点小事都办不好，讲了多少遍要眼观六路，眼观六路，真不知操练的时候都学……"

他训得正带劲，身侧一道厉风突然袭来，快到了极致甚至将他鬓发刮下来一缕。

对面一脸衰象的新兵双目圆瞪，讷讷地将他望着，一支长箭穿头而过，直接将他与后面的人穿在了一起。他好似还没意识到发生了什么，身形一歪，在张校尉震惊的神情里栽倒，"扑通"一声砸在地上。

周遭一派死寂，片刻后，恐慌的哗然如涟漪般迅速扩散开。校尉头一个反应过来，抽出长刀大吼："全军戒备！全军戒备！"

地动山摇的马蹄声裹挟着雷霆万钧之势，朝这边奔涌而来，喊杀声如猛虎长啸，从四面八方响起。

袁傅的烽火骑像是平地里冒出的鬼魅，毫无征兆地袭击了这群老弱妇孺。

辎重营在行军途中本就负责搬运兵刃、囤积粮草，多是些马夫和年迈的军士，而新兵营只操练了几个月就仓促上阵，敌军来势汹汹，靠这点战力根本无从抵挡。

张校尉以刀隔开迎面杀来的骑兵，慌不择路地喊："两翼散开，先锋压阵，来十二人随我突袭！"

正说着，一道寒光在暗夜里刺得他双目微痛，不知几时，一匹烽火骑竟悄然而至，高高扬起的马蹄上是战枪冷厉的锋芒。

张校尉心中顷刻一凉，眼见头顶的枪锋即将落下，就在此时，枣红马忽然闯进了视线。马背上的人身形矫健而灵敏，只用了一招，伴随着武器脱手，对方的胸口赫然喷涌出腥浓的血液。

长风，血光，月色冰凉，少年在夜风中微扬起的发丝与鲜血一并飞舞，凌厉而可怖。

"还愣着？"项桓拽着马缰转过头，血迹斑驳的脸上凝聚着一股强烈的气势，"现在不撤，等着去送命吗！"

言罢，他纵马朝中军疾驰，吼道："辎重营收拢，新兵营断后，撤撤撤！赶紧回城！"

张校尉在原地愣了好一会儿才回神，忙跟着附和："回城，回城！立刻回城！"

马车早就停了，外面是铺天盖地的兵荒马乱。

宛遥搂着青花小声安抚，刚准备打起帘子，兵刃猛地斩下，将射来的长箭断为两截。

项桓抹了把血，冲她急声道："把头收回去！"

"怎么了？"宛遥忙躲在车里问。

他拽过平头车的缰绳，匆忙回答："没什么，遇到了点麻烦。"

猝然出现的袁军打得一群弱势疲兵一个措手不及，天刚露白，大部队便灰头土脸地跑回了城，伴随着铁轴厚重的声音与满地滚滚的尘土，千斤闸落下，城内的四道大门缓缓关上。

至于这一路有没有死人，死了多少人，现下已无从确认，所有捡回性命的百姓都瘫坐在地上心有余悸。

项桓赶着马车将宛遥送回家，折腾一整晚，不承想又回到了原点，两个女孩子皆是满头雾水，宛遥把手递出去，由他牵着跳下车。

"是袁傅的伏兵吗？为何会在这里出现？难道他们已经绕开了青龙城？"

"不知道。"项桓把她俩推进屋，视线在街上转悠了一圈，飞快关上门。

等勉强安定之后，他才迅速地理了理思绪，去回答她刚刚所提的问题。

"那小队人出现的时候，我大致数了数，至多不过几百骑兵，而且他们也没有直接攻城，这说明埋伏在外的袁军数量肯定不多。"项桓抱起胳膊，闭目深吸了口气，"我猜，这支先锋军必定是提早通过某种极端的方法抵达了此处，可能翻山越岭，可能跳崖涉水，总之不容易，只等着和袁傅的大军四面夹击，好把我们都包围。"

青花轻轻地惊呼："我们岂不是出不去了？"

"出不去还是小事。"对面的少年神情冷冷的，"你最好祈祷这城不要被袁傅攻破。"

青龙城虎豹骑大帐之内。

布防图在案桌上铺开，周遭站着的四位将领，尽是三军里说得上话的。

余飞在这帮前辈中显得很是年轻了，在季长川三个徒弟中，论资质他其

实排第三，比起谋略战术，他更喜欢拎刀上战场。但重任在肩时，他的神情也多少会比平日沉稳冷静几分。

余飞已经一宿没合眼了，突然冒出来的敌军让他白头发都多了几根。

"好在对方以为我们是派兵出城巡逻，方才自乱阵脚，暴露行踪，否则真等他们和袁傅两边夹攻，那时候才是束手无策。不管怎样，也算因祸得福了。"他的手摁在图纸上，微微抬头，"此前接到急报，我们的援军三日之后才有可能赶到，所以，各位将军，无论用什么手段，青龙城必须撑过三天！"

边城虽小，但作为大魏边境的最后一道城关，防线也是相当牢固，大小城门一共有六个，可他们的兵力有限，眼下也不知袁傅的人数有多少。

"六道城门都要派大将驻守的话……"其中一位将军举目迟疑，怕诸位武夫算数不佳，特地数给他们听，"眼下算上余将军也不过五人，西南门那边还差一个。"

有人提议道："实在不行，去各营里挑一挑，找个拔尖的先顶上吧？"

"没办法，也只能这样了。"

"那我先去……"

"不用。"一直盯着布防图琢磨的余飞忽然打断，语气笃定，"第六个守城之将，我心里已有人选。"

"是谁？"

听他公布完此人姓名之后，在场的大多对这无名小卒毫无印象，倒是作为太守旁听的彭永明先乍毛："这怎么行！此人就是个没什么出息的猎户，守城这般要紧的大事，如何能交到他的手中。"

尽管彭永明是一心想找机会除掉项桓，但比起私人恩怨，他更在乎自己的小命，眼见余飞如此不靠谱，连忙使眼色："依我看，余将军还是三思，找个更为妥当的人……"

"他就是最妥当的人！"不知为何，这个素来懒散平和的年轻将军神色异常严肃。

余飞冷凝的目光在四下环视："你们谁也没有我了解他！虎豹骑全营上下，找不到比他更合适这个位置的人！"

他知道那个少年生来就是要驰骋沙场的，也期待着他再回巅峰的那一日。

城内，小小的民居外，一阵礼貌的敲门声打破了平静。

宛遥似乎想起身去开门，却被项桓给拦住了，他警惕地打了个手势，三两步窜到院中，将长刀拎起，挽出个顺手的刀花，锋利的刀尖对准前方。门"嘎吱"一声被打开了。

　　外面站着的是一名虎豹骑的将士，年纪轻轻，眉清目秀，而令项桓意外的是，这将士他还认识，是当初自己做偏将时麾下的一个小卒。对方穿着一身鳞甲，按剑而立，态度十分正式地朝他行了个礼。

　　"是你？"项桓戒备地打量他，不明白这位旧部突然找上门究竟是有什么目的。

　　"将军，大司马有件东西特地让我从凭祥关连夜赶来交给你。"

　　屋内的宛遥已经走了出来，悄然抚着门框。

　　听到季长川的名字，项桓委实一愣："大将军？他有东西要给我？"

　　对面的军士并不回答，只伸手取下背后灰布包裹着的棍状之物，约莫八尺来长，快超出了他一个头。看到此物轮廓的那一瞬，项桓的呼吸便骤然一紧，心中好像有什么情绪即将涌出。

　　捆着灰布的麻绳被一圈圈解开，阳光下，银白的寒光渐次展露，那是一柄极干净的战枪，通身雪白，明亮晃眼。枪锋上流动着灿然银耀的光辉，它安静地躺在年轻将士的手中，好像正以旧友的姿态呼唤着曾经的伙伴。

　　项桓被震颤住了，他缓缓地伸出手，然后一把握紧了枪杆！

　　刹那间，宛遥好似看见一个沉睡了许久的战魂再次从他身上苏醒。

　　那是本应属于他的凌厉、锋芒与气场，仿佛只在片刻就从四面八方凝聚在一起，骤然归位。

　　宛遥下意识地收紧了握着门板的手，不知为何，连她的血液也跟着沸腾，在四肢百骸间滚烫。

　　"将军。"士卒向他一抱拳，"烽火骑大军将至，青龙城六门户，将军守其一。传大司马令，凡守城将领，必英勇杀敌，战死不退！"

　　项桓神色却淡淡的，只来回翻转他的雪牙枪，有些举重若轻的意思："让我出战？我如今是戴罪之身，这也不要紧？"

　　"此乃余将军的示下。"对方回答，"您就不必多虑了。"

　　听到这里，他才隐约明白了这位曾随自己一起出生入死的同袍如此冒险之举究竟是为了什么。

项桓将银枪握紧，忽然有种从泥沼中慢慢往上浮的感觉，他暗暗地咬住牙关，面色冷凝地去问那名将士："你也还愿意跟着我？"

面目清秀的小将士此刻才咧嘴一笑，他笑起来时隐约带着点与年龄不相符的稚气："我若不愿意，就不会来跑这一趟了。将军您可能不记得了，三年前的北境战场上，您还救过我的。"

他确实是不记得了。项桓深吸了口气，蓦地转过身。

那个永远在灯火阑珊下等他的女孩儿正因这个动作而抬眸，眼底倒映着朝阳温和的色彩，显得有些许无措。他在原地顿了下，旋即大步走上前，正厅与院落间有两级台阶，项桓站在下面时，正好能同宛遥的双眼平视。

四目相对良久，他的唇边先浮起了一抹浅淡的弧度，掌心轻托起她的脸颊，语气尽量温和："不用怕，我会把这座城守下来。"他顿了一下，"然后再提袁傅的人头来见你。"

宛遥大概是被那双过分认真的眼睛所震撼住，一时半刻竟没意识到他许了个什么承诺，等反应过来时，项桓留给她的只剩一道坚决的背影。

"项……"

门"嘎吱"一声关了，她把最后一个尾音轻轻含在唇边，内心百转千回。

宛遥缓慢地合拢五指，她已经不再是那个在京城一待十几年，连家门都很少出的小姑娘了，到如今她才想明白了一点道理，知道有一些人生来就不是靠"小心谨慎"过日子的，世间那么多的独木桥，总得让怀着孤胆的人们去闯。

"宛姐姐……"许是见她发呆太久，旁边的青花小声地轻唤。

宛遥在这片刻间回神，像千斤坠般蓦地定下心，吩咐道："走，去厨房和面，把所有能吃的东西都收起来。"

项桓虽然放了狠话出去，但其实甚是没底。

余飞要他守城，说这是给自己一个翻身的机会，他是知道的。可眼下他无职无权，半个兵都没有，哪儿来的人陪他浴血奋战？

项桓揣着一肚子疑问地进了主帅大帐，几位将领正围成个圈商议对策，圈中好一颗大头甚是惹眼。

"你来得正好，项……工页兄。"余飞紧急改口，若无其事地招呼他，"过来熟悉熟悉我军的布防图。"

彭永明甚是不甘地站在旁边,仍旧想不明白这驻守城门的大事为何会交给一个什么都不懂的乡野小子。

余飞:"青龙城曾有一段时间做过前朝的陪都,所以城防布置甚为谨慎。南北各有一门,东西分别两门,南门是最重要的一处,因为袁傅的大军很可能从这个位置进攻,所以此处我守了,西南这一道是第二要紧的,我把它托付于你。"

项桓若有所思地盯着地图,忽然问道:"咱们可用的兵力一共多少?"

一位威武雄壮的将军回答:"算上城内的驻军共有十二万。"

这群武夫倒不似彭永明那般满身都是心眼,因为久经沙场的人皆知在如此情况下内讧,只有自寻死路这一个下场。然而话音正落,彭永明便十分聪明地打岔:"袁贼从季将军手里杀出重围,想必至多不过五六万兵马,光人数上我们就占尽了优势,何愁守不下这城来。"

他一说完,在座的众将领的目光都有点复杂,可能许久没见到活着的蠢货了。

项桓懒得跟他多言,冷笑一声,侧头继续和余飞讨论。

彭永明虽不太明白排兵布阵上的学问,但看人脸色他还是会的,当下不解地朝自己的一名校尉投去询问的眼神。

那校尉亦颇为无奈,压低声音:"大人,我们虽有十二万大军,可城门有六道,算下来每一门也才两万而已。袁军只要集中强攻下一处,咱们这城就完了!"

他捏着折扇往手里一打,倒也没替自己觉得尴尬,反而灵机一闪:"原来是兵马不足,这不难。你们若缺人手的话,下官此处还有三千精兵可供各位差遣。"

闻言,一直没将他当回事的项桓和余飞皆奇怪地对视一眼,内心的想法如出一辙:这草包哪儿来的兵?

眼见众人不信,于是彭永明很热情地邀请他们上校场去观看自己准备的步卒。

旗楼下尘埃扬起,脚步声震天动地。

所有人都扒着栏杆张望,只见那校场尽头密集如雨的脚步渐次逼近,好

像真有三四千人向这边走来，黑压压的一片。

余飞微微惊诧地"咦"了声。

那队伍很快进入了视线里，此刻才能看清，他们大多是些二十出头的小伙儿，并未穿什么像样的衣甲，周身破旧，甚至连武器也没有，只有右手的手腕上戴着象征战俘的铁环。

他们每人的眼中都空洞得犹如虚无，像具没有灵魂的躯壳。

谁也没想到，他所谓的"精兵"居然是支俘虏组成的军队，如此异想天开，几乎闻所未闻。

项桓冷笑："我说呢，果然是离不开老本行，凑了一堆奴隶给他挡刀子。"

余飞连连摇头："这些人还不如新兵呢，丢上战场作用也不大，送死而已。"

不过彭永明并不这样认为，晃着他手中的折扇得意洋洋地给众人介绍："下官早料到会有今日，三个月前便花大力气招兵买马，这一支预备队是从附近州县征集来的，他们个个精壮有力，且身份又特殊，哪怕折了也不必心疼。"

项桓听着他这段灭绝人性的炫耀，不耐烦地挖了挖耳朵，余光一斜，竟从那些苍白憔悴的面孔中发现了一个眼熟的。青年一如既往地沉默寡言，是所有人里最高挑的那个，也是生得最出众的那个，犹记得他使得一手好剑法，轻功出神入化。

此时，青年与周遭的同胞一样，脸色灰暗似铁。

如果项桓没记错，此人叫秦征。

"嘿嘿……"余飞在他的面前晃了两下，"看什么呢？"

他不着痕迹地收回视线："看人家有兵我羡慕。所以我呢？你是要我单枪匹马，披挂上阵吗？"

"就知道你会问。"对方笑了笑，"跟我过来吧。"

余飞带着秦征走进虎豹营时，项桓的心里是有些犹豫的。

因为他清楚，一旦踏上这片故土，总会遇到几个旧识的朋友，或者仇敌，而自己毕竟是曾经放弃过这里改投他营的人，虽说算不上临阵倒戈，可多少有些背叛的感觉。

"到了，进来吧。"说着，余飞正要掀开帐子。

项桓却难得地拦住他："等、等等……"他踟躇不定地垂下眼睑，终于说道，"我想还是不要勉强了，实在不行，去别的营借点兵来也是一样。"

项桓知道自己从前树敌无数,他争强好胜的性子并不讨人喜欢,将兵若不和,非得凑在一块儿也是互相恶心。

余飞见状却只是一笑:"没事儿,你进来就是了。"

项桓在帐外略一迟疑,到底还是颔首钻了进去。项桓抬头的那一瞬,他听到整齐的盔甲碰撞的声响,面前一排的士兵站得笔直,眸色认真地向他行了个军礼。

项桓登时愣住,一路看过去,唇角似是而非地动了动:"你们……"

这些人都似曾相识,乍然回想,仿佛是从前无数次在战场上拼搏厮杀,不经意回望时所见到的面容。这里面全是他曾经的同袍。

有人朝他拱手:"欢迎回虎豹骑。"

"还以为你不回来了呢!"年轻的将士脸上似有笑意,"一年不见,将军,久违了。"

项桓握着雪牙枪站在那里,第一次感觉到,原来他没有被抛弃。

年少时,一心只顾勇往直前,他很少停下脚转头去瞧一瞧背后的身影,不记得自己救过谁,也不记得谁救过自己。因为枪锋永远朝前,所以他从来不曾留意过旁边替自己挡开无数兵刃的同龄少年。原来有许多东西一直都在,只是他错过了。

刹那间,胸口一股热流惊涛骇浪般在他的喉头滚过去。

"好。"项桓换了只手拿枪,猛地砸在地上,双目竟隐约带着些被热血激出的微红,"随我整军迎敌,准备出战!"